もう一度会いたい今はもういない君へ

——これは愛の物語

坂口麻里亜
SAKAGUCHI Maria

文芸社

愛は死のように強く
熱情は陰府《よみ》のように酷《むご》い。
火花を散らして燃える炎。

新共同訳聖書
ソロモンの雅歌より

目次

もう一度会いたい　今はもういない君へ　《登場人物》

小林　平和　　**主人公、日本料理店「楓」とバー「楡」のオーナー（通称　平《へい》さん）**
幸一　　平和の父親
泉　　平和の母親
渡辺　長治　　「楓」のコック
由利子　　長治の妻　店を取り仕切っている
瀬川　卓郎　　「楡」のマスター　前身は京都の一流ホテルの出
山崎　美咲　　**体が弱いが良く気が廻り、後に「井沢かすみ」と名乗る**
安美　　美咲の妹
一寿　　美咲の弟
ジョージ　　本名、木内譲　綿木公園に集まるロックシンガー
ジュン　　本名、潤太　ロックシンガー
リョウ　　本名、良敏　美咲に恋をする　ロックシンガー
アキ　　本名、秋成　ロックシンガー

フジ　　　　　古参のホームレス　本名、藤代勇耀　元神父
並木　広志　　新参のホームレス
ドレミ　　　　広志が拾った年老いた犬
高畑　幸弘　　下町の昔ながらのヤクザ　経済に強い
　　美奈子　　幸弘の妻　息子二人をアメリカに留学させている
　　梨恵子　　幸弘の母親　クリスチャン　バラが好き
　　伸弘　　　幸弘の父親　ヤクザが嫌いなヤクザの親分だった
河野　五郎　　伸弘達に寄り添った昔気質な使用人
佐々木　隆　　高畑幸弘の腰巾着　キレるとかなり危ない性格
成井　　　　　新興ヤクザの郷田組の組員　平和の天敵
仲田　　　　　郷田組の組員　汚い手を使う　平和の天敵
水穂　広美　　水穂医院の医師　美咲の保護者
　　香　　　　広美の妻　看護師・薬剤師　美咲＝井沢かすみの理解者
村上　結衣　　美咲の幼な友達

1　めぐり逢い

あの日、あいつがそこにいる事を知っていたならば、私は決してそこには行かなかっただろう。けれど私は行ってしまった。そして、あいつに出逢ってしまった。

四月の初めだった。桜はまだ散り残っていて暮れなずむ頃になると、空気はしっとりと冷たい。薄闇色の空に、ぼんやりと白みがかった淡い花びらが浮かび、風もないのに、ハラハラと音もなく静かに舞い下りていた。

私は二、三日に一度、そこへ行っていた。いつもと決めていたわけではない。必ずと決めていたわけでもない。ただ、二、三日に一度、そこに通った。店の残り物のあれこれを持って。残り物がなければコンビニの弁当であったり、時にはただの乾き物のツマミやチーズだけであったり。ウーロン茶や酒も必ず持って行った。未成年に酒を飲ますのはいけないが、春とはいえまだ夜の冷え込みは厳しい。

体を暖めるためと、落ち込んだ彼等の気分も少しは温めてやれる。それに、時にはそのささやかなパーティーにお客さんも来る。その日の食事を確保できなかったホームレスや、ある日、気が付いたらホームレスになってしまっていたという新米の宿無しなどが。

私がこんな事をやるハメになったのは、例によって私の間抜けさのためだった。

昨年の夏の盛り。昼下りの綿木公園の片隅で、水分を抜かれたナメクジのようになって坐り込んでいるジョージを見付けた。

ジョージといっても外人ではない。仲間内の通り名とでもいえばいいのだろうか。本名、木内譲。ゆずるという名を本人は嫌っていた。奥床しくて良い名ではないかと思うのだが、当の本人が頑として認めない。仲間というのは、夢を喰べて生きるバクのような生物のロック少年達だ。もちろん、とっくの昔に青年になってしまった者達もいる。彼等はそれぞれに異《ちが》う事情を抱え、同じような環境のもとに生活している。つまり、大体はいつも腹をすかせ、たまたま空いている仲間の部屋に転がり込み、間が悪ければそこにもいられず、駅前広場や公園で一夜を明かすという、まことに気の毒なフーテン生活だ。

もっとも私も偉そうな事は言えない。今は昔。

十数年程前までは、他人様の事は言えない生活をしていた。だが、その頃の私の荒んだ気持とはちがい、彼等の心には星が住んでいる。夢を見られるという事は、若さの特権だろうか。ギターを抱え、歌を歌っていられさえすれば生きてゆけるとは。何とも羨ましい限りだが、星は星。いつかは現実という名の夜明けがきて、夜空に煌めく星はその姿を隠す時がくる。それも、又良い。

夜明けの光にも負けず、輝き続ける夢があれば、それこそそれは本物だ。その夢を見続けられる者がいれば、その人は幸福という名の果実を得られる。例え、その実人生が多難であろうと何であろうと。

ともあれ、その時の私は間抜けにも、へたり込んでいるジョージの前で足を止めていた。

ジョージはギターケースを背凭《もた》れにして両足を投げ出し、恨めし気な目で私を見て言った。

「おじさん、金無い？」

「無いよ」

あるかと訊かれれば、少しはあると言ったかも知れないが。

「何だ。同類かよ。んじゃ、もう行ってよ。俺、口を利くのもたるいんだよ」

本当に青い顔をしていた。私は少しだけ心配になった。

「どうした？　具合いでも悪いんじゃないか」

「ちがうよ。腹が減ってんだ。ここんとこ、アレ以外何も喰ってない」

そう言ってジョージは公園の水道を指した。それを言うなら飲んでいないだろうが。

「何日だ？」

「二日。もっとかな。わかんねえ」

「家はどこだ」

「何だよ。関係ねえだろ。もう行けってば」

私だってそうしたかったが、聞いてしまった以上、寝覚めが悪い。つい、うっかりと言ってしまっていた。牛丼屋が、そこから見えていた。

「牛丼は好きか？」

これで、一丁上がり。何だって私はいつもこう、厄介事の種ばかりを拾ってしまうのか。たまには私だって金の卵を産む鶏のヒナくらい拾ってみたいのに。

それ以来、私は公園に通うようになった。本当は、私自身が厄介な状況にいて、それどころではないというのが正直なところだった。だが、ジョージ、ジュン（潤太）、リョウ（良敏）、アキ（秋成）、その他、エトセトラ、エトセトラ。彼等と周辺にいるホームレス達と知り合うのにつれて、私は否応なく通いの賄い人になった。ただ金を渡すというのは、私の好みではない。それは、彼等にしても同じであっただろう。共に飲み喰いして、バカ話をする。あるいは黙ってそこに坐り込んでいる。同じ時間を共有するという事が、時には何よりも優先されるのだ。

前置きが長くなった。

そういう理由で、私はあの日、いつものように公園に出掛けて行った。右手にはコンビニの弁当の入った袋があり、途中で出会ったジョージが飲み物の入った袋を下げていた。春うらら。

厳しかった寒さも和らいで、おまけに空にはお月さま。桜の花散るトンネルの下を、勤勉なサラリーマン諸君が浮かれて行き過ぎる。彼等の目には、決して映らない。行き暮れて立ち尽くす者達の影は。彼等のせいと言うのではない。人にはそれぞれの暮らしと目線がある。それはそれで仕方のない事だろうと、私は思っていた。

だが、あいつは異っていた。ひどく混乱した瞳《め》をしていて、行き交う人々と、自分の目の前にいる二人と一匹を見ていた。一人はジュンで、もう一人は新入りのホームレスらしい。ジュンも新入りも、私達がお気に入りの木陰に坐り込んでいた。新入りが、ホームレスになって日が浅い事は分かった。それ程ひどく汚れていないし、まだ持物を持っている。荷物を前後に積んだ汚れた自転車と、薄汚れてもしゃもしゃの毛をした年老いた犬を連れていた。

犬を連れたホームレスというのは珍しいが、決していないというわけでもないだろう。ただ、ひと目で彼等が腹を空かしているのは分かった。顔色が悪く、目が落ちくぼんで唇はカサカサだ。多分、水さえもロクに飲んでいないような生活をしていたのだろう。

ジュンも新入りのホームレスも、自分達の前に立っているあいつを見上げていた。公園の街灯が辺りをぼんやりと照らし出している。

あいつはひどく華奢で、身なりも貧しかった。細い体には不釣り合いのジーンズの上下を着、中には黒いタートルのセーターを着ている。足下には黒いナイロン製のバッグ。ただそれだけ。ホームレスには見えなかったが、それに限りなく近い。髪は短く、まだヒゲも生えていない。一体、幾つなのか見当も付かなかった。十五、六歳か、二十歳に近いのか。その身なりと振る舞いと、瞳の光とが、それぞれ勝手な年齢をあいつに与えていた。

あいつは両手を固く握り合わせ、道行く人々に訴えかけている。その強い瞳だけで。

（どうして？　どうして？　あんた達にはここにいるこの人達が見えないの？）

それから、ジュンと新入りと老いた犬を見る。

犬を見る瞳はひと際優しいが、どこかが痛んでいるように、怯えた眼差しで周りを見廻し、立ち竦んでいた。汚れた犬だけがあいつに少しでも近付こうとして、引き綱を目一杯に引き伸ばしている。犬の目は優しく、もしも犬にも憂いというものがあるのならば、正しくそんな目をしてあいつを見ていた。

拾えるものならば拾って帰りたい、とでもいうように。

ジュンと、当のホームレスは当惑していた。突然現れた火星人に、瞳だけで身体検査をされているような顔だった。そのくせ、なぜか二人の顔は少しずつ上気していった。

まるで悪霊に憑かれた人間のように、あいつの顔から目が離せなくなっているようだ。

こういうのを金縛りとでもいうのだろうか。

私がじっと観察をしていると、ジョージがフラリと歩き出そうとした。顔を見てみると、変な具合いに目が輝いている。その目はピタリとあいつの顔に当てられ、足は勝手にあいつの許へと向かって歩き出していた。

何もかも妙だ。皆、あいつに引き付けられている。私のアンテナが警鐘を鳴らし始めた。近付くな。あいつはヤバイ。近付くなと。

理由はわからない。わからないからこそ厄介なのだ。私はジョージの肩を摑んだ。止めるつもりだった。ジョージのギターケースが揺れた。

「何だよ、平さん。早く行こう」

ジョージは振り向きもしないでこう言った。

その声が届いたのか、私達の気配を感じたのかはわからない。あいつがさっと、こちらを見た。一瞬、私と目が合った。こんな瞳を私は見た事がない。強く、燃えるような意志と、優しさの故に深く傷付いた心が同居している。それは長い長い間生き、年老いてなお全てを諦めていない者だけが持てる何かのようだった。そうでなければ、まだ幼い子供が、無心に何かを願っているような。私は目を逸らそうとしたが、その寸前に、心臓の辺りに鋭い痛みを感じた。

チクリとひと刺し。太く長い針金で、どこかを抉られでもしたような痛み方だったが、すぐに消えた。それで、私もすぐに忘れた。

ジョージが小走りに三人と一匹の所に行った。

「早く。平さん」

「分かったよ」

ジョージはすでに飲み物を勝手に配り始めている。私もジョージの横に腰を下ろし、袋から弁当を取り出してそこに置いた。

「あんたも坐りなよ」

ジョージが浮かれた声であいつに言った。

おずおずといった感じであいつも腰を下ろす。

汚い犬の傍で、私とは丁度向かい合う形になった。犬がさかんに尻尾を振って挨拶している。

私がその日持っていったのは、弁当が五つだった。配ろうとして、顔馴染みになっていたホームレスのフジさんが木の陰にいるのを見付けた。

藤さんなのか、富士さんなのかどうかまでは知らない。本人がフジとしか言わないから、そのままになっている。

「何だ、フジさんもいたのか」

フジさんは黙って、あいつに目を注ぎながらも、手だけを突き出す仕草をした。無理もない。新顔が二人もいるのだ。警戒しているのだろう。私も黙って弁当を配った。

ジョージ、ジュン、フジさん、新入り、新入り擬《もど》き。

すると、あいつが弁当を私に押し返してきた。

「いい」

要らないという事か、私に遠慮でもしているのか？　だが、腹は減っているだろうに。

「喰えよ。私なら食べてきた」

ジョージが一瞬、変な顔をした。私はいつも彼等と一緒に飲み喰いしていた（大体は）。食べ物だけを置いて止むをえず帰ることはあったが、それは稀だ。私の厄介事の元凶は、公園などにはまず来ない。彼等の好むのは、金の匂いのする歩くバカ者だ。従って、より人混みのある所へと彼等は動いて行く。

貧しい青少年やホームレス達は、彼等の好みではない。だが、この公園の先には近年映画館や、ショッピングモールなどが建設されていた。間が悪ければ奴等に出喰わしかねない時もある。もちろん、私はそんなヘマはしない（大抵は）。

「いいの？」

あいつは訊いた。低く、掠れたハスキーボイスだ。だが妙に柔らかい声だった。

私が頷くと、パッと顔を輝かせ、犬の前に行ってそれを置いた。

犬にやって良いとは言っていない。お前が喰えと言ったつもりだったのだが。犬の方も戸惑った顔付きであいつを見ている。当然、飼い主のホームレスから分けてもらうつもりでいたようだ。

だが、あいつは嬉しそうにアルミ箔などを取り除いてやっていた。

「さあ、食べて。お腹減ったろ」

犬は少しの間考えていたが、何を思ったのか、肉団子を一つ咥えると、あいつの前に置いた。これには皆、びっくりした。全員が手に持った箸を止めて、あいつと犬とを見た。

あいつは少し困ったような顔をして笑い、その肉団子を手に乗せると片手で老犬の頭を抱いた。

「いい子ね。いい子。大好きよ」

犬は目を細め、身を捩るようにしてあいつにすりついている。それから、安心したように自分の前に置かれた器から食べ始めた。行儀が良かった。けれども食べているのは犬だけだった。

私はチラリと全員を見た。顔が蕩けていた。

皆、たった今自分に向かって、

「大好きよ」

と言われでもしたような顔をしている。

私の視線に気が付くと、慌ててジョージ達は弁当に戻った。責めるような目付きでもしていたのだろうか。

私は驚いていた。ボーイソプラノで喋った。おまけにしっかり女言葉で。一体こいつは何なのだ？　年齢不詳、性別不詳、身元不詳。正体不明。

私はじろじろとあいつを見ていただろうか？　今になっても分からない。ふいにあいつが顔を上げ、私の視線を捕えたからだ。皆はしっかりと弁当の上に屈んでいたように思う。とにかく、あいつに見詰められた時、私は自分が探られているのを感じた。思っていたより大きな瞳で、薄明かりの下でも光を放っていた。黒いというよりは暗いというのに近い光だった。瞳の色は鳶色で、眉はゆるやかにカーブし、唇はふっくらとしていたが、色素がなかった。オカマなのに化粧気もないとは、これいかに？　などというフザケた考えがチラリと頭の隅をよぎった。内臓の中までも見透かそうとするような、あいつの凝視に戸惑った結果だ。私は追い詰められるとフザケるという、悪い癖がある。

その考えが頭をよぎった時、私は思わずニヤリとしていた。オカマのホームレスか。悪くない、と。

あいつはまるで私の頭の中を正確に読んででもいたようだった。なぜなのかは解らないが、私の頭の中味を覗いてみて、初めて安心したようだ。すっかり警戒心を解いた瞳をして、私に向かってニコリとした。桜の花びらのように淡い笑みだったが、私にはそれで十分だった。

まるで本物の女のように見えた。あいつは満足したようにこくりと頷くと、心と視線を他の者達に移した。ジョージ達とホームレス達と老いた犬と、桜と夜の風に。夜風は思いの他冷たく、時折思い出したように桜の花びらを巻き上げて通り過ぎて行く。

私はあいつの心が他に移ったのを知って、なぜか不服だった。もう少しの間だけでも良い、私だけを見ていて欲しかった。

そうはっきりと自覚していた訳ではない。

けれど優しい光を湛えて皆を見る、あいつの眼差しに痛みを感じた。今度のは、さっきよりも鋭い、ズキンとしたもの。心臓を直接ナイフで刺されたようなものだった。

ロマンチックな男なら、こう言ったかも知れない。

今、キューピッドの矢が私に突き刺さったのだと。

けれど、そんな事は私の想像の他だった。

その日、初めて出会った女男に、事もあろうに心を奪われるなんて。相手は多分、私の半分も生きてきてはいないと思われた。

それに私は間抜けにも、恋というものの始まりが、いつもこんなふうにして不意討ちを掛けるものだとも知らなかった。

もっと救いのない事に、私は本当の恋を知っていなかった。女というものをまるきり知らなかったわけではない。嫌、考えてみると私は何一つ知らなかったのかも知れない。決して多くはない私の女性経験と、職業で培った偏見のお陰で、女は面倒臭い、甘えるか、たかるか、ヒステリーを起こすか、裏切るかのどれかだくらいにしか、思っていなかった。どちらにしろ、何よりも私の人生に、女は足手まとい以外の何物でもなかった。

それは一瞬の考えだった。意識の表面にはのぼって来られない程に深い所で、全ては整理され、不用品の袋に詰め込まれていった。

その夜、そこにいた全員があいつに恋擬《もど》きの感情を持つに至った。あの老いた汚れた犬さえも。弁当を食べ終った皆は、ビールや日本酒のワンカップを飲みながら、互いの自己紹介をしたり、世話の焼きっこをしたりしながら交流を深めていった。

そこにあいつがいるだけで、何やら暖かい空気が皆を包んでいた。悲しい身の上話には同情を示して涙ぐみ、笑い話にまぶしたジョージ達のフーテン生活話には、一緒になって笑い転げた。

犬を連れたホームレスにはこう言った。

彼氏は並木広志といって、中堅の商社をつい二月程前にリストラされ、ハローワークを当たっていたが適当な仕事は見付からなかった。貯金がたんまりあったわけではない。

独身の男なんて皆、そんなものだ。とにかくあせっていた。金は失くなってくる。仕事は見付からない。ヤケになって飲めもしない酒を飲み、フラフラになってアパートに帰る途中、何かに躓いて道に倒れ込んだ。気が付いて見ると、自分の腹の脇に何かが伸びていた。

年老いた、もしゃもしゃの毛をした犬だった。息だけはしていたが、力なく目を閉じていて動かない。首にはまだ、首輪を外されたらしい、くっきりとした跡があった。迷い犬でも野犬でもない。年を取って無情にも捨てられたのだろう。並木氏は我が身に引き比べて放って置けなかった。アパートに連れ帰って面倒を見たら、犬の方はすぐに回復したが、アパートの隣人が大家に苦情を言った。犬を連れ帰って一週間も経っていなかった。

大家は十日の期限を切って、犬をどうにかするか、並木氏が引越をするかを選べと言ってきた。どうにもなる訳はなかった。

それで、彼等はこっそり逃げ出して来た訳だ。何年も暮らしてきた思い出のアパートは、呆気ない程にあっさりと失われてしまった。並木氏に残ったのは、僅かばかりの所持金と身の廻りの品。そして、全てと引き替えにした老犬だけだった。

「でも、あなたに拾われて、この子は幸せだね」

並木氏は自信がないという顔をした。

「そうだろうか。こんな生活をしていて」

「そうだよ、絶対」

「絶対？」

ますます消え入りそうになっている。

「あなた、分かっていないんだね。この子の顔を見ればわかるよ。あなたに頼りきっている。ご飯なんて、少しは食べられなくたって良いんだ。愛してくれる人の傍が良い。自分を捨てた薄情な人間より、あなたの傍の方がずっと安心していられるんだよ」

こんなふうに言われて、並木氏もどんなにか心が慰められただろうか。

「でも、あなた。犬を飼うのは初めてでしょ」

「そうだね」

「そうだろうね。この子の名前は何？」

「無いよ。それどころじゃなかったんだ。大変だったから」

じゃ、ワタシが付けてあげると、あいつは言った。

「ドレミ」

これには全員が声をあげた。

「ドレミ？」

当の犬だけはうっとりと目を細めている。あいつの膝を一人占めにして。

「そう。ドレ美だよ。この子、女の子なんだ。知らなかった？」

こんなに年取った犬に女の子はないだろうと思ったが言わなかった。

酔いドレのドレだとでも言われかねない。その頃には、私達は相当にでき上ってきていたから。

並木氏もあいつも少し赤い顔をしていた。

ついでに、多分、ドレ美も。あいつが手の平に乗せたビールを喜んで舐めていたから。

「美はわかったけど、ドレは？」

ジョージが訊いた。

「サウンド・オブ・ミュージックだよ」

「あ。ドレミの歌」

嬉しそうに並木氏が言った。

「そう。あの歌は幸せを知らなかった子供達が、初めて幸せになった時の歌だよ。マリアに愛される幸せを知った。歌う事の喜びを知った歌。苦難にあう家族の思い出の歌でもあるし」

うん。良いねと皆が言った。

「決まりだね。ドレミ。良かったね。あんたの名前、とっても良いでしょ？」

あいつが囁くと、ドレミはクウと返事をした。どういう理由か、あいつは犬に対してだけはボーイソプラノになって、キャンディ声で話しかけた。フジさんとは、皆と同じようにして、見詰め合っていただけなのに。

「んでね。この子、ずい分と汚れてるでしょ。暖かい日には洗ってやって。洗った後はタオルで拭いて、こうやってブラシをかけるんだよ」

と、あいつは手を動かす真似をして見せた。

「え。犬って洗うの？　できるかな」

「平気だよ。すぐできる。洗ってやんないと、ノミがつくし、病気にだってかかりやすくなるし」

並木氏は目をパチパチとさせた。

あ、そうだ。と言って、あいつは黒いビニールのバッグを引き寄せ、中をガサゴソと探っていたが、やがて真っ白いタオルと柄の長い黒いブラシを取り出した。

「はい、これ」

「何？」

「ドレミ用のタオルとブラシだよ。ブラシはこのくらい粗いので丁度いいんだ。ドレミは、毛が長くてからまりやすいからね」

「いいの？」

「いいよ。それで、時たまで良いから、虫下しを飲ませてやって。別に獣医さんに行く必要はないよ。人間の子供用ので十分だ。それから」

まだあるの？　という並木氏の表情を見て、あいつは一旦言葉を切った。

「うん。もう一つだけ。年に一回フィラリアの予防注射ができると良いんだけどね。この町ででも多分あると思うよ。区のお知らせなんかに載っている。無料か、凄く安くしてくれるサービスだよ」

並木氏は思いきり情けない顔をした。

それはそうだろう。ホームレスの犬まで町が面倒をみてくれる訳がない。

あいつもそれに気付いたようだ。ひどくバツの悪そうな声をして、

「ごめん」

と言った。

「ごめん。無理だね。だったら、蚊取線香とかでも良いよ。もし手に入ったら炷いてやって」

最後は、蚊の鳴くような声になっていた。

ジュンが感心したように言った。

「あんた、犬のこと、詳しいんだね」

「犬のことだけじゃないよ。動物のことなら、何でも知ってる。人間のことは、わかんないけどね」

そこであいつは、どういう理由か私の方をチラリと見た。皆がその視線に気が付いてヘラヘラしている。何かの当てこすりを言われたらしいが、私には理不尽な言い掛かりにしか思われなかった。腹が立った。それで私も皆に負けずにヘラヘラしてやった。

気にしていないという意志表示だ。そうして、すぐに本当に何も気にならなくなった。

皆、笑っていた。あの不愛想で警戒心の強いフジさんでさえも、嬉しそうだった。

夜も更けて、人気のすっかり無くなった公園の中で、ここだけ華やかなライトが当たっているようだ。

あいつは一人一人に心を配っていた。皆が喋っているかどうかにではない。この暖かい輪の中から、誰か一人でも落ち零れてはいないか、心から安心してこのひと時を楽しんでいるか。ここにいる一人一人が（皆、と一緒くたにしている顔ではなかった）今、幸せであるかどうか。まるで母犬が仔犬達を気遣うように、順番に一人一人の目を覗き込み、目だけでO・K？　と訊いて微かに頷いて見せた。まるで、その相手が自分にとって特別だとでもいうように。私もO・K？　の洗礼を何度か受けた。

それは決してあからさまなものでも、押し付けがましくもなく、むしろ控え目で相手にそれと意識させない程度の幽かさだった。それで私を含めて誰一人、今、ここで起こっている事の意味を深くは考えず、ただ自分達に差し出された愛情に、酔っ払っていた。言葉を変えるなら、それは慈悲と言ってもいいし、哀しみと言ってもいい。そのくらいあいつの眼差しは絶えず変わった。

これだけは言える。あいつは人の心を開かせる名人だった。絶える事なく地下から噴き出すマグマのように、愛情という名の炎で辺りを照らし出した。そうして、自分はその見返りを何一つ求める事はなく、静かに坐って見守るだけだった。それこそ、母犬のように。

私達の陽気な笑い顔を見て、あいつはホウと息を吐き出し、空を見上げた。月はもう見えない。私達もあいつに釣られて空を見上げていた。頭の上には、淡い桜の花の暈。その隙間からは黒い空が覗いていた。風に飛ばされた雲がどこまでも流れてゆく。

そうして空を見上げていると、雲ではなく、自分達が宇宙船に乗って空を飛んでゆくような錯覚を覚えた。皆もそう思ったのだろう。

少し口を開いて、全員で黒い空を見上げている。

宇宙船『幸せ号』。

その船の中では、一人一人が今日のささやかな幸せに満足していた。見慣れたはずのジョージ達の顔が輝き、桜の樹さえも輝いて見えた。あいつも満たされた顔をしている。

老犬のドレミは眠りこんでいて、飼い主の手で優しく撫でられていた。

私達がどんな問題を抱えているにしても、今だけはそれはどこか宇宙の果てへと追いやられていた。満たされた沈黙を乗せて、宇宙船が空を飛んでゆく。沈黙を破ったのは、ジョージだった。輝いた目であいつを見ていた。潤んだ目といった方が、良いかも知れない。

「ねえ、あんた。まだ名前、聞いてなかったよね」

フジさんが慌ててジョージに目配せしていたが、そんな事に気が付く奴ではない。あいつは困った顔をしていたが、低く掠れた声で、

「美咲」

と言った。

女言葉を喋ってみるだけでは足りず、名前まで女の名前に変えたのだろうか？

私は思わず口を滑らせていた。

「お前、オカマか？」

それを聞くと、全員が一斉にブワッと吹き出した。あいつは特に喜んでいる。

「おじさん、古いね。今はさ、オカマなんて言わないんだよ。差別じゃないか。ちゃんと、ゲイって言ってよね」

あいつが言うと、ジュンもニヤニヤして言った。ジュンは今年で二十歳になっている。

「今はさ、ゲイって言うのが流行りなんだよ。平さん、やっぱりおじさんだ」

ジュンがそう言った途端、ジョージが堪りかねたようにゲラゲラ笑い出した。それに釣られたように、並木さんも、フジさんもケラケラと笑った。

ゲラゲラとケラケラ。私はこんなふうに笑い者にされる覚えはない。さっきまでの連帯感はどこへやった？　第一、今日の飯を持ってきたのは私だぞ。私は不貞腐れて皆を睨み付けながら、立ち上がった。

「怒んなって。ほんの冗談じゃないか」

ジュンが、笑いすぎて涙の滲んだ目で言った。

冗談で笑われて堪るものか。私はまだ怒っていたが、あいつが少し気の毒そうにしているのを見て、悪態を吐《つ》くのはやめにした。

「ドレミが起きちゃった」

とだけ、あいつは言った。

「平さん、今日はどこ?」

ジョージが訊いてくる。

「家だ。お前達はどうする?」

私は時々、家を留守にすることがあった。

「今日はさ。駅前で歌ってたら気前の良いおっちゃんが千円くれたから。久しぶりに俺達、綿木温泉に行くよ」

綿木温泉というのは天然温泉で、地下何百メートルからだかボコボコ湧いてくる熱い湯が売り物だ。

昼間でも安く入れるのだが、夜は零時過ぎると格安になる。おまけに仮眠ルームや広間もあるという、ジョージ達にとっては天国のような所だ。

「温泉があるのですか?」

並木氏が興味を示した。私もぜひ行ってみたいのですが、と言ってドレミを見る。置いていくのは心配なようだ。気配を察してあいつが口を開く前に、珍しくフジさんが言った。

「行って来なよ。こいつは俺が見ていてやる」

昔、俺も犬を飼っていた。心配要らねえよ。

後の言葉は自分に向けて言っていて、不安気なドレミの耳の後ろをそっと叩いてやる。

ドレミは尻尾をハタハタと振った。

「利口な犬だな。ちゃんとわかってる」

フジさんが言うと、並木氏とあいつがこっくりとした。

「じゃ、お言葉に甘えて。私は泊まらずにすぐ帰ってきますから」

「ゆっくりしてきな。俺ならここから動かねえよ」

フジさんがそう言ったので並木氏は安心してドレミの引き綱を預け、ジョージ達と一緒に温泉に向かった。

別れぎわにジョージがあいつの前に立ち、

「あんたはどうすんの？」

と訊いていた。あいつは変な顔をしていたが、

「さあね」

と答えた。

「分かんない。でも、又、来れたらくるよ。楽しかった」

「来なよ。俺達の歌、聞かせてやるからさ」

ジュンが熱心に勧誘していた。

「他の奴等も来るよ。又、来なよ」

「ウン。そうする」

あいつは答案の分からない生徒のような声で言い、それから肩のあたりで手を振った。

「バイ。又今度ね」

そう言った後で、もう一度言う。

「又、今度」

三人の顔に笑みが広がる。

「又、今度」

それぞれに言って、あいつに手を振ってから歩き出した。

あいつはそれからドレミに向き直った。

「ドレミ。良かったね。おじさんが一緒にいてくれるよ。良い子で待っているんだよ」

と、犬に向かって超甘い猫撫で声で言う。

「おじさん、それじゃ、おやすみなさい」

「おやすみ」

フジさんは口の中でモゴモゴと返した。おじさんと言われて照れているのだろう。ちなみに、フジさんの年はおじさんというよりは、おじいさんに近い。年を取ってからのホームレス暮らしで、体に大分ガタがきている。その分余計に爺々むさいのだが、あいつはそんな事は気にしないらしい。フジさんとドレミに向かっても、

「又ね」

と手を振っていた。私はその間に、さっさとあいつに背を向け、歩き出していた。ついさっきまでの、異空間にいたような気分はまだ残っていたが、勝手に気のせいだと思いこむ事にした。私は間抜けだが、用心深いのだ。こんなオカマみたいな奴とは関わりたくない。どこから来たのかは知らないが、飯は喰わせた。後は自分で何とかするだろう。と、思いかけて首を撚った。さて、本当に飯は喰わせたのだろうか？　喰わせていなかった。あいつは、私の分か自分の分になるはずの弁当を、ヨレヨレの犬に喰わせてしまったのだった。明らかに腹が減っていたはずなのに。

思わず足を止めると、後ろで気配がした。

少し離れてあいつが追いて来ていた。

私が振り返ったので、テヘへというような顔をして走り寄ってくる。

止めてくれ。私は念じたが通じなかった。

「おじさん、家あるんだって？」

あいつは言った。

「今晩だけ、泊めてくれないかなァ」

「止めとけ。私は忙しいんだ。さっさと家に帰って寝ろ」

「家ならないよ」

あいつはシャラリと言ってのけた。

「家出でもしてきたのか」

「ま、ね。そんなとこ」

腹を空かせたオカマの家出青少年。気が動きそうになったが、ブレーキがかかった。オカマであろうと、健全な青少年であろうと、夢のような美女であろうと、今は関係ない。誰とも深くは係わらない事。それが何よりも優先事項だった。

「帰れよ。親が泣いてるぞ」

私は脅してみた。

「だから」

あいつはちょっと考えてから言った。

「親はいないんだよ」

「何でだ」

「死んだ」

死んだ？　何で？　私は言いそうになって黙った。嘘に決まっている。この若さで親が死んでいるなどとは、到底思えない。現に私の両親だって、未だに健在だ。

事情があって行き来はしていないが。

「嘘じゃないよ。二人共死んだんだ」

あいつはやはり火星人だった。私の心をすっかり読んでいる。

「事故か？」

私はやっぱり間抜けだった。まんまと相手の罠に嵌まった。嫌、この場合罠を仕掛けたのは、多分あいつではない。あいつは本当の事を言っていただけだし、私はいつものようにうっかりしただけだ。もしも罠を仕掛けた相手がいるのだとしたら、それはとてつもなく残酷で、想像もつかない程巨大な、何かなのだろう。

あいつは私の心が軟化したのを素早く見てとった。気が変わらないうちに、とでもいうように私の横に並んで目で急かしてくる。それでも、私は諦めが悪かった。こんな奴を連れては帰れない。今の私の状況では、捨て猫一匹だって拾って帰れないのだ。

「ねえ、早く帰ろ。お腹減った。あんたもだろ？」

「何だ。分かっていたのか」

「うん。あんた恨めしそうにドレミを睨んでいたもの」

そんな事はした覚えがない。

あいつは嬉しそうに、声をたてずに笑った。

「ウソだよ。あんた、優しい目をしてた。ちょっとニヤけていたけどね」

言う事がいちいち気に障る。その上、並木氏に対しては「あなた」と言っていたのに、私には「あんた」呼ばわりか。

文句の一つも言おうとして横を向くと、視界の端に黒い影が二つ映った。奴等だった。

背のばかデカイのが成井、チビっこいのが仲田といって、郷田組の組員だ。つまりはヤクザという事だが、これが全くタチが悪く、おまけに執念深かった。私が身の危険を感じてしばらく身を潜めていた期間を挟んでも、もうかれこれ奴等に付き纏われてから、十五年近くになる。好《い》い加減にして貰いたかったが、奴等は勘弁してくれない。郷田組の地場はここからはかなり離れた繁華街で、この町に何年か前に移って来た時には、私はまだ安心していられた。ここは辺鄙というか場末というか、とにかく昔ながらの古びた商店街と住宅の混在した町で、ヤクザ屋さんなどの用がある所ではない。だが、さっきも言ったように近年は急速に様変わりしてきていた。

　駅前には大きなビルが建ち並び、公園の先には映画館やショッピングモールなどもできて、金を持った若者達もウロウロしている。郷田組はかなり阿漕な商売をする。

　過去に私が若気の至りで彼等と揉めたのはそのためでもあるが、奴等は金の匂いを嗅ぎつけて、自分達のシマから、時々出張ってくるようになった。そこで運良く十年以上も見失っていた私の姿を見付けたという訳だ。もっとも、見付かったからといって、昔のように毎日付き纏われるという訳ではない。この辺りはまだ未開地域といってもよく、いろんな組のヤクザが出張ってきて、お互いに睨み合っているような状態だから、奴等も昔のような無茶はできない。

　自分達の地場から出張ってくる時だけ、あるいはヒマでヒマで仕方がなく、私に手を出してみたくなった時だけの用心をしていれば良い。そうはいっても油断は禁物だった。何しろ狂犬のようなところがあって、私に対しては情け容赦もない。私の厄介事の一つは、正にこの二人に出喰わすことだった。

何て素敵な夜だろう。

私は嘆め息を吐きたくなった。宿無しのオカマに付き纏われた上に、旧知の二人に出っ喰わすとは。そして相手は、決して私と仲良しごっこをしたいなどとは思ってくれない。

「よう。そんな鶏ガラみたいな女連れて、お散歩か」

デカの声だった。私が何か言い返すより先にあいつが言い放った。

「バアカ。あたしは男だよ」

低いドスの効いた声だった。まるで七色の声を使い分けられる魔法使いみたいだ。二人が呆気に取られて一瞬固まっている間に、あいつは私の手を摑んで、走り出した。

「早く。あいつ等、あんたを狙ってるよ」

まだ二人との間には距離があった。私は走りながら驚いていた。何の事情も知らないはずのあいつが、ひと目で状況を見て取り、速断した事に。奴等がすぐに私達を追って走り出した音が聞こえた。

「こっちだ」

私は大通りの角を曲がり、ひと息に走って次の脇道に駆け込み、更に小さな路地に入った。そこで暗闇の中に身を潜め、デカチビ達が脇道の前を走り去っていくのを、路地から目だけを出して確かめていた。思いきり品の悪い怒鳴り声が聞こえてくる。バカめが。毒づいてそのまま路地を進み、くねくねと曲がりくねった小道を辿って公園側に戻り、タクシーの拾える所に出た。私がタクシーに乗り込むと、あいつも黙ってタクシーに乗った。仕方がない。私と一緒にいる所を、奴等に見られたのだ。ここに放り出して行ってしまって、万が一デカチビに見付けられでもしたら、ボコボコにされるだろう。相手は、オカマだからといって許してはくれない。逆に面白がって痛めつけるだろう。

タクシーが大通りを抜ける時だけ私は身を屈め、あいつの頭を押さえ込んで座席に沈めた。あいつは文句を言わなかった。

「何でだよ。何であいつ等に狙われてんだ？」

あいつが訊くので私は言ってやった。

「気にするな。お前がオムツしている頃からの古い知り合いだ」

あいつは、フンと言ったきり黙って窓の外を見ていた。桜の花の下で、皆と笑い合っていた時のあいつは、ここにはもういない。あの暗い光を湛えた瞳。闇の奥までも知ってしまったという瞳だけが光を放っている。気のせいか、その顔にも暗い蔭りが見えるような気がした。

私の気のせいに決まっている。まだこんな子供が、こんな顔付きをするなんて。

私がそう思っていると、あいつがふいにこちらを見た。涙が滲んでいるような濡れた瞳をしていた。その瞳が、私の心を探っている。私は気が付かない振りをした。心臓の辺りが、妙な具合いに痛んでいる事にも。痛みは、切り傷に消毒液をたらしたような、鋭いものだったが、私はポーカーフェイスを続けた。ポーカーフェイスなら私は得意だ。他人に対しても、自分に対しても。そして、それは私の専売特許ではなさそうだった。あいつは嘘吐きだ。気が付くと、あいつは何事もなかったかのように、すっかり詰まらなさそうな顔をしてこう言った。

「くたびれた」

「ああ。そうだな」

私もくたびれていた。何しろ腹は減っているし、鬼ごっこもしたし、こんな変なオカマを拾ってしまったし。

「断っておくがな。ひと晩だけだぞ」

「言われなくたって、分かってるよ。あんた、見掛けによらず変わっているからね」

「どこが?」

お前にだけはそう言われたくはない。

「頑固でひねくれていて、差別主義者だ」

「悪かったな。嫌なら降りろ」

もう、デカチビも追い付いてはこれないだろう。嫌ならさっさと降りてくれ。私もその方が大いに助かる。

「諦めが悪いんだね。放り出そうったって、そうはいかないよ。あんたに付き合って走り回ったから、お陰でこっちはヘトヘトなんだから」

「だったらその口にチャックを掛けて、お行儀良くしてろ」

あいつはニヤリと笑った。

「そうするよ」

それから私を変な目で見た。

「怖がらなくたって良いよ。別にあんたを襲う気なんてないからさ。こっちにだって好みってもんがあるし。あんたの好みも大事にするよ」

「それはそれは」

そいつは本当に有難い。念のために部屋に鍵でも掛けておこうか。鍵があればの話なのだが。私が思案している間に、タクシーは私の家のある通りを走り過ぎていった。私は用心のために更にそこから坂を登り、通りを二つ先に行った所で、車を停めさせた。昔取った何とやらだ。まだ若い時分に、身に付いた習性が、今では私の身を守ってくれている。

バス通りで車を降りると私は道を渡った。この道をもう少し登れば新興の団地やマンション群があるので、深夜以外はバスが頻繁に通るようになったし、通り沿いには小奇麗な店も並んではきた。けれど、それだけだ。店舗は出てきたと思うといつの間にか引っ込み、又新しい店ができて、隣りが店を閉めるという状態を繰り返していた。一歩裏道に入ると、秘っそりとした、昔ながらの住宅と店が連なり、両方共かなりくたびれて裏淋しい。私はあいつを連れて深夜の町をバス通りから一本入った道を下り、灯の消えた自分の店の前に辿り着いた。一階部分も二階もすでに暗い。あいつは物珍しそうに視線を動かせていたが、何も言わなかった。黙って私の後ろを追いてくる。暗い路地を通り、店の裏へ回ると階段がある。

一階の店の裏口脇から上がり、二階の店の裏口が踊り場になっていて、そこを上がった三階に、私の部屋の扉があった。扉を開けて電気を点ける。何せ年季の入った部屋だから、お世辞にも奇麗とは言い難いが、私の第二の親ともいえる高畑の親爺さんが残してくれたものなので、大事に使っているつもりだった。

「へ～え」

あいつが感心したように言った。

「案外きれいにしてるじゃん」

私は面倒臭かった。

「風呂はそっち。台所はこっち。洗面所とトイレはそこ。後は勝手にやってくれ」

と、適当に言ってソファに腰を下ろした。疲れていたし、うんざりだった。この部屋に住むようになって五年にはなるが、その間誰一人としてここに入れた事はない。もちろん、私の両親もだ。彼等に至っては、私がここに住んでいる事すら知らないでいる。高畑の親爺さんは、時折思い出したように、

「たまには顔を見せてやれ」

と私に言っていた。

「今更、どの面下げて会えるっていうんですか」

私が言うと、

「どの面もこの面もない。どんな面だって良いんだよ。親には手前の子供は、幾つになったって子供のままなんだ。面さえ見られれば満足なんだよ」

と諭してくれたものだ。

親爺さんと女将さんの下で働くうちに、私の歪んだ心も正されていった。正されてはいったのだが、私は頑なだったし、何よりも私が近付く事で、両親に迷惑を及ぼす事が怖ろしくなった。丁度今夜のあいつのように、いつ何時、二人に災難が降りかからないとも限らない。私は二人から隠れ続けた。それなのに、初めてこの部屋に入れた人間が、選りに選ってオカマの宿無しだったとは。

嘆め息を吐いていると台所でガサゴソと音がした。すぐに良い匂いが漂ってくる。腹の

虫が鳴った。

「はいよ。あんたの分もある」

あいつが言ってインスタントラーメンを二つ、トレーに載せてきた。ご丁寧にも卵まで割り入れてある。それと、適温の緑茶があった。ただ坐っていて飯が出てくるなんて初めての事だ。私は感激した。

そしてすぐにそれを撤回した。あいつは事もあろうに私のベッドをかっ払い、家主の私をソファで寝かせたのだ。

「男でしょ」

とあいつは言った。都合の良い時だけ女になった振りをするな。私は言い返したかったが、あいつは知らん顔を決め込んで、私の寝室に入ってしまった。幾ら何でもそこまで追いかけていく勇気は、私にはなかった。戸を引き開けてみて、あいつがベッドに坐り、ニッコリと笑って手招きでもしていたら気色が悪い。

どうせひと晩だけのことだ。

そう思って私は毛布を頭まで掛けた。

次の朝、目が覚めた私は自分の家なのにそこがどこだか分からなかった。いつも見慣れている寝室の天井がそこになかったし、ソファに寝ていたせいで体が縺れていた。おまけに目の前には見慣れない人間が立っていて、私のブラシを手に持って何か文句を言っていた。

「このブラシ臭いよ。髪にクリームつけるのやめてよね。オジさん臭くて適わない」

あいつだった。見慣れないはずだ。あいつは昨夜のジーンズと黒いタートルネックのセーターの代りに、私の冬物のシャツを着て、下には私のトランクスと男物のソックス（多分、私の）という怖ろしくアンバランスな格好をしていた。朝早く風呂に入ったらしく、髪の毛が濡れて、額にかかっていた。

「ブラシくらい、自分のを使え」

文句を言うと、

「無いよ。ドレミにやってしまった」

とあいつは言った。

「服までやった訳ではないだろうが。ベッドだけじゃ足りなくて、私の着る物までぶん取ったのか」

「良いだろ。別に減るもんじゃないし。ちょっと借りたくらいで人聞きの悪い」

それから、聞こえよがしの声で、「ケチ」と言った。

私はケチではない。ケチな人間かも知れないが、少なくともオカマにケチと言われる程落ちぶれてはいない。

「おお怖」

あいつは言った。スゴイネ。口の中で言う。

「あんたに睨まれると寒気がするよ」

それはお互いさまだ。洗面所からは私の全自動洗濯機の回っている音が聞こえていた。洗濯物と洗剤を入れておいて、ボタンさえ押せば、後は勝手に洗いから濯ぎ、乾燥までをやってくれるという優れものだった。一年前に遂に最後の寿命が尽きて、長年使った洗濯機が動かなくなった時、量販店の店員が勧めてくれた物だ。

「洗濯もしているのか」

私が言うと、あいつは口を尖らせて、

「いけない？」

と言った。別にいけないと言う訳ではないのだが、妙に居心地が悪い。

この家そのものまでも乗っ取られた気分だ。私以外は。多分、今のところ。あいつは怖ろしく早く、この家に馴染んでいた。私の前を横切って台所に入って行く。その前に私はしっかり見ていたのだが、あいつの体はやはり板のように薄く、胸は真っ平だった。棒のように細いという言葉があるが、それがぴったりで、私のトランクスは大きすぎて尻の辺りにでも引っ掛かっているのか、やけに丈が長く見えた。丁度長めのショートパンツといったところだろうか。それに目一杯引き上げた男物のソックス。そうするとほとんど膝の下まで隠れてしまっていた。その、何ともいえない珍妙な格好で家の中をあちこちウロウロしている。私に話す時は驚く程素気なくて、例の低い掠れたような声で悪態を吐いていた。居直るとは、こういう事をいうのだろうか。私は心配になった。

「オイ。用事が済んだら、さっさと出ていけよ」

「くどいねあんたも。分かっているってば」

あいつはそう言ったが、ちっとも分かってなんかいなかった。初めから、そんなつもりが無かったのかも知れない。

その日私が仕事から帰ってみると、あいつはまだちゃっかりと私の部屋に居坐っていた。掃除をして私の夕飯の用意までしてあって、

「お帰り。早かったね」

と例の掠れ声で言った。頭に血がのぼり、思わず怒鳴りつけようとすると私の顔色を見てとり、猫のように素早く私の寝室に飛び込んでしまった。

その夜、あいつは部屋から一歩も出て来なかった。私が不貞腐れて酔っ払い、ソファの上で寝穢《いぎたな》く寝込んでしまうまで。翌朝起きてみると、私の上には毛布がちゃんと掛かっていたから、夜中にこっそりと様子を見にきたのだろう。まるで猫科の動物のようだ。あいつは用心深く音もなく歩き、飼い主を自分の所有物の一部と見なして、世話を焼く猫のようだった。そのくせ妙に淋しがり屋の。

二日酔いと体の痛みに顔をしかめていると、あいつがやはり青い顔をして寝室から出て

きた。短い髪が逆立って、見事なバクハツ頭になっている。耳か鼻にピアスでもしたら似合いそうだと思ったが、あいつは装飾には興味がないらしかった。両手で肩の辺りを抱くようにしながら胸を押さえ、乾いた咳をして私に近付いてきた。

「具合い悪い」

とあいつはいつもより嗄れた声で言い、又、コホコホと咳こんだ。仮病を使っているのかと疑いかけたが、本当に具合いが悪そうだ。

蒼白かった顔から血の気が引いて、紙のように白い色に変わっていた。私はソファから痛む体を起こして、あいつの様子をチェックしてみたが、もちろん何も分かる訳がない。私に分かるのは風邪と腹痛くらいだった。

「風邪でも引いたか。そんな格好でウロついているからだ」

私は言ってみた。四月とはいえ、まだ夜は冷え込むというのに、あいつはフランネルのシャツにトランクス一枚だった。

膝下までのソックスは履いていたが、それでもやっぱり冷えたのだろう。私は洗面所に行き、そこに掛けてあったバスローブを放った。

「これでも着ていろ」

あいつにはそれは大きすぎて、ロングサイズのオーバーでも着ているような格好になったが、少しは暖まるだろう。あいつは大儀そうに肩が落ちてきたバスローブを引きずり、台所に向かった。右手に何かを握り締めていた。

「何だ、それは」

私が訊くと面倒臭そうに、

「風邪薬だよ」

と返して、背中を向けた。

用心が良いことだ。皮肉を言おうとした時、あいつが小さく呻いてその場に坐り込んでしまった。息が吸えないとでもいうように、喉元を押さえ、大きく背中を丸めている。

「オイ。大丈夫か」

私の声に苦し気に眉を寄せたまま、

「水。水くれない？　うんと冷たいの」

と私に、嗄れた声で注文した。慌てて冷蔵庫からエビアン水の入ったペットボトルを持っていくと、私に隠れるようにして手の中の薬を飲んだ。

薬が入っていた錠剤の包みも捨てる事はしなく、手の中に入れてしまって、私に見せようとはしなかった。変だとは思った。普通、風邪薬などというものは茶色の小瓶にでも入っていて、そこから何粒か取り出して飲むものではないのか、と。けれど、深くは考えなかった。技術はどんどん進歩している。私の知らない種類の風邪薬も、きっと沢山あるのに違いない。

あいつは薬を飲んだ後も、エビアン水を飲み続けた。ひと息に全部を飲んでしまうと、やっと安心したように顔を上げてバツが悪そうに少し笑った。

「参ったよ。苦しかった」

そう言って又、咳をする。今度はかなり長かった。

「熱はどうなんだ」

私は心配になり、何の気なしにあいつの額に触った。あいつがびくりとするのが分かったが、私もびくりとしていた。

冷たかった。発熱しているどころではなく、生きていないかのように冷たかった。その冷たさには覚えがあった。高畑の女将さんがいよいよいけなくなった頃、時々こんなふうに熱のない、冷たい体をしていたのだ。

「お前、どこか体が悪いんじゃないのか？」

私が訊くと、あいつは迷惑そうに手をヒラヒラさせた。

「ただの風邪だよ。冷えたんだろ、きっと」

それから、

「今日は、寝てる」

と言って、又、私の寝室に引き籠った。

クソ。すぐに出て行くと言っていたくせに。

私はやり場のない怒りに捕われたが、そうかといって放り出してしまう訳にもいかない。すごすごと毛布を丸め、熱いシャワーを浴びるとやっと体の痛みが引いていった。着る物を替えたかったが、それは寝室の物入れ兼クローゼットの中にある。肌着だけは洗面所の物入れに収《しま》っていたので、それを替えただけで後は我慢するしかなかった。

そのまま仕事に出掛けて行ったのだが、昼を過ぎるとやけに気になって、落ち着かなくなった。考えてみれば、昨夜あいつは夕食をどうしたのだろう。今朝もあの様子では何も食べてはいないだろうし。昼は喰ったのだろうか。

結局私は夕方早目に仕事を切り上げ、店の長治さんに作ってもらった二人分の食事を持って、上にあがった。長治さんは私の気紛れには慣れているので、嫌な顔もせずに手早く何品か消化の良い物を作り、握り飯を添えてトレーに載せて渡してくれた。

居坐ってしまった居候に、飯を運んでいる。

自分でも嫌になるくらい間が抜けていたが、仕方がない。この癖さえなかったら、私の人生はどれ程か明るいものだったろうに。階段を上りながら嘆め息が出た。部屋に入ると、あいつはまだ寝室から出てきていなかった。

「飯だぞ」

と声を掛けてみると、

「要らない」

と答えが返ってきた。まことに素気ないこと、この上ない。私は腹が立ったので、放っておく事にした。とにかく飯は運んで遣ったのだ。要らない、という者に無理強いする気はない。

翌朝起きてみると、残しておいた飯は平らげてあった。食器はきれいに洗って、トレーの上にちゃんと伏せてある。あいつは猫科の動物より始末が悪かった。猫だって飯を貰った人間にお愛想の一つくらいはするものだ。

不機嫌に寝室のドアを叩いた。遠慮は要らない。ここは私の家なのだ。

「何だよ?」

私以上に不機嫌な声で返事があった。

「着替えぐらいさせろ」

私が言うと、

「あ。ごめん」

とあいつが言った。しばらく待つと扉が開いてあいつが出てきた。

「ごめん。気が付かなかった」

あいつは昨日と同じバクハツ頭のまま、バスローブを引きずって洗面所へ向かった。私の顔も見なかった。

何て奴だ。私は後ろ姿を睨み付けてから部屋に入った。部屋の中はきれいに片付いていて、ベッドも簡単に整えられていた。慌てて直しでもしたのだろうか。物入れを開けると片隅にあいつの黒いビニールバッグがあった。私は必要な物を取り出し、リビングに戻った。リビングといっても、ソファと小さなテーブルと机と椅子、それにテレビが置いてあるだけの部屋だったが。

結局私が身仕度をし、部屋を出るまでその朝もあいつは姿を見せなかった。洗面所に立て籠ったまま、何をしているのか音さえしない。今日も居坐るつもりなのは明らかだったが。まだ具合いが悪そうなのに、出て行けとも言えない。まずかった。犬や猫だって一晩泊めれば情が移るというのに、あいつはすでに三泊もしている。今日を入れれば四泊目という事になり、明日も出て行ってくれるという保証はどこにもない。

そうなれば私も、並木氏の二の舞いになりかねなかった。並木氏はドレミを泊めたために、アパートを失ったのだ。もっとも彼の場合は早晩そのようになったのだろうが、住み家さえあれば職も見付かっていたかも知れないし。

私の悪い予感は当たった。

あいつは次の日もその次の日も私の部屋に居坐り続け、私ももう強く出て行けとは言えなくなり、結局のところ、私の部屋に住み付いてしまった。まるで迷い込んだ犬か猫のようにどっかりと居坐ってしまって、昔からの住人のように振る舞っていた。時々は私の機嫌を伺いながら、普段は自分の好きな様にしていた。そうして私の部屋を乗っ取ったように、いつの間にか私の心まで乗っ取ってしまった。私がその事に気付いた時には、もう全てが手遅れになっていた。完全に。

私は間抜けの上に馬鹿だった。今となっては、ただそうとしか言えない。これがあいつと私の出逢い方だった。

あいつを部屋に入れて四日目の晩、私は一人で公園に行った。あいつはまだ軽い咳をしていたので、一緒に来たいと言うのを押し止めてきたのだ。その夜も相も変わらないメンバーが来ていた。くったりと暗がりに坐り込んだジョージが、私を恨めし気に見た。

「何だよ、平さん。昨夜から待っていて待ちくたびれたよ」

「腹減った」

これはジュン。

珍しくリョウとアキもいた。この二人は公園よりも駅前にいる事の方が多く、こちら側にはジョージ達ほどにはやって来ない。駅前にどこか安全に過ごせる場所を持っているのだろう。腹が減った時だけ私を頼ってくる。

リョウもアキもジョージ達よりは年長で、恐らく二十四、五にはなると思う。私にとってはそれでも十分に子供だが、ジョージ達にしてみればそうでもないらしい。どこかに一本見えない線があって、微妙に互いを隔てているようだ。けれど彼等は又、一つの見えない糸で結ばれてもいた。

音楽が好き。歌うことが好き。彼等が愛してやまないロックの王様に、何十年も遅れてやってきた、心に星を抱く青少年達。

その夜、私は五人前に相当する飯を持っていったのだが、すぐに一人前足りないとわかった。ドレミの分が不足している。ドレミは老犬だが体長はその辺りの中型犬よりも大きい。ドレミに食べさせなかったと知ったら、あいつに何と言われるだろうか。

「待っていろ」

私はドレミに向かって言い、皆には先に食べているように言って牛丼屋に向かった。戻ってみるとジョージの分をドレミが喰って、ジョージが牛丼を待っていた。店員に怪訝な顔をされながら、せっかく汁抜きで私が買ってきたというのに。

「ウエ。汁が無い」

と、ジョージは言って私を責めた。

ドレミ用だったのだから仕方がない。ドレミはこの四日の間に、きれいに洗い上げられていた。

並木氏はあいつの言い付けを、律義に守っていたらしい。薄汚かった毛は洗われ、ブラシをかけられて、見違えるように変身していた。

ショコラ色の毛が全身を覆い、吹き過ぎる風に触れられてフワフワと揺れている。犬のことなど私には詳しく分からなかったが、元は名のある犬種だったのだろう。フジさんの姿は近くに見えなかった。並木氏に訊いてみると、昨夜までは一緒にいたと言う。多分、そのうちに帰ってくるだろう。皆は一心に食べることに専念していた。そこにあの夜の温もりは見付けられない。見慣れた顔が物も言わずに晩飯を喰っているだけだった。私は目を上げて暗い空を見た。桜の花は散り急いで、今では葉桜に近くなっている。星もない黒い空を見上げていると、宙を飛んでいたような、あの時の感覚がふいに懐かしくなった。あの時は全員が一つの船に乗り、幸せに酔っ払っていたのではないか？

宇宙船『幸せ号』。あいつがいないというだけで人の輪はこれ程変わるものだろうか。それとも全ては私の思い違いなのか。解らない。あれは本当に幽かなものだったし、私達は皆本当に酔っ払っていたし。けれどあの時の奇妙な連帯感が、不思議に懐かしいのは確かだった。

食べ終った皆の間に飲み物が回されていった。生ビールをひと口飲みながら、並木氏が言った。

「そういえば、あの人。あれから来ませんねえ」

並木氏も私と同じ事を考えてでもいたのだろうか？　ジョージと目が合った。

「そうだよ。又ね、って言ったのに」

「楽しかったって言ってたのに、全然来ないよ」

これでは嘘吐き呼ばわりだ。あんな奴を庇ってやる義理はないが、私は口を尖らせているジュンに向かって、つい言った。

「あいつなら、風邪で寝込んでいる」

三人が一斉に私の顔を見た。目が尖っていて、まるで敵を見るみたいな嫌な目付きだ。

「何でえ？」

ジョージとジュンが見事にハモった。

「何のことォ？」

リョウとアキもハモっていた。二人はあいつを知らないのだから無理もない。

「あいつが泊まる所が無いと言うから一晩だけ泊めた。そしたら風邪を引いて寝込んでしまった。それだけだが」

私は何でこんなに責められるのか解らなかったが、取りあえず答えた。

ジュンが一番私に不服らしかった。ジョージがそれに続き、並木氏も心なしか肩を落としている。

ドレミの気持は分からなかったが、ドレミだけは私を責めてはいないだろう。そんな重苦しい雰囲気だった。リョウとアキは顔を見合わせている。今何か言ったら殴られでもするんじゃないだろうか。心配になって私も黙った。何でこうなる？　私は心の中で毒吐いていた。あいつに親切に宿を貸したのに、今では母屋まで乗っ取られそうなんだぞと言って遣りたかった。しばらく不穏な沈黙が続き、やがてジョージが不承不承という感じで言った。

「ま、仕方ないね。あんたが大将だ」

ジュンはまだ口を開かない。並木氏が執り成すように言った。

「そうですね。それが一番良い」

どこか諦めの混じったような声だった。ちなみに並木氏は四十に限りなく近い三十代の後半で、私とさして違わない年齢に見えた。何が仕方なくて、何が一番良いのか理解できなかったが、それはリョウとアキも同じようだった。

「誰のこと？」

「何のこと？」

と煩《うるさ》く訊いてくる。面倒臭いので簡単に答えた。

「子供のオカマだ。会って見ればわかる」

ジュンが目を丸くして私を見た。ジョージも並木氏もお揃いの目をして私を見ている。

「何、何だ？　あいつも来たいと言ってたんだぞ。文句があるか？」

私が言うと、皆は一瞬黙った。

「オカマ？　俺、見てみたい」

アキが言った。

リョウの方は無口で引っ込み思案な所がある。が、見てみたいというのは頂けなかった。正確に言うなら『会ってみたい』だろう。

私が考えている間に三人の顔付きが変わっていた。

「本当に来たいって言ってた？」

ジュンが訊く。

「ああ。今度は来れるだろう。皆にもドレミにも会いたがっていた」

「ホント？」

「本当だ」

私が請け合うと空気が変わった。

さっきまで鳴いていたカラスが笑ったようだった。

「風邪引いたって、ひどいの？」

「すぐに良くなるんでしょ？」

「心配していたって伝えておいて下さい」

三人で一斉に言うものだから、耳がおかしくなった。

「ああ。解ったよ。ちゃんと伝える」

私は言って立ち上がった。皆の気が変わらない内に逃げ出したかった。何か又口でも滑らせて睨み付けられでもしたら敵わない。リョウが私の袖を引いていた。こいつにしては珍しいことだ。

「ねえ。その子、本当にオカマなの?」

心配なような、気色悪いとでもいうような、何ともいえない声だった。リョウはどこかあいつに似たような所がある。線が細いというのか、心配性というのか。何を考えているのか良く分からない所も。

「会えば分かる」

私が答えると、

「今度はいつ来れるの?」

とジュンが訊いた。

これも又珍しい。誰にしても、いつ来るのかと訊かれたのは初めてのことだった。彼等は好きな時に来て好きな様に過ごして去っていく。私の飯が目当てなのは本当だろうが、今まで一度だって予約をしてきた事はない。

「さあな。あいつ次第だが。二、三日もすれば大丈夫だろう」

「嘘だったら、承知しないから」

まだ言っている。

何で私がそんな事で嘘を吐く必要があるのだ。私は閉口した。何を疑っているのか知らないが、執っこい奴は大嫌いだ。デカとチビのコンビを思い出してしまう。それに、今私の家にいるあいつの不愛想な顔を見れば、誰だってひと目で逃げ出すだろう。あいつが思いきり二重人格なのを、皆は知らないだけなのだ。そう考えた時、どこかで何かが食い違っている気がした。けれどそれが何かはわからなかった。

私は酒を飲んで又騒いでいる五人と一匹を残し、早々に公園を後にした。いつもの半分もその半分もそこに居なかった気がする。

そしていつものように、右へ左へとくねくねと大廻りをし、家に帰り着いた時にはあいつは寝ていた。私が公園に行くと言って出たので、当然飯も用意してなかった。

私が冷蔵庫を開けてガサガサやっているとあいつが寝室から顔だけ覗かせた。

「皆、元気だった？」

と訊くので、

「元気だった」

と答えると、

「あ。そう」

とだけ言って扉を閉めた。

お腹空いたの？　とは言ってくれない。ドレミに比べてもジョージ達に比べても、明らかに私への待遇は、あいつの中では最下位だった。差別だ。私は少しだけ淋しかった。あの時は私にだってちゃんとO・K？　をしてくれたではないか。それを思うと胸が痛んだ。

あいつが嘘吐き（私にはこういう権利がある）のオカマだという事はなぜか思い出さなかった。

三日後の夕方、私は仕事の手が空いたので出掛ける事にした。私が公園に行くのはいつも夜というわけではない。手が空いた時、仕事が終った後、あるいは深夜人気の無くなった頃。なるべく時間はアバウトにしていた。いつも決まりきった時刻に決まった所へ行くのは利口ではなかったし、ジョージ達も自分の好きな時にフラリとやってくる。私を待ちたければ待つし、運が良ければ仲間の誰かが小金を持っていたりもする。

私が部屋に着替えに戻ると、あいつはソファに寝転んでぼんやりしていた。この頃にはもうしっかり住み分けができていて、私の居場所はこのソファだけになり、クローゼットに入るのと洗面所と浴室には、あいつの許可が下りないと入れなかった。いちいち許可を求めるのは面倒臭いので、私は当面必要な物はリビングに持ち出し、ソファの上や床の片隅や部屋の鴨居に掛けて済ませていた。当然リビングには物が溢れ、私一人で居た時よりは乱雑になったがそれだけだった。あいつは何一つ持っていなくて相変わらず私の着る物を無断借用していたし、私がどんなに散らかして出ても帰ってみるときれいに片付いていた。台所もシンクも問題なし。冷蔵庫の中味だけは、私が補充してやらないと、減っていくばかりだが。

まるで私の部屋を背負いこんだ宿借りのように、あいつは家に立て籠っていた。私に向かって悪態を吐く他には、きちんと部屋の管理をし、台所も洗面所もトイレットも、ピカピカに磨き上げられてきれいになっている。いつの間にかあいつは私の机の上に、どこからか見付けだした写真立てを飾り、その中には新聞の折り込みから切り抜いた美しい絵が入っていたりもしたし、何年も掛けっ放しだったカーテンが小ざっぱりと洗い上げられて、違う色のようになってもいた。

つまりは、あいつはあいつなりの方法で私にも心を配ってくれていた訳だが、愚かにも私はそうは受け取らなかった。終日部屋に籠っているのだから、自分の居心地が良いようにしているのだろうとしか思わなかったし、あいつの遣り方はいつも秘やかで、自分の行為に気付かれるのを怖れているように、さり気なかった。

私が軽装に着替えたのを見ると、

「公園？」

とあいつはひと言訊いた。

頷くと、

「自分も行く」

と言って寝室に入った。入ったかと思うとすぐに出てきたが、その時は見慣れさせられた私のトランクス姿から、ジーンズの上下と黒のタートルネック姿に変わっていた。バッグは持っていなかった。

「何だ。ついでだから荷物も持て」

暗に出て行けと言ったつもりだったが、あいつは首を振った。

「行き先が決まったらね」

と言って肩を窄め、私の手からビニール袋を引ったくった。そこには二階の店から持ってきた乾き物とチーズ等が入っていた。一階から持ち出した野菜のスティックも。

「行こ」

あいつは余計な事はひと言も言うまいとでも決めているように頑なな目をして私を促した。

私も諦めて階段を下りた。公園に着く前にコンビニで大量に握り飯やサンドパン等を仕入れ、同じくらいの量の飲み物も買った。これなら多少の人数の増減にも対応できるだろう。あいつはドラッグストアに寄りたいと言って、そこでドレミ用の虫下しを買った。

公園に辿り着いた時にはもう夕闇が降りてきていた。気持の良い春の晩だった。

ドレミが真っ先にあいつを見付け、クウクウと鳴いて引き綱を目一杯引き伸ばしていた。

「良かった。きれいにして貰って、気持いいね」

あいつはドレミの首を抱き締めて甘い声で言い、老犬の歓迎の挨拶をたっぷり受けてから、皆に向き直って手を振って見せた。ハイ。こんばんは。とでも言っているように。そこにいた四人も釣られて手を振った。皆、満面の笑顔だった。フジさんですらもうっすらと、口を横方向に引き伸ばしている。

「風邪、もう治ったの？」

「待ってたんだよ。心配したよ」

「良かったですね。元気そうだ」

などと口々に言って、あいつを自分の傍に坐らせようとする。

「アリガト」

あいつは笑って一人一人に頷き、そっと目を覗き込んで柔らかな挨拶をした。

そうして自分はドレミの傍らに坐って、老いた犬の首の後ろを優しく撫でている。その位置に坐られてはもう誰も文句はいえない。あいつがドレミに首ったけなのは馬鹿でもわかったし、その位置にあいつが坐ったからといって、自分が疎かにされたと思う馬鹿もいない。結局あいつは自分にとっても、皆にとっても一番良い事をしたのだ。公平に。暖かく。けれどさり気なく。それがあいつのルールのようだった。

「あのね。はい、これ」

あいつはドレミの上から並木氏に、ドラッグストアの小さな袋を差し出した。

「何ですか？」

並木氏が訊くと、例の低いハスキーボイスで、

「ドレミの虫下し。それと、少しだけどドッグフードも入ってる」

「それはどうも」

並木氏が言うと、

「人間が食べても結構おいしいよ」

とあいつが言った。皆がゲッ、という顔になった。

「食べたの？」

ジュンが恐る恐る訊く。

「うん。食べたのは老犬用のじゃなかったけどね。味も悪くないし、カリカリしていておいしかった」

「ヤダ。どんな生活していたのさ？」

ジョージが口を尖らせて訊くと、

「皆と同じだよ。働く所があれば働いて、無ければビタ一文なくなってしまう。後は知らないっていう素敵な暮らしだよ」

あいつは答えて付け加えた。

「ドッグフードはね。仲良しになった犬のを分けてもらったんだ」

「それって、犬のを盗ったってこと？」

ジョージはまだしつこく訊いている。

「ううん。犬がくれたの。すっごく大きくて利口な犬だった。犬小屋も凄く大きくてね。

泊まっていけっていうから、ひと晩泊めてもらった」

「犬が？」

「うん。犬が」

あいつが笑うと、皆もやっと気が付いた。

「ウソ」

「うん、ウソ。でもドッグフードがおいしかったのは、本当だよ」

極上の笑顔。皆の顔にも幸せな笑みが浮かぶ。あいつも幸せそうにドレミの首を抱いて笑《え》んでいる。私は同じ種のように幸福そうに寄り添っているあいつとドレミを見ていた。

ウソと言っていたけれど、案外ウソではないのかも知れない。初めて会った夜に、ドレミはあいつに肉団子を咥えてやろうとしていたし、自分が捨てられていたくせに、あいつを拾いたそうな目をしてあいつを見ていた。だが、犬小屋に入り込んでドッグフードを喰ったなどというのは、私の辞書にはない。もし仮にそれがあったとすれば、正気の人間の沙汰ではないし。正気であったとすれば、あいつの生活とは、どんなものだったのか？

私は首を振りかけて止めた。あいつが私をスキャンしていた。あいつの瞳が私を覗き込んで隈なく心を探っている。フリーズ。私は即座に心にブロックをかけた。あいつが何を探っているにしろ、私は心を読まれたくない。私は得意のポーカーフェイスを浮かべ、無表情を保ったまま静止していた。あいつが納得して視線をジョージに移すまで。何のためにだか解らなかったが、あいつは時々私の中を覗いてきた。内臓の位置まで解るのではないかと思う程、深く。

その瞳は決して嘘を許さなかった。それだけは解ったが、その時の私に、大した嘘はなかったので、あいつもじきに納得したのだろう。

気が付くとジョージとジョンが、私の持参した袋を目指して手を伸ばしていた。早く寄こせという事なのだろう。私が手渡すと歓声が上がった。

「ウワ。カツサンド。俺、これ大好き」

「コロッケパンもあるよ。それにお握りも」

「野菜スティックも、つまみもあるぞ」

私が言うと、並木氏とフジさんも嬉しそうにした。皆に食べ物が行き渡り、ささやかなパーティーが始まろうとした時、暗がりからリョウとアキがひょっこり顔を見せた。これで私を入れて八人と一匹になった。今までにない盛況だ。

アキが近くまで来て立ち止まり、見慣れないあいつの姿を見て口を滑らせた。

「これって、あの、オ、」

カマの？　という形に口が開いている。

あいつが察して嬉しそうにニコリと笑って見せた。アキは私の傍に寄り、疑わしそうな目であいつを見た。

「あの子、本当にオカマなの？」

小声で私に訊いてくる。

「見た通りだろう」

私が答えると、

「そうかな」

などと言って首を傾げている。

こいつの目も節穴か。全く、どいつもこいつもあいつに誑《たぶら》かされて。私が論証しようと仕掛けた時、リョウがか細い声であいつに言った。

「又、会えたね」

見るとあいつの傍に佇み、ギターケースを支えに体を折り曲げてあいつを覗き込んでいた。あいつはというと困ったような笑みを浮かべ、記憶にございません。と惚《とぼ》けようか、「んだね」、と答えようか、咄嗟に判断しかねて目を泳がせている。

「知り合いなの？」

ジュンが早速首を突っ込んでいた。皆に興味深々という目で見詰められて、あいつは観念したように頷いた。

「駅の前で、歌っていたよね」

ウンウンと、リョウは嬉しそうに頷き、あいつの傍らに腰を下ろした。

「何だよ、リョウ。知り合いか」

アキが訊く。

「何でお前が知り合いなんだよ」

たちまちブーイングが起こった。リョウはそれでも嬉しくて堪らないといった表情だ。

あいつは困惑していた。物凄く困っていたが、それを顔に出してしまうのはもっと困るとでも思っているように、助けを求めるようにドレミを抱き締めている。

「俺、あれからもあんたに会えないかと思ってさ。駅前で何日も待っていたんだよ」

リョウには場の空気が、全く読めていないようだった。

「そうなの？」

とあいつが答えた。もう迷ってはいなく、リョウに調子を合わせていた。

「そうだよ。あんたのお陰で皆、聞いてくれていたしね。あのバアちゃんも幸せそうだった」

「そう」

「そうだよ。あのバアちゃん、いつもあそこに来て、皆に話しかけて嫌がられてたんだ。だけどあんたは優しかったね。何時間も相手になってやってさ」

「あんたの歌、とても素敵だった」

「覚えていてくれた？　嬉しいな」

ここで皆の堪忍袋の緒が切れた。

「何だよ、リョウ。ちゃんと解るように話せよ」

「素敵だったって何さ？」

「何でお前だけ知り合いなんだよ」

「駅前で美咲さんは何をしていたのですか？」

リョウは並木氏の言葉にだけ反応を示した。

「俺、駅前で歌っていたんだ。十日くらい前かな？」

リョウの細い声にあいつが頷く。やっぱりしっかりと覚えていたようだ。十日前といえば、あいつがここに現れる少し前だろう。

「昼過ぎに行って歌い始めたらさ、この人がベンチに坐っていて俺を見たんだ。それから気持良さそうに目を閉じたりしててさ。俺の歌、ちゃんと聞いてくれているのがわかって嬉しかったよ」

リョウは言って、そこで少し恥ずかしそうにした。

いつもの自分でない事に、遅まきながら気が付いたのだろう。それからリョウが、突っかえ突っかえしながら語ったところによると、大体こうなるようだった。

十日前の昼過ぎ、リョウが駅前に着いた時には、あいつはもう駅前の広場に並べられたベンチに坐っていた。最初は気にも留めなかったが、何となく視線を感じて目をやると、あいつが心配気にリョウを見ていた。

　昼下りの駅前は通行人が行き交うばかりで、リョウの歌声に足を止める者はいなく、たまにいたとしてもリョウの前に広げて置かれたギターケースに、小銭を入れてくれる者も一人もいなかった。いつもの事なのでリョウの方は気にしていなかった。そうして歌っている内には、運が良ければ誰かが気前良く小銭を入れてくれたりする。

　だがあいつはそういう事に慣れていないようだった。次第に近付いてきて終いには、リョウの前に坐り込んで彼を見上げた。そっと目を合わせ「しっかり」というように声援を送ってくる。つい気合いが入った。

　気が付いたらいつもの倍ものギャラリーができていた。あいつはリョウの歌声に合わせて軽く体を揺すり、気持良さそうに目を閉じて歌に聴き入っていた。リョウが何曲か歌い終り、ひと息つくと、あいつが真っ先に手を拍いてみせた。

　ギャラリー達も釣られて手を拍き、ギターケースの中には小銭や千円札が入れられた。信じられなかった。あいつは安心したようにその輪から黙って抜け出し、元いたベンチに戻っていった。リョウは何か言いたかったが、何と言えば良いのか解らなかったので、あいつのためにもう何曲か歌った。あいつはやはり気持良さそうに目を閉じて歌を聴いている。その時あいつの隣りに、その婆さんが来た。

　毎日のように駅前のベンチにやってきて、誰彼かまわず捕まえて話し掛けるのだ。それだけでも嫌がられるのに、その婆さんの話は昔の自慢話か愚痴ばかりで、どこまで本当なのかも分からないほど大袈裟だった。リョウも知らずに一度捕まった事があった。何かの伝染病をうつされるように嫌だった。それでハラハラして様子を見ていたが、あいつは一向に席を立たない。何と二時間もその婆さんに付き合ってやっていた。リョウは痺れを切らしあいつに近付こうとしたが、その時巡回の警官の姿が見えた。仕方がないので一旦その場を離れ、戻ってみると二人は消えていた。

もう会えない、と思った。だが翌日同じ場所に行って歌い始めると、あいつがどこからともなく現れてベンチに坐った。後は昨日の繰り返しだった。リョウは自分でも信じられないように歌い、信じられない程の額の金を貰った。

あいつの傍に婆さんが寄ってきて、あいつは婆さんの話に辛抱強く付き合った。警官が来て、戻ってみると二人共いなかった。リョウはがっかりしたが、翌日も又会えると思った。

それで三日目にそこに行って待ったが、あいつはもう姿を見せなかった。その翌日も、翌日も。

「そのバアちゃんなら、俺も捕まりかけたよ」

ジョージが複雑な声で言った。喜んでいいのか悲しんでいいのかわからない、という声だ。

「あのねェ、あなた。あたしはね。って始めるんだ」

「んだよ。それでぐぐっと近付いてくる」

ジュンも知っているようだ。

「嫌じゃなかったの？」

アキが訊いた。

「別に。ただのお年寄りの昔話だよ」

あいつは相変わらず困っていた。

「だって。二時間もだよ。信じらんない。ああいうのって、聞いてたらきりがないよ」

リョウが言うと、

「そうだけど」

と言ってあいつはニッコリ笑った。

「誰だって寂しい時はあるからね」

ごもっとも。ここにいる連中は淋しがり屋達の見本でもある。皆、黙った。あいつが柔らかい眼差しで一人一人を見ている。大丈夫？　O・K？

リョウが話している間に皆の方はあらかた食べ終って、今はそれぞれに好きな物を飲んでいた。私はあいつに覗き込まれるのを避けて、それとなく空など見上げていた。今夜も月はない。

あいつのO・K？　を受けている間に、皆の間に暖かな空気が広がっていった。あいつの瞳は母犬のようで、一人一人の上に何かのドットを置いていく。

それは、安心というのか、安堵というのか、まるで自分の本当の家に帰り着いたような気持にさせられる、何かだった。

「静かですねえ」

並木氏がフウ、と息を吐いて言った。

「ホント。良い気持だね」

あいつが答える。本当は公園の周りにはまだ人通りがあって、それ程静かという訳でもないのだが、この一隅だけは満たされた静けさに包まれていた。

「何か聞きたいな」

あいつがぽつりと言った。

三人の顔が明るく輝く。リョウだけが少し不服そうだった。まるで何かの既得権を奪われるとでもいうように。

「じゃ、俺歌うね」

ジュンが張り切っている。

「大声を出すなよ」

私は言った。人目に付くのはどんな事であれ避けた方が良い。この木の下に八人と一匹が集まっているだけで、十分に目立っているはずなのだから。これ以上はまずい。私の思いはすぐにあいつに読まれた。

「静かな曲が良い」

と、フォローしてくれた。

「この樹みたいにね」

葉桜になった桜を見上げる。風がない夜で、葉擦れの音さえしていなかった。

「解ってる」

ジュンが答えた。

「思いっきり静かなのでいくよ」

抱えたギターのキーを確かめて、ジュンが低く歌い出す。静かな曲というよりは、思いきり甘いラブソングだった。甘く切なく、なぜかドレミの辺りを見詰めてジュンは歌った。ジュンの次にはジョージ、アキ、リョウと続いたが、なぜか全員がラブソングで、どうしてだか全員がドレミの辺りを見詰めて歌いかけた。そして時折り、ついでのようにして、あいつの方をチラリと見た。あいつはそのたびに、聴いてるよ。とでもいうように頷きかけていた。四人が歌い終わり、リョウの最後の歌声が闇に消えていくと、あいつは幸せそうに目を閉じた。

「素敵だった」

両手を顎の下で組んで嘆め息のような声で言う。

「本当に？」

若い四人の嬉しそうな声。

「ウン。本当に」

それから、もっと小さな声で言う。

「アリガト。本当に最高だった」

「良かった」

最高と言われたジョージ達の幸福はどんなだったろうか。並木氏もフジさんも満ち足りた顔をしていた。明日をも知れない逃亡者のような生活の中に歌が持ち込まれ、惜しみない気遣いと優しさが差し出される。たったひと時の安らぎには違いないが、無いよりは良い。そう、今だけは。

それぞれが、どんな思いを抱えていようと、今、この時だけは。皆、そんな顔付きをして空を見上げていた。満たされた沈黙に心地良く身を委ねながら、私達はいつしか、又、宙をゆく一つの船に乗り込んでいた。八人と一匹で、小さな船の中に身を寄せ合って。しかし私は皆の幸せに与りながら、酔った頭で考えていた。私はあの日、あいつが家出でもしてきたのかと思っていたが、実際はその三日も前にあいつはこの町にいたのだ。本当はもっと前からいたのかも知れない。ならばあいつはいつ、どうして、どうやってこの町にやって来たのか？　一体何のために？　私の家に入り込むためなんかではないだろう。それは成り行きであり、結果でもあって、本来の目的はまるきり違う何かのような気がした。

気が付くと、ジョージ達は何かを喋り合っていたが、リョウだけはあいつに何事かを秘っそりと訴えていた。あいつは優しい瞳をしていたが、真剣にリョウの話を聞いてやっている。時々、ジョージ達や並木氏やフジさんやドレミに、気を配りながら。だから、私の他にはリョウの様子に気が付いた者は一人もいなかった。あいつは何なのか？　それも私には解らなかった。

少なくとも私に対しての態度は最悪だが、ここにいる皆に対しては持てる限りの何かを差し出している気がする。例えそれが変わった女男の愛であっても。あいつの心根に嘘は見付けられなかった。あいつが私に嘘を許さなかったように、あいつも皆に嘘を言っていない。

そんなふうに思うのは、私の酔った頭のせいなのか、それとも私の警告本能か。そんな事を考えていたお陰で、私はその夜、一人、宇宙船の中から弾き出されてしまった。

あいつももう私に向かってだけはO・K？　をしてくれない。私にだけは自分と同じように、皆の母船となる事を求めているかのように、自分だけの仕事に掛かりきっていた。

その夜遅く皆と別れてから、あいつは押し黙って私の後を付いてきた。皆と別れる前に並木氏に向かって、今度はドレミのシャンプーを持ってくるね。などと言っていたが、ジョージ達とは笑って手を振り合って別れた。

リョウは最後まで名残り惜しそうに、あいつの傍を離れたがらなかったが。

いつものようにジグザグと回り道をして帰る私を見て、あいつは後ろからポツリと言った。

「あんた、余っぽど悪い事してきたんだね」

「そんな訳ないだろうが。私は真っ当な市民だぞ」

「どうだか」

憎まれ口が聞こえてくる。

「真っ当な市民が、何でこんな帰り方をいつもしてるのさ」

「悪いお友達に追われているんだ」

あいつは嘆め息を吐いた。

「あんたも損な性格だね。こんな事していると今に親を泣かせるハメになるよ」

「親ならとっくに泣いているさ」

私が答えると、あいつはひと言、

「バカ」と言った。

「お前こそ、親を泣かしているんじゃないのか」

私が逆襲してみると、あいつはフンと鼻先で笑った。

「だから言っただろ。親は死んだって」

「だから、事故かと訊いている」

「病気だよ。二人共体が弱かったんだ」

私が思わず振り返ったので、あいつとばっちり目が合った。嘘ではないらしい。

「他に家族はいないのか？　兄弟とか何かいるんじゃないのか」

私が訊くと、あいつは言った。

「余計なお世話。あんまり煩い事言うと嫌われるよ。お節介だね」

「聞こえたぞ」

「聞こえるように言ったんだよ」

全く。ああ言えばこう言う。わざと私を怒らせているんじゃないかと思われて、腹を立てる気にもならなくなった。皆と別れたとたんに、この有り様だ。こいつは本当に二重人格なんじゃないかと考えながら、私は家路を辿った。家に帰り着く前に、あいつは二度も、

「くたびれた」

と言った。そんなにくたびれるのなら、付いて来なければ良いのに。そう思ったが口には出さなかった。

翌日、あいつは寝室から一歩も出てこなかった。少なくとも、私の前には現れなかった。くたびれたと言っていたので寝ているのだろうと思い、私も深くは考えなかった。くたび

れたというのはあいつの口癖のようで、それからも私は事ある毎にそれを聞かされ、終いには慣れてしまって気にも留めなくなっていった。

悔んでみても悔みきれない。人生は残酷だ。だがその残酷さの中に、何をも凌ぐ煌めきがあった。そしてそれこそは、あいつが私に教えてくれた事だったのだ。

あいつは次の公園行きの時、又、

「ワタシも行く」

と言って付いてこようとしたが、私は断った。

「お前が来ると、人が集まりすぎて困る」

ドレミに会いたくて、駄々を捏《こ》ねるかと思ったが、あいつは意外なほどあっさりと引き下ってくれた。私の本音をすぐに悟ったようだ。頭が良い。ついでに口の方も良くなってくれるとありがたかったが。

「その代り、この次は連れて行ってよね」

そう言って私にビニールの袋を差し出した。

「何だこれは？」

「ドレミのシャンプー」

開けてみると私の買い置きのシャンプーと、ドレミ用の缶詰めが幾つか入っていた。シャンプーならわかるが、犬用の缶詰めなど私の家にはない。血の気が引いた。

「出掛けたのか？」

思わず声が責めていた。

「そこのコンビニまで。いけなかった？」

いけなくはない。いけなくはないのだが、非常にまずい。もしも、もしもだが、デカとチビに出喰わしでもしたらどうするのだ？　それもだが、この女男が私の部屋から出てゆき、裏階段の辺りをチョロチョロしていれば、すぐに一階の店の長治さん達や、二階のバーの卓郎さんに見付かる。彼等はこいつを不審に思って咎めるだろう。そうしたら、こいつは何と答えるのだろうか？　考えてみただけでも恐ろしかった。こいつの口には、私に対してだけ毒が一杯に詰まっている。何とかしなくては。

あいつが、知らない場所に連れてこられた猫が逃げ込んでいた隙間から這い出してくるように、外に出る気になったのは喜ばしい事なのだろうが、喜んでばかりはいられない。

そんな事態になるまで居坐られると思っていなかった私は、途方に暮れた。

途方に暮れながら公園に行き、皆に責められて、又、途方に暮れながら、夜の町を歩いて家に帰った。

公園に集まってきた皆は、まるで、私があいつを出し惜しみしているかのような目をして私を睨んだ。並木氏もドレミも淋しそうだった。

私はあいつがすぐに『くたびれる』事を言った。

リョウが恨めし気に私を見ていたが、並木氏は私の味方をしてくれた。

「そうでしょうね。美咲さんは本当にか細い。あの体では、すぐにくたびれるでしょう」

「んだね。あんまし血の気がないし」

ジョージも言う。皆、見るところはしっかり見ていたようだった。

「この次には来ると言っていた」

私が言うと、皆は仕方がない。という感じで黙った。落胆半分、期待半分。複雑な沈黙の中でリョウが言った。

「でも、この次には、又、来てくれるんだよね」

不安気な声。リョウはあいつに本当に心を許しているようだった。何となく頼っているといった方が当たっているかも知れない。なぜなのかは解らなかったが、少しだけ似た者同士なので、気持が楽になるのかも知れない。

「あの人が来てくれると楽しいのにな」

ジュンが言った。ジュンもあいつが好きな様だ。

先日の夜の、楽しかったひと時が余程嬉しかったのだろう。

皆が、

「そうだね」

と言って飯を喰い始めた。

アキは来ていなかった。大学を出る前から時々していた、道路工事のアルバイトが入ったそうで、何日かは、夜アパートに戻れないので、今夜は、ジョージ達はリョウと一緒に帰ると言った。リョウはアキのアパートの居候だった。

別れぎわに並木氏はドレミのシャンプーの礼を言い、リョウはジョージ達を先に行かせてから私に、あいつに、

「待っているからね」

と伝えてと言った。まるでロミオとジュリエットだ。私はリョウにもそっちの気があったのかと意外だったが、それでも口だけは、

「分かった」

と言っていた。私には関係のない事だ。同好の者同士、好きにすれば良いと。そうしてリョウはその通りにした。

あいつは私の言い付けを守り、二、三回に一度の割り合いでしか、私に付いては来なくなったが、公園に出掛ければたちまち皆の輪の中に溶け込み、ドレミの体を抱き寄せて囁きかけ、いつの間にか皆を幸せで酔っ払わせて、宇宙船に乗せて束の間の旅に連れだした。

リョウはその間、いつもあいつの傍らに坐り、皆のお喋りの隙を見てあいつに話しかけていた。あいつは嫌がる素振りもなく、けれど格別に嬉しそうでもなく、ただ暖かな眼差

しと真剣な態度で、リョウの言葉に耳を傾け、答えていたりした。

そうやって何時間かの幸福を分け合うと、私達は散会し、帰り道につくと、あいつは必ず、

「くたびれた」

と言った。

あいつが『くたびれた』と言った時は、次の一日は必ず寝室から出てこない事を、その頃には私は解らされていた。そうして、そういう体質なのだろうと思い込まされていた。でなければ、一種の怠け病だろうと。

一階の食事処「楓」のコックの渡辺《わたべ》長治さんと奥さんの由利子さんにも、二階のバーのマスターの瀬川卓郎《たくお》さんにも、簡単にあいつを引き合わせた。あいつの姿と顔を見て、名前を告げられると三人は三様の反応を示した。興味深気であったり（由利子さん）、目を眇めていたり（長治さん）、にこやかに笑みながら、観察したり（卓郎さん）、と。けれどあいつが礼儀正しく、

「初めまして」

とか、

「山崎です」

などと言って頭を下げたものだから、三人も挨拶を返してそれ以上何も訊かなかった。

私はあいつを当分の間の居候だ、とだけ言って彼等に引き合わせた。彼等は、私がこの古い三階建てのビルを高畑の親爺さんから譲られた時、もうすでにここで働いていた。彼等は高畑の親爺さんの下で長く働いてきた人達で、私よりはずっとこのビルとの付き合いは長い。つまりは私の大先輩であり、私は新参の経営者だということだ。経営者などといっても、私のする事は余りない。一階の食事処「楓」も二階のバー「楡」も、長治さん達と卓郎さんがいてくれれば大方の用は足りてしまうのだから。

私の仕事といえば、どちらかの店の手が足りない時間帯に手伝ったり、一階の奥の路地に面した倉庫兼事務所で、簡単な帳簿をつけたりする事だけだった。私が三十一歳でこの店に来てから、もうじき五年になる。その時長治さんは五十代前半で由利子さんも同じ年頃だった。

長治さんは、当節流行りのシェフという呼び名を頑として拒否した。自分は料理人であり、コックであって、シェフなどという偉そうなものではないと言うのだ。その一徹な人柄にふさわしく（鋭い眼光を発してはいるが）、彼の出してくれる料理は手抜きがなく、文句なく旨い。由利子さんは大柄な長治さんに負けないくらい体格のよい女性で、その体格のごとくに気持も大きい。

そして、二人共根っからの働き者だ。「楓」は、五つのテーブル席と三席の小上りとがあるのだが、彼等のお陰で何とか回っている。

二階のバー「楡」には、マスターの卓郎さんがいてくれる。マスターといっても、バーテンダーはマスター一人だけだが。卓郎さんは私より、丁度十歳年上だった。背丈は私と同じ百七十センチちょっとだが、痩せ形で笑顔を絶やさない温厚な、けれど用心深い大人の男だった。

「楡」の方は一階の表口の横から専用の階段を上がるので、その分「楓」よりは、店は小さい。入口を入ると、正面に壁一面の洋酒類の飾り棚があり、その前に広いゆったりとした造りの一枚板のカウンターがあった。

「楓」も「楡」も引退を決めた高畑の親爺さんが、数年をかけて準備した。雇い人は信用の置ける、親爺さんの下に長年いた人達だった。彼等が大勢の中から選ばれた基準が何なのか、私は知らない。親爺さんはそうして準備していた店を、自分の引退と同時に開店させた。趣味が半分、実益が半分という心積りだったので、腕の良い職人を揃えるのと同時に内装にも金を掛けた。

その結果、この少し寂れた町に外見は古びているが内装は凝っているという、不思議な店舗が出現したわけだ。最初は興味半分で、次には味や雰囲気に惹かれて、次第に固定客がつき、この町の隠れ家的な存在になっていった。この店の名前は六年前に儚くなった、女将さんの梨恵子さんの希望でつけられたと聞いた。女将さんは秋田の生まれとかで、樹木や花に目のない、穏やかな人だった。

高畑の親爺さんが私を拾ってくれることになった時も、女将さんの口添えが大きかったと思う。その頃の私は野良犬のように、助けを求めて街をさ迷っていたのだから。

その時私は、今のリョウ達と同じ年頃だった。ちがうのは、ジョージやリョウ達がまだ夢を見る力があり、私にはもう何年も前にそれが失われていたという事だった。

大学に無事入った年、私はちょっとした小遣い稼ぎのつもりで小さな探偵社のアルバイト社員になった。なぜそんな所に、と人は言うだろう。私も後から「失敗した」と思ったが、その時は後の祭りだった。大学のミステリー同好会に入り、探偵というものに憧れていたし、その時は本当に軽い気持で、アルバイト社員になったのだ。

初めは書類の整理や、簡単な連絡係だった。その内に浮気調査の尾行のお供をするようになり、借金で逃げた女や、女房子供を残して女と逃げた男や、保険金を騙し取ろうとしてそれが発覚し、逆に追われるようになった奴の追跡調査なども、するようになっていった。私は親に甘やかされて育った、世間知らずの子供だった。まだ心は柔らかく、その分受けた傷は深かった。他人様の私生活を嗅ぎ回り、夜の町々をうろつき、ごく普通に見える人々の仮面の下にある、薄汚れた欲望を、嫌という程見せ付けられて絶望した。世の中全てが、そうだと思い込んでいってしまったのだ。私の心は拗じ曲がり、大学にも行かなくなって、親とは諍いが絶えなくなった。私の心を柔らかく保ち、子供のままで大学までいかせてくれたというのに。その両親の気持までも、斜めに見て、彼等の願いを踏みにじった。私は家を飛び出し、探偵社の近くにアパートを借り、汚い獲物を、執念を燃やして追い続けた。

馬鹿なことをした、と今では解る。だが、その時の私には何も解らなかった。汚さを追う毎に深く捩れていく私の心を、私は構ってやる事もしなかった。追う者と追われる者との間にいつしか差はなくなり、私は暗い泥沼の中に、沈んでいった。

そんな頃、あのデカとチビのコンビに出会ったのだ。

その頃の私は、もっと賑やかな繁華街にいて、そこは昔ながらの風情も残っている下町だった。駅前や通り沿いにびっしりとビルやマンションが建ち並んではいたが、下町情緒もまだ失われてはいない。昔ながらの町には昔ながらのヤクザもいて、それが高畑産業だった。ヤクザといってもいろいろいる。高畑産業はその頃、すでに、親爺さんの代から幸弘が受け継いでいたが、昔気質の商売もそのまま受け継がれていた。香具師の元締めをしたり、地道な地場回りをしたり。幸弘にその方面の才覚があって、経済にも手を出していると聞いてはいたが、表向きは不動産業を手広く扱っていて、組員も社員と呼ばれていた。高畑産業は、地元の商店主達とも付き合いが古く、彼等が回って歩くのも、うまく儲けが上がっている店だけだった。チンケな店にまで手を出すような物欲し気な真似はしていない。薬にも売春にも手を出しているとは、聞いていなかった。もっとも稼ぎの良い風俗店には、出入りしていたようだったが。

郷田の組は高畑とは丁度正反対だった。都心部から流れてきた新興のヤクザで、奴等にはヤクザというよりチンピラという方がぴったりだった。薬あり、売春あり、ヒモあり、恐喝あり、暴力ありで、下品なヤクザの品評会のような奴等だった。もっともこの地域は昔からの高畑の仕切り場だったので、郷田もその辺りは抜かりがなかった。高畑との正面衝突は避けて、幸弘が見逃している店に狙いを定めていったのだ。その結果、郷田組は場末の古い定食屋や、潰れかけた町工場にまで手を出すようになっていた。そうなると高畑の方も穏やかではいられない。双方が睨み合い、派手な衝突こそないが、互いに牽制し合うといった状態に陥っていた。

町を歩き回っていると、そんな知りたくもない事までもいつの間にか知ってしまう。そして。町をうろつき回る人種は、限られていた。ヤクザか警官か、私立探偵だ。私の職場と彼等の持ち場はぴったり重なり合っていた。高畑の社員は私などに目もくれなかったが、郷田の方とはそうはいかなかった。

私の方が我慢できなくて、デカチビ達に手を出してしまったのだ。何も自分でそんな事をしなくても、さっさと一一〇番でもして警察に任せれば良かったものを。幾ら日本の警察が忙しいからといっても、今、目の前でヤクザが、か弱い爺さん婆さんに暴力を振るっていますと言えば、すぐに飛んで来てくれただろうに。私はそうする代りに、自分が関わってしまった。ある日、私が相も変わらず獲物を尾けて、場末の町角を通りかかった時、デカとチビが小さな定食屋の親爺の衿元を摑んで、ガクガクと揺さぶっているのを見掛けた。時刻は午後三時頃。丁度ぷっつりと人影がとだえて、デカチビの暴力沙汰に誰も気付かない。小柄な婆さんがオロオロとした声で助けを呼んでいた。通り過ぎてしまいたかったが、私の目の前でチビの方が婆さんを突き飛ばした。何で揉めていたのかは知らない。大方、デカチビが無理難題を言っていたのだろうが、気が付いた時私は、チビの方を突き飛ばしてしまっていた。デカがすぐに気付いて親爺を放し、私の方に突進してきた。私はそいつの顔を殴って逃げた。仕事で培ったお得意のジグザグ走りで、その時は無事に逃げおおせる事ができた。

二人の名前が成井と仲田だったという事は、ずっと後になって知ったことだ。とにかく、その日以降、デカチビは私を見付けるのに執念を燃やしたし、私の職場は奴等のと重なっていたので私は見付かりやすかった。何度も追いかけられて鬼ごっこをしたあげく、川沿いの人気のない道で襲いかかられて殴りあいになったりした事もあった。二人がかりで殴りかかってくるのを、私は反対に打ちのめしてしまった。腕に覚えがあった訳ではない。ただ私は、小学生の頃から親に、剣道を習わされていた。あの胴着を着て、竹刀を持った姿が可愛いと、両親はそれだけの理由でずっと私に剣道を習わせ続けたのだ。こんなふうに殴りあいをさせるためにではない。だが、その頃の経験は役に立った。剣道の試合で、本気で打ちかかってくる相手の竹刀の動きの早さに比べれば、デカとチビの動きはスローなダンスのようにしか、私には見えなかった。けれども、この事が一層デカチビを怒らせることになったのは、言うまでもない。

二人はしつこく私に付き纏い続け、遂には刃物まで振り回すようになった。こうなってしまうと、もういけない。私は身の危険を感じ、アパートに帰るのも数日置きになり、仕事を続けるのも困難になった。品の悪いヤクザに追い回されながら尾行をするなんて、神業に近い。会社の小さなソファで仮眠を取り、外に出掛けるでもなく社内で時間を潰すようになると、こちらももういけなかった。

社長は何も言わなかったが、仲間の視線が背中に痛い。外に出掛けられない探偵なんて、給料泥棒以外の何者でもない。首を言いわたされる前に、私は自分から辞表を書いた。退職金代りに会社の古い営業車を貰いたいと申し出てみると、社長は承知してくれた。

悪い取引ではなかったはずだ。私は何年も真面目に働いたのだし、車は廃車寸前のオンボロだったし。私にくれるはずの退職金で、新しい車ぐらい楽に買えただろう。私にはその時間が無かっただけだ。私は夜の闇に隠れてアパートに戻り、必要な物だけを持って、車で発とうとした。どこか、新しい町にでも行って一から出直すつもりだった。それしか私に残された道はない、としか思えなかった。

だが、本当に私はそれで良いのだろうか。

ヤクザに追われるのが恐くて、風に吹かれる名もない草のように飛ばされ、逃げ出して行くとは。私のちっぽけな自尊心がうずいた。

逃げたくなかった。けれど、どうして良いのかもわからない。車の中で考え続けた私に、ふと「敵の敵は味方」という古い諺が閃いた。

郷田組の敵は高畑だろう。このまま真っすぐ高畑の所に行って、転がり込むというのはどうだろうか。高畑は私を、受け入れてくれるだろうか。それともやっぱり叩き出されるのだろうか。考えがまとまらないまま、私は車を出し、高畑産業のビルの見える所で停めた。高畑産業ビルは五階建ての洒落たベージュ煉瓦の建物で、一、二階が不動産事務所、三階が若い衆の詰所兼関所、四階が幹部連中の居場所で、最上階が高畑幸弘夫婦の居室になっていた。子供二人は最近アメリカに留学させたと聞いている。

夜が明けると私は車を移動させたが、高畑産業の近くからは離れなかった。その辺りにいるのが一番安全だ。だが高畑の所に飛び込んでいく決心も付きかねていた。ヤクザ者のような生き方をしているというのと、本物のヤクザになってしまうというのとでは全く異う。今更そんな事を言える義理ではないが、私が本当のヤクザになってしまったと知ったら、両親は何と思うだろう。泣くのに決まっている。

そんな事をグズグズと考えながら、私は思い切り悪く、高畑産業の周りをウロウロしていた。三日目の夜、幸弘が一人で姿を現すのが見えた。黒いスモークガラスで武装した高級車ではなく、その隣りに停められていた白いセダンに乗り込む。見掛けは普通の営業車だが車の腹に文字はなく、窓もスモークガラスで、偽装された高級車だとすぐに解った。

私はすぐに車を発進させ、幸弘の車の鼻先について、しばらく様子を見てから彼に先に行かせた。高畑の組長がお供も連れず、一人でお忍びで出掛けるとは、大胆にも程がある。どうしても行き先を確かめたかった。幸弘は私の得意技と同じように道を幾度も曲がり、変な所で一時停止したり走ったりしたので、私は危うく巻かれるところだった。だが幸弘の車は二十分も走ると幹線道路に出て、あとは滑らかな走りでこの町に入った。つまりは現在私の住んでいる町で、下町のその下町の場末に出てきたというわけだ。

先行車は、真っすぐに坂道を登って行く。あの警戒は郷田に対するためのものでしかなかったらしい。元々、そんな敵を作る商売をしている訳ではなかったし、地元を無事に抜けてしまえば、それで良かったのだろう。

坂道を上った所に団地群と新興団地の家々が姿を現し始めた。幸弘はその辺りに着くと、又、用心を始め、私は気付かれないためにかなり苦労をして尾いていった。もうこれ以上は無理だと思いかけた時、一軒の家の前で先行車がスピードを落とした。二台分ある車庫の中に停めてある、白い車の横に、頭から突っ込んで幸弘は車を停めた。

すぐに玄関が開いて、かなり年輩の小柄な男が幸弘を招き入れ、自分は車のキーを受け取って幸弘の車の向きを変えてから、家に入っていった。私は静かにそこを通り抜けて、かなり行ってから、又戻ってきた。車をずっと離れた路上に停めた私は、暗い車内から望遠グラスでその家を探った。これといった特徴は、格別にない。

家の造りといい、庭の造作といい、周りの風景に同化していて、全く違和感というものがなかった。こんな普通の家に、幸弘はなぜわざわざやって来たのか？　私は尚も手掛かりを求めて探り続けた。門柱に表札は見当たらない。目を凝らして玄関の辺りを探っていると、ようやく門灯の下に小さな表札を見付けられた。そこには高畑伸弘・梨恵子と記されていた。

伸弘という名前から考えて、六、七年前に引退したという幸弘の親爺さんではないかと思われた。現役のヤクザに近付くのと、元親分に近付くのと、どちらが良いのだろうか。私は考えて、その夜は駅前に戻り、ビジネスホテルに泊まった。翌日から、私は団地行きのバスに乗り、伸弘の自宅近くで降りて、その家の周りをうろつき回った。朝早く出掛けて行ったので勤め人達や子供達、その母親達などが見掛けられて、私は怪しまれずに、その家に近付く事ができた。

ささやかな庭先には、ふっくらとした体つきの六十代前半の品の良い女性が立ち、秋明菊の花を数本手にして立っていた。母親が園芸好きで庭に菊だのバラだのいろいろ植えていたので、私にも多少は花の名前はわかる。多分、朝のうちに、今日家に飾る花でも切りに来たのだろう。幸弘の車は、もういなかった。

私が菊を見詰めているのに気付いたのか、その女性は顔をこちらに向けてにっこり笑った。

「お早うございます」

どこか近辺の人間と勝手に思ってくれたようで、挨拶してくれる。

その声も、どこか母親を思わせる、懐かしいような声だった。私も釣られて挨拶を返した。

「お早うございます」

私の目はまだ菊を見ていたようだ。彼女は穏やかな声で訊いた。

「菊、お好きですの？」

「ああ。ハイ。それ、秋明菊ですよね」

「あら。これを御存知？　珍しいわね。この頃はこんな花は、余り好まれませんのよ」

「そうですね。ガーデニングなんかが流行っていて」

私は、調子良く話を合わせた。相手は私を同好の士と思ってくれたようだ。

「良かったら、お持ちになる？　あんなに沢山咲いていますのよ」

そう言って体を曲げ、私に庭の隅を見せてくれた。秋明菊やコスモスの咲き乱れている一角があり、その上には低い柿の木があった。私は素早く視線をめぐらせた。他には何が見えるだろうかと。昨夜チラと見掛けた小柄な男の姿が見えた。裏口と思われる辺りに立っていて、鋭い目付きで私を観察していた。

「ありがとうございます。又、その内に」

私が逃げ出そうとすると、彼女は残念そうに、

「又、お寄りになって」

と言ってくれた。

そんな事を私は何日か続けた。彼女は年頃からいっても私に対する態度からいっても、高畑梨恵子本人と思われた。お手伝いさんなら、私に勝手に花をくれる事などできないだろう。だがその物腰といい言葉遣いといい、とてもヤクザの元親分の、女将さんには見えなかった。どこかの上品な家の奥様のようなのだ。女将さんは朝昼晩とそこを通りかかる私に、すぐに打ち解けた。一度などは本当に花を切ってきてくれもした。そしてそのたびに目付きの鋭い男が私を見ているのも、同じだった。私はその家に入り込むのは、諦めようかと思った。二階建ての家は普通でとりたてて豪華ということはなく、庭も樹木はあるが、植木職人が必要というほどではない。目付きの悪い男が二人ほどいたが、どちらが高畑伸弘なのかは分からなかった。幸弘の車を預かって車庫に入れ直していた方が使用人だろうかという程度にしか、判断材料がなかったからだ。どちらにしてもごく普通の暮らしぶりのようで、用心棒の口すらもありそうになかった。

幸弘の近辺に戻ろうか、いっそこの辺りに居付いて職でも捜そうか。私は迷いながら最後のつもりで、高畑家の前を通り過ぎようとしていた。だが、駅近辺をざっと調べてみた

が、私立探偵社なんて無かったし。そんな事を考えながら俯いて歩いていると、背後に人の気配がした。庭先には女将さんが立ってこちらを見ている。

「オイ、ちょっと待て」

低いがよく通る声がした。振り向くと中肉中背の七十前後の男が立っていた。背筋がピンと伸びていてどこにも隙がない。

間近に見て、こっちが、元親分の伸弘だという事がすぐに理解《わか》った。逃げようとして体を反転させると、行く手には例の小柄な男がいつの間にか立っている。左手方向の角には私と同じくらいの背丈の、痩せた男が立っていた（それが卓郎さんだった）。完全に取り囲まれていた。それでも強行突破しようとすれば、できない事はなかったかも知れない。けれど、私の右手の庭先にはあの女将さんがいて、悲しそうな瞳をして様子を見ている。大人しくして、家に連れ込まれるより他、道はなかった。私は男三人に前後を固められ、身を縮めるようにして、玄関脇の部屋に入った。恐かった。これから私は、どうなるのだろうと。そこは小ざっぱりと片付いた部屋で、一応応接間とでもいうのだろうか。木の壁には版画の入った額が飾られ、床は木目の通った板張りだった。ソファセットはアンティーク調で、家の外観の通り、中もごく普通のようだった。

伸弘が先にソファに腰を下ろし、私に向かいのソファを顎でしゃくってみせた。坐れという事のようだった。伸弘の傍には付いてきていた女将さんが坐り、部屋の入口と窓の所には、男達が立った。逃げようとしても無駄だと、その目が言っていた。恐いのだけれど、懐かしいような伸弘の瞳。

私は伸弘からどこの組の者かと訊かれ、どこの組の者でもないと答えた。それならどうしてこの家の事を嗅ぎ回っているのかと訊かれ、答えに詰まった。

それを言うなら、事の初めから、全てを説明しなければならない。ごまかしは効かないようだったし。それで私は自分が探偵をしていた事、郷田組のデカとチビと揉めて追い回された事から話し始めた。私が二人との馴れ初めを話すと、親爺さんがニヤリと笑ってこう言った。

「ヤクザ相手に営業妨害か。そいつはいけないいな」

刃物まで振り回されて『敵の敵は味方』と思い、幸弘の所に行ったがヤクザになる決心も付かず迷っている間に、幸弘の車の後に尾《つ》いてここまで来てしまった条《くだり》では、ひと言、親爺さんは、

「あのバカタレが」

と言った。目で先を促してくる。

女将さんに会って嬉しかった事、もうこの家に拾ってもらうのは無理だと思っていた事を話すと、親爺さんは笑いながら私に言った。

「そうか。ヤクザは嫌いか。俺も嫌いだ」

私は驚いて、親爺さんを見詰めてしまった。ヤクザが嫌いなヤクザの親分なんて、聞いた事がない。親爺さんは、戸口と窓の所に立っていた二人を、

「もう良い」

と言って、自分の傍に呼び寄せた。目を眇めて私を見ながら、一人言のように、

「さあて、どうする？」

と呟いた。

「幸弘の所にはやれないな。こいつが見付かったら、郷田との火種になってしまう」

「でも、ここにだって十分ヤバイですよ。こいつは爆弾みたいなもんです」

小柄が言った。

「そうだな。お前ん所はどうだ？」

痩せ男に訊いている。どうやら、私の身の振り方を決めてくれているらしい。痩せ男が答えた。

「良いですけど。でも店の方は今のところ、私一人でお釣りがきますし」

「そうだな。階下《した》の方もそんなところだろう」

私には訳のわからない事を皆で言っていた。

「仕方がないな。この兄ちゃんの言う通り、ここから出て行ってもらおうか」

そんな。と、私が言う前に女将さんがそう言ってくれた。

「そんなこと、可哀想ですよ。だって、行くあてもないんでしょう？」

「だからって、どうする？　こいつは厄介だぞ」

「だって。でも。可哀想でしょう。この子、お花も好きなんだし」

女将さんは筋の通らない事を言って、私を見詰めた。嬉しかった。

親爺さん達は顔を見合わせている。

痩せ男が少し考えてから言った。

「剣道をやっていたなら、少しは使えるでしょう、探偵というのも悪くない。何しろ、あの幸弘さんの後を、しっかり尾いてきたっていうんですから」

私はこの痩せ男にも感謝した。痩せ男は、女将さんの味方らしい。

親爺さんはまだ渋い顔をしていた。

ね？　というようにして、女将さんが親爺さんと小柄の方を見る。どうやらこの家は女将さんの発言権が強いらしい。だが、決めたのは親爺さんだった。しばらく考えていた後で、

「仕方がない。当分の間だけは置いてやる。だが、大人しくじっとしているんだぞ。そこら辺をウロチョロするようだったら、すぐに出ていって貰うからな」

と、私がついこの間、あいつに向かって言ったような声と言葉で言ってくれた。

当分の間、と言われたが、結局、私は親爺さん達の所に、七年近くいた。

終いには、皆がお互いに擬似家族のようになって、支え合うまで。この皆、の中には長治さん達と卓郎さんも、もちろん含まれている。

だから、私にとって三人は今でも家族に似たようなものであり、三人にとっては、私は未だに手のかかる子供か、うんと年の離れた弟のようなものだった。そして私達は今でもうまくいっている。

そんな理由で、私が部屋に初めて連れ帰ったあいつの面倒も、彼等はしっかりと見てくれるようになった。あいつが『くたびれて』寝ていると言えば、長治さんが何か作ってくれたし、あいつが私のトランクス姿でうろつき回っていると知れば、卓郎さんが自分の細身のシャツやジャージの買い置きをくれたりした。卓郎さんはお洒落なので、それはあいつに良く似合っていたが、あいつは部屋の中では相変わらず珍妙な格好で平気でいた。

私が「楓」を手伝うのは、忙しいランチタイムか、予約の入っている日の夕食の時間帯だけだし、「楡」の方に至っては、それこそクリスマスタイムとか何とか、年に数えるくらいだった。

和食中心の店の食事時の注文取りやお運び、洗い場などは私でも何とかできるようになったが、バーテンダーの仕事など私には手伝えない。せいぜいがグラスを下げて洗いあげたり、野菜のスティックやつまみの盛り合わせを作って、出したりするだけだ。

ところが、あいつは異った。

その事を最初に私に言ったのは由利子さんだった。

「あの子、こういう仕事、初めてじゃないわね。凄く手慣れている。大体、ウチは和食でしょ。器の置き方だって決まっているし、お料理が出る順番もあるし。それが、一度も教える必要がなかったのよ」

知らなかった。

「あいつ、店にまで出てきているんですか？」

私が訊くと、

「ええ。平ちゃんが出掛けちゃった夜とか、週に二度位ね。いつと決まってはいないけどひょっこり来て、チャッチャと手伝ってくれるのよ。何も教えなくても、何でもできるの。助かってるわ」

由利子さんの答えに、長治さんも言った。

「店の方だけじゃないな。あいつは下働きにも慣れている。洗い物が少し溜まっているなと思っていると、いつの間にか洗い場に立っていたりするんだ。洗い方も拭き上げ方も、文句なしだな」

長治さんが誉めるのは珍しい。

私なんか、洗い方が雑だの、濯ぎが足りないだの、拭き方がまずいだの、初めの頃は叱られてばかりいた。大量の洗い物をするのは男の私でも大変で、洗剤の匂いと泡と、屈みこんで洗う無理な姿勢のせいで、時々泣きたくなってくる。それを、あいつが私に黙ってやっていた？　しかも、何一つ教える必要もない程、手慣れていたって？

「いつから？」

私が訊くと、由利子さんは言った。

「平ちゃんが紹介してくれた次の日辺りからよ」

私は考え込んでしまった。いつ頃あいつを皆に紹介したんだろうか？　はっきり覚えてはいなかったが、確か四月の十日辺りだったから、少なくとも二週間以上、あいつは私に隠れて手伝っていた。嫌、それは妥当な言い方ではないかも知れない。私は一度出掛けてしまえば、真夜中過ぎても帰って来ない事の方が多い。単に言わなかっただけなのかも知れないが、何でそんな事を私に黙っている必要があるのだろう。

いつものあいつの『くたびれた』からすれば、前日「楓」を手伝った事を恩着せがましく言いたてて、私に嫌な顔の一つもさせるところだろうに。不思議に思った私は、念のため卓郎さんにも訊いてみた。

あいつが何か余計な手出しでもしていないかと思って。

卓郎さんは少し肩を上げて、笑って見せた。

「びっくりしましたよ。何か手伝える事はないかと言って来たので、ジョークのつもりでバーテンが欲しいと言ってみたんです。もちろん、笑い話にするつもりでした。ところが、あの子はカウンターに入って、私の目の前でシェーカーを振って見せたんです。そりゃ、鮮やかなものでしたよ。平ちゃんにも見せてやりたかった」

卓郎さんはその昔、京都の一流ホテルでチーフバーテンダーをしていた人だ。そこに勤める女性との間でいろいろあって、懇意だった親爺さんに引き取られる事になったと聞いた。今は昔のように、そんな時、女だけが泣く時代ではない。卓郎さんのように、男の側が黙って身を引く事もありになったという事だろう。その卓郎さんが感心するような腕前を、あいつが持っているとは考えられなかった。私が疑わし気に彼を見たのだろう。卓郎さんは口だけで笑った。楽しいのか何だか、良く分からない顔だ。

「本当ですよ。何なら平ちゃんも見てみると良い。実は、先週の週末に手伝ってもらいました。あの子は私のシャツを衿の所まで留めて、下はジーンズに黒のタイ姿でしたがね。それでシェーカーを振るものだから、妙に中性的な色気があって。私も形なし。大人気でしたよ」

そんなバナナ。私は子供の頃に聞いたことのある、古いギャグを言いそうになってやめた。確かにあいつなら、中性的と言えなくもないだろう。子供のオカマなんだから、それは頷ける。しかし。色気というのは、どうにも信じられなかった。あいつに、色気なんていうものは薬にしたくても無い。もしもあったとすれば、それこそ気持が悪かった。それに、あいつはそういう時、私に『くたびれた』とは言っていなかった。あいつが『くたびれる』のは、公園に行って、遅くまで皆と過ごした時だけなのか？　それとも、私のジグザグ歩きが気に入らないのだろうか？　幾ら考えてみても、私には何も解らなかった。解ったのは、あいつの過去にはとんでもない謎々があり、それが、あいつの短い人生にとって、決して幸福をもたらしはしなかっただろう、という事だ。

もしも幸福だったのなら、こんな所にまで流れてきて、私みたいな男の家の居候を決め込んだりしていないだろう。オカマは、オカマなりに幸せでなければならない。何と言っても、あいつはまだ子供なのだから。

そこまで考えてみて、私は、又一つ妙なことを思い出した。あいつの両親が死んだという事以外、私は何一つあいつの過去を知らなかったのだ。あいつが傍にいることに慣らされてしまって、いつの間にか私はあいつに何も訊ねようとはしなくなっていた。たまに訊いてみたとしても、あいつに上手にはぐらかされるだけだったし、この頃ではもう何も訊ねる気にもなっていなかった。迂闊だった。

あいつの両親は病弱だったとは聞いたが、二人がいつ、どこで、どのように亡くなったのかは知らない。他に家族がいるのか、いないのか。両親を失った後、どうやって生きてきたのか、いつから放浪しているのか。女の名前を名乗ってはいるが、本当の名前は何なのか、年は幾つか、どこで生まれて、どこで育ったのか？

何も知らない。あいつは一体誰なのだ？

私は頭を抱えこみたくなった。私の家にいる時のあいつは毒舌ばかりだったが、無闇に人の邪魔はしなかった。たまの休日には私はテレビでも見てごろごろしたり出掛けたりしていたし、あいつは寝室に閉じこもっていて大人しくしているだけだった。

時々、私と公園に行く時だけは、あいつは別の服を着て、別の人格になった。ドレミは特別扱いだったが、後の皆には大旨公平だった。皆、と一緒くたにはせず、一人一人に気を配り、大丈夫？　楽しんでいる？　О・Ｋ？　それで？　と目で確認したり促したりしていた。それも、皆にそうとは気付かせないほどの幽かなもので、誰も確かな事は分からなかったはずだ。ただいつの間にか幸せな気持になり、満たされて束の間の旅に出掛ける。幸せという名の船に乗って。

あいつは、あの低いハスキーな声で少しだけ話し、後は柔かな瞳で皆を見、一人一人の話を聞いているだけだった。自分の事は、何一つ話してはいない。あいつの両親がすでに亡い事だって、多分私一人しか知っていないだろう。そのくらい、あいつは自分の事を話さなかった。過去も未来も現在も。夢も希望も哀しみも。何一つない。何一つ……。

ただの子供に、そんな事ができるのだろうか？　ましてやあいつは女男だ。誰かに聞いて貰いたい事くらい、沢山あるだろうに。それとも余りにも一杯ありすぎて、何から話して良いのかも分からないとか？　それでは悲しすぎる。だが、現実にあいつはここにいながら、影のように、実体を持たない何かのように、振る舞っていたのだ。何のために？

私は考え続けた。だが何も分からなかった。一旦気になり始めると、いろいろな断片が次々と浮かんではくる。

いつもの春よりは早く咲いた桜が散ってゆく、木の下陰に立っていたあいつの姿。優しい光を湛えていたくせに、なぜか暗い、深い淵を見てしまったような瞳。その瞳に覗き込まれた時の戸惑いと、鋭く痛んだ胸の辺りと。

けれど、それだけだった。あいつがどうしてあの日、そこにいたのか、何のために影のように生きているのか、それはわからない。その夜、私が訊いていたなら、あいつは答えてくれただろうか。あの掠れた声でひと言、

「愛のために」と。

答えてはくれなかっただろう。いつものように毒舌を振るい、私を煙に巻くくらいの事はしたかも知れないが。あの夜、あいつをあそこで拾ったと思ったのは私の間違いだった。ここに置いてやって、面倒を見ていると思ったのはただの勘違いだった。何もかも逆さまだ。今になってわかる。今なら、分かるのに……。

あの夜、あいつに拾われたのは私の方だった。面倒を見てもらって世話されたのも、私の方だった。あいつは用心深さのためにだけ、私の心を探ったのではなかった。上辺は普通に見えていても、私の中には闇があった。あいつは素早くその闇を見付け、私の心を覗き込むことで、その闇の深さを測っていたのだ。

あの夜、あの公園にいた者達の中で、一番あいつを必要としていたのが、多分私だったということだろう。ジョージ達には歌という夢があったし、並木氏にはドレミがいて、フジさんはこの人生に、達観していた。だが私は異った。

長治さん達がいてくれるとはいっても、それはあくまでも擬似家族だ。家族に似てはいるが、本当の家族ではない。本物の両親とは未だにちゃんとした和解ができず、仕事はそこそこだった。が、この一年近くデカチビにつけ狙われている。母親のように優しかったあの女将さんは逝き、頼りにしていた親爺さんも今は去ってしまった。私の中にある、世の中を斜めに見る癖は矯正されてはいたが、完治していなかったし、私は何よりも「空っぽ」だった。

つまり、私は淋しかったのだ。大人になりきれてはいなく、もう子供でもなかった。あいつはどうやってかそれを見付け出し、放っておけない気がして、私に付いてきたのだろう。私には、それが見抜けなかった。

間抜けにも程があるが、例え私でなかったとしても、誰にもあいつの本心は見抜けなかっただろう。

私達は、あいつの本質には触れていた。

絶え間なく差し出される心遣いや、母犬のように包み込んでくれる暖かさや、誰に気付かれる事もなく、自分の報いを望む訳でもなく、黙って傍らにいてくれる優しさに。

人は、それを何と呼ぶのだろうか？

親が子に感じる愛に通じる、無償の何かを。私達は「それ」が、あいつだと思った。けれど、本質に少し触れたということと、本心がわかったという事は全く異なる。あいつは自分の心を巧妙に隠し続け、私達の傍に、私の孤独に寄り添い続けた。ただ傍にいて、共に笑い、共に悲しんでくれるだけの存在。

そうやって、あいつはいつの間にか私の心の闇の中に降り、私を死ぬ程甘やかしたのだ。そうしておいて、あいつは遠くにいってしまった。

もう帰ってはこない。

「美咲」から、私の知らない誰かに変わって……。

あの日、あいつがそこにいる事を知っていたならば、私は決してそこには行かなかっただろう。けれど本当にそうだろうか？　例えそうと解ってはいても、私はやっぱりそこに行き、あいつと逢う事だけを望んでいただろう。

2　ファントム・オブ・ジ・オペラ

由利子さんから、あいつの事を聞かされた日は、私の頭は混乱していて、何を、どう訊ねれば良いかもわからなかった。

下手な訊き方をすればヘソを曲げて、フイッと出て行ってしまいかねない。私に対しては、あいつはそういう態度を取り続けていたし、余りにも訊きたい事が多すぎたし。どう言ったら、あいつの貝みたいに固く閉ざした口を、開かせられるのだろうか。謎々だらけの人生に立ち入ることが賢明だとは思われなかったが、気が付いてしまった以上、放ってもおけない。その夜は結局、何も訊けないまま眠った。

明日訊こう。と思っていたのに、朝起きてみると、あいつはもう部屋にいなかった。あさってから始まるゴールデンウィークのセールのチラシの裏に、

「ちょっと出てきます」

とだけ書かれたメモがテーブルに置かれていた。そういえば夜中だか明け方だかに、誰かがソファの前に立って、私の寝顔を覗いていたような気がする。あれは夢ではなかったのだろうか。

私はいっぺんに目が覚めて跳び上った。昨日の今日なのに。まだ私が何も訊いたりなん

かしていないのに。

『ちょっと』って、どこへ？　時計を見ると、まだ六時過ぎだった。こんな時間にあいつが出掛けていった事は、今まで一度もない。第一、こんな時間に開いている店だってこの辺りには一軒もない。私はなぜか胸騒ぎがした。あんなにあいつに出て行って欲しかったのに、いざいなくなられてみると、うろたえている自分に気が付きもしないで、あいつの行き先を考えてみた。

ゴールデンウィークが始まるので、家族の元へでも帰ったのだろうか。それともどこかへ遊びにでも行ったのか？　そういう場合、『ちょっと』というのは、どのくらいを指していうのだろう。一日か、半日か、三日か、一週間か？『ちょっと』というのは口実で、本当は気が変わり、私の所から出て行ってしまったのかも知れない、とも思った。あいつの考えていることも、する事も、私の想定範囲をいつも越えている。

私は、恐る恐るリビングと台所と洗面所を見て回った。何も問題はなかった。

いつもの通りに全てがあるべき所に納まっている。あいつがいつの間にかコンビニで買ってきて、写真立ての横に置いてある小瓶やコーヒーカップや、歯ブラシや化粧水も。念のために私は、今ではあいつの居城となっている、かつての私の寝室も覗いた。きれいに整えられていた。ベッドの横のサイドテーブルには、シンプルなグレーのライトの前に、小さな写真立てが飾ってあった。

いつか私が、思っていたよりも早く、店から上がれて部屋に戻った時、あいつが弄《いじ》っていた物だ。

あいつは、リビングのテーブルに屈みこむようにして眠っていた。顔だけが横を向いていて、テーブルの上にはコンビニの袋と写真立てと、何かのカードが置かれていた。カードの上にあいつの指先がのっている。何の気なしに覗き込んで見ると、それはムーミン一家とフローレンが、花畑で記念写真のように立っている絵で空には大きな雲が描かれていた。その白い雲の中に、何か書いてある。

何かと思って、見た。

そこにはあいつの字で、

「あんじゅ
　恋しや」

と書かれていた。何だこれは？　思わず私は笑ってしまった。ムーミンの絵の中に山椒太夫？　ミスマッチすぎて、洒落にもならない。確か、このあとに、厨子王恋しやとでも、続いていたのではなかったろうか？

呆れながらあいつの顔に目をやると、額にかかった髪の下の閉じた目から、何かが筋を引いていた。涙だった。

泣くほど悲しい夢でも見ているんだろうか？

私はあいつの涙を見て固まった。夢にしろ、何にしろ、誰かが泣くのを見るのは苦手だ。あいつの涙は天井の明かりを受けて光り、静かにテーブルの上に落ち続けている。起こして遣った方が良いだろうか？

私が手を伸ばし掛けたのと、あいつが目を開いたのが同時だった。まだ涙の滲んだ瞳を見張って、私が誰なのかわからないような顔をして、こちらを見ている。

「オイ。まだ夢でも見ているのか」

私は言ってみた。あいつは体を起こし、両手で目の辺りをごしごし擦った。まるで、今、欠伸をしたら涙が出ちゃいました、というような感じで。

それからこう言った。

「あ。寝ちゃった」

「寝ちゃったじゃないだろう。又、風邪をひくぞ」

あいつはその頃又、乾いた咳を時々していた。

「泣いていたぞ」

と言ってみた。

「そう？」

とだけあいつは答えた。

「夢でも見たのか？」

「覚えてない」

必要最低限でしか返事をしない。

「それより、そいつは何だ？」

私はムーミンのカードを指さして訊いた。

「ムーミンだよ」

「そんな事は知っている。その中だ」

私は絵の中の雲に視線を移してみせた。

「知らないの？　山椒太夫だよ」

あいつは思いきり蔑んだような目で、私を見た。それは、解っているのだが。

「ちょっと、変じゃないか？」

「どこが？」

あいつはテーブルの上の物を自分に引き寄せながら言った。

「両方共、大好きな話だよ。二つじゃ多いから、一つにしたんだ。悪い？」

悪くはないが。やっぱり変だ。私がそんな事を思っている内に、あいつはさっさと寝室に向かった。

「何だ、そこに飾るんじゃなかったのか？」

私は机の上を指して訊いた。青い小瓶の横の写真立てには、今、ゴッホの糸杉の絵のカードが入っている。ちょっと前まではミュシャだったのを、あいつが替えたのだ。新聞や折り込みのチラシから切り抜いたり、コンビニで見付けたカードであったり、あいつの好みには制限がないらしい。いつかそれを言うと、

「きれいな物は、きれいなんだよ」

とあいつは返した。

私の声に反応してあいつは寝室の入口で振り返り、

「あんたが馬鹿にしたから、ヤダ」

と難癖をつけてドアを閉めた。言い掛かりだ。

私は気を悪くして洗面所に向かい、それきりこの変な絵のことは、忘れてしまっていたのだった。

あいつは私をこの部屋にも入れてくれなくなっていた。必要な物があると私がそれを言い、あいつが取ってきて渡してくれる。面倒臭くて適わなかったが、あいつが『ダメ』と言ったらダメなので仕方がなかった。

私はその絵が残っているのを見て、少しだけ安心した。出て行ってしまったわけではないらしい。大好きだ、と言っていたのだし。

物入れの方にいって、そこも開けてみた。

私の服がリビングの方に移動した分だけ、クローゼットはスカスカになっていた。右の

端の方に卓郎さんがあいつにくれたシャツやジャージが掛かっている。それと黒のタートルネックのセーター。あいつはもうすぐ五月になるというのに、まだこの黒のセーターをたまに着ていた。

「首がスカスカすると寒くってさ」

などと言っていたが、ただの無精にしか思えなかった。

ジーンズの上下で出掛けたらしい。それだけが見えなくなっている。下を見ると、何と黒いビニールのバッグまで、そのままだった。

何だ。本当に、ちょっとそこまででも行っただけなのか、と思った。でも、どこへ？

私はそのバッグを前にしてしばらくためらっていたが、結局それを開けてしまった。持ち主が留守の間に、他人の物を見るなんて誉められた話ではないが、仕方がない。あいつが私の質問に、素直に答えてくれる確率は限りなくゼロに近かった。それなら、これは神様がくれたチャンスではないかと思えた。何か手掛かりになる物が、この中にあるかも知れないではないか。例えば、保険証とか、アドレス帳とか、日記帳とか。

あいつが携帯電話を持っているのを、見たことはなかった。私も携帯は嫌いだ。

バッグを開けてみると、手前のポケットの中に、朱い漆塗りの蒔絵の手鏡があった。ずいぶん古い物のようで、今時には見られない見事な細工が施してあった。多分、亡くなったという母親か、その母親の持物だったのだろう。それに、どういうわけかミケランジェロのピエタのカードがハードケースに入れられ、添えられてあった。あの、有名な美しい彫刻の写真だ。

あとは、私には用途も解らない、タオルを二つ折りにして雑巾のように縫った物が一番上にあり、その下には黒いランニングと黒のボクサーパンツが数枚。その下にはソックス。そして、その下に黒のサマーニットと黒いジーンズが畳まれて入っていた。

ただ、それだけ。後は何もない。バッグを置いて行ったということは、あいつは財布一つで出掛けて行ったんだろうか？　それとも、この中にもう一つ、小さなバッグでも入っていたんだろうか。どちらにしても、同じ事だった。

この中には、何も無い。私はそう思って、ザッと見ただけのバッグの中をきれいに整えようとした。こんな事をしたと分かったら、あいつに何と言われるか。考えただけでも怖ろしい。そう思った時、指先に何かが触れた。サマーニットと黒いジーンズの間に、何かが挿まっている。そっと引き出してみると、比較的新しいアドレス帳だった。装飾も何もない。開いてみると、表紙とノートの間に名刺が一枚入れてあった。ことは違い、いわゆる山の手といわれる町のアドレスがあり、真中に病院の名前、その下には医師と思われる人物名があった。

水穂　広美。この名前だけでは男だか女だかもわからない。ただ、病院の名前は同じ水穂医院とあったから、多分個人病院か、せいぜい中小規模の病院なのだろう。

聞いた事もない病院だった。専門科すらも記されていない。内科なのか、外科なのかその他の何かも解らない。裏を返してみると病院の電話番号とは別のナンバーが二つ、手書きで記されてあった。自宅と、携帯の番号だ。私はリビングに戻り、自分のアドレス帳をスーツの内ポケットから取ってきて、取りあえずその名刺の住所と医師の名前を写した。あいつの友人なのか、親類なのか、単なる知人なのかわからなかったが、何かあいつと関係があるのは確かだと思ったから、書き写すことに余りためらいはなかった。何かが、私に囁きかけていた。これを大事にしまっておけ、と。そのあと、ノートをパラパラと捲ってみたが、何も書かれていなかった。真っ白な頁が最後まで続き、そこに一枚の写真が挿っていた。

何年前のものなのかもわからない。何度も手にとって見直していたのだろう。角が少しだけ擦れて傷んでいる写真は、そのノートのサイズにぴったり合っていた。まるで写真に合わせてノートを購入したように。その写真には、三人の子供が写っていた。

一面に咲いたれんげ畑の真ん中で、あいつが両手に一人ずつ、二人の子供を抱えて立っている。あいつの年はわからない。せいぜい八歳か九歳か、十を越しているようには見えなかった。あいつは、今と全く同じ髪形に見えたが、後ろの方の髪形は、全くわからなかった。白いサマーニットにカーキ色のパンツ姿で、妹と覚しい子供達を胸に抱き寄せてニッと笑っている。ピースサインでもしそうな顔だった。何かを企んでいるような瞳の光は、今と一つも変わっていない。得意そうに、カメラに向かって笑んでいる。

あいつの右腕には信じられないような美しい少女が、真っ白いドレスを着てあいつに身を寄せ、ニッコリと笑ってポーズをとっていた。白いドレスに腰には赤い細いベルト、ソックスも白で赤い靴。まるで童話の中から抜け出してきた、どこかの王女か妖精のように、愛らしい姿と笑顔をしていた。

あいつの左腕には、学齢にも達していないような、幼い子供が捕まっている。髪をマッシュルームにカットし、顔立ちはキリッとしていて可愛らしく、クリーム色のシャツにフリルのついた空色のスカートを穿いていた。足元はスニーカーで、少し尖らせた口に片方の親指を咥え、もう片方の手はしっかりとあいつのニットの裾を握り、大きな瞳だけがカメラに向いている。あいつに良く似た顔立ちだった。

そして、三人の頭には、クローバーの花で編んだ揃いの花冠が飾られていた。

私は、まるで見てはいけないものを見たような気がした。まるでその中から、春の陽が射してくるような、幸福という言葉でしか説明できないような、姉妹の肖像。

これを写したのは一体誰なのだろうか？

父親か。母親か。どちらが写したにしろ、この写真を撮った時、そこにいた全員が幸福だったのは間違いがない。

その写真を見ていると、

「このまま、永遠に、時が止まってしまえば良かったのに」

と呟く、あいつの声が聞こえるような気がした。あいつの状況が今、どんなであっても、あいつはこの写真をずっと大切に持っていたのだから。

そして、そのノートの中にあったのは、結局、その写真が一枚と、医師の名刺だけだった。

名刺の方と異って、写真の裏には何も書かれていなかった。普通なら、名前とか年齢とか、どこで写したとか書いてありそうなものなのに。これだけ幸福そうな写真の裏に、何も書かれていないというのが不思議だった。これでは、妹達の名前も年齢も、いつ、どこで撮ったものなのかもわからない。

ほんの少しの罪悪感と、理由の解らない胸の痛みだけを残して、私はバッグを元に戻し、寝室を出た。

理由の解らない痛みのようなもので、胸が疼いていた。あの幸福そうな温もりに満ちた写真と、今のあいつとの間にある隔たりが、私の心に噛み付いていた。その疼きはその日、仕事をしている間もずっと、私の胸に巣喰い続けた。なぜあんな女男のことで、こんなに心が痛むのかと、自分に訊いてみることは、思い付かなかった。あいつがいないというだけで、なぜそんなに胸が騒ぐのかも。

私は短期間の内に、あいつに飼いならされていたのだった。自分で気が付かなかっただけだ。寝室に引き籠っていようと、毒舌だろうと関係ない。あいつには独得のルールがあったが、刺はなかった。あいつがそこにいるだけで、何かが部屋を満たしていた。誰もいない暗い家に一人、空っぽな心で帰ったことがある人にはわかるだろう。誰かが、そこで待っていてくれる。他の誰でもない、この自分を。私はその居心地の良さに、慣らされていた。もう一人では、暮らせないまでに。

けれど、そんな事が理解《わか》ったのは、本当に、全てが手遅れになってからだったのだ。

その日一日待ち続けたのに、夕飯時を過ぎても、あいつは帰って来なかった。私は早目に店を上がり、公園に行ってみる事にした。もしかしたら、あいつがそこにいるかも知れないという、儚い期待に踊らされて。

でも、そこにもあいつはいなかった。いつものメンバーがいつものように腹をすかせて、私を待っていただけだった。

早速、ジョージが訊いてきた。

「ねえ、今日も一人？」

そうだと答えるのも億劫だった。私は黙って頷き、弁当を差し出した。皆、淋しそうに黙って手を出した。ドレミがクウと鳴いている。

リョウがいなかった。珍しい。あいつと出会ってからのリョウは、毎日のように公園側にも寄って、あいつが来るのを待つようになっていた。そしてたまにあいつが顔を見せると喜んで傍に坐り、恋人同士のように寄り添って、何事かを話したりしていた。あいつは普通にしていたが、リョウの方は違った。あいつの姿を見た途端に、目の色が変わるのだ。それなのに、いない。

「リョウはどうした？」

私は訊いてみた。アキが答えた。

「変なんだよ。昨日から帰っていない」

何だ、そういう事か。私は力が抜けた。

リョウの方がやけに積極的だった。あいつはリョウに誘われでもして、二人でどこかに行きでもしたのだろう。男同士でデートか。そう思うと更に力が抜けていった。

アキが続けていた。

「リョウさ、明日から実家に帰るって言ってたんだよ。その支度するって言ってたのに」

「どうしたんだろ」

と、ジュンが言った。

「わかんない。リョウの奴、連絡もしないで、どうするんだろ。親爺さんが大変だっていうのにさ」

「親爺さんがどうかしたの？」と、ジョージ。

「具合い、悪いって。それで家に帰って来いって言われて、あいつずっと悩んでいたよ」

「それで、帰る事に決めたんですか？」

並木氏が身を乗りだすようにして、割り込んできた。何だか、切実な目付きをしていた。皆に見られて、並木氏は困ったように言った。

「私もね。故郷に残しているままなんですよ、両親を」

フジさんが言った。

「俺には故郷なんてものは、もうきれいさっぱりないけどな」

「それじゃ、心配でしょう」

と、私も言った。他人事ではない。私も両親を残している。故郷というほど、遠くにではないが。

「いっそのこと、帰っちゃえば良いのに」

と、ジュンが無責任な事を言った。

「そうなんですけどね。親の方は私が帰るのを喜ばないでしょう」

「へ？」と、ジョージが間抜けな声をだした。

並木氏が説明する。

「私の故郷は群馬県でしてね。父親はそこで、兼業農家をしています。平日は勤めて、休日には果樹園の面倒を見る。端から見るよりも、ずっときつい仕事ですよ。それで、ほとほと嫌気がさしたらしくて。私を大学に出してくれる時、こう言ったんです。『帰って来なくて良い。お前は都会で好きな様に、自由に生きろ。俺のような苦労はさせたくない』と。それで、両親の自慢というのが、息子が東京の立派な会社で働いているということなんですよ」

「そりゃ、帰りづらいわな」

フジさんが同情していた。自慢の息子がリストラにあって、犬を連れてホームレスになっていたなどという話は、両親にとっては嘆きの種でしかないだろう。

「でも、連絡がつかなかったら、もっと心配するよ」

アキが言った。並木氏が頷いている。

「リョウの奴だってさ、実家は静岡の方のどっか、有名なホテルの跡取り息子だよ。大学に入る時、卒業したらきっと帰ってくるって約束させられたんだって」

知らなかった。リョウは良い所のお坊ちゃまだったというわけか。

「んでさ。いよいよ卒業する時になって、あいつ、両親に言ったんだ。帰りたくないって。そしたら親爺さんが怒って仕送りを止めた。それで、俺ん所にきたんだよ」

「じゃ、アキも大学卒業したの？」

ジュンが訊いた。ジュンは大学に入った年、ジョージ達とバンドを組んで歌うのが楽しすぎて、学校に行かなくなっていた。親にその事を知られて、今は仕送りを止められている。

「一応ね。俺は、元々家は平凡なサラリーマンだから。送ってくれるのは部屋代だけ、あとは自分で何とかしろって感じだった。だから、最初から割のいいバイトを探したんだよ。アレで正解だった」

アレというのは、例の道路工事のアルバイトの事だろう。

ジュンが頷いて言った。

「アレは良いよね。時々俺等も行かせてもらうけど、時給は良いし、束縛されないし」

「でも、ヤな人もいるよ。パチンコ行こうとか、競馬行こうとか、煩い事言ってさ」

ジョージは何でも人から強制されるのが嫌いだ。

「んなこと、適当に返事してれば良いんだよ」

アキは言って、

「ところで、連休、誰か手、空いてない？」

と皆の顔を見て訊いた。

「バイト、あるの？」

ジュンが訊き返している。

「連休とか、休みの日の方が、工事の仕事入るんだよ。普通の日より、人出少ないだ

ろ？　んで、夜昼かまわず遠慮なく工事しちゃうってわけ。リョウの奴、バイト入れとい
て、急に実家行くなんて言うもんだから、穴、埋めなくちゃ」

「俺、行く」と、ジュン。

「俺、ダメ」と、ジョージ。

「何でさ？　昼間の仕事にまだ空きがあるから、まとめて稼げるよ」

アキが訊くと、

「連休で親爺達が台湾行くっていうからさ、帰ってこいって、婆ちゃんが」

「婆ちゃん、いるの？」

「うん。子供ん時から俺の味方でさ。今でも時々、小遣いくれたりする。それで、台湾
行くのだって断っちゃって、俺のこと待ってるって言うんだもの」

ジョージは半家出状態のようだった。並木氏が遠慮がちに言った。

「あの。その昼間の仕事って、私では駄目ですか？」

アキは並木氏を見た。

「良いでしょ、オッチャンでも。だけどドレミはどうすんのさ」

並木氏は困ったようにドレミを見た。

「実は、もう手持ちが底をついてきたんです。けど……」

並木氏が口ごもっていると、フジさんが言った。

「行ってきなよ。こいつは俺が預かってやる」

「フジさんは行かないのですか？」

「この年になると、どこも雇ってくれねえよ。炊き出しの列に並ぶくらいしか、仕事はない」

並木氏はじっと考え込んでいた。

「その仕事は、連休中ずっとあるんですか？」

とアキに訊いている。

「あるよ。昼間の仕事でよけりゃ、他にも時々空きが出る」

「じゃ、こうしませんか？」

と言って、並木氏はフジさんに言った。

「私が仕事に出ている間、フジさんにドレミを預かって頂くとして。その預かり料に、給料の半分をフジさんにお支払いするということで、どうでしょう？」

「そんなに貰えねえよ。俺は犬を見ているだけなんだから」

「でも、ドレミを預かって貰えないと、私はどこにも行けませんし」

並木氏は首を傾げている。フジさんも首を傾げていた。

「じゃ、三分の一ってことにすれば？」

アキが言った。

「それでも結構な額になるよ。昼間は時間が長いからね。それでオッチャンがいいなら、会社に、話通すけど」

「私は大丈夫ですよ」

「俺もそれで良いよ」

フジさんも嬉しそうだ。

「じゃ、簡単な履歴書、書いてくれる？　ジュン達は登録しているけど、オッチャンは初めてだから。何だっていいよ、適当で」

アキは恐ろしいことを言っていた。

「それは書きますが。住所が」

並木氏は不安そうにした。

「んだね。ん。じゃ、俺ん所にでもしておけば。どうせリョウもいるんだし、一人増えたって同じでしょ」

アキは言って、並木氏の差し出したノートに、自分のアパートの住所を書いた。更に会社の名前と住所を書きつける。

「ジュンは俺と同じ現場になるから良いとして、オッチャンはどうする？　今夜、担当に話しておくけど、一人で大丈夫？」

「何とかなるでしょう」

並木氏はやっぱり少し不安気に見えた。

「大丈夫だよ。どうせ初めは下っ端だし、言われた事だけやってれば良いんだから。でも、朝は八時から現場だからね。七時には会社に入っててよ」

「わかりました。すぐ履歴書を書きますから」

並木氏はコンビニに行くために、ドレミを連れて立ち上った。コンビニにそんな物が置いてあるのだろうかと、私は心配になったが、何も言えなかった。何でも良いとアキが言っていたので、適当な何かを見付けて買ってくるだろう。

「俺、アキの所に行っても良い？　アパート代溜まっていて、大家が煩いんだ。普段の日は夜中とか、こっそり帰れるけどさ、連休中はヤバイ気がする。バイト代入ったら、払えるから、しばらくはオーケーになるけど、ここんとこジョージも俺もフーちゃんだよ」

ジュンが言うと、アキは、「良いけど」と言った。

「お前はどうすんの？」

ジュンがジョージに訊ねた。

「今夜は駅前辺りかな。綿木温泉にでも、行ければ良いけど。チョイ無理みたいだし」

そう言ってジョージはフジさんに振り向いた。

「ジッちゃんも良かったね。金入ったらオッちゃんと交替で温泉行って、入り放題でもすれば？」

優しい子だ。普段は並木氏もフジさん達も、人目のない時を狙って公園の水場でさっと顔など洗い、ついでにドレミも洗っている。

けれど公園の水道の蛇口は、夜になると管理人が鍵をかけて帰ってしまうので、彼等は銭湯にも行けない時は、水道の使える場所に移動しなければならない。

このまま話が終りそうだった。皆の連休中の予定はわかったが、あいつとリョウのことは宙に浮いたままだった。

「それで、リョウはどうするつもりだろう?」

私は話を元に戻した。

「やっぱり、一度は帰るんだろ。そう言っていたし。もしかしたら早目に行っちゃったのかも知れないけど、わかんないや」

「リョウの親爺さんは、大分悪いのか?」

大事なことを私は訊いた。リョウの、あの執着ぶりでは、ちょっとやそっとの事で、実家に戻るとは思えなかった。

「ガンだって」

アキは言った。

「手術は無事に終ったんだけど、すっかり気が弱くなっちゃって、帰ってこい、帰ってこいって煩いんだってさ。姉ちゃんがいるから、姉ちゃんに跡、取らせれば良いのにって、リョウは言ってたけど。そうもいかないみたいなんだ」

「今口は出掛けるとは、言っていなかったのか？」

「聞いてないよ。第一あいつ、昨日から帰ってきていないんだもん」

アキは言って首を捻った。

「だけど、黙って行っちゃったとも思えないよ。あいつがギターなんか持って帰ったら、親爺さん、又怒って、脳卒中でも起こしかねないもんね」

そこで、ジュンが訊いてきた。

「なんだよ。平さん、何でリョウのこと、そんなに気になるのさ？」

「嫌、何でもない」

そう答えてしまった以上、もう何も訊けなくなった。多分リョウと一緒なのだろうとは思えたが、確信も持てない。皆は私の気持も知らないで、まだ何か喋っていた。ゴールデンウィークというものは、そんなに楽しいものなのだろうか？　あいつは、今、どこにいるのだろうか。

並木氏が履歴書代りの便箋を、アキに手渡したのを機に、私は立ち上がった。

重い心のままの私に、皆はあいつに「又、今度ね」と伝えてくれと気軽に言った。あの夜、あいつが言ったのと同じ、『又、今度』。まだひと月も経っていないというのに、あいつの言葉が蘇ると、それははるか遠い昔のことのように懐かしく、切ない響きをもって、私に迫ってきた。

あの時の、あいつの迷子になったような顔まで、浮かんでくる。私がその時思い出していたのは、トランクス姿のあいつではなく、憎まれ口ばかりきいているあいつでもなかった。黒いビニールのナイロンのバッグ一つだけ持って、たった一人で桜の木の下にいたあいつ。私の心の中を覗き込み、安心したように淡く笑って見せた、あいつの顔。そして。

今朝、盗み見てしまった、あいつの子供時代の、幸福に満たされた写真の中の、笑顔だった。妹達の所にでも行ったのかも知れないし。

自分の心にずっしりと重しをされて、私はヨレヨレになって、日付が変わる頃家に辿り着いた。もうその時には心配している自分が嫌になって、あいつは勝手なのだ、好きにしろ、と、勝手に悪たれていた。

あいつはまだ帰っていなかった。

けれど、翌朝起きて玄関に新聞を取りに行ってみると、あいつの靴がちゃんとそこにあった。安心した。

だが、いつあいつは帰って来たのだろう？　私が眠ってしまう前に、終電車はとっくに終っていたのだし。誰かに車で送ってでも貰ったのだろうか？　それとも朝一番でこっそり帰ってでもきたのだろうか。

寝室の扉はしっかり閉まっていて、物音もしなかった。私が仕事に出掛けて、ランチタイムの混雑の後、食事を持って部屋を覗いてみた時も、あいつは姿を見せなかった。夕飯時の手伝いを終えて、慌てて帰ってみたのだが、昼食はラップがかかったまま、テーブルの上に置かれて冷めていた。せっかく長治さんが作ってくれたのに。仕方がないので、私がそれを食べた。いつもならそういう時、あいつはきれいに食器を洗い、水切りに伏せてあるか、丁寧に拭かれてトレーの上に載せてあるかするのに。やっぱり心配になって声をかけてみた。答えは、

「くたびれた」

だった。飯はどうするのかと訊くと、要らないと言う。その間、戸口は閉まったままだった。どこへ行っていたのかと訊ける雰囲気でもなかった。

二日目も、そうやってあいつは過ごした。

朝、声をかけると、

「くたびれた」

と言い、食事も何も要らないと言った。それでは体がもたないと言うと、

「平気」

と言われたけれど、そうもいかない。

又、食事を運んだ。帰ってみると、あいつはまだ閉じこもっていて、食事にも手を付けていなかったので、寝室の戸を思いきり叩いた。あいつが『くたびれる』のは勝手だが、

二日も食べないのは体によくない。怒った私が思いきり戸を叩いたので、

「煩いよ」

と言って、あいつは渋々寝室を出てきた。私のシャツにトランクス姿だった。まだ冬物を着ている。

「何だ。起きていたのなら、食事くらいしろ」

私は文句を言った。

「要らなかったんだよ」

あいつは答えて、それでもテーブルの前に坐った。

ラップがかけられたままの食事を見ていたが、手を付けようとはしないで、

「あんたは夕食、どうするの？」

と訊いてきた。私は少し考えた。

「それは私が食べる。待っていろ。長治さんに何か作ってもらうから」

と言うと、

「良い。これで」

とあいつはラップを取り、気が進まなさそうに少しずつ食べ始めた。

それでも腹は空いていたようで、ノロノロとだがトレーの上の皿がきれいになっていく。

私は何だか分からない、嘆め息を吐いた。

怒りなのか、安堵なのか、自分でも分からない。

「どこへ行っていたんだ？」

自然に口が動いていた。

「知り合いの所だよ。出掛けるって書いていっただろ？」

あいつは面倒臭そうに言った。

「それなら、行き先もちゃんと書いておけ。心配するだろうが」

「あんたが？」

私の言葉に、あいつは驚いたように目を上げて私を見た。ニッと笑っている。

「あんた、いつからゲイの行く先まで、心配するようになったのさ」

と、私が気を悪くするような事を平気で言った。

「私だってそのくらいはする」

私が言うと、上手に話題を逸らせてしまった。

「公園、行った？」

「行った。お前が出掛けていった日にな」

「皆、元気だった？」

「変わりなかったよ。連休中はアルバイトをするそうだ」

「並木さんは？」

「ああ、ドレミをフジさんに預けて、彼もバイトだそうだ。そう言えば、リョウだけいなかったな」

思いきり、嫌味を込めたつもりだった。けれど、あいつは首を傾げた。

「変だね。どうしたんだろ？」

「お前と一緒じゃなかったのか？」

「どうしてそんな事、思い付くのかね。リョウちゃんなら、連休の前に、実家に帰るって言ってたよ」

私が訊くと、尖がった目で私を見て言った。

「だが、あの前日からリョウは帰っていないと、アキが言っていたぞ」

あいつは少し心配そうに言った。

「変だよ、それって。なるたけ親と話したくないから、わざわざ忙しい時に帰るって言ってたのに」

「何でそんな事を、お前が知っているんだ」

私の言葉に、あいつは目をパチパチさせた。

「リョウちゃん、ずっと悩んでいたんだよ。親のことは心配だけど、帰ってしまう気にはなれないって。そうしたら、歌やめなきゃいけないんだって言って。あんまりグチグチ言ってるから、それなら一度、様子を見に行ってみれば？　って言った。決めるのは、それからでも遅くないだろ。慌てて決めて、実家に戻ったって、ロクな事にならないし」

あいつは低く、嗄れた声で一気に喋った。

これだけの長文をあいつから聞くのは初めてだったので、私が驚いていると、あいつは淋しそうに笑んだ。何で、そこで淋しそうになるんだろうか。あいつの声は小さかった。

「もし、リョウちゃんが自分の幸せを捨てて、一生自分達のために犠牲になったって、いつか親が知ったら、それこそ不幸だと思ったんだよ。リョウちゃんにはファイトがあるし、声も良い。いつか夢が叶うかも知れないし、叶わないかも知れない。だけど……」

あいつは言葉を捜してから言った。

「だけど、もし親のゴリ押しで子供の人生を台無しにしたと、いつか親が知ったら、それは泣くだろ。親にとっては、子供の幸せが何より大切なんだから。でも、そうなってからでは遅いでしょ。だから、良く考えるように、って言った」

「それで、リョウは何と言ったんだ？」

私はあいつの言葉に胸を突かれて、声が掠れた。

親にとっては、子供の幸せが何より大事。

そんな言葉を、あいつはどこで覚えたのだろうか？　あいつは天井を見上げてから、言った。

「連休に帰る時、付いてきて欲しいって。不安なんだってさ。でも、行けないよ。そんな大切な事は、自分でちゃんと考えてから決めなくちゃ」

「それはそうだな。他人の人生まで決められるわけがない」

私が言うと、あいつは少しだけ笑った。

「あんたもそう思う？」

「そうだろうな。そいつの人生は、そいつだけのものだし」

私は答えながら胸が痛かった。こんな若さで、百歳の年寄りのような事を言う。あの写真の中で笑っていた、幸福そうな子供に、あれからどんな人生が待っていたのだろうかと思うと、切なかった。

「だからね、リョウちゃんは様子を見るためにだけ実家に行ったはずなんだよ。そんなに早く帰ったなんて。何かあったのかな？」

「変だな」

今度は私がそう言う番だった。

「変だね」

と言って、あいつはトレーを持って立ち上がった。もう食べたくないようだった。

「私がやる。良いから、そこに置いておけ」

私が言うと、あいつはバカにした声で答えた。

「できないくせに」

頭にきた。

「くたびれているんだろう？」

と言ってやった。

「うん。くたびれた」

あいつは元のあいつに戻り、大儀そうに食器を洗い始めた。それから背中を向けたまま、ついでのように私に訊いた。

「連休、始まっちゃったね。忙しかった？」

「いつもと変わらないさ」

私は言った。

そうなのだ。確かに、いつもと変わらない。普段なら、サラリーマンや、おばさま達のグループがメインの客層が、若いカップルや家族連れの客に変わるだけで、人数にそれ程変わりはなかった。卓郎さんのところも似たようなもので、勤め帰りのサラリーマンや近所の商店主達から、どこか物珍し気な顔をした恋人同士や、連休でも、どこにも行かれない独身者などに、客の人種が変わるだけなのだ。

「でも、何か手伝うよ。いつが良いかな？」

洗い終った皿を拭きながら、訊いてくれた。

「いつでも良いさ。お前がくれば、私はさぼれる」

私が言うと、あいつはフンと鼻先で笑ったけれど、何も言い返さなかった。

「それより、もうくたびれるのには飽きたんじゃないのか？」

皮肉を言うと、あいつはそれもあっさり無視して、

「コーヒーが飲みたい」

と言った。

「あんたは、ご飯、食べてくれれば？」

私は、まだ話していたかったので、後にすると言った。あいつがコーヒーを飲みたいという時は、外に出たいという事だった。私の部屋の外には、かなり広い屋根付きのベランダがあって、それが部屋の狭苦しさを補っているのだ。ベランダには前の住人が残してくれていった、アウトドア用の白い小さなテーブルセットがあり、壁際には、大きく育ちすぎた金木犀や万両の鉢植えと、紫式部や雪柳の木が置かれていた。以前には、バラも数種類あったが、それは引越の際、持っていって貰った。木に水を遣るだけなら私にもできるが、バラは手をかけて遣らなければ、駄目な花だからだ。私には、そんな事まで、できない。手入れの仕方は知っていたが、バラは、優しかった女将さんと、そして私の母親を、思い出させる花だった。そして。その思い出に囲まれて生活を続けるなんて、当時の私には耐えられなかったのだ。

この部屋には以前、長治さんと由利子さん夫婦が住んでいた。

高畑の親爺さんは、女将さんの一周忌を迎えるまであの家で過ごし、その後は、長治さん夫婦と卓郎さんにそこを譲って、私にはこの部屋と店を与えてくれた。卓郎さんは、元々あの家で用心棒がわりに寝起きしていたので、今でもあそこに住んでいる。

家は、三人の共同名義に変えられていた。私の取り分だけが桁違いに多いのにはいろいろ理由があったので、誰も文句は言わなかった。遠慮をしたのも、私だけだった。

あいつは、ここに来た時からこのベランダが気に入っていて、特に大きな金木犀の傍にいるのが、好きだった。濃い緑色の葉だけで、花もつけていない春先の木の傍に、椅子を持っていって坐り、私が注意してやらなければ、いつまでもそこでぼんやりしていた。特に、月の出ている夜や、夕闇の降りる時刻に。その夜も月が出ていた。春に特有の、ぼんやりとかすんだような優し気な月だ。

私はあいつに、先に外に出ているように言い、二人分のコーヒーを淹れて、ベランダに出た。もちろん、インスタントコーヒーだ。あいつも私も贅沢は言わない。あいつはコーヒーにミルクをたっぷり入れたがるが、それだけだった。あいつは私の手元を見て嬉しそうに笑い、

「雨が降らなきゃ良いけどね」

と言った。

私が何か飲みたいと思った時にはもう、いつの間にかコーヒーやお茶が目の前に出てい

た。それがあいつの遣り方だったのだ。

私達は二人、月を見ながらコーヒーを飲んだ。あいつが来てから、そんなふうに過ごすのは初めての事だった。下の通りから、時々車の音が聞こえてきたが、静かだった。

あいつは、ぼんやりと月を見上げていた。

あいつに何か訊けるなら、今がその時だと私は思った。

「知り合いって、誰なんだ？」

あの医師か妹達かと、訊いたつもりだった。

「誰だって良いだろ？　何でそんなにしつこいのさ」

「行き先も言わずにいなくなれば、誰だって心配するとは思わないのか」

「悪かったね」

とあいつは言った。

「今度から出掛ける時は、知り合いの所へ行くって、ちゃんと書いていくよ」

それでは用事が足りていない、と私は言ったが、あいつは自分の約束を守った。

それから後、ほぼ月に一回のペースであいつは出掛けて行ったのだが、そのたびに私の眠っている間に出て行き、テーブルの上には、

「知り合いの所に行ってきます」

と書かれたメモが置かれるようになったのだから。

ただ、真夜中過ぎに帰ったのは一度だけで、大抵は夜には戻るようになった。行く先は依然として、不明だったが。

私は訊き方を変えてみた。

「親は死んだと言っていたが、家族はいるだろう？　兄弟とかには会わないのか？」

妹達、とは口が裂けても言えなかった。

あいつは、相変わらずぼんやりと月を見ていたが、呟くように答えた。静かな声だった。

「死んだ」

私は驚いてあいつの顔を見た。あの、写真の中の妹達すらも、すでにこの世にないというのだろうか？

どうして？　と訊くこともできなかった。私はただ、あいつの顔を見詰め続けるだけだった。あいつは私の凝視に、困ったように眉を上げて見せた。

「弟と妹がいたんだけどね。死んじゃった」

「弟と妹？」

私は馬鹿みたいに繰り返した。

妹達、ではなかったのだろうか？　あの写真に写っていた二人は……。

私の頭は、そこで停止した。訳が解らない。私が余りにも見詰めすぎたのだろう。あいつはほんのりと笑って見せた。

「そんな顔しないでよ。あんたらしくもない」

そして、付け加えた。

「過ぎた事だよ。もう、昔の話。母親が早くに死んだから、親代りになって育てた。可愛かったよ。喰べちゃいたいくらい、二人とも可愛かった」

「弟と妹が？」

私は、まだあの写真にこだわっていた。

「そう。弟も、妹もね。妹は、天使みたいにきれいだったよ。弟は、母親が死んだ時、まだオムツも取れていなかった。いつも、ピイピイ泣いていてね。気が弱かったんだ。あんまり可愛くて仕方なかったから、スカート穿かせて連れて歩いてた。物心ついてからは止めにしたけどね」

「それでも着せ替え人形のように可愛かったよ」

あいつは噛みしめるような声で言う。

「呆れたな」

私は嘆め息を吐いた。あの、フリルのついたスカートを穿いた幼い子供が、弟だったとは。こいつの頭の中はどうなっているんだろうと思うと、脱力するばかりだった。

私がそのまま黙ってしまうと、あいつはコーヒーカップを手にして立ち上がって言った。

「昔のことだと言っただろ。今はもう誰もいないよ。今はもう、皆、いないんだ」

湿った声が部屋の方に向かって行った。

けれど、私はあいつの瞳に、うっすらと浮かぶものを見逃さなかった。

あいつは一人ぼっちだった。その事実が私を打ちのめしていた。どんな運命の悪戯によって、そんな人生が人に訪れるのだろうか。

あいつの孤独に比べれば、私の淋しさなど無いに等しい。私はその夜、遅くまでベランダに坐っていた。私などには想像もつかない、あいつの心の淵を思うと、動く気にもなれなかった。

もう、あいつの人生について、あれこれ訊くのはやめようと思った。辛い思いをさせるだけだろう。あいつの、暗く光っていた瞳を思い出した。それだけで、私の口を閉じさせるには十分だと思った。あいつが珍しく自分のことを私に話す気になったのは、なぜなのかまでは解らなかったが。孤独であるというだけで、私達の間に何かが通じた気持がした。けれど、それも又、私の勝手な思い違いにすぎなかったのだ。

　翌日から、あいつは店に出てくれた。ランチタイムの方が忙しいと由利子さんが言ったらしく、いつもの私の穴埋めではなく、昼食時に店に出てきて、私達を手伝った。まだタートルのセーターを着て、ジーンズを穿いている。その上に、由利子さんの黒い糊のきいたエプロンを着け（もっともそれは大きすぎたので、あいつの体をひと回りしていて、あいつはエプロンの紐を後ろではなく、前で結んでいた）、きびきびと働いていた。あいつと一緒に店に出るのは初めてだったが、由利子さん達の言っていた通り、何でも上手く熟《こな》していた。注文を取ったり、膳を運んだり下げたり、テーブルを拭いたりと目まぐるしく、けれど決して急いでいるというふうには見せないで、営業用スマイルも忘れなかった。

お陰で私は、もっぱら裏方の方に回されてしまったが、それで文句はなかった。時々、あいつの低い掠れた声が、

「これ、頼むね」

などと言うのを聞くと、洗い場の辛さも気にならなくなった。

ランチタイムの客達が退けて、後片付けが済むと、私達も昼食にする。全員揃って、というのではなく、手の空いた順に食べるのだ。長治さんなどは調理場で食べるのが決まりだったし、私は店で食べたり、事務所で食べたりしていた。

その頃には卓郎さんも「楡」に出てきていて、まず階下で遅い昼食をとってから、お茶を飲み、それから開店の準備のため、二階に上がるのが普通だった。

あいつは店の片隅で一人で食事を終えると、

「くたびれたから、上で休んできて良い？」

と由利子さんに訊いた。由利子さんは、

「もちろんよ。忙しかったから、疲れたでしょう？　ゆっくり休んで。夜は、平ちゃんがいてくれるから良いのよ」

た。

と言って、私の顔を見た。

私は頷いてみせた。すぐに「くたびれる」はずの、あいつの働きぶりにびっくりしてい
あいつは笑顔で挨拶をすると、

「お先に。すみません」

と言って裏口から出ていった。あいつの姿が見えなくなると、由利子さんが私に顔を寄せてきた。

「ねえ、平ちゃん。あの子、体が弱いんじゃないかしら。元気そうにしているけど、時々、胸を押さえていたりするのよ」

「そうなんですか？」

私は、あいつの『くたびれた』には慣らされていたので、多少意外に思って訊いた。

「そうですね、余り丈夫ではなさそうだ」

卓郎さんも言った。

「隠れて、咳なんかしていますよ」

「風邪引いたとは言っていますが」

私は少し心配になってきた。長治さんが言う。

「良い子だし、良く気が付くし、ウチはありがたいんだけどよ。余り無理はさせない方

が良いな。美人薄命って言葉もあるからな」

私は驚いて長治さんを見た。真面目な顔をしていた。美人薄命という言葉は、今は、男にでも当てはまるのだろうか？

美男薄命。確かに、あいつは男にしては色が白く、優し気な顔立ちであるには違いないが、あの、掠れた低い声、私に悪態をつく時の憎たらしさには、とても美男薄命という言葉は、似つかわしくない。

私が考え込んでいると、由利子さんが言った。

「平ちゃんも、今日はもう上がったら？　こっちは大丈夫だから。それで、たまにはあの子に服の一つも買いに行ってあげなさいよ」

「嫌。私は出ますよ。どうせあいつは洒落たものなんか、着やしませんから」

私は、あいつのトランクス姿を思い浮かべて言った。由利子さんが首を振っていた。

「呆れたものねえ。大体、あの子、着たきり雀じゃないの」

「そうですねえ。いつ見てもジーンズだし」

卓郎さんも言った。

「好きなんでしょう。洗濯はちゃんとしていますよ」

私が答えると、三人は顔を見合わせた。

「幾ら好きでも、飽きますよ。ラフな服装が良いみたいだから、そういうのを選んであげると良い。今はノーブランドだって、お洒落な物が沢山ありますから」

私は気が進まなかった。皆のお節介はありがたいが、あいつの服など見当も付かない。大体、今私が持っているスーツだって、母親の看護をしてくれる礼だと言って、幸弘がくれた物ばかりなのだ。

だが、あいつに何か買ってやるという考えも悪くはないだろう。考えていると、私の曖昧な顔付きを見て、卓郎さんが言った。

「良いですよ。私の行き付けの店にいろんな物がある。適当に何か見つくろって来ましょう。サイズはSで大丈夫でしょうし」

卓郎さんは、その翌日にはもう、あいつの服を買ってきてくれた。あいつはその日も店に出ていたが、昼食の後、卓郎さんが大きな紙袋をあいつに渡し、

「はい、これ。皆からのプレゼントですよ」

と言うと、困った顔をした。

「でも、そんな。貰えません」

と、怖ろしい物を付きつけられたような声で言う。

「そんな事言わないで、開けてみて。お給料も出していないんだから、当然の権利よ」

由利子さんは、そう言って私の顔を見た。

そういえば、そうだった。私はあいつの気紛れだと、これまで思っていたが、由利子さ

ん達が言っていた通り、あいつは働く時はちゃんと働いている。

「悪かったな。後で渡す」

と私が言うと、あいつは少し縮こまったが、長治さんが笑って言った。

「貰っときなよ。あって困るもんじゃないしな」

長治さんまで、あいつを好きな様だった。

あいつはチラリと私を見てから、おずおずといった感じで、渡された立派な袋を開け始めた。中からは、薄紙に包まれた春夏用のコットンのパンツスーツやポロシャツ、Tシャツが数枚と、ジップアップのスウェットスーツ等が次々と出てきた。色合いはどれも淡いベージュやグレーや黒で、無難なものだったが仕立てはさすがにしっかりしていた。形も私の物よりはずっと小さく細身で、これならあいつに似合いそうだというような物ばかりだった。

あいつはなぜか、安心したように笑い、皆の顔を見て、

「ありがとう、嬉しい」

と言って、部屋に帰っていった。

あいつの嬉しそうな顔を見て、卓郎さんも嬉しそうに目を細めていた。卓郎さんは一見優男に見えるのだが、実はそうではない。学生時代にボクシングをやっていたとかで、接近戦になるとめちゃくちゃ強いのだそうだ。幸い、私はまだ彼に、殴られるようなハメに

なった事はない。

その夜、私が由利子さんに言われた額の金を渡すと、あいつは、

「悪いね」

と言って、素直に受け取った。

「何が悪いんだ？」

私が訊ねると、

「あれは、ここの部屋代がわりのつもりだったんだよ。無料で泊まるのは、やなんだもん。でも、助かる」

と殊勝な返事をした。

いつもこの調子でいてくれれば、私も助かるのにと思ったが、言わないでおいた。

せっかくあいつの口が少しずつ開き始めているのに、水を差すような事を言っては、元も子もなくなるような気がしたのだ。

あいつは、次の日は『くたびれて』休み、翌日は「楓」に出て、その次の日には夕方まで休み、夜には「楡」の方に手伝いに出た。

卓郎さんが、悪戯っぽい目をして階下に下りてきて、私を呼んだ。

「凄いですよ。ちょっと来て見ると良い」

何が凄いのかと思って従いていくと、あいつがカウンターの中でシェーカーを振ってい

た。白いシャツに黒のタイをして、黒いパンツ姿で、やけに格好良く見えた。

卓郎さんがニヤリとして、私に言った。

「あっちを見て」

そっちを見てみると、若い男達やカップルがいて、皆、申し合わせたように上気した顔をしていた。酒のせいばかりでは、ないようだ。その証拠に、皆の視線が、しっかりとあいつの手元に集まっている。中には、あいつの顔から目が離せなくなっている者達もいた。まるで、カウンター席はほぼ満席に近かったが、全員があいつを見ていて、潤んだ瞳をしている。まるで、映画スターでも見ているような顔付きだった。あいつは優雅にシェーカーを振り、営業スマイルでグラスを客に差し出す。長い前髪の下から覗くあいつの瞳が、照明を受けてキラキラと光った。

「セクシーだな」

と、卓郎さんが言った。

満足そうだった。私は卓郎さんの顔を盗み見た。卓郎さんにまで、オカマが染《うつ》ったのだろうか？　そうだとしたら、あいつのオカマウィルスは、インフルエンザ並みに強い。私は理由もなく腹が立って、あいつの顔を見た。女男でも、確かに美しかった。

その夜「楓」の店終いがすむと、私はもう一度「楡」に上がった。翌日は連休最終日だ。長いようでも、始まれば、あっという間に終ってしまう。それが人生という奴だろう。

「楡」のカウンターにはまだ客がいたが、あいつはカウンターの隅で何か飲んでいた。私の姿を見付けると、卓郎さんがあいつの横に坐るようにと目で促した。

「それは何だ？」

私は訊いてみた。ウィスキーのような色をしていたが、変な香りがする。

「カルバドスだよ」

あいつは、迷惑そうに私を見て言った。

私はそんな酒を、飲んだ事がない。大体、この店に、そんな酒がある事も知らないでいたのだ。

「カルバドスが好きだなんて、変わっていますよ。この酒は旨いけど独得の癖がある」

それから、卓郎さんは知らん顔をしているあいつに、顔をしかめてみせた。

「強いですから、他のにするように言ったんだけど」

「一杯だけだよ」

あいつは大事そうにグラスを抱えこんでしまった。私は「強い」という言葉に反応して、同じ物を卓郎さんに頼んで作ってもらった。

不味かった。ブランデーともウィスキーともいえない味に、ツンとくるような苦味と香りがある。そして、思っていた以上に度数の強い液体が、喉をやいて胃の方に下りていった。

「こんな変な酒、ウチにありましたっけ？」

私が訊いてみると卓郎さんは笑った。

「私の趣味ですよ。普通のバーには、こんな物は余り置いていない」

そうだろう、と思いながらあいつを見てみると、向こう側の肘の下に何かを置いていた。

「それは何だ？」

私が訊くと、黙ってそれを私の目の前に寄こした。映画館のチラシだった。このゴールデンウィークに上映される映画の広告が載っている。

「さっきの客が、忘れていったんだ」

あいつは言って、指先でその中の一館の広告を示した。ミュージカル映画の特集をしていて、日替りでそれを上映しているようだった。あいつの指先がトントンしている辺りを見ると、そこには「サウンド・オブ・ミュージック」とあった。

「何だ。ドレミを見損なったのか？」

私が言うと、あいつは首を振った。

「それは今日。その下だよ」

もう一度見てみると、明日の日付があってその横に「オペラ座の怪人」という文字がある。「怪人」というからには、ホラーなのだろうか？　私がそう訊くと、あいつは又首を振った。

「ホラー仕立てのラブストーリーだよ。原作を読んだ事があるけど、凄く切なかった」

「何年か前に、ヒットした映画だよね？」

卓郎さんもヒマなのか、話に入ってきた。

「うん。でも、あの時は見逃がしちゃったから。評判良かったみたいだし。モノスゴク観たい」

と、あいつは珍しいことに、自分の希望を言った。今までは何にでも「良い」「要らない」「面倒臭い」としか言わなかったのに。

卓郎さんもそう思ったらしい。

「行っておいでよ。もう連休も終りだし、店の方は何とでもなるからね」

と、あいつに優しく言っている。

「でも……」

と言って、あいつが私を見たので、私も寛容な所を見せようとして言った。

「行って来れば良いさ。こっちは平気だ」

すると卓郎さんが何を思ったのか、私の方を見て言った。気持悪いくらい、嬉しそうな声だった。

「そうだ。平ちゃんも、一緒に行ってくれれば？」

私は慌てて首を振ってみせた。あいつの、オカマウィルスを染されるのではないか、と思うと恐かったのだ。卓郎さんは、面白がっていた。明らかに悪意があるとしか思えない上機嫌さで、あいつに言った。

「良かったね。平ちゃんが連れて行ってくれるって」

私は違う、と言おうとして横を向くと、あいつがウルウルした瞳で私を見ていた。

「そんなに観たいのか？」

思わず訊いてしまった。こっくりとあいつが頷いたので、もう断れなかった。

卓郎さんは善人に戻ってニコニコしている。

「良かったね。平ちゃんと一緒に楽しんでおいでよ。そういう事なら、これはもうお終い。明日に差し支えると、いけないからね」

そう言って、さっさと私達のグラスを取り上げてしまってから、

「おやすみ」

と告げる。

「おやすみなさい」

あいつも言って、腰を上げた。

当日は穏やかな五月晴れだったが、あいつが「くたびれた」と言ったので、結局部屋を出たのは夕方だった。最終回には間に合うだろうと思いながら、出掛けるついでに「楓」を覗くと、由利子さんが嬉しそうに近付いてきた。もう卓郎さんから、話は聞いていたら

しい。

「平ちゃん、デートですって？　良かったわね」

悪戯っぽい目をして私に言いながら、あいつの方を見る。あいつは卓郎さんに貰った白いTシャツの上にコットンの上着を着ていて、下はジーンズだった。

「良く似合っているわ」

由利子さんは言って、あいつの髪を少し直した。デートなんかじゃない、と訴えさせてはくれない気らしかった。行ってらっしゃいと送り出されて、映画館に着いてみると、長蛇の列ができていた。こんなに人がいて、坐れるのだろうか。

「最終日の最終回だからかな？」

あいつも不安そうな瞳をしている。

ふと上を見ると、ディスプレイに「指定席にはまだ空きがあります」という文字が表示されていた。

「こいつで良いか？」

行列するのは大嫌いな私が言うと、あいつも嬉しそうに頷いた。

指定席専用の窓口に行くと、席はすぐに取れた。比較的後ろ側の、右寄りの席だった。前の回の上映時間が終るまで、私達はロビーで待たされた。ロビーの中にも、人が溢れていた。私は人混みも嫌いだったので、卓郎さんを少し恨んだけど、横にはあいつがいて目をキョロキョロさせている。

「皆、お洒落して来てるね」

あいつは、人の着ている物には興味があるらしい。面倒臭いので頷いておいた。

やっと待ち時間が終り、館内に入ってみると、私が思っていたよりも広い劇場で、あれ程沢山いた人々も、何とか坐れているようだった。

「ポップコーンとコーラ」

と、あいつは席に着くなり私に言った。

「ガキみたいなことを言うな」

私は言ってみたが考えてみれば、あいつはまだ子供だった。

仕方なく売店に行ってコーンとコーラを二つ買って席に戻ると、すぐに場内が暗くなった。

モノクロの場面から映画が始まった。すぐに物凄いオーケストラの音が、響き始める。それに従ってスクリーンの中は鮮明なカラーになり、燭台に次々に灯りが点されていく。私が知っているミュージカルのどれとも異い、幻想的で、音楽は腹に響くような重低音から高音までを自在に駆けめぐっていく。そして、出演者が嫌になる程多かった。美しい少女が怯えた様子で出てきて歌い出した時、私は救われた気持で、隣りの席にいるあいつを見た。

あいつは放心したような瞳をして、スクリーンに釘付けになっていた。大きく目を見開き、何一つ見逃すまいとでもいうように、瞬きすらもしていない。息もしていないんじゃないかと、私が心配になったほどだった。

「私を思い出して」というところに美少女の歌が差し掛かると、あいつの瞳から静かに涙が滑り落ちた。美しい歌だったが、泣くほどの場面ではないような気がした。あいつは瞬きもしないでスクリーンを見ながら、涙を落とし続けている。

いつものガードの固さはどこかに行ってしまい、ひたすらに画面を見詰めているあいつの顔は、無防備で痛々しかった。

それからの私は、映画どころではなくなってしまった。胸が痛い。

何であいつは、あんなふうに泣くほど悲しいのだろうか？

私はスクリーンの中と、隣りのあいつの顔を交互に見ていた。映画に集中しようと思っても、あいつの涙が気になって仕方なかったし、あいつばかり見ていれば、あいつに気付かれてしまうだろうし。

仄かに暗い場内では、幽かにしか人の顔は見えない。けれど、あいつの見開いた瞳から落ち続ける涙は、見まちがえようがなかったし、何よりそうして静かに泣き続ける、あいつの顔は美しかった。

あいつは怪人の歌声に泣き、若きヒロインの歌に泣き、恋人の美青年の歌に泣き、なぜだか、仮面舞踏会の場面でも泣き、傷付いた怪人が吠えるように歌う歌声に泣いた。つまりは、映画の続いている間中、ほぼ泣き続けていたことになる。

お陰で私は、せっかくのミュージカルの半分も見ていなかった。美しいヒロインを巡って二人の男が争い、その一人は金持ちで、美青年で非の打ちどころがなく、もう一人は生まれながらに醜悪で孤独で、ストーカーのようにしつこい。当然、ヒロインは美青年を選び、振られてしまった怪人は、一人淋しく恋人達を見送る。

そんな粗筋が大体分かっただけで、物語の細部も、登場人物達の心模様も、突っ込んだところまでは見ていなかった。

私が本当に見ていたのは、映画ではなくて、あいつの涙だった。

画面とあいつとを交互に見ている内に、いつしかあいつの涙がヒロインの涙に重なっていった。ヒロインが墓地をさ迷いながら、孤独だった日々を想うところでは、あいつの淋しさが伝わるようで胸が詰まった。

そして、何よりも怖ろしいことに、あいつの顔まで女に見えてきた。静かに涙を落とし続けるあいつの顔は謎めいていて、抱き締めてやりたいほど空ろだった。

その空ろさの中から、仄かな女が浮かび上がってくる。暗い光を湛える瞳をした、一人の女が……。

私の胸の奥がズキリと痛んだ。

その痛みには、覚えがあった。四月の初めに桜の木の下にいたあいつを見ている間に、何度かナイフで刺されたように感じた、あの痛みだった。

これは何だろう？

私は自問してみたが、解らなかった。心臓は悪くない。体は丈夫だ。間抜けである事を除けば、多分頭も普通であるはずだった。

私がそんな事を考えている間に、あいつはいつもの女男に戻っていった。女に見えていたのはほんの僅かの間だったが、それは幻のように美しく、私の頭に住みついてしまった。

女男に戻ったあいつの涙を見ていても、胸が詰まるような痛みと幻が交互に私を襲ってきた。私はどうしてしまったのだろうか？

とうとう私も、あいつのウィルスに感染してしまったのか？　私は背筋が寒くなる思いで、映画のエンドマークの出る時を迎えた。

その時には、あのヒロインの頭の中に怪人が住み着いたように、私の頭の中には幻が住んでいた。

あいつは結局、ポップコーンには手もつけなかったし、私達は夕食も摂っていなかった。

「どこかで飯でも喰っていくか？」

私はあいつに訊いてみた。

「要らない」

あいつはあれ程泣いたのに、目を赤くもしていなかった。ただ、普段から白い顔が、もっと白くなっていただけだった。

「家に帰っても何もないぞ」

私が言うと、あいつは首を傾げた。

「インスタントラーメンとパンくらいあるよ」

私もそれで構わなかった。私達はいつものようにジグザグ歩きをしながら、家に向かった。

「映画は気に入ったか？」

泣き続けていたぞ、とも言えないので、私はそう訊いた。

「うん。楽しかったよ」

と、あいつが答えた。

私は、驚いてあいつの顔を見た。あんなに泣いていたのに、「楽しかった」だって？

それはないだろうと、思った。

「あんたは？」

あいつは私にも訊いてくれた。

「面白かったよ」

と私も嘘を言った。本当は、ちっとも面白くなんかなかった。映画の内容が、ではなく、あの展開が、だった。

こうして、仄暗い劇場から出て、五月の夜の道を歩いていると、あの数時間が夢のように思えてくる。私達は黙って歩いた。少し後ろを付いてくるあいつが何だか恐かった。私の部屋で珍妙な格好をしてウロつき回っているオカマの子供が、なぜか得体の知れない何かのように、私の頭を刺激していた。あいつは千の顔を持つ怪物のように、摑み所がなかった。それでいて寄る辺ない子供のように、頼りなかった。

私の頭がチクチクしていた。例の警鐘が鳴っている。気をつけろ。気をつけろ。こいつは危ないと。

だがその警告が私に染みわたる前に、あいつが言った。

「くたびれた」

どうしてこいつは、いつも「くたびれる」のだろう？

私は少し気を悪くしながら言った。

「家はもうそこだ。とっとと歩け」

ところが、あいつは何とその場にしゃがみこんでしまった。

「後で行く。あんたは先に帰って」

見ると、真っ青な顔色をして喉元を押さえている。

「顔色が悪いぞ」

思わずあいつの傍に寄って言った。

「ちょっとくたびれただけだよ。もう歩けない」

もう歩けない、と言われたって……。私は途方に暮れた。こんな所に放っては行けない。連れて帰るしかないではないか。どうしようかと少し迷ったが、結局背中を向けた。

「おぶされ」

あいつは驚いたように言った。

「そんな事、ヤだ」

「私だって、ヤだ」

私が言い返すと、あいつは渋々、私の背中にしがみついた。軽かった。そして、あいつの胸は見た目通りのペッタンコで、平らだった。

私はあいつの息を首筋に感じながら、安心していた。さっきのあれは、やっぱり錯覚だったのだ。女に見えたように思ったのは、気のせいだった。こいつはただのみなし子のオカマで、私が思うような謎々なんて、多分どこにもありはしないのだ。多分……と。

そうだ、とまで断言できなかったのは、私の防衛本能と、今では頭の中に住み着いてしまっていたあの幻のせいだとまでは、気が付かなかった。

その夜、私は夢を見た。あいつが、あのれんげ畑の中にいて、淋しそうに笑っている夢だった。あいつは写真の中の妹が着ていたような白いドレスを着て、長い栗色の髪に花冠をつけ、足許はなぜか裸足だった。長い間じっと私達は見詰め合っていたが、あいつがふいに手を振って、

「さようなら」

と私に言った。

「さようなら。もう、会えない」

そうして、私に背を向けて、れんげ畑の花の海に消えてしまった。

「行かないで」

と私は叫んだ。夢の中で。私は自分の叫ぶ声に驚いて、飛び起きた。本当に声を出したのかどうかまでは分からない。ただ、私の目からは涙が出ていた。泣いていたのだ。夢の中で。

時計を見ると、まだ夜明け前だった。もう一度眠りたかったが、変に目が冴えてしまって眠れなかった。私は仕方なく起きて台所に行き、冷蔵庫からエビアン水を取り出してきて、ソファに腰を下ろした。あいつはいつもエビアン水を山のように買ってきて、貯めこんでいたのだ。

あの映画のせいで、変な夢を見てしまったと思った。あいつのスカート姿など見たこともないのに、夢の中では、あいつはドレス姿で、おまけに長い髪をして花冠まで頭に乗せ

ていた。

そうして、言った。私に「さようなら」と。そこまでは良かった。けれど私はあいつに「さようなら」と言われて、泣いたのだ。例え夢でもショックだった。

どうしてあんな夢を見たのだろうかと、未練たらしく考え続けた。結論は、あの夢は未消化だった映画が、私に見せたものだったという事だ。映画の最後ではヒロインが、泣いている怪人に別れを告げて去っていく。そのストーリーに、あいつが姿を変えて、出てきてしまったのだろうと……。

けれど異った。あれは、私の中に住み着いた幻が見せたものだった。そして。不可思議な、暗号のようなものだったのだ。私は今でも、その夢を切なく思い出す。

睡眠不足のまま、私は事務所に下りて行った。帳簿を見ていると、由利子さんが顔を覗かせて訊いた。

「映画、どうだった？」

「面白かったですよ。お陰さまでね」

私は答えた。

こうして、私達のゴールデンウィークは終った。

連休の後三日程して、あいつはドレミに会いたいと言い出した。ここしばらく会っていないので、皆の様子も知りたいと言う。

「まだ大丈夫だろう」

と、私は答えた。ジュン達も並木氏も、連休中に稼いだはずなので、私は余り急いでいなかった。それを言ったが、あいつは首を振った。

「でも、会える時に会っておかなくちゃ」

何を言っているんだろう、この子はまあ、とでも言いたくなったが、あいつは利かない目をしていた。諦めて、私も従いて行った。

公園には、ジョージとリョウとフジさんとドレミがいた。陽が長くなってきていて、私達が着いた時は、まだ薄暮れの中に、三人と一匹が寄り添っていた。

あいつの姿を見付けたのは、ドレミが先だったのだろうか、リョウの方だったのか。とにかく、リョウが素早く立ち上がるのと、ドレミがクウと鳴いたのは同時だった。

ドレミは余り声を出さない。喜びを全身で表すが、ワンと吠えたのは、聞いた事がなかった。

リョウはあいつの手を取らんばかりにして、自分の傍に坐らせようとした。

「リョウちゃん、連休の前から、実家に行っていたんだって？」

あいつはリョウに低く訊きながら、ジョージには「ハイ」とでもいうように目で頷いて見せる。フジさんには「今日は」だった。リョウはあいつにそう訊ねられて、なぜか固まっていた。それを見て、

「行方不明だったとアキが心配していたぞ」

と私は余計な事を言ってしまった。

「そんな事ないよ」

と、リョウは口ごもって言った。

「ちょっと、知り合いの所へ行っていたんだ」

と、何だか、あいつと同じような事を言う。どっちにしたって真相はヤブの中だ。

私はフジさんに視線を移した。

「並木氏は、まだアルバイトですか？」

フジさんは、嬉しそうに頷いた。

ジョージがあいつに報告している。

「俺も婆ちゃんに会って来たんだよ」

「良かったね。お婆さん、喜んだでしょ？」

「うん。たんまり小遣い貰っちゃったよ」

あいつは嬉しそうに笑った。それから、さっきから自分の傍でしきりに尾を振っているドレミを優しく引き寄せ、老いた犬のおでこに自分のおでこをくっ付けて囁いた。

「ドレミもお利口だったね。おじさんに面倒みて貰えて、良かったね」

その声はやっぱり甘いキャンディ声だった。

結局あいつは、そのままドレミの体を抱き締めて、時々撫でてやりながら皆の輪の中に坐った。リョウはあいつの傍から離れないで、時折物思いに沈んだ瞳で、あいつを見ていた。あいつも自分からリョウに、「それで、どうなったの?」とは訊かなかった。ただリョウの眼差しに気付いて、淡く笑んで見せるだけだった。その瞳は暖かく、いつもの大丈夫? O・K? が始まっていた。

ジョージもフジさんもドレミも良く食べたが、食料は余った。それで私達もその日は久しぶりに、皆と一緒に弁当を食べた。

「ジュンとアキはまだバイトが入っていて来れないよ」

ジョージは口を動かしながら言った。

「皆、頑張っているんだ。偉いね」

あいつに偉いと誉められて、皆、幸せそうな顔をした。あいつは食べるのが遅くて、皆のスピードに付いていけず、終いにはドレミに向かって、

「良い子だから、手伝ってね」

などと言って弁当を分け合って食べていた。

リョウの表情は、相変わらず冴えなかった。あいつに会えて嬉しくて堪らないけど、何か切なそうな瞳もしていて、その間を行ったり来たりしているのだ。

私は見ていられなくて、あいつに目を戻した。あの日、本当に二人の間に何かあったの

か、なかったのか……。

あいつは、私達の間に柔らかな気遣いを差し出し、それを縦糸にして、何か暖かな織物を織っていた。横糸が何なのかは、定かではない。ただ暖かいもの、一人一人が安心して寛げた気がする、ひと時の何かだった。

食事を終えて、皆の間に飲み物が行き渡る頃になると、ジョージもフジさんもドレミも、すっかり寛いでいた。あいつはドレミの首に腕を回し、

「暑くなる前に、蚤取り首輪を買って貰おうね」

などと言っている。それは、私に買え、という事だった。

鮮やかに、芽を吹いた銀杏の若葉が、外灯に映えている。桜はすっかり葉桜になり、緑を濃くして吹き過ぎる風に揺れていた。

「つつじがきれいだね」

あいつは嘆め息を吐くような声で言った。あいつに言われて見ると、何でもないつつじの植え込みが、特別な何かのように見えた。つつじの朱い花を見詰めているあいつの顔を見ていると、ふいにあの感覚が蘇ってきた。

涙を静かに落としながら、映画の中の「私を思い出して」という歌に同化してしまっていた、あいつの不思議な美しさと幻が……。

そんな事を思っていると、私は誰かの刺すような視線を感じた。そっと目の端でそれを

追ってみると、リョウだった。

リョウは燃えるような目で、私を睨み付けていた。リョウにそんな目ができるとは意外だったが、男がこんな目をする理由は一つしかない。つい何日か前にも、私はそれを見たのではなかったか？

それは、ジェラシーだった。あの嫉妬に焼かれるような目をしていた怪人の目に、リョウの目付きはそっくりだった。皆はつつじを見ながら、何か話していて、リョウの目付きには気が付いていない。あいつのために、私はその場の空気を壊したくなかった。

無表情を装ってリョウに顔を向け、今、初めて気が付いたようにリョウに言った。

「何だ。つつじは嫌いか？」

私の言葉に、あいつがドレミから振り返ったので、リョウも作り笑いをした。

「リョウちゃん、つつじ嫌いなの？　こんなに可愛いのに」

「それって、キレイって言うんじゃない？」

ジョージが突っ込みを入れたので、フジさんが薄く笑った。誰も、何も気付かなかった。当のあいつさえも。その夜、私は考え事に忙しくて、又、皆の船に乗り遅れてしまった。酔っ払ってしまったらしいリョウさえも、あいつの船に乗れて、瞳を輝かせていたのに、私は上辺だけでヘラヘラしているだけだった。

何で、リョウがあんな瞳で、私を睨むのだろうか。私はあいつは好きだが、オカマではない、と思いかけてギョッとした。

今、私は何を思った？　あいつがスキ？

そんなはずはなかった。今の今まで、リョウの瞳に殺されそうになるまで、そんな事は一度も考えた事がなかった。

私は秘かに嘆いた。遂にあいつのオカマウィルスが、私の脳に染ってきたのかと。

この、痩せっぽっちの女男を間に、リョウと私が争う。そんな事は考えただけで、御免こうむりたかった。私は女性に対しても、恋愛に対しても、幻想は抱いていない。その前に、余りにも多くのものを見過ぎてしまったのだ。ましてやオカマに対しては……。

けれど、リョウの方は若かった。それからは、私の意志に関係なく、私はリョウに挑むような瞳で睨まれるようになっていった。それは素早い一瞥で、稲妻のように光っては消えていったので、気が付いた者は少なかった。

大分後になって、並木氏だけが小声で私に、

「リョウ君は、あの人が好きみたいですね」

と言った時、フジさんも頷いて見せただけだった。フジさんも、あいつを良く見ていたのだろう。

私はリョウの瞳にだけは、慣れる事ができなかった。今まできちんとした恋愛すらした事がなかったのに、いきなり三角関係で、しかも相手は私よりひと回りも年下の子供なの

だ。その子供が、勝手にファイトを燃やして、突っ掛かってくるなんて。カンベンして貰いたかった。

だが、もちろんリョウもあいつも、私が思っていたほど子供ではなかったという事だ。

私はすぐに、嫌というほどそれを思い知らされる事になった。

リョウがそんな目で私を見たものだから、私は変にあいつを意識するようになってしまった。その夜、並木氏が帰って来てから少しだけ話し、リョウの目付きに辟易した私が早目に腰を上げると、あいつも立ち上がった。

いつものようにドレミに甘く囁き、皆には、

「じゃあ、又ね」

と言って手を振って見せた。

まだ話し足りなかったジョージ達は名残り惜しそうにし、リョウは何かを訴えたそうな顔をして、あいつを見ていた。

私達は帰り道を黙りこくって歩いた。

私の頭の中は忙しかったし、あいつはいつまででも黙っていられる性だ。

一度だけ、私は納得できていなかった事をあいつに訊いた。映画を見て、あんなに泣いていたくせに、「楽しかった」と私に言った事だった。

「あの映画だけど、どこがそんなに楽しかったんだ」

と私は訊いてみた。あれは面白いと言えるかも知れないが、楽しかったという表現は適切ではない。しかもあいつは泣き続けていたのだ。

「全部だよ。物語もだけど、音楽も美術も衣装も素晴しかった。見ていて、思わず興奮したよ。何よりもあの歌が良かった」

「そうだったかな」

私は、疑わし気な声を出した。

「あんた、何見てたのさ」

と、あいつは耳に痛い事を言った。

「良いものを観た時は、素直に楽しまなくっちゃ。ひねくれてると、人生、損するよ」

答えは、あいつの得意のはぐらかしだった。あいつはいつでもそうやって、上手に話を逸らすのだ。

気を逸らせていたのは誰だ？　と言いたかったが、もちろん言える訳もない。暖かい風の吹く中を、ただ黙って歩いていくしかなかった。嘘吐きの、あいつと二人で影のように。

一旦気になり出すと、私はあいつをチラチラと盗み見るようになってしまった。

その翌日のあいつは、いつものように「くたびれて」部屋にこもっていたが、その次の日からは、又「楓」の昼の手伝いに出てきていた。私は忙しい昼時の店の中で、洗い場の方からあいつを時々見た。

何のために見ているのかは分からないままに。あいつの声と姿を、追っていた。

別に変わりはないように思えた。

あいつはいつもの良く働く女男で、私に時折かけてくる声にも屈託はない。

夜になって店から上がってみると、あいつはベランダに出て坐り、ぼんやりしていた。

白いテーブルの上には、食べかけのパンとコーヒーを載せたトレーがあった。

体に良くない。私は店にいる時は夕食は済ませてから帰っていたし、私が戻った時には、あいつはもう寝室に引っ込んでいるのがほとんどで、台所はきれいに片付けられていた。

冷蔵庫の中味も時々私が補充していたので、てっきりちゃんとした食事をしているものだとばかり思っていたのだ。

「ちゃんと喰わないと、大きくなれないぞ」

私はそれを、どんな声であいつに言ったのだろうか?

あいつはいつもの、人を小馬鹿にした返事をしないで、じっと私の顔を見ていた。又、あの謎のような顔だった。静かで、淋しくて、空っぽのような顔。見詰められることに耐えられなくなった私が、顔を逸らせた時、あいつがぽつりと言った。

「もう子供じゃないよ。あの時から、ずっと大人だったんだ。子供の時代はとっくに終った」

「あの時って、何だ?」

私は詰まった声で訊いた。

「母親が死んだ時。いつか話しただろ？　あの子達の面倒をみる大人が、必要だったんだ。母親代りのね。その時から、子供は止めた」

私は恐る恐る訊いた。答えを聞くのが怖かった。

「幾つの時だ？」

「六歳。妹は三歳で、弟はまだ二歳になっていなかった」

絶句している私をベランダに残して、あいつは部屋の中に消えていった。一瞬、あいつの後ろ姿が、れんげの花の海に消えたあいつの、私に背を向けた姿と重なった。白いドレスと、長く揺れる髪まで見えた気がした。

そして、私は悲しくて泣きたくなった。

あいつはもう子供ではない。あいつはもうその弟妹《きょうだい》まで亡くした。

そうして、あいつはオカマになってしまった。なぜ、そのままでいてくれなかったのだろう？　あいつがオカマになったせいで、リョウは私に敵意を抱き、私は女男のあいつのせいで人生を誤りそうだった。オカマになる気はないが、オカマのあいつが好き？　その証拠に、もうあいつが時々、女に見えてくる。悲劇だった。

それからも気を付けて見ていると、余計な事に気が付いた。あいつが悪態を吐いて殊更に辛く当たるのは私にだけで、長治さんや由利子さんには礼儀正しかったし、卓郎さんとは気が合うのか、時々、彼の冗談に調子良く笑ったりしている。ジョージ達との間は言うまでもなかったし、ドレミは最高位に置かれていたし。私の位置付けが、あいつの中で最下位だという事ぐらいは分かっていたのだが、改めてこうしてみると、情けないくらいに、私への風当たりだけが強かったのだ。

考えてみれば、多分、最初の夜からそうだった。あいつはなぜか、私にだけいつも当てこすりのような事を言い、気分を悪くするような態度を取っていたのだ。まるで、わざと意地悪をしているかのように……。わざと、嫌われようとでも、するように。何でだろう？　私が何かしたのだろうか。考えてみたが、解らなかった。

私があいつを気にして、しきりにあいつの姿を目で追っているのを見て、由利子さんと長治さんが何か話していた。

翌日、由利子さんが、部屋に戻ろうとした私を呼び止めた。

「平ちゃん、久しぶりに家の方に来て、ちょっと話をしない？」

そうだった。そういえばここのところあいつに気を取られて、今は長治さん達のものである、あの思い出深い家に行っていなかった。あいつが来るまでは、休みの日や店が閑だった夜などにあの家に行き、親爺さん達の思い出や世間話などをして、夜更ししたりしていた。時にはそのまま泊まって、あの家の方から揃って店に出て来たりも、していたのだった。

店ではいつ客が入ってくるか分からなかったし、四人共家族のようなものなので、ゆっくり話したい時には誰からともなくそういう話になって。そう決まった夜には、卓郎さんも早目に帰ってきたりした。

その事が、すっぽりと私の頭から抜け落ちていたのだ。私は頭を掻いて言った。

「そうでしたね。すっかり忘れていた。卓郎さんにも声をかけて、すぐに行きますよ」

「卓ちゃんなら、知っているわ。今日は、早目に上がってくるって言ってた」

「それじゃ、あいつに断ってきますから、待っていて下さい」

私が言うと、由利子さんは変な顔をしたが、

「ゆっくりで良いわよ。私達ももう少し掛かるから。駐車場の方ででも待っているわ」

と言ってくれた。

駐車場というのは店の斜め向かいの空地にあるコインパーキングのことで、長治さん達は車で家と店を行き来している。仕入れの方まではとても手が回らないので、長治さんの昔からの知り合いに、ほとんど全てを任せていた。長治さんが仕入れに行くのは、週に一度か二度くらいで、済ませていた。あとは、産地から直送して貰ったりもしている。割高にはなるが、人手を増やしたくなければ、それで良しとしなければやっていけなかったのだ。

私は階段を上がって行った。昼時にはあいつも出ていて、私達と昼食を摂ったので、そ

ろそろ腹がへる頃だろうと思って、店の残り物をトレーに並べて行こうとする私を、由利子さんと長治さんが揃って見送っていた。何だか様子が変だった。

部屋に戻ってみると、あいつはもう寝室に引き上げた後だったが、私は構わずに戸を叩いた。

「飯を持って来たぞ。開けろ」

不愛想な声が返ってきた。

「要らない」

「又、パンかなにかで済ませるんだろう。一々口の中に突っ込んでやらなきゃ、喰わないのか」

私が怒ってみせると、あいつが出てきた。

「ホントウに、お節介焼きだね。そんな事ばっかりしていると、今に禿げるよ」

「余計なお世話だ。こうでもしなけりゃ、ロクに喰わないんだろうが」

「お昼に死ぬほど食べさせられるから、夜は要らないんだよ。誰かさんと違ってね」

あいつは馬鹿にした目付きで私を見ていたが、それでもトレーを受け取って言った。

「今は要らない。あとで食べるよ」

「そうしろ。私は出掛けてくる」

あいつはトレーの上から目を上げた。

「ドレミのとこ？」

「違う。ちょっとした寄り合いだ。今夜は泊まるかも知れないから、戸締りして寝ていろ」

私がそう言うとあいつは面倒臭そうに、

「そうするよ」

と答えた。それから、何を思ったのか嬉しそうに、トレーを持ったまま、

「デート？」

と訊いた。

全く。人の気も知らないで。

「馬鹿言え」

と答えて私は部屋を出た。あいつを一人きりで部屋に残していくのが、なぜか心配だった。

駐車場に行こうとしていると、二階から卓郎さんが下りてくるのに出喰わした。

「あれ、今日はもう終いですか？」

私が訊くと卓郎さんはニッコリした。

「平ちゃんを久しぶりに呼ぶからって、由利子さんが言うものでね。今日はもう閉店」

やっぱり何だか変だ。私があの家に行く時にも、せいぜい後片付けを翌日に回して、早

目に帰ってくるくらいが良いところだった。幾ら久しぶりだからといって、店まで閉めてしまう程の久しぶりでもない。

三人揃って示し合わせたように、私と話したいなんて。何かヘマをして、昔のように吊るしあげでも喰うんだろうか？　でも、もう昔のように庇ってくれる女将さんも親爺さんもいないことだし。第一、吊るし上げられるほどのヘマをしでかした覚えもないし……。などと考えながら、私は狭い車内に押し込まれるようにして、懐かしい家に向かった。

私が親爺さんに拾われてあの家で暮らし始めてしばらくたった頃から、女将さんに倣って、由利子さん達や卓郎さんも私の世話を焼き始めた。大抵は、私の捩くれた根性を正すためだったが、特に吊るしあげられたのは、私の父母に対する態度の事だった。彼等は私の事情を知っているくせに、それでも私を親不孝だと言って責めた。責められても仕方のない事ばかり親にはしていたので、私は何も言い返せず、いつも小さくなっていたものだ。

家に着くと、私は廊下の奥のダイニングに向かおうとした。そこがいつもの私達の溜まり場だった。そこは家の西側にあたっていたので、陽射しを防ぐためもあって淡い寒桜が窓側に並べて植えられてあり、季節によって陽の光の表情が変わり、不思議に落ち着ける場所だった。当然のように奥へ進もうとする私を、由利子さんが止めた。

「今日は、ここの方が良いわ」

と言って、私を応接間の中に押し入れてしまったのだ。長治さんと卓郎さんも黙って入ってきた。

何でだろうか、と私が不安になりかけた時、由利子さんが窓を開けて私を呼んだ。

「平ちゃん、忘れていたんでしょう？　ほら、見て。今年ももう花が咲き始めたのよ」

部屋からの明かりを受けて、応接間の向こうに、春咲きのバラが幾つか咲いているのが見えた。南側の庭は、ダイニングからでは見えない。これを見せたかったのかと安心して、私はバラの植え込みを見た。

親爺さんは、純粋な日本趣味だったので嫌がったが、女将さんはこのバラの植え込みだけは大切にして、育て続けたのだ。元々の株も前の家からわざわざ持って来たのだ、と聞かされていた。

女将さんの小さなバラ園には、毎年見事な花が咲いた。クリームイエローやスノーホワイトや、ベビーピンクやミルクで溶いたような淡いオレンジの花々で、真紅のバラはなぜか見当たらなかった。

いつかそれを訊くと、

「淡い色が好きなの。それに、ここ（日本風）には真紅はきつすぎるでしょう？」

と、女将さんは笑った。そんなところも、私の母親に似ていた。母も淡い色合いのバラが好きで、狭い庭に植えて喜んでいたのだ。

私が窓の傍に行ってそんな思い出に浸っている間に、由利子さんがお茶の用意をして戻ってきていた。私に向かって、坐れと言う。私達は庭のバラ園の方を見ながら、揃って嘆め息を吐いた。

「凄いものね。花って。季節がくると、ちゃんと咲いてくれるんだから」

女将さんの逝った後は、由利子さんが花の手入れをしていた。卓郎さんが頷いて言った。

「女将さんは本当に花が好きでしたよね。特に、あのバラ。あれを見るたび女将さんを思い出して、懐かしいやら、切ないやらですよ」

私達は、又嘆め息を吐いた。私達にとって、女将さんは、まだ思い出の中に閉じ込めておけるほど、遠くなってはいなかった。

長治さんが言った。

「俺はあれを見るたびに、女将さんの声を思い出すよ」

「そうね。わたし、隠れクリスチャンなのって、いつも笑っていたものね」

由利子さんは、上手に、女将さんの真似をしてみせて笑った。その話なら、私も聞いた事があった。この家のバラ園の元になったという花の、由来だった。

女将さんは、良い所のお嬢さんだったらしかった。幼稚園から大学まで一貫の、ミッション系の大学を卒業したらしい。大学を卒業した年の冬に、五歳年上の親爺さんと知り合った。二人共、友人同士で行った旅行先のハワイで、同じホテルに泊まっていて話をするようになったと聞いたことがある。すぐに親爺さんの方が夢中になった。

女将さんにとっては初めての恋で、二人の恋愛はおずおずと進んだ。

ところが、いざ結婚の話が出る頃になるまで、親爺さんは自分の親の職業が言えなかった。無理もない事だと思う。

誰だって、自分がヤクザの跡取り息子だなどと、胸を張って言える訳がなかっただろうから（幸弘は別だったが。彼は、ヤクザが好きで十八歳の頃から、自分が跡目を嗣いで組をもっと立派にすると言って、親爺さん達を嘆かせていた。親爺さんはそれまで、自分の代で組を畳む心積りでいたそうだ）。

いつか、親爺さんにそれを聞かされたことがあった。親爺さんは嫌がるのを、無理矢理跡目を嗣がされたのだという。

幸弘は、彼の祖父の気質を濃く受け継いだらしかった。

親爺さんはその時、嘆くように私に言った。

「血なんてものは、しょうがないもんだな」

と……。

女将さんは、親爺さんから全てを聞いて、どうして良いか分からなくなった。女将さんの両親も兄二人も親戚も、もしそんな男と結婚するのだったら、生涯縁を切ると宣告したそうだ（そして、実際その通りにした）。女将さんには、誰にも頼る人がいなくなったが『ヤクザは嫌い』と言う、親爺さんを、見捨ててしまう気持にもなれなかった。

悩み抜いたあげく、女将さんは自分の出た大学にシスターを訪ねて行った。ミッション系の学校なので、敷地内には礼拝堂があり、広い植物園もあって、そこのバラ園の管理をしていたシスター達と親しくしていたらしかった。女将さんが訪ねていって、シスターの一人に相談したい事があると言うと、そのシスターは親身になって話を聞いてくれたそうだ。

そして、こう言った。

「その人を本当に想っているのなら、その人のために祈ってあげれば、良いんじゃない？」

「でも、祈り方をよく知りません」

女将さんは言った。

「自分の言葉で、ただお祈りすれば良いの。ほら、皆、お正月には神社に行ってお参りしたり、御先祖様のお墓に手を合わせて、守って下さいって言ったりしてるでしょう？あんな感じ。後は神様が好きにしてくれるでしょう」

この話を聞いた時、私は思わず笑ってしまった。

「ずいぶん、好い加減な神様ですね」

「そうなの、好い加減なの」

女将さんは嬉しそうに笑った。

「でも、その人は私のために、うんと簡単に言ってくれたのよ」

その後、そのシスターは女将さんに聖書を一冊渡してくれ、

「大切にしてね」

とだけ言った。

女将さんは気が楽になったが、一方で本当にそんな事で良いのだろうかと心配になった。

すると、シスターは自分の手入れをしていたバラ園に女将さんを連れて行って、

「あなた、これを見てどう思う？」

と、女将さんに訊いたそうだ。

「きれいだな、と思いますけど……」

女将さんは答えた。

「そうよね。それじゃ、この花を私があなたにあげたとして、あなたが他の誰かにこの花をあげたら、その人は何て思うでしょうね？」

「やっぱり、きれいだと思うと思います」

女将さんは戸惑いながら、そう答えた。

何のことだか解らなかったが、シスターはそれを聞いてニッコリ笑ったそうだ。

「それと同じよ。私は神様から頂いた、きれいなものをあなたにあげる。あなたはそれを、誰かにあげるの。あなたは私と話したから、もうお友達よね？　友達のあなたのため

に、私はこれから毎日祈るわ。そうすれば、あなたは私と繋がっている。あなたに繋がっている人も、私に繋がっている事になるでしょう？　神様の輪ができていくの。そうやって精一杯生きたら、私達は皆で手を繋いで天国に帰っていくのよ。素敵だと思わない？」

女将さんは良く解らなかったが、素敵な話だとは思った。

頷くと、シスターは丁度咲きかけていたバラの花を、愛おしそうに見てから微笑んだ。

「さあ、これを持っていって。いつも祈ってね。忘れないで。あなたは一人ぼっちじゃない。花を見るたびに思い出してね。私が死ぬまで、あなたのために祈っている事を」

女将さんは、親爺さんと結婚した。

そして、生涯そのシスターから貰った聖書を大切にし、そのバラの花束と同じような色合いのバラを捜してきて、育て続けた。女将さんの心の中に何があったのかは、誰も本当の事は知らない。女将さんの心はいつも穏やかで、人に優しかった。

最後の時まで意識ははっきりしていたが、自分の苦しみは訴えず、逆に私達の今後を気遣いながら、「故郷」に帰っていった。そして、何よりも植物を愛し、とりわけバラを大切にしていて、花が咲くと悪戯っぽく笑って言ったものだった。

「誰か、私のバラを貰ってくれない？」

私達も笑って答えた。

「遠慮しておきますよ。後が怖いから……」

けれど、私達はずっとバラを貰い続けたのだった。

私達は皆、女将さんが好きだった。だから、女将さんの思い出話は尽きなく、話すことで互いの悲しみを慰め合っていた。

女将さんの話が一段落した頃、由利子さんが私に言った。

「この間の休みにね、卓ちゃんが多摩の方に行って来たのよ。バラを持って……」

多摩というのは、親爺さんがここをきれいさっぱり私達に譲り渡した後、自分でさっさと入ってしまった老人ホームの事だった。東京というよりは山奥といった方が適切な場所にある有料ホームで、食事は出るが、元気なうちは自由に外出もできる。親爺さんが何でそんな遠い所に行ってしまったのかは、分からない。

ただ、そこには、長年親爺さんの下で運転手兼、雑用係兼、ボディガードを勤めていた、あの小柄な河野五郎さんが先に行っていた。五郎さんは空手の達人だったという話だが、私が転がり込んだ時分にはもう腰に不調を感じていて、親爺さん達のお荷物になるのを秘かに恐れていたらしい。若い私の教育係を買って出て、ダイニングの隣りの小部屋で一緒に寝起きしながら、私の言葉遣いから、この家のルール、掃除の仕方、庭木の手入れの仕方、目上の者に対する礼儀、朝一番の神棚への挨拶と榊のあげ方など、思い付く限りの事を、片っ端から仕込んだ。そのやり方は情け容赦もなくて、私はまるで禅宗の寺に修業に来てしまったような錯覚に襲われたものだった。これなら幸弘の所に行っていた方がマシだったと思うほどしごかれたが、二年もすると私は五郎さんから大方の仕事を任せて貰えるようになっていた。五郎さんは私の仕上りを確認すると、親爺さん達に退職を願い出た。もうその時には、ホームへの入居手続きが済まされていた。

親爺さんは、

「ずっとここに居ろ」

と、止めたらしい。

だが、五郎さんの決心は固かったという。結局、五郎さんは皆に惜しまれながら、去って行った。

親爺さんと女将さんはしばらくの間は、私を運転手にしてホームに時折り行った。けれど、それから二年もしないうちに、女将さんの体調が悪くなり、入退院を繰り返すようになって、五郎さんの所へ行く時間など、どこにも無くなってしまったのだった。優しかった女将さんは逝く間際まで、五郎さんのことを心配し続けた。

「あんな遠くに、一人で行ってしまって……。私達が行けなくて、きっと淋しがっているわ」

と。

親爺さんは、女将さんが逝ってからここを去ると決めるまで、何を考え、何を感じて一年を、この家で過ごしたのだろうか？

私達には何も言ってくれなかった。
私達にそれを告げた時には、もう何もかも親爺さんの手で始末がつけられてしまってい
て、誰も何も言い様《よう》がなかった。あの古い建物と土地が、私の物になった事には、幸弘も
文句を言わなかった。
「退職金代りだ。遠慮するな」
と、親爺さんは言った。
幸弘も、
「お前にはお袋の看病を任せちまった上に、最後まで看取って貰ったからな」
としか言わなかった。
別に私一人が看取った訳ではなく、最後の頃は親爺さんと私の不休の看護になっただけ
だった。由利子さん達や卓郎さんも店があったが、できる限りの手助けをして、私達を支
えてくれたのだ。その間に、私達は一つの家族のようになっていった。そして、その家族
の中心には女将さんがいたのだ。
「親爺さん達、どうでしたか？」
私が訊くと卓郎さんが言った。
「二人共、元気でしたよ。もっとも五郎さんの方は大分くたびれてきていましたけど
ね」

そこで卓郎さん達は顔を見合わせた。

何だろう？　私が思っていると、由利子さんが早口で急くように言った。

「それでね、平ちゃん。卓ちゃんがあの子のこと話したら、伸弘さんが会ってみたいから、今度、平ちゃんが行く時、連れて来いって……」

「そんな、まさかでしょう？」

「何がまさかなの？　平ちゃんあの子と暮らし始めてから、もうひと月以上になるわよ」

由利子さんは言い張った。

「そうなったら、一度くらい伸弘さんの所に連れて行くのが、当たり前でしょう」

連れて行くって言ったって……。あの女男を、何が悲しくて親爺さんに会わせなければいけないのか、私には解らなかった。

「卓郎さん。親爺さんに、何言ったんですか？」

訊ねてみても、卓郎さんは困ったように、

「いやね、平ちゃんがあの子を気に入ってるみたいだし、私達も好きだと言っただけですよ」

と言うだけだった。

「別に、気に入ってなんかいませんよ」

私が言うと、長治さんまで、

「そうは見えないけどな。今日だって、やけにあの子の事を気にしていたじゃないか」

なんて言う。

それにはいろいろ理由がありまして、この頃あいつが時々、女に見えるんですよ……。

なんて、絶対に言えない。私は惚けることにした。

「分かりましたよ。それじゃ、その内に一度連れて行きますから」

そういっている内に、あいつが出て行ってくれるかも知れないのだし。

「その内じゃ駄目よ。こういう話は、早い方が良いんだから」

由利子さんは、まだ言っていた。

「ハイハイ、分かりましたよ」

適当に言うと、

「ハイは一回で良いの」

と、由利子さんに直された。

「それで、いつ行くの？」

「何でそう急ぐんですか？」

逆に訊き返すと、

「年寄りは気が短いのよ。伸弘さん達だって、いつ何があってもおかしくないでしょう？　善は急げよ」

という、縁起でもない返事があった。

それで、私は来月にでも行ってみると答えて、逃げ出そうとした。

まだ駄目よ、と由利子さんが言った。

今日は私の厄日ででもあるらしかった。

「今年も、もうバラが咲いたのよ。お家の方はどうするつもりなの？」

「どうするつもりと言われても。多分、いつもの通りにしかならないでしょうが……」

長治さんが私を睨んで言った。

「まだ親不孝、続けるつもりなのか」

「そんな事言ったって、仕方ないですよ。私がここら辺にいるって分かったら、ウチの親は毎日でもこの辺をうろつき回りかねませんからね」

私は答えた。

あのデカチビに見付かった事は、もう三人にはちゃんと話してあった。だから、両親への災難が及ぶ危険性が増した事は、皆も解ってくれていると思っていた。

「だからといって、このままじゃ、あんまり御両親が気の毒よ。平ちゃん、あの子も御両親に会わせないつもりじゃないでしょうね」

由利子さんは、又あいつに話を持っていった。何でそういう話になるのだろうか。

「そのつもりですが、いけませんか？」

私が言うと、由利子さんは怒って、

「これだから、男ってヤあね」

と、その場にいた男達全員に八つ当たりをした。

私がこの家に来て二年が過ぎ、五郎さんがホームに行くと言い始めた頃、女将さんが言い出したのだ。

「そういえば平ちゃん、あなたちっともお家に行くって言わないけど、御両親はどうしたの？」

その場には親爺さんもいたので、二人から見詰められて、私は渋々自分の親不孝を白状した。学生時代に諍いをして、家を飛び出したままだと言うと、親爺さんは渋い顔をして、女将さんは涙ぐんだ。

「お前、幸弘を見ていて、何とも思わないのか」

と親爺さんは言った。

「あんなヤクザでも、手前の親の事は気に掛けるんだ。（実際、幸弘は月に一度は両親の様子を見に来ていた。お陰で私は現役のヤクザの親分とも、その頃には顔見知りになっていた）今からでも遅くない。謝りを入れて、その面を見せに行ってやれ」

「でも、今更どんな面をして会えるっていうんですか」

「どんな面もこんな面もないだろうが。親には手前の子供は幾つになったって子供のままなんだよ。顔を見せてやりさえすれば、それで良いんだ」

この言葉は、その時の親爺さんが私に言ってくれたものだった。

けれど、私はまだデカチビに追い回されて、刃物まで振り回された事を忘れていなかった。私の家、私の両親の家は、幸弘達の所、つまり郷田組の縄張りの真ん中を通って行かなければならなかったのだ。

そんな事をしてもし私が見付かり、万に一つ、後でも尾けられて、両親の所に辿り着かれるのが、私は怖かった。

親爺さんに言われるまでもなく、幸弘の行動を見ていて、私はもう十分に恥じ入っていたが、あれやこれやを思うと、どうしても両親に会いに行く気にはなれなかった。親爺さんや女将さんに、何と言われても。両親に対して私がした事を思うと、面目なさすぎて、会えないと思っていたのも、事実だった。

私が思い迷っている内に、女将さんの具合いが悪くなった。そして、その頃にはもう皆が私の親不孝を知っていて、「馬鹿たれ」と言って、私を責めた。

女将さんは亡くなる前に、そのことを一番心配してくれた。

もう動けなくなった体で、声も掠れたように細くなっていたが、私が女将さんの食事を口元に運んだり、体の向きを変えたりしている時、天気の良い日に窓を開けて空気を入れ換えている時、熱い湯で絞ったタオルで体を拭く時などに、繰り返してその事を言っていた。

「仲直りなんて、むずかしくないわ。ゴメンネ、ってひと言いえば良いだけよ」

とか、

「そろそろ庭のバラが咲く頃ね。平ちゃん、あの花を持って行ってあげたら？　お母さん、きっと、喜ぶわよ」

だとか……。

女将さんが逝って一年後、店を私に譲ってくれた時に親爺さんが言った。

「交換条件だ。一年に一度でも良いから、親を招《よ》んでやれ。ハイヤーを迎えにやって、帰りもそれで送り届けてやれば、お前の気も楽だろうが。そうしてやってくれと、梨恵子も言っていた」

アウトだった。そこまで気を遣って貰って、それでも嫌だと言ったら罰が当たる。

由利子さんの提案もあって、私はその年の春を待って、女将さんのバラの咲く頃、両親に電話を掛けた。電話に出た母は、私の声を聞くなり、泣き出してしまった。

父が代り、私は長年の不孝を侘びて、親爺さんに言われた通り、都合の良い日にハイヤーを回すから、黙って乗ってくれと言った。

それはどこか、という問いにも、今、どこに住んでいるのかという問いにも、まだ一抹の不安があって答えられなかった。ただ、元気だとだけ言って、たまたま知った店だが旨い料理を出すので、来て欲しいと言った。

両親は私に会えると思って、喜んで迎えの車に乗った。

私もそのつもりだった。

『楓』の小上がりのテーブルには、由利子さんが持ってきてくれた女将さんの、淡い色合いのバラの花束が置かれていた。

けれど私は事務所から一歩も出られなかった。顔を合わせて母親に泣かれるのが怖かったし、何よりも自分が泣き出すのではないかと思うと、それも恐ろしかった。

私がいつまで経っても現れないので、父母は失望したが、由利子さんがうまくごまかしてくれた。急用ができて来られないらしいが、今朝二人にと言って、バラの花束を届けてきたのだと……。

両親はそれでも何とかして気を取り直して、食事をしてから帰って行った。

薄淡色のバラの花束を母親は抱え、

「あの子、覚えていてくれたのね」

と父に言っていたそうだ。

二人の乗ったハイヤーが消えたとたん、私は事務所で由利子さん達の吊るし上げにあった。卓郎さんまでやってきて、私を責めた。そして皆で言った。

「馬鹿たれ」

と……。

今年もバラが咲いた、と由利子さんが私に言ったのは、そろそろ家に電話を掛けろという事だったし、今年こそきちんと「親に顔を見せろ」という脅迫だった。けれども、あいつまで父母に会わせろと脅迫するなんて、心外だった。あいつはただの居候で、ほんのしばらく置くだけだと言ったはずなのに、皆はその事をすっかり忘れていると思った。それで私も返事をして、その返事は皆と同じように忘れることにした。

「わかりましたよ、考えておきます」

由利子さん達は顔を見合わせ嘆め息を吐いて、それで了承してくれた。

泊まっていけ、と言われたが、私はさっさとその場から逃げ出したかった。それ以上そこにいたら、今度はどんな難癖をつけられるかと思うと、逃げるが勝ちだと思った。

「帰ります」

と、私が言ったので、由利子さんは恐い顔をしたが、それでも仄暗い庭に下りて、咲きかけていたバラを少し切ってきてくれた。私にくれたのではなく、あいつに土産に持って帰れ、という事だった。私は灯の消えた家々の間の道を、バラを抱えて、ジグザグと廻り道をしながら、部屋に戻った。皆には適当に言っておいたのだが、頭が痛かった。

あいつを連れて、親爺さんの所へ行くなんて。何で親爺さんは、そんな殺生な好奇心を起こしたのだろうか？　第一、もし私があいつに行こうと言ったたって、あいつが素直に私の言う事に従うとは、とても思えなかった。ひと言、

「ヤだ」

と言われたら、それでお終いだ。その上、両親にまで会わせろなんて、どこをどう押したら、そんな考えが出てくるのだろうか？　その前に、私は家に電話を掛けなければならない。

今年も又、父は言うのだろう。

「今度は、会えそうか？」

と……。

泣きたい思いで帰ってみると、あいつはまだ起きていて、ベランダに出てぼんやりしていた。私を見て、なぜだかギョッとした顔になり、

「何だ、帰ってきたの？」

と、文句を言った。

「悪いか。そんな所にいると冷えるぞ」

と私は言った。あいつは相変わらず咳をしていて、そのたびに『冷えた』とか、『風邪だ』とか私に言い訳をしていたのだ。

あいつは私の忠告をあっさり無視して、ぽつんと言った。

「きれいだね」

見ると、あいつは私の手の中のバラを見ていた。由利子さんからだ、と言うと、あいつはびっくりしたように私を見た。

「昼間一緒にいて、夜まで一緒？」

と、呆れた声で言いながらも、やっと部屋に入ってきた。私の手から黙って花を引ったくると、

「花瓶、花瓶」

と私に催促したが、そんな物が家にあるはずがなかった。私がそう言うと、いつもの馬鹿にした目付きになって、花を持って台所に行ってしまった。

私はあいつの口癖のように『くたびれて』いたので、ソファに坐って暗い五月の空を見ていた。夕食を載せたトレーはもう片付けられていて、テーブルの上にはなかった。

あいつはしばらく台所でガタガタやっていたが、やがて得意そうに花を挿した私のウィスキーの瓶を持って戻ってきた。

「まだ残っていただろう」

と私が文句を言うと、

「捨てた」

と、ひと言返ってきたので、私はがっかりした。こんな夜は酒でも飲んで、さっさと寝

てしまおうと思っていたのに。

あいつは私の気持などお構いなしに、花をテーブルの真ん中に飾り、自分もその前に坐って、きれいだね。と、又言った。

「由利子さんって、花をつくる人なの？」

と、変な日本語で訊くので、私は簡単にバラの由来を説明した。今は由利子さんが手入れをしているが、それはやっぱり女将さんの花だとしか、言い様がないのだ。

あいつは黙って女将さんの話を聞いていたが、私の話が終ると、潤んだような瞳をして、私に言った。私の心臓の辺りが痛くなるような、顔と声だった。

「素敵な人だね。会って見たかったな」

「女将さんにはもう会えないが、親爺さんになら会えるさ。行ってみるか？」

と、私はチャンスを逃がさずに言ってみた。

「どこ？」

と、あいつはまずい事を訊いた。

「山奥だ。高速で行っても、往復四時間はかかる」

案の定、あいつはそれを聞くと、

「くたびれるから、ヤだ」

と言った。そのくせ、そこが淋しい場所にあるホームだと聞くと、前言撤回をして、

「行く」

と言う。

私は念のために、

「相手はヤクザの元親分だぞ」

と脅しておくのを忘れなかった。その場になって、親爺さん達を見てベソでもかかれたら、困ってしまうからだ。それに、正直にいうと、私はあいつを連れて行くという案には、気が進まなかった。親爺さんはともかく、五郎さんが何を言うか、分かったものじゃない。

だが、あいつは表情も変えなかった。

「良いよ、行く」

私は、嘆め息を吐いた。喜んでいいのか、悲しんで良いのか、解らなかったのだ。それでも、これで用件の一つは片付いたと思うと気が軽くなって、その夜は少しだけ眠れた。残っている難問を思うと、なかなか寝付かれなかったせいだった。あいつが私の酒を捨ててしまったので、私は恨めしくバラの香りのする部屋で、遅くまで寝返りを打っていた。

目が覚めてみると、あいつはまだ眠っているようだった。寝室の扉は閉まっていて、物音もしない。いつもの事だったので、私は自分の家なのにそっとシャワーを浴び、あいつがよく買い置きしているパンを咥えて昨夜のトレーを持って階下に下りていった。長治さん達も、朝食の面倒までは、さすがに見てくれなかった。

事務所でいろいろやっているうちに、由利子さん達もすぐに出勤してきた。昨夜は私が帰った後で盛り上がったのか、いつもより遅い出勤だった。長治さんと由利子さんは手早くランチタイムの日替りメニューの用意を整えていったが、出てくるのが少し遅かったので、私も早目に調理場に行って、下ごしらえの手伝いをした。忙しくて、お互いに余計なお喋りをしているヒマはなかった。

すぐに、客がやってくる。「楓」は十一時から三時まで開店し、交替で休んで、四時から八時まで店を開けていた。それでも開店前の準備や、閉店後の片付けなどを入れると、ずい分な重労働だった。

「楡」の方は、三時頃卓郎さんが出勤してきて、下で遅い昼食を済ませ、四時には上に行って開店していた。店を閉めるのは十二時頃で、客の入りによって時間は前後していた。普段は近所の商店主や、勤め帰りのサラリーマン達の隠れ家になっている。その日は、前日の「寄り合い」が祟って、皆気忙しかった。

あいつだけは開店の前にのんびりと来て、看板とメニューを出す手伝いをしただけだったが……。

ランチタイムの客の波が引けて、ひと息つくと、私達は交替で自分達の昼食を急いで食べる。食べ終った者もまだの者も、雑用が残っているので、余りのんびりとはできない。夕食時の後、店を閉めてから、初めて、ゆっくりお茶を飲めるくらいがいつもは関の山だった。そして、その日もいつもと同じようにランチタイムを忙しく過ごし、やっと私達も昼食にありつけるという時になって、あいつが由利子さんに言った。

「きれいなお花、ありがとう」

と。

「平ちゃん、ちゃんとあなたに渡してくれた？」

と由利子さんは、私が花を持って帰らなかったかと、疑っているような声を出した。

「ちゃんと貰いました。ウレシカッタ」

あいつが言うと、由利子さんはまだ洗い場にいた私に向かって、

「それで、平ちゃん。ちゃんと電話したんでしょうね」

と言った。

「昨夜の今日ですよ。無茶言わないで下さい」

と私が言うのと、

「何？」

とあいつが訊くのが同時だった。止める間もなく由利子さんがあいつに説明を始めてしまった。何で一々、私のことをあいつに説明なんかするのだろうか。

「平ちゃんね、この季節になると、いつもお父さんとお母さんをお店に招んで、御馳走するのよ。でもね……」

と由利子さんが言いかけたので私はストップをかけた。

「止めて下さいよ。まだ先の話だ」

「先じゃないわよ。ぐずぐずしていると、バラが終ってしまうでしょう？　今からでもお家に電話してみてよ。お母さん達、きっともう待っているわよ」

私は仕方なく洗い場を出て行った。

あいつが何？　何？　という顔で私を見ていた。

「分かりましたよ、今日中に電話しますから」

私は諦めて言った。電話を掛ければ父と母は、すぐにでも来ると言うのに決まっている。

あいつが感心したように言った。

「何だ。案外親孝行なんじゃん」

それを聞いて、長治さんが何か言いそうにしたので、私は慌ててあいつを追い払った。

「もう飯は済んだんだろう？　とっとと部屋に帰って、くたびれないようにしていろ」

あいつは大人しく引き上げていったが、卓郎さんが私を怒った。

「平ちゃん、いつもあんな口利いているの？　もっと優しくしてあげないと、逃げられるよ」

由利子さんも、不満そうに私を見て言った。

「全く。せっかく良い子が来てくれたと思ったのに、何て口利くのよ。もうちょっと優しくできないの？　陰からこっそり見たりしてるくせに、バカなんだから」

「別に、逃げられたっていいですよ」

私も不機嫌に返事をした。そうすると、三人揃って私に、「馬鹿タレ」と言った。

「何でそんなに、あいつの事を気にするんですか？」

面白くなかったので、そう言うと、

「気にしているのは、平ちゃんの方じゃない」

と由利子さんが怒った。何も言い返せなくて、私は早々に事務所に引き上げるしかなかった。

その夜、私は家に電話をした。

父が出て、

「今年も会えないのか？」

と私に訊いた。

できる事なら、私も会いたかった。けれど、私はデカチビに見付かってしまっている。

この店に招ぶ事さえ、本当は避けたいくらいなのだ。

私が詰まっていると、父は諦めたように言った。

「母さんが又泣くぞ……。で、いつにするんだ？」

「そっちの都合に合わせるよ」

父は少し考えて、

「今度の土曜日ではどうか」

と言った。私は、それで良いと答えて、

「六時に迎えの車を廻すから」

と告げて、電話を切った。父と母は不本意だろうが、今のところ私との接点は、年に一度のこのチャンスだけだ。何も無かった時よりはマシだと、諦めているのだろう。父と母は来年で六十歳になる。高校の同級生同士の初恋で、二人は大学を卒業し、翌年に結婚をした。そして、じきに私が生まれた。子供は一人しかできなかったので、両親は私にメロメロだった。

その父も、来年には退職を迎えるのだ。

私は心の底からの嘆め息を吐いた。

いつまでも、このままにはしておけない。そうかといって、これといった名案も浮かんでこない。

母は、私に会えない淋しさを紛らわすかのように、今は猫を三匹も拾ってきて飼っている、と父が言っていた。雨の日に、三匹固まって、道路脇の植え込みの中で、震えていたそうだ。母の淋しさを思って、又嘆め息が出た。

せめて、その猫達が父母の慰めとなってくれるように、と祈る事しかできなかった。

その時は、まだ……。けれど、あいつが全ての流れを変えてしまった。あいつはそういう奴だったのだ。

その土曜日、ランチタイムが過ぎると、由利子さんがバラを取りに行くと言って、店を出て行った。

あいつは卓郎さんと店の片隅の席に坐って、食後のお茶を飲んでいた。私は早目に食事を済ませて、何も言わずに事務所に引っ込んだ。

気が重くて仕方なかったのだ。私が事務所に入ってから、三十分もしない内に、あいつがやってきて、物凄い勢いで戸を開けて怒鳴った。

「クソッタレ!!」

怒りのせいか、顔が青くなっていた。

私は今までに、あのデカチビの他からは、他人にクソッタレと言われた事はない。

「何だって？　誰に向かって言っているんだ」

私も頭にきて怒鳴り返した。

「あんたの事だよ！　あんた、親を招んでおいて、会っても遣らないんだって？」

「お前に関係ないだろう」

「それがどうしたのさ！　あんた、最低！　今日も会って遣らないつもりなの！」

私は怒りの余り、黙って睨み返した。こんなオカマに、私の気持がわかってたまるか、と。

あいつも黙ってしまい、私を睨み付けていた。

瞳が、火のように燃えていた。私があいつなら、「おお、怖い」とでも言ってしまいそうな目付きだった。そうやって何分か私を睨んだ後、あいつは手を握ったり開いたりしながら、私に言った。本当は殴りたい、とでもいうように。

「解ったよ。そっちがその気なら、こっちにも考えがある！」

そう言って踵を返そうとした時、あいつの体がぐらりと揺れた。そのまま、床に倒れ込んで行こうとするあいつを見て、私は慌てて駆け寄った。

「大丈夫か？」

支えておいて私が訊くと、あいつは青い顔をして目を閉じていた。

「オイ、どうしたんだ？」

心配になった私が覗き込もうとすると、あいつが目を開けて私を退けた。

「ただの貧血だよ、放っといて」

放っておいて、と言われても、放っておけない。私が突っ立っている間に、あいつは立ち直り、

「煩いね」

と言って、行ってしまった。

いきなりきて、怒鳴りつけて、煩いね、と言って去って行く。こっちは心配しているのに、あんまりだ、と私は思った。だが、『あんまり』なのは、それからだった。

父と母が車に乗る頃まで、私は事務所で考えていた。「こっちにも考えがある！」と、あいつが言った事が引っ掛かっていたが、それよりもさっきのあいつの様子が気になっていた。

風邪に、咳に、冷えに、すぐ『くたびれる』に加えて、今度は貧血だって？　あいつはもしかして、由利子さん達が言っていたように、どこか体の具合いでも悪いのではないかと思うと、急に不安になってきたのだ。あいつの額に触れた時の、信じられないような冷たさも、ついでに思い出してしまって、落ち着かなかった。

そうしている内に、ドアにノックの音がして、由利子さんが私を目で呼んだ。

「平ちゃん、あの子に何を言ったの？」

と訊かれたが、何の事だか分からなかった。

「何も言っていませんよ。私は怒鳴られましたが」

と言うと、由利子さんは私を睨んだ。

「あなた、まさかあの子に、一人で御両親に会えって、言ったんじゃないでしょうね？　あの子を会わせなさいとは言ったけど、一人きりで会わせろなんて、誰も言っていないわよ」

「待って下さいよ。あいつがどうしたんですって？」

私はもたついた。「考えがある！」と叫んだ時の、あいつの顔が目にちらついてきて、怖ろしかった。

「本当に、何もしてないの？」

由利子さんは、疑わしそうにしながら、私に説明してくれた。家からバラの花束を持って、由利子さんが店に戻った時には、あいつはもう部屋に上がっていたそうだ。あいつの怒鳴り声は、裏口にいた長治さんには聞こえていなかったらしい。とにかく、由利子さんはその件を知らなかった。そして、ついさっきあいつが店に出てきて、私の両親には自分がバラを届けるからと言って、花束を持って、又、部屋に帰って行ったのだと言う。

私はそれを聞いて、チビリそうになった。

あいつの行動が幾ら私の想定外だとはいっても、まさかそんな事を思い付くなんて。

「まずいですよ。止めないと……」

と、私が言っている間に、店の表に車の停まる音がした。間に合わなかった。

「着いたわ」

と言って、由利子さんは店の方に行ってしまった。置いて行かないで、と思わず言いそうになる程、心細かった。あいつはせっかく苦心して守ってきた、私と両親との距離を、打ち壊そうとしているのだ。

けれど、それを止めるためには、もう遅すぎる。あいつは勝手に、発車してしまった。あいつは、私の親に会ってどうするつもりなのだろうか？　恐いけど、知らずにはいられない。私は恐る恐る事務所を出て、そちらの側から「楓」に入り、入口の脇の壁にへばり付いた。そこからなら両親には見られずに、小上がりにいる二人の様子が少しは解る、と思った。レジにいた由利子さんが私を見付けて、「そこよ」というふうに、私のいる壁のすぐ脇を示した。そして、「早く挨拶に行きなさい」と、目で脅してきたが、私の曖昧な顔付きを見ると、怒って奥の方に行ってしまった。

私は、全身を耳にしてそこにいた。

あいつの声が聞こえてきた。いつもの低いハスキーな声で、

「初めまして。山崎と申します」

などと言っている。両親は戸惑ったのか、

「小林です」

と、口の中で挨拶を返していた。

店のテーブル席は埋まっていたが、こちら側には、客は両親だけらしく、思っていたよりもはっきりと声が聞こえてきた。その声を聞いたとたん、私は全身が痺れたように、動けなくなってしまった。懐かしさと、後悔が、いっぺんに込み上げてきて、体が硬直してしまったのだ。

この声の持ち主達が、この壁のすぐ向こう側にいる。そう思っただけで、涙が出そうになってきた。

あいつが言っていた。

「すみません、社長は急用ができまして、お二人に謝ってくれと言われるので、私がこれをお持ちしました」

何だ、ちゃんとした日本語が話せるのではないか。いつもは宇宙語みたいなオカマ語しか話さないくせに、と私が思っていると、

「社長には、いつもお世話になっております」

と、あいつが言った。

社長って、誰だ？　と私が思っていると、

「ちょっと、よろしいですか？　何だか、喉が渇いてしまって……」

などと、あいつが言っている。

ゲエッ。あいつは私の部屋に居坐ったように、両親の傍にも居坐るつもりなのか？　私が仰け反っている間にも、両親とあいつの声が聞こえてくる。

「あらあら、ごめんなさい。気が付かなくって。どうぞお上がりになって」

「失礼します」

「いいえ、こちらこそ。嬉しいわ。いつもはあの子、お花をくれるだけなのに、わざわ

ざ届けて下さって……」

「社長が、お二人によろしくと申しておりました」

「そんなにかしこまらないで下さいな。でないと、ゆっくりお話しもできないわ」

母親が言うと、あいつは嬉しそうに、

「そうですか？　じゃ、お言葉に甘えまして、改めて、初めまして」

と言った。由利子さんが料理を運び始めたようだ。

「あなたも一緒にどうですか？」

と父親が訊いていた。

「いいえ、ワタシは飲み物だけで。家で口を開けたカラスが待っていますから……」

とあいつは言って、由利子さんに、

「すみません、ウーロン茶を下さい」

と注文をつけている。由利子さんは心得たもので、

「すぐお持ち致しますね」

などと調子を合わせてから、わざわざ私を睨んで奥に向かった。

「カラスって、あなたの御家族？」

母親はもうあいつのペースに乗せられていた。

「はい。妹と弟なんですけど、これがもう可愛くって。喰べちゃいたいくらいなんです

よ」

ちょっと待て。お前の弟と妹は死んだんだろうが、と言いたくなったが、あいつはそのくらいの嘘は平気で吐きかねなかった。

「それで、平ちゃんが社長って、本当なの？」

「本当です。小さいけれど、アットホームな良い会社ですよ」

あいつが答えると、父と母が交互に質問を始めた。だから言わんこっちゃない、と私は思ったがあいつは平気だった。

「それって、何の会社なのかしら？」

「どこに在るんですか、その会社は？」

「この近くなのかしら？　それとも遠く？」

「あいつは元気でやっているのですか？」

という矢継ぎ早の質問にも、

「さあ、近くっていえば近くなような。遠くっていえば遠くのような……」

などと言っている。

「あの子に言うなと言われたの？」

母が情けない声を出した。

するとあいつは、

「そういう訳でもないんですけど。ホラ、社長ってヘソ曲がりな所があるでしょう？　何か気に喰わないと、すぐに睨むんですよ、こーんな顔して」

何か、変な顔をして見せたらしい。父母が涙交じりの声で、それでもぷっ、と吹き出した。

「ヤだわ。あの子にそっくり！」

母が言うと、父も笑って言った。

「小さい頃から、そうでしたよ。気に入らない事があると、すぐふくれるんです」

「そうでしょう？　それで、凄く頑固だったりして……。でも、私達には優しい時もあるんですよ。アレ。お料理が冷めてしまう。ワタシの事は気にしないで、どんどん召し上って下さいね」

私は呆れてしまって、嘆め息も出なかった。

何て奴だ、と思っていると、耳元で熱い息がしたので、跳び上がりそうになった。横を見てみると、卓郎さんがいつの間にか来ていて、私の傍にぴったり体を寄せて立っていた。今にも笑い出しそうな顔をしながら、嬉しそうに、耳に囁いてくる。

「遣りますね。最高だ」

「それより、店はどうしたんですか？」

私が逆襲すると、卓郎さんは更に耳に口を寄せてきて、小さな声で言った。

「昼間、あの子の怒鳴っている声が、二階まで聞こえてきましたよ。スカッとしましたね。面白そうだったから、下りてきた」

「止めて下さいよ。もう良いでしょう？　ホラ、早く帰って下さい」

私も卓郎さんの耳に口を寄せて、息みたいに小さな声で言った。

料理を運んできた由利子さんが、男同士で囁き合っている私達を見て、中指を立てて見せて、帰っていった。最高に頭にきている時の印だった。

卓郎さんは、肩を竦めて見せてから、そっと廊下側のドアから出て行ってくれた。

あいつが何か言っていて、父母が笑っている。

「そういう理由で、社長が忙しいのは、会社の他に、ボランティア事業なんかにも関係しているからなんですよ」

私は、ボランティアなどしていない。母が涙声で言った。

「まあ、あの子がボランティアですって？　ね、あなた。あの子がボランティアなんて、信じられます？」

母の涙声を聞くと、あいつは上手に話を逸らせた。

「でも、社長の名前って、良い名前ですよね。小さな林に、ヘイワだなんて。何だか長閑で、仄仄《ほのぼの》しちゃったりして」

父が笑って言った。

「ヘイワじゃないんですよ。ヒラカズ。小林ヒラカズです。平らかで和やかな人生でありますように、って願いを込めて名付けたんですけど」

「でも、皆、ヘイさんって、社長のこと、呼んでいますすけど」

あいつが言うと、母が答えた。

「そうなのよ。ヒラカズって、四文字だと長いでしょう？　つい、縮めたくなっちゃって。でも、ヒラちゃんじゃおかしいいし、カズちゃんだと何だか女の子みたいな気がして。それで、あの子の友達が呼んでいたヘイちゃんに、いつの間にか落ち着いてしまったの」

「あの子は嫌がっていましたけどね。一時は、ヘイワボケとか言って、皆にからかわれたりしたらしい。あの頃、テレビでは毎日のように、平和呆けという言葉が流れていましたからね」

あいつは手を叩いて喜んでいた。笑い声がやけに嬉しそうに聞こえてくる。そうなのだ。私は平ちゃんと、父母にまで呼ばれるのが嫌だった。自分達で名前を付けておいたくせに、平気で私を裏切って、幾ら嫌だと言っても、

「ヘイちゃん、あのね」

「ヘイちゃん、これ」

などと呼び続けたのだ。

私が憮然としていると、あいつがしみじみとした声で言った。

「社長が羨ましいです。こんな素敵な御両親がいてくれるなんて……」

母が心配気な声で訊いた。

「あなた、御両親はどうしていらっしゃるの？」

あいつは答えた。

「二人共、早くに亡くしました」

父母は驚いたようだ。母は、

「それは、まあ」

などと、口ごもってしまった。

あいつの明るい声が聞こえた。

「でも、今はもう全然オーケーです。弟と妹と三人で、これ以上ないくらい幸せですから」

又、嘘を言っていた。けれど両親はそれを信じたらしい。

「弟妹がいるって、良いことよね。あの子にはとうとう弟も妹もできなかったから、かえって、私達の方が、あなたが羨ましいわ」

「そんな……。私こそ、社長が羨ましいです」

と、あいつは両親を喜ばせて、それを潮に別れの挨拶をした。

「すみません、お邪魔しちゃって。でもお二人と話せて、とっても楽しかったです。カラスが待っているから、もう帰りますけど。社長には、今度はちゃんとスケジュール合わせろって、言っておきます。どうぞ、ゆっくりしていって下さい。ご馳走さまでした。お気をつけて」

母はそれを聞いて、名残り惜しそうな声を出した。

「もう帰るの？　又、会えるかしら……。あなたと話せて、私達も本当に楽しかったのよ。又、お会いしたいわ。駄目かしら？」

あいつは少し考えてから言った。

「社長が、ワタシを首にしなければ大丈夫だと思います。首にならないように祈っていて下さい。私もお二人が大好きです」

立ち聞きしている私の方まで、ホロリとするような声だった。由利子さんがレジに入って、私を見ていた。

父が言っていた。

「ぜひ、又、お会いしましょう。今夜は楽しかった。ありがとう」

「こちらこそ、ありがとうございました。お父さんと、お母さんといるみたいで、嬉しかったです」

あいつが答えて、席を立つ気配がしたので、私は慌てて、こっそりと事務所側の扉から出た。卓郎さんが閉めて行かなかったので、戸口は開いたままだった。私は何だか胸の奥が熱くなって、船酔いしているような気分だった。父母の、あの嬉しそうな声。

「クソッタレ!!」と私に怒鳴ったあいつは、いつものやり方で、私の父と母を、ひと時の『幸せ号』に乗せて、慰めと愛情を与えてくれていたのだった。けれど、それは一刻の事だ。希望を与えられてしまった両親は、これからどんな思いで一年を待つのだろうか？それを思うと、私はやっぱりあいつに腹が立った。人の気も知らないで。勝手な事をして、と思うと、腹立たしくてならなかったのだ。それに、あいつは、私には弟妹は死んだと言い、両親にはとても元気にしている、というような嘘を言っていた。その好い加減さにも、腹が立っていた。

事務所に向かおうとしていると、店の表口から出て行くあいつの後ろ姿が見えた。わざわざ表側から出てみせて、路地から裏の方へ廻るつもりらしい。私はその細やかさにも、なぜか腹が立った。感謝と腹立ちと嘘吐き、という言葉を絵の具のように混ぜると、猛烈な怒りという言葉に変わるようだった。

ひと言、文句を言ってやらなければ、気が済まない。私は、「楡」に上がる階段の脇の、小さなドアを抜けて、あいつの後を追いかけていった。あいつは裏口の横の、部屋への階段を昇りかけていたので、後ろから肩を摑んでぐいっとこちらに振り向かせた。

そうして、私は固まってしまった。ほとんど真向かいになった私の目の前に、大きく瞳を見開いて涙を零している、あいつがいた。そして、唇には、淡いサンドピンクの口紅が引かれていた。卓郎さんから貰ったコットンのパンツスーツの下に、黒いサマーニットを着て、ジャケットの衿には、白いバラの蕾まで挿している。

　でも、何で泣いているんだ？

　固まってしまった私の目は、それでもあいつの大きく見開かれた瞳から流れていた涙と、口紅の引かれた唇の間を行ったり来たりしていた。映画館で感じたよりも、もっと本物の女のように見えた。そして、あいつの涙は私をも悲しくさせてしまっていた。

　あいつも一瞬、固まっていたが、私の視線が自分の唇に張り付いている事に気が付くと、握り締めていたハンカチで、ぐいっと口紅を拭った。そして、言った。

「何見てんだよ、イロオヤジ」

「イロオヤジとは何だ？」

　そんな言葉、聞いた事もない。

「じゃ、助平爺いとでも言われたい？　オカマが口紅つけるのが、そんなに珍しい？」

　あの、しおらしい涙はどこに行った？

　私が茫然としていると、あいつはおまけに、

「エッチ」

と言って、階段を昇って行ってしまった。

　エッチとは何だ、と言い返す時間も与えてくれなかった。もちろん、私の親をどうして

くれるんだ、という文句さえも。

一瞬の間だったが、思わずあいつを自分に引き寄せようとまでした、私が馬鹿だった。

そこまで考えて、私は我に返った。

あいつを抱き締めようとした……。本当に、一瞬だったが、そう思った……。あの、憎たらしい口を利く女男を、心底愛おしくさえ感じた……。

私は泳ぐようにして、事務所に戻った。

気が変になってしまったように、ショックだった。

両親を乗せた車の音が闇に消えてしまうと、私は着替えにも戻らず、スーツの上着だけを脱いで事務所に置き、誰とも顔を合わせずに店を出た。今は、何を言うのも言われるのも、嫌だったのだ。

何も持たずに店を出たので、途中で食料を仕入れて、私は公園に向かった。

ジョージ達も並木氏もフジさんもドレミも、元気だった。皆のバカ話を聞きながら、私は時々、リョウの焼けるような例の視線を感じた。つい先程の、あいつの姿が目に浮かんできて、リョウの気持が少しは解るような気がした。そして、思った。女男のあいつを間にして、リョウと、オカマを好きになった私が対立する……。悲しすぎて涙も出なかった。

翌日、あいつは店を休み、床屋に行って髪を切ってきた。まるで最新のダブルオーセブンのような、思い切ったクルーカットになって帰ってきたあいつを見て、由利子さん達は、

「似合うわ」

とだけ言ったが、私は又悲しくなった。

前髪を目にかかるくらい長くして、ジョージ達のようなボーイズカット姿のあいつの方が好きだった、と思いかけている自分に気が付いて、悲しかったのだ。

もし、あいつが「オペラ座の怪人」の美少女だったとしたら、私達の役割りはどうなるのだろうかと、ぼんやりと思った。

リョウは繊細で、ハンサムでその上良い所のお坊っちゃんだという。それならば、私はあの醜い怪人というところなのだろうか？　そして、ストーカーのようにあいつに付き纏ったあげくに、捨てられる……。そんな事を思っただけで泣きそうになった。

ドレミは邪気のない顔をして、皆に愛想を振りまいていた。それさえ、悲しい。

三日後、私の心配は的中した。

ランチタイムが終って私が事務所に戻っていた時、由利子さんがやってきて言った。

「平ちゃん、お母さんが来たわ」

「まさかでしょう？」

「本当よ。すぐ帰って行ったけど」

母は、いつも私が迎えにやる会社のハイヤーを使い、その車で、又帰って行ったそうだ。

この五年の間、母は一度もそんな真似をした事がなかった。あいつのせいだ。

私は訊いた。

「それで、母は何て？」

「平ちゃんにじゃないの。あの子が来た時に、これを渡して欲しい、って」

そう言って、由利子さんは大きな袋に入った白い箱と、小さな袋を私に差し出した。あいつはその日、『くたびれた』と言って、店には出てきていなかった。

大きな袋には有名ブランドの店名があった。

「お母さん、よっぽど嬉しかったんじゃないかしら」

由利子さんは、私を睨んでそう言った。

「あの子の優しさが嬉しかったのよ。それに比べて、平ちゃんは……」

と、あの日私に言えなかった小言を散々言って、由利子さんは袋を私に押し付けて、帰っていった。

私は、机の上に置かれた紙袋と箱を睨んでいたが、それでどうなるというものでもない。

結局、その夜仕事が終った時、母の荷物を持って、私は三階に上がった。

あいつは部屋にこもっていたが、私は戸を叩いて言った。

「起きているなら、ちょっと来てくれ」

「ヤだ」

という返事がすぐにあった。私は言った。

「お前のせいで、母が店に来たぞ」

しばらくして、寝室のドアが開いた。

「どうして？」

見ると、あいつは私のトランクス姿をやめて、卓郎さんから貰ったスウェットの上下姿になっていた。季節が逆転しているような感じだ。

「もう私からかっ払うのは止めたのか？」

あの珍妙な格好のあいつの姿が、なぜか懐かしくなって、私は訊いた。

「イロオヤジが染ると、困るから止めた」

と、あいつは言った。どうでも良いけど、

「その、イロオヤジと言うのは、止めにしてくれないか」

それを言われると、何とも居心地が悪かった。あいつはフン、というように私を見て、

「嫌？　なら助平親爺にしてもいいよ。用がないなら、呼ばないでよ」

と言って、扉を閉めようとした。

「用なら、ある。母がお前にこれを渡してくれと言って、店に持ってきたそうだ。受け取れ」

と、私は言って袋を二つ、突き出した。

あいつは、何かそこに怖い物でも入っているかのような顔をして、袋を見詰めて固まっ

た。

　何で、いつもそうなるのだろうか。卓郎さんが、プレゼントだと言って、大きな袋を差し出した時にも、そんな顔をしていたのを、私は思い出した。

「貰えないよ」

　言いながら、あいつはジリジリと後退し始めていた。

「逃げるな。お前の責任だ。いいから、こっちに来い」

　私に、お前の責任だ、と言われたあいつは、刑場に引かれて行く犯罪者のような顔付きで、部屋から出てきた。

　私はソファに坐り、あいつも坐らせてから、袋を渡した。母が、何をあいつに贈ったのだろうかという興味も少しあったので、

「開けてみればいい」

と、私は言ってみた。

　ヤだ、と言うかと思ったが、あいつは恐々と袋の中から、箱を取り出した。大きな白い箱と、小さな袋からは、小さな少し古びた白い箱を。有名店の箱の方には、パールグレーのシルクのパンツスーツと、衿元から胸にかけてフリルがどっさり付いたシャツが入っていた。それを一式着たら、そのままどこかのパーティーか、ホストクラブに御出勤でもできそうな代物を見て、私は顔をしかめた。母は、こんな買い物をするような人間ではな

かった。高価そうだが、悪趣味だ。まるで最近の結婚式で見る新郎のような服を見て、あいつも一瞬、首を傾げていた。

それから、次の小さな箱の方にとり掛かった。箱は古びて、少し角が傷んでいた。その中に黒いビロードを張ったケースとカードが入っていた。そのカードを、黙ってあいつは見ていたが、無言で私にそれを寄越した。母の字で、私の実家の住所と電話番号が記されており、その下に、

「主人と二人でお待ちしています。いつでも（ぜひ）、遊びにいらして下さい」

と書かれていた。

あいつはケースの中味を、じっと見詰めていた。

「母親のしていた真珠だ。本物だが、もう二十年も前に買ったもので、ずい分なお古だぞ」

私は説明しながら、気が滅入った。

新郎衣装に、お古のパールのネックレス……。

母は、何だってこんな物を、あいつに寄こしたのだろうか。

あいつは、しばらく固まったように、母親のお古のパールを見詰めていた。それから、大切そうにお古のケースごと抱えて私に言った。

「これだけ、貰っとくよ。お礼、言っといて」

「お前が貰ったんだろう。お前が言え」

私は、カードと、パンツスーツとシャツをあいつに渡そうとしたが、あいつはそれを押し返した。

「着れないよ」

「そんなお古より、こっちの方が高価いぞ」

私が言うと、

「そんなら、あんたが着れば」

と、言いながら、あいつは私の手の中のカードだけ引ったくって寝室に逃げ込んでしまった。

あんたが着れば、と言われたって……。私はまだお前の仲間になっても良いなんて、あいつに言ってもいないのに、あんまりじゃないか。

私は取り残されて、自分の手の中にある、光沢を放っているスーツとフリルだらけのシャツを見た。それ等は、ずい分と細身で小さかった。

あいつはいつもオーバーサイズの服をタラッと着ていたので、そんなものだと思っていた私は、こんなサイズで大丈夫だろうかと心配になって、もっと良く見ようとして、気が付いた。

フリルだらけの白いシルクのシャツも、スーツの上着も、私の物とは打ち合わせが逆だった。

女物だ……。私は驚いて、寝室の方を見てしまったが、中からは何の物音もしなかった。

その白いシャツにパンツスーツを着せ、パールのネックレスをしている、あいつの姿を思い描いてみて、私はへたりそうになった。

それは、新郎の姿というよりも、身内だけのパーティーで結婚式を挙げようとする花嫁のように、私の前に立ち現れてきた。

花束を抱えでもすれば、文句なしに、それで決まり、とでもいうような鮮やかさで。

母は悪趣味ではなかった。ただ、あいつを女だと思ってしまっただけなのだろう。そして、首を傾げて服を見ていたあいつは？　あいつもきっと、気が付いたのだろう。それで、そんな物は着られないと、私に言ったのだろうか？

それなら、何でパールのネックレスだけ、大事に持っていったのだろう。それはお古だと、はっきり私は言ったはずだった。二十年物のお古のパールのネックレスなど、幾らあいつがオカマでも、有難がるほどのものではないはずなのに。私は小学生のように、突っかえ突っかえしながら考えた。そうやって、考えている間にも、理性の隙間を縫うように、母のパールのネックレスを付けて、フリルだらけのシャツを着た、あいつの姿が立ち現れてきた。

ついでに、父母が店に来た日に見てしまった、あいつの涙に滲んだ瞳と、サンドピンクの口紅の引かれた唇と、夢の中に白いドレス姿で現れて、私に「さようなら」と言ったあいつの長い髪と、裸足の足元。映画館での、幻のように美しかったあいつの顔までが揃って思い出された。なぜか、あいつの悪たれぶりは思い出さなかった。

その代りに、怖ろしい疑いが、私の頭にチラつき始めた。

もしかしたら、あいつは、本当は女なのではないか。男が女の振りをする女男ではなくて、女が男の振りをしていただけではないのだろうか、と……。何のためにそんな事をするのかと考えると、そこで私は又、答に詰まった。

あいつは、初めから、あんな感じだった。つまり、あいつはオカマではなくて、男になりたい女。

そういうのを、何と呼ぶのだったっけ？　オナベだ。

私の母は、そうとも知らずオナベにパーティー衣装を持ってきたのか。オカマでもないのに、オカマを好きになるのと、女でもないのにオナベを好きになってしまうのとでは、どっちが悲惨なのだろう？

私は疲れた頭で考えたが、どっちでも同じ事だった。オカマのあいつでも、オナベのあいつでも関係ない。私は、多分、あいつが好きなのだ。

そうでなければ、どうしてこんなに胸が痛いのだろうか。どうして、こんなに泣きたい気持になるのだろう？　あの、桜の樹の下で、あいつに初めて会った夜から、私の胸はこんな感じだった。これを恋、と人が呼ぶなら、私の恋は始まった時から、終っているのが当然の恋なのだ。切なかった。どうにもならない恋。

切なすぎた私は、その夜、よく眠れなかった。

普段の私は到って健康で、ベッドだろうとソファだろうと、横になりさえすればすぐに眠ってしまって、朝までぐっすりと眠る。余程何かなければ、目が覚めたりした事はなかった。

そういえば、最近変な時間に目覚めてしまったのは、先月の末に、あいつがどこかに行ってしまった時だけだった、と又思い出して、余計に目が冴えた。

あいつ、あいつ、あいつ。もううんざりだと思った時、あいつが寝室から出てくる気配がしたので、私は目を閉じた。電気は消してある。

暗くて良く見えないので、私の悲しみは、あいつには見えないはずだった。寝た振りをしている私の前を通って、あいつは台所に行った。そして、何か手の中に持っていたものを飲んで、手を洗ってリビングに引き返してきた。何を飲んだのだろう？　薬のようだったなどと私が考えていると、あいつは私の前で足を止めた。跳び起きそうになったが、必死で耐えた。あいつは私をじっと見ていて、それから手を伸ばし、私の体からずり落ちていた薄掛を拾って、そっと掛け直してくれてから、行ってしまった。神さま……。

しばらく待ってから、私はやっと目を開けた。あいつが掛けてくれた上掛が、又、体から落ちていった。普段はあんなに悪態ばかり吐いている私に、寝具を掛け直してくれたなんて、信じられなかった。私の知っているあいつなら、放っておくか、でなければ眠っている私の耳元で、

「バカ。風邪引くよ」

とでも言って、行ってしまうのが当たり前なのに。

そう思いながら起き上がって見ると、部屋の中が少し明るかった。寝室のドアから、細く光が洩れていた。さっき、あいつが部屋に入った時、多分、しっかりとドアを閉めなかったのだろう、と思った。明かりがついているのだから、起きてはいるのだろうが、物音一つ聞こえてはこなく、部屋の中を動き回っている様子もなかった。もしかしたら、明かりを点けたまま、眠ってしまったのだろうか？　それとも、そのまま居眠りでもしているとか。

私は心配になってきて、そっと歩き出した。音も立てないで歩いて、ドアまで辿り着き、明かりの洩れてくるドアの隙間から、そっと中を覗いてみた。ベッドの上に、あいつはいなかった。それどころか、横になった後さえなく、ベッドは枕までカバーが引き上げられたままの状態で、空っぽだった。

今までずっと、眠らないで起きていたという事だろうか？　でも何で？　私は不思議に思った。

あいつが部屋に逃げ帰ってから、もう何時間も経っている。不思議に思った私は、少し体の位置をずらし、目だけで部屋の中をつい捜してしまった。あいつはベッドとサイドテーブルの間に、こちらにほとんど背中を向けて蹲《うずく》まっていた。横顔とまではいかない程、少しだけだったが、あいつの顔も見えた。あんな所に蹲まって、何をしているのだろうと思った。薬を飲んでいたような感じだったし、大丈夫だろうかと、又、私はほんの少し体の位置を変えてみた。寝室の扉が音もなく、私の動きに合わせて、前より隙間を空けた。

あいつは古い男物のパジャマを着ていた。いちいち着替えるのも、洗濯物の量が増えるのも面倒臭くなった私が、スウェットのままで眠るようになり、何年も前にどこかに収い込んでいたままのパジャマだった。いつから、あいつはそんな物を着ていたのだろうと考えてみても、私には見当も付かなかった。あいつの姿が、前より良く見える。とにかく、あいつはそのパジャマ姿で、胸に何かを抱き締めて、そこに蹲まっていた。

短くなった髪で、男物のパジャマを着て胸に何かを抱え、目を閉じてじっと俯いているあいつの横顔は、まるで幼い子供が眠っているように見えた。起こしてやるべきだと思ったが、私が寝室に入るのを、あいつが許すはずもないし、どうしようかと戸惑いながらも、私はあいつの顔から目が離せなくなった。

泣いていた。静かに、声もなく。涙の雫が頬を伝っている。

見ていられなくて、視線を泳がせた。サイドテーブルの上に、ムーミンの絵と並べられて、母のビロードのケースとカードが置かれていた。

しばらくそうして涙を落としながら踞まっていたあいつだったが、やがて身動きをして、胸に抱えていた物を、両手で目の前に高く掲げた。ハードケースに入れられた、あのピエタのカードだった。

そうしてピエタの絵を高く掲げて、じっとそれを見詰めているあいつの姿は恐ろしかった。まるで、そこに本物の聖母子がいるかのように、あいつは一心にそれを見詰め、やがて、その絵を自分の顔に近付けて、カードの下の辺り、母子の足元の辺りに、口付けをした。私が釘付けになっていると、あいつは静かにその絵から唇を離し、同時に、目を閉じたまま、サイドテーブルの上の母の古いケースに右手を置いた。

祈っていた？　私の母のために、祈ってくれていたのか。

私はその場にいられなくなり、震えそうになる手でドアをそっと戻し、あいつがさっきしてみせたような後退りで、ソファに辿り着いた。

そのまま、倒れるように横になった。薄掛を掛ける事もしなかった。体が冷たくなったのは、冷えのせいではなく、恐れのせいだった。

私は、見てはいけないものを、見てしまったのだ。

その思いがまず私を襲ってきた。そして、次にきたのは、けれど、私は一体何を見たのだろうか、という思いだった。

祈っていたように見えた。けれど、あいつは女将さんの話を私がした時、「素敵な人だね」と言っただけだった。私も会ってみたかった、とは言ったが、ワタシも隠れクリスチャンだよ、とは言わなかった。では、一体誰に祈っていたのだろうか？

それとも、そう思ったのは、私のただの思い違いなのか。

では、あの、一心にピエタのカードを見詰めていた、あいつの姿は何だったのだろう？

あいつは何のために泣いていたのか、あいつは、もしかしたら、いつもあんな事をしていたのだろうか？

あいつがオカマではなくオナベでもなく、何か中性的な、この世のものではない存在のように思えてきて、私は硬直していた。

そうしている内、どれ程時間が経ったのだろう。又、あいつが部屋を出てくる気配がした。

私は固く目を閉じて、眠っている振りをした。

あいつは影が滑るように足音もなく私の前を通り過ぎて行き、手洗いに入ったようだった。やっと眠るつもりになったのだろうと安心していると、いつの間にか、又あいつが私の前に立っていた。そして薄掛をすっかり落としている私を見て、まずそれを私の上に掛けてくれた。それから、私の体が冷や汗のために、冷たくなっているのを感じたのだろう。そっと、私の額に手を当ててきた。

それは、我が子に熱でもあるかと案じるような母親の手であり、恋人の体調を気に掛けて、おずおずと差し出された女性の手のようでもあった。あいつの手も、冷たかった。そうして熱を計るようにしてみてから、あいつは静かに寝室に戻っていった。

時計を確かめてみると、もう明け方で、四時を過ぎていた。あいつはいつも、こんな時間に眠りに就いていたのだろうか？

それで。いつも、私の寝具の具合いを気にし、こんな風に直していてくれたのだろうか？　時には額に手を当てて、熱を計ってみたりして。

眠れなかった。

私は思いをめぐらし続けた。

あいつはいつも『くたびれて』いたのに、その癖、私の部屋はいつも小ざっぱりと片付けられていた。私が丸めて置いた寝具は、いつの間にかきれいに畳まれ、時には陽の匂いがしたりしていた。ソファの上に投げ出しておいた衣類は、気が付いてみると、あるべき所に戻されていた。

私は、あいつをこの家に置いて、面倒を見ているつもりだけだったが、あいつは本当に私の面倒を見ていたのだ。

世話をしていたのも私ではなく、あいつの方だった。

全てが逆だった……。

その事に気が付くと、私の頭の中で鐘が鳴りだした。生まれて初めて誰かを好きになったという喜びの鐘ではなく、それは弔いの鐘の音色に似ていた。

私が好きになってしまったのは、男の振りをする女のようでもあり、女の振りをしたい男のようでもあり、そのどちらでもない、中性の何かのようでもあった。なぜなら、私はあいつを背負《おぶ》ったので、知っていたから……。あいつの胸は、見掛け通りのぺったんこだった。私や卓郎さんと変わりないくらい、見事に平らだったのを、私は覚えている。そして、あの低い声。女性にだって低目の声の持ち主はいるが、あいつの声はそれより低く、しかも掠れていた。けれど、柔らかかった。男に近く、女でもある、その声。あいつは一体何なのだろう。

性別不明。正体不明。住所不定（今のところは私の家に転がり込んではいるが）。やる事なす事、私の規定外。私には、何もわからない。

私の頭の中で弔鐘は鳴り続け、私は一睡もできないで、朝を迎えてしまった。

それから、あいつが次に公園に付いて来たいと言い出す日まで、私はあいつの傍を離れられなくなってしまった。あいつの瞳は嘘発見機のようだったので、あいつと直接目を合わせる事は極力避けて、ただあいつの近くをウロウロし、あいつの後ろ姿を目で追ったりしている私を見て、長治さんと由利子さんがヒソヒソと何度も話していた。

そうしてみて、私は初めて気が付いた。

あいつが私を最下位に置いているように見せているのは、上辺だけだったのだという事に。

あいつが眠るのは、毎夜、明け方近くだった。そして、薬のような物を台所に飲みに行くたびに、眠る前に手洗いに立つたびに、私の様子を見守るのも、あいつの日課だった。あいつは私の前でだけ、わざと私がヘソを曲げるような事を言い、突き放した態度を保っていたが、皆には自然体で接していた。

穏やかだが、口数の少ない卓郎さんは冗談など言って喜ぶようになっていたし、由利子さんと長治さんも、あいつが下りてきて店に出ると、自分の子供が学校から帰ってきたかのように、嬉しそうにした。由利子さん達には、子供がいなかったのだ。

何で私にだけ？　と訊きそうになったが、考えてみると、別に不公平というわけではない。あいつはこっそりとだが、私にも優しくしてくれていた。睡眠不足で、フラフラになるまであいつに付き合ったから、それが良く解った。要するにあいつは、私には優しくするが、私からは嫌われていたいという事のようだった。でも。なぜ、そんな回りくどい事をするのだろうか。嫌いなら嫌いと、はっきり言えば済む事なのに。そうやって、私の堂々巡りと、睡眠不足は続いていった。

その日、陽が長くなって、まだ暖かさの残る公園に私達が着くと、リョウが真っ先にあいつを見付けて、嬉しそうに笑い、

「久しぶりだね。こっちにおいでよ」

と言って、ドレミと自分の間を指してみせた。

ドレミの傍があいつの指定席なので、誰も文句は言わなかった。あいつは皆に挨拶しながら、ドレミに、

「久しぶりだね、良い子だった？」

などと囁いて、〝せっせっせ〟をして、遊んでやり始めた。

ドレミとあいつの奇妙な〝せっせっせ〟に、皆笑い転げ、それだけでその場所にスポットライトが当たったように輝いて見えた。

ジョージが目を輝かせて、あいつに言った。

「ウワーッ。チョーカッコ良いね」

あいつは『でしょ？』とでもいうように、得意気な目付きでクスクス笑った。私は、リョウががっかりしているのではないかと思って、こっそり見てみたが、リョウも平気でニコニコしていた。幸せそうな笑顔だった。

並木氏が真面目な顔で言った。

「何だか、ジャンヌ・ダルクみたいで良いですね」

「それ、誰？」と、ジョージ。

「フランスの聖女だよ。髪の毛、バッサリ切って男装して、タタカッ」

ジュンが説明し始めると、リョウが遮った。

「俺、あの人好きだよ」

何だか、あいつに向かって「好きだ」と言っているような口振りだった。

あいつが瞳を輝かせて、リョウを見た。

「リョウちゃんも？　ワタシもあの人、大好きだよ」

リョウは、物凄く嬉しそうな顔をした。

「私もですよ」

並木氏が話を引き取った。

「でも、バーグマンはきれい過ぎたし、ジョコヴィッチは勇まし過ぎるような気がしましたね。私は、もう一人の人の方が良かった」

あいつは並木氏にも、輝く瞳を向けた。

「あなたもそう思う？　ワタシもそう。もう一本の映画の方が、伝記に忠実だし、素晴しかったよね」

「そうですね。原作も脚本も凄かったし。そういえばあなた、あの女優さんにそっくりだ。何て名前でしたっけ？」

「ジーン・セバーグ」

「そうそう、そんな名前でした。きれいな人でしたよね」

「キャー、ウレシイ」

掠れ声でそう言って、二人だけで盛り上がっている並木氏とあいつを見て、リョウが口を尖らせた。

「ずるいよ。俺、そんなの知らない。どこで観たのさ？」

「テレビで」

並木氏とあいつが見事にハモッたので、皆も嬉しそうに笑い出した。

「でも、あなた。本当に彼女にそっくりだ」

「照れるよ、それ程でもないってば」

などとあいつは言って、皆に、それで？　オーケー？　とでもいうように頷いてみせた。

「そんなに似てるの？　俺も観たいな」

リョウがしつこく言った。

「無理だよ。日本では公開されなかったんだもん」

あいつが言うと、リョウは嘆め息を吐いて、言った。

「ジャンヌのこと、そんなに好き？」

あいつは優しくリョウを見た。

「ウン、好きだよ。全方向に好き」

アキが言った。

「リョウ、それで今度、何かできないかな？」

「何？」と、ジョージ。

「詩だよ。それで、俺がその詩に曲付けたりしてんの。お前等に以前、話しただろ？」

「知らない」

と、ジョージとジュンが今度はハモッた。

「リョウちゃん達、そんな事できるの？」

あいつが嬉しそうに二人に言った。

「素敵だね。いつか聞かせてよ」

「うん。いつかね。最高なのつくるよ」

リョウは夢見る少年のような声で言った。あいつも頷く。そして言った。

「ねえ、いっその事、ここにいる皆で、バンドつくっちゃえば？　いけると思うけど……」

四人は顔を見合わせていた。

リョウが真っ先に頷いた。

「うん、案外良いかもね」

「絶対だよ。皆、タイプが異うし、声もちがう。この間、皆の歌、聴いた時にそう思ったの。皆で歌ったら、凄く良いんじゃないかなって」

「本当に、そう思う？」

夢見るロックシンガー達が、夢見る声で訊く。

あいつはドレミを抱き締め、並木氏とフジさんに訊いた。特に、何故だかフジさんに……。

「どう思う？」

「良いんじゃねえかな」

フジさんが言うと、並木氏も賛成した。

「私も聴いてみたいですね。リョウ君の詩で、皆が歌うのを」
ネ、決まりでしょ？　というふうに、あいつが笑って見せた。
「いつか、だな」

ジョージ達は言って、満足の嘆め息を吐いた。

リョウは、今にもあいつの手を握りたそうな顔をしていた。そうしながら、私をチラリと見る。

皆、それぞれに幸福な気持になり、腹も満たされて、今は飲み物を飲みながら、又、話題がいつの間にかジャンヌに戻っていた。

誰も、私には「どう思う？」と訊いてはくれなかった。私が、そのようにしていたせいもある。

私は桜の木の根元側の、アウトコーナーに身を引いていて、あいつを観察するのに忙しかった。リョウだけはそれに気が付いていて、露骨に嫌な顔をして私を睨んでいた。

聖女＝女。髪切って、男装？＝女？

ジュンが説明を始めた時、リョウは慌てたようにそれを遮った。明らかに、何かを隠したがっていた。

それは、あいつが本当はオカマなどではなく、オナベだという事を、リョウも知っているからではないのか。なら、何で、リョウはオナベのあいつを好きでいられるのだろうか……。

私には、真似ができない。真似ができないけど、あいつが気になって仕方がない。悪循環しながら、私は、あいつの観察を続けた。

あいつは変に敏感なので、気付かれないように、あっちを見ながら、全身を耳にして、声だけを頼りにした。見る時は、いつかの皆のように、ドレミの辺りを見詰めて、目の隅で見た。

聖女だの何だのという話が出たので、私は耳をそばだてた。

先だって見たあいつの姿が幻でないのなら、あいつが何か、信心めいた事を、言うのではないかと思った。あの、異様に美しく、澄み渡った時間と、ピエタの絵に口付けしていたあいつの姿が目に浮かんでいた。

けれど、あいつは女将さんのように、「ワタシ、隠れクリスチャンなの」とさえ言わなかった。

あいつに女将さんの話をした時、「素敵な人だね」と言ったように、ただ「大好き」とだけしか、口にしなかった。

ならば、あいつのあの姿は、何だったというのだろうか。

それから、私はあいつの姿を見、ドレミを見る瞳を見て、今度こそ理解した。

あの春の日、最初にあいつが皆を見た時、私はあいつの姿をひと目見ただけでオカマだと思い込んでしまった。けれど、その瞳を見た私の心が警鐘を鳴らしていたのだ。

チガウ。アイツハチガウ。チカヅクナ……と。

皆を見、ドレミを見るあいつの瞳に湛えられた光は、慈母の瞳の色だった。母犬の目。母鳥の目。そして、女性だけが持つことのできる、母性の眼差し。

悔しいが、男には決してこんな瞳はできない。

慈父の瞳というのはあるが、慈母の瞳というのとは、又、異うものだ。母鳥はヒナのために、自分の生命さえ捨てようとする。

そして、あいつは、私に嫌われようとしていたのではなく、私を騙していただけだった。

何のために？　それはわからない。けれど、私が選ばれた理由なら、簡単だ。

つまり、あの夜、公園にいた皆の中で、私が一番安全か、馬鹿かに見えたという事だろう。多分、後の方なのだろうが。

あいつは素早く私の中の思い込みと偏見を見抜いて、上手にそれを利用した。わざと私にトランクス姿を見せ付け、わざと尖がった顔と声と仕草で、より私の偏見を増長させた。そして、馬鹿ではあるが、一度手を染めた事は守るという、私の一途さをも利用して、私を思いきり振り回していたのだ。

私は、あいつに騙されたと理解っても、不思議に腹は立たなかった。むしろ、その点に関してだけ言えば、卓郎さんのように「遣りますね、最高だ」とでも、言ってやっても良いような気さえした。私が腹が立ったのは、自分の間抜けさ加減の方だったのだ。仮にも元探偵の私を、あいつはひと月以上も騙し続けたのだ。大したものだった。嫌、元探偵だったからこそ、私は騙されたのだとも言える。探偵というものは、まず相手の外見から見ていく。何を持っているか、何を着ているか、今日の靴は昨日と違うのか、人目を気にしているか、あらゆる外側をチェックして、相手の行動の予測をしていくものだ。

その上、私には思い込みの激しさと、偏見という欠点があった。あいつは、一瞬で、それを見抜いた。

あいつのやり方は、私のとは正反対だ。外側など無視して、真っすぐに相手の本質に入ってしまう。その相手が、意識すらしていないかも知れないほどの、心の深みに……。要するに、ひと言で言えば、あいつの方が私より、一枚上手だったという事だ。私一人にだけオカマの振りを強調してみせ、皆には余りにも普通にしていたので、私の発見が遅れてしまった。あいつが上手に、私を煙に巻いた。まるで「スティング」みたいに、派手にやってくれた。それだけだった。

それだけだったはずなのに、私は悲しくて泣きそうになった。その、自分を思いきり騙してくれたあいつに、事もあろうに私は心を盗まれてしまった。世の中に、こんなに間抜けな話は、余りないだろう。

嘆め息を吐いて、あいつを盗み見る私を目敏く見付けて、リョウが私を睨み付けていた。

「そんな瞳で、私を見ないでくれ。もう私はライバルなんかじゃない。ただのアホウの歩く展示品だ」

そう言って泣きそうになるのを、私はぐっと堪えた。皆はまだ呑気に、ジャンヌ・ダルクの話に花を咲かせていた。

帰り道、いつものようにジグザグと歩く私に、あいつが言った。

「楽しかったね」

「どこが？」

私が答えると、

「あんた、楽しくなかったの？　皆盛り上がってたのに、何してたのさ」

と、あいつが尖がった声で言ったので、思わず又乗せられて、

「悪かったな。お前に関係あるか」

と凄んでしまった。するとあいつは嬉しそうに、ニッと笑って、

「凄むなよ。せっかく優しくったって、そんな顔すると、チャラになるよ」

とは、言ってくれたものだ。

「私は優しくなんかない」

憮然とした私が睨み付けると、

「ヤだ。あんた、自分の事、何にも分かってないんだね。自分で知らないだけだ。あんたは優しい所があるよ。ただ、ちょっと馬鹿なだけだ」

と、あいつはのたまった。

「ちょっとじゃなくて、うんとだろう」

私が言い返すと、

「何だ、わかってんじゃない」

と、あいつは詰まらなそうな声で言って、それきり黙りこんでしまった。

「憎たらしいったら、ありゃしない」とでも、言ってやりたかったが、そういう代りに鼻水が出た。あいつのひと言、ひと言に、騙されていたとわかっていながら、反応してしまう自分が情けなかった。あいつは私が鼻をすする音を聞いて、

「風邪引いたの？　馬鹿だね」

と言ってくれた。

もうどうにでもなれ、と思った。

そっちがその気なら、こっちにだって考えがある。そう思って、私は思わずニヤリとした。

あいつのセリフだ。そうだ。そっちがその気なら、トコトンやってみろ。派手にぶちかまして、私を叩きのめし、もう二度とお前が好きだなんて、思わせないようにしてくれ。

私は見えない星に願いを掛けて、肩を落として、あいつと暗い路地を帰っていった。切なかった。

それからの何日か私はあいつから、なるべく離れて過ごすようにした。表面上は平静を保ちながら、あいつの顔は真面に見られないで、むしろ黒子のように引っ込んで、あいつから逃げていようとした。そういう私の姿を見て、又、由利子さん達が変な顔をしていたが、もう気にならなかった。私が気にしていたのは、あいつだけだった。

部屋に帰ると、オカマを演じるあいつがいて、相変わらず突っけんどんに、私をあしらった。

だらしなく着くずした男物のスウェット姿で、悪たれているあいつは、そうと解っていて見ると、卓郎さんではないが妙に中性的で、可愛くさえ見えた。細心の注意で、オカマの振りをする女。男装の何とかという言葉があるが、あいつはそれには当てはまらない。

その細心さは、麗人というよりは、まるで怪人だった。

あいつは頭が良かった。頭の良さに加えて、細心で用心深く、繊細で、大胆で、嘘吐きだった。

あいつが騙していたのは、私だけではなかった。

相手によって変わるカメレオンのように、あいつはその姿を変えて、上手に皆を騙していたのだ。

ジョージ達には男っぽい女として仲間のように振る舞い、ドレミには自分も同じ種のように親し気にし、フジさん達には流れ者同士の共感を示し、由利子さん達には、ちょっと変わったボーイッシュな女だと思わせ、私の父母にはボーイッシュだが、そこそこ女らしく明るい女性として接した。(あのデカチビには「アタシは男だよ!」とまで言い放ったくらいだった)

けれど、そこに悪意があったとは思えなかった。あいつは悪意ではなく、ひと時の幸福を相手に差し出したい想いだけで、そんな事をしていたのではなかったかと思えた。

私の扱いに関してだけは、謎だったが。

皆に対して言えば、そうではなかった。むしろ、あいつは自分が好かれる事を怖れていさえしたように思えた。卓郎さんや、母からのプレゼントに、あれ程硬直したのは、そこに何が入っているのか見るのも怖かったのだろうが、自分に差し出される好意の方も怖かったのだろう。

でも、あいつは私の父母に嘘を吐いた。昔に死んでしまったはずの弟妹が、今でも元気にしていて、三人で幸せに暮らしているような事を、平気で言っていた。

私が見ても、並木氏と話していた事や、由利子さん達の話からしても、あいつに教養があり、素養もある事は確かだった。

教育を受けていて、日本料理の仕来たりが解り、バーテンダーの仕事もできて、カメレオンのように姿を変え、今はオカマとして私の部屋にいる。

そういう者には、心当たりがあった。名前を、『逃亡者』という。

ただの流れ者でも、ホームレスでもないのだ。あいつはその気になりさえすれば、幾らでもちゃんとしたところに勤められるはずなのに、自分の、女としての正体さえ隠して、こんな場末の町のチンケな私達の店にいる。

転がり込んできたというよりも、「逃げてきた」、という方がぴったりの、今のあいつだった。

そして。その逃亡者は、人知れず泣いていた。

私があいつの涙を見てしまったのは、いつも偶然であって、あいつが人前で自分から泣くのは見た事がなかった。

それならば、あいつが本当に隠したいのは、自分の涙だということに、なるのだろうか……。

私は、私が今までに見てしまった、あいつの泣く姿を思った。それは、静かで美しく、手の届かない何かのように心に残っていた。けれど、その涙の理由は何もわからない。ファントムは、私でも、リョウでもなかった。真のファントムは、あいつだったのだ。それは、哀しいファントムだった。声もなく、人知れず泣く、美しい逃亡者。

全ての謎々の皮を剝いでいくと、最後に残ったのは、あいつの涙の雫だけだった。

他には何もない。

声もなく泣き続けていた、あいつの姿から、立ち現れてきた女を思い出さずにはいられなかった。そして、あいつが私達にしてくれていた事の全てを思い返すと、慈母のようなあいつの瞳の柔らかい光しか、浮かんでこなかった。

私は救いのない事に、騙されていたと知ってから尚のこと、あいつが好きになっていった。胸がなくても、オナベでも、逃亡者でも、何でも良い。その全てであっても構わないから、あいつが好きだと思った。

そこに、私の馬鹿さが現れている。でも、後悔はしていない。私は一人きりになれる事務所で、切なさの涙を流した。けれど、そんな事は何でもない事だった。

そのうちに私は、一万年分の涙を流さなくてはならないように、なってしまったのだから……。その悲しみに比べれば、あの五月の日々の私の涙などは、甘い砂糖菓子のようなものでしかなかったのだった。

私の美しい逃亡者。あのファントムの秘密に比べれば、その哀しみに比べれば、私達の嘆きは取るに足りない。けれど、その取るに足りない嘆きさえも、時には人の一生を変えてしまうのに十分なものだった。

私の天国と地獄は、こうして始まった。

3　椿姫

私はあいつを想って、切なさに胸が締め付けられているくせに、一方では、なぜか怖ろしくてあいつに、

「よくも騙してくれたな」

とも、

「お前、本当は女だろう？」

とも言えもせず、訊けもせずにいた。

その答を聞くのが恐ろしかったのだ。

母に何か連絡をしたのかという事すら、訊けなくなっていた。

結果として、私はあいつに騙されている振りをして、あいつを騙すという、物凄く複雑な状況に陥っていった。

まるで、タヌキとキツネの化かし合いだ。けれど、ポーカーフェイスなら、私の得意分野だ。

あいつは時々疑わしそうな瞳をして私を覗き込んだりしたが、心に鍵をかけた私の鉄面皮な顔を見ると、安心したように「馬鹿」などと悪態を吐いて引き下った。

私は一人ぽっちだった。

今更、卓郎さんや由利子さんに「あいつをオカマだと思い込んでいた」などと話しても、「馬鹿タレ」と言われるだけなのは理解っていたし。公園の皆の前で話せば、リョウに睨まれて、ジョージ達には馬鹿笑いされるだけに決まっている。

かといって、あいつに向かって、なにかひと言でもまずい事を洩らしでもしたら、どんな結果を招くのか、見当も付かなかった。

そして。あいつの動向を探るのも止められなかった私は、睡眠不足でフラフラになり、心はユラユラ、体はフラフラ、足元はフワフワという状態になって、自分でも自分を「馬鹿」と罵るしかなかった。

そうして五月も末になったある未明、あいつの部屋のドアが静かに開く気配がした。

いつもなら手洗いに行って、ようやく眠りに就く時間だったので、初めは、今日は少し遅いな、くらいしか思わなかった。この頃にはもう私は、あいつの日課というか、ルールというのかを大体摑んでいた。公園に皆に会いに行った翌日は『くたびれて』寝ているか、不機嫌そうにズルズルしているかで、店に出る日はその前に簡単な掃除をし、洗濯とシャワーもその間に済ませているらしい。「楓」には、大旨ランチタイムに週二、三回出て、店から上がっていった後は部屋で、大人しくしている事が多い。週末の夜だけ卓郎さんの店を手伝うが、どの日も「ドレミの日」に重なると、ドレミの方が優先されていた。

あいつは私が階段を上がっていく頃を見計らって、自分の部屋に飛び込んでしまう事が多かったが、気紛れに待っていてくれる時もあったし、お気に入りのベランダに出て、ぼんやりしている事も多かった。けれど、その全ては、あいつの表向きの生活だった。

あいつの本当の生活は夜にあり、それは私にも伺えない秘密に包まれていた。

あの夜、私が覗き見たピエタのカードと、あいつの姿だけがその秘密の一端を垣間見せていたが、それ以上は何もわからない。

あいつは、あの夜と同じ日課を守り続けていた。一度台所に出てきて、薬を飲み、手を洗って部屋に戻り、未明まで閉じこもって、又出て来てから眠る。その間に、私の寝具の具合いをチェックし、時には顔を覗き込んで見たり、額に手を当ててみたりするのも、あいつの義務のようだった。

昼間はコンビニに行くくらいで、自分の洋服一つ買いに出ることもない。一体何が楽しくて生きているのだろう、と思われるような生活ぶりだったが。あいつはそれ以上、何も望んでいないかのように、平静な顔をしていた。私以外にだけは。

けれど、あいつがいつも何を飲んでいるのかは、私には全く分からなかった。

あいつの荷物の中に薬類は一つもなかったのに、あいつは手品のようにどこからかそれを持って出てきて、シートだか包装剤だかは、部屋に持ち帰ってしまっていたので、調べようがなかったのだ。あいつの不調はそして、当たり前のように続いていた。その夜、あいつがドアから出てきた時、いつもと異って明かりが部屋から洩れてこなかった。

不思議に思った私が薄目で見ると、あいつは部屋の灯りを消していて、ぼんやりと暗い部屋の中に、スウェット姿ではないあいつが立っていた。手に何か持っている。

でも、見られたのは、そこまでだった。

あいつが足音を忍ばせて歩いてくる。

目を閉じた私の前にあいつが立ち、テーブルに何かを置く気配がして、それから少しの間、じっと私の寝る振りをした顔を見ていた。暗くなかったら、すぐに「振り」だとわかってしまうのだが、幸いソファの辺りはいつでも仄暗い。あいつはしばらくそうして私の寝顔を見ていたが、やがて寝具の具合いを確かめ、口の中で小さく、

「行ってくるね。又ね」

と呟いて、行ってしまった。

玄関のドアが開けられて、閉まった音がすると、私は跳び起きた。

行ってくるね、までは良いけど、「又ね」って何だ？

頭の中がチリチリしてくるようだった。

「又ね」は、あいつの〝さよなら〟の挨拶の常習語のはずだった。それを、この場面で、又ね、と私に言うのだろうか？

あいつが階下から振り返って見ているような気がして、私は廊下の明かりだけ点けた。

テーブルの上にメモが残されていて、

「知り合いの所に行ってきます」

とだけ書かれていた。

又、どこかに行ってしまったのか……。私はガッカリした。知り合いの所、だけでは何も分からない。何かあったらどうするのだろうと、私は父母に対する自分の態度は棚に上げて、あいつを責めた。責めてみても、あいつの行き先は分からない。

かといって、あいつの部屋を調べたって、多分何も出てこないだろう。その事は、先月末にあいつがいなくなった時に、よく分からせられていた。それでもと思って、しばらくしてから、あいつの部屋の明かりも点けてみたが、やっぱり何の代り映えもしなかった。サイドテーブルの上には、あの変なムーミンの絵と母のお古のパールを入れたケースがあり、ベッドはきれいに整えられていて、枕までしっかりとカバーが掛けられている。クローゼットまで調べてみる必要もなかった。あいつの手にしていたのは、何か小さなバッグのような物で、クローゼットの中にあるはずの、あの大きめの黒いビニールバッグではなかった。

今度も、荷物は持たないで行ったのだ。それなら、きっと帰ってくるのだろう。そう思って、私は嘆め息を吐いて電気を消した。

頭の中で「又ね」と言った、あいつの声を聞きながら。又、今回もリョウとどこかへでも行ったのだろうか？　先月末の話は、いつの間にか曖昧のまま、どこかにいってしまっていたので、それも解らなかった。

又ね、又ね、と頭の中で呟きながら、私はソファに凭れて目を瞑った。あいつの部屋にもう一度入るのは、気が進まなかった。

入ってみたって、どうせ何もないと知っていたし、何より、あいつのあの恐ろしい姿を見てからは、寝室はあいつに禁止されなくても、私にとっては聖域のようになり、自動通行禁止の札が掛かっていた。

玄関のドアに新聞が差し込まれた音がした。私は、それを取りに行って、エビアン水を持ってきて、ソファに坐ってぼんやりと飲んだ。

リョウと一緒なら良いが（私にとっては良くないが）、そうでないのなら、その行く先に、何かあいつの秘密があるのだろう。寝不足でフラフラになっていた私は、そこまで考えてソファに横になった。仮眠を少しでも取っておいて、今夜、公園に行ってみるつもりだった。

仕事もそこそこに切り上げて、公園に行ってみると、珍しくジョージ達はいなくて、フジさんと、並木氏と、ドレミとリョウだけがいた。リョウの姿を見て、まず私が思ったのは、「今日だけは、会いたくなかった」だった。

それはリョウも同じだったようで、黙って、下から私をチラリと見ただけだった。

このメンバーだと、話題も余り弾まない。リョウは私と話したくなかったし、フジさんとリョウに共通語はないし。私はくたびれていて、おまけにあいつが行き先知れずで悲しかったし……。

皆は、私の持って行った弁当を黙って食べ始めた。ドレミだけしか相談相手に思い付かなかった私が、ドレミとリョウの間に強引に割り込んだので、リョウは嫌な顔をして、思いきり向こう側にずれた。

私がドレミの耳の辺りを掻いてやっていると、

「あの人は来ないのですか？」

と、並木氏が何気なく訊いた。

「朝から出掛けていますよ」

私は答えてリョウを見た。

「又、お前と一緒かと思っていた」

私がそう言うと、リョウはなぜだか、凍り付いたようになってしまった。

「あの人とは何だか話が合って、楽しいんですよ。ホラ、この間もジャンヌ・ダルクの話でずい分盛り上がったし……」

並木氏が言いかけると、フジさんがボソッと言った。

「彼女、えらくバッサリやったな。似合ってたが」

「そうみたいですね」

仕方なくそう答えてから、リョウを盗み見ると、今度は泣き出しそうな顔になっていた。理由が分からなかった。リョウは、あいつが女である事くらい、隠されていなかっただろうから、泣くほどショックを受けるはずもないのだが。

「そういえば、ジャンヌの詩って、できたのか？」

私が訊いてみると、リョウは半ベソのまま、こっくんと頷いた。様子が変だった。

並木氏が、

「それで、その詩は……」

などとリョウに訊き始めたので、会話は自然にそっちの方にいって、それまでの事は終りになった。

私は二人が話している隙に、ドレミを抱き締めた。名付け親のあいつのことを思って、耳元で、

「淋しいな。お前の母ちゃん、どこ行った？」

などと呟いて、ドレミの耳をヒクヒクさせていた。

そして、もうそれ以上する事が無くなった私が、早々に腰を上げると、リョウも立ち上がった。

「あれ、もうお終いですか？」

並木氏が残念がっていたが、リョウは、

「俺、ちょっと用事があるから。続きは又ね」

と言い、二人と一匹に飲み物を渡していた私の服を引っ張った。

「平さん、ちょっと」

又、泣き顔に戻っているリョウに引かれるようにして、私は二人に「おやすみ」だけを言い、尻尾を振ってくれているドレミを残して、葉桜の下を離れた。リョウが私を連れて行ったのは、公園の北側の銀杏並木の片隅で、そこからはもう、二人と一匹の姿は遠く、見えなかった。

「何か用か？」

私が訊いてみると、

「いつから気が付いていたの？」

と、リョウが血の気の引いた顔で訊き返してきた。私は馬鹿にされたようで面白くなかった。

「あいつの事か？　もしかして、皆で馬鹿にしていたのか？」

リョウはブンブンと首を振った。

「誰も知らないよ。知ってるのは俺だけだ」

「何を？」

リョウはとうとう涙声になった。

「あの人に、それ、言っちゃったの？　もう、言っちゃったの？」

「言える訳ないだろうが。それより、何でお前がそんな事を知っている？」

まるで、こんにゃく問答のようだった。

お互いに「オカマ」だの「オナベ」だのという言葉を避けて、ソレだの何だの言っているので、まどろっこしいったらなかった。

私は寝不足で気が短くなっていた。

だが、リョウは、そんな事はおかまいなしに必死に訴え続けた。

「言わないでよ。言っちゃ駄目だからね。絶対に言わないでよ」

「だから、何を？」

焦れた私が少し声を荒らげると、リョウはようやく本件を言った。

「あの人が言ってた。平さんが、あんたが気が付いたら、あんたの所、出て行くって。どこへって、訊いたら、わかんない……って。あの人、行っちゃうんだよ。どこだかわかんない所に行っちゃうんだよ。だから、黙っててよ。何にも言っちゃ駄目だ。知らん振りしていてよ。じゃないと、もう会えなくなっちゃう」

唇を震わせて、泣きながら訴えるリョウの言葉に、私の頭の中にも涙の雷雨が降ってきた。

あいつが行ってしまうって？　どこだかもわからない所へ？　それで会えなくなって、それでお終い？　そんなひどい事って、あるのだろうか……。

「泣いてないで、説明してくれ。訳が解らないぞ」

私がきつく言うと、リョウはようやく涙を拭いた。

「俺、訊いたんだ。あんたの所にずっといるのって。そしたら、言ってた。長くなんていられないだろうって。何で？　って訊いたら、あんたが何だか勘違いしてくれたって。それで、二、三日泊まるつもりだったけど、あんたがまだ勘違いしていてくれるから、その間だけいられるって。わかっちゃったら、仕方ないから、出て行くんだって……」

「どこへ？」

「行き先なんて無いんだってさ。だから、わからないって言ってた」

「行き先が無いって言ったって」

私が絶句していると、リョウが強く言った。

「無いんだよ。この町へ来たのだって、駅向こうの花家の（花家というのは割と大きなビジネスホテルだった）、住込従業員の広告見て来たんだって。でも断られちゃって、あちこち捜して歩いていたんだよ」

「何でお前が、そんな事まで知っているんだ？」

「本当は、公園で再会する前に、駅でちょっと話したんだ。皆には言わなかったけど」

そうだろう、そうだろう。

「それで？」

「その時に聞いた。どこにも口が無くて、参っちゃったって。前は、何とかどこかに潜り込めたのにって、ちょっと困ってた」

「だけど、あいつは何でもできるみたいだぞ。それなら、どこにでも勤められるだろうが」

私が呟くと、リョウは怒った顔になった。

「住む所が無いんだよ。保証人もいないんだ。それで、男みたいな格好した女が、住み込ませてくれって来たら、あんただったら雇う？　ウチのオヤジなら、絶対断るよ」

「……そうだろうな」

あいつは、そんな状況に置かれていたのか……。そんな状態でいる事など、曖気《おくび》にも出さずに、皆に気を配り、優しく振る舞い続ける事が、どうしてできるのだろうか。そうしておいて、私に嘘がばれたら、すっと消えてしまう？　どうして相談してくれなかったのだろうか。私はともかくとして、ウチには由利子さん達や卓郎さんもいるというのに。

私の頭の中は、又ぐるぐると回り始めた。

幾ら逃亡者擬《もど》きだっていったって、保証人になってくれる親類や知人の一人や二人は、誰にでもあるものじゃないだろうか、と。

リョウが頼んでいた。

「だから、絶対に言わないでよ。何も知らなかった振りをして。頼むよ。それに、あの人……」

「まだ何か隠しているのか？」

私が訊くと、リョウはぐっと歯を喰いしばった。正直な奴だ。その顔にちゃんと書いてあった。知っているけど、あんたには何も言いたくない、と。私が睨み付けていると、フッとリョウは嘆め息を吐いて言った。

「別にないよ。ただ、もしあの人に何かあったら、すぐに俺に知らせて。アキの所は知ってるだろう？　絶対にだよ。頼むから、気を付けてあげて」

やけに真剣な瞳をしてリョウはそう言うと、後も見ないで駆けだして行ってしまった。もし何かあったらって、何があるのだろうか？　気を付けろっていったって、何に気を付けるのだろう。それが、リョウがまだ私に隠している事と、どんな関係があるというのか。

私の頭の中の雷雨は、この時点で集中豪雨になってしまった。あいつが消えてしまうと聞いただけでも耐えられないのに。まだ何か秘密があって、気を付けてやらなければいけない何かがあって、その上、あいつには頼るべき寄る辺も、何もなくって、行く所も帰る所も、住む家も無い……。

私は習慣になっているジグザグ歩きも忘れて、けれどほとんど自動的に所々で曲がりくねり、肩を落として家に向かった。

あのアドレス帳に挟んであった、名刺の名前が、何度も浮かんできた。水穂広美……。その医師は、保証人になってくれるほどの知り合いですら、なかったという事なのか？

解らなかったが、とにかく、もう一度、あいつの部屋に入ってみようと思った。

けれど、私が家に帰り着いた時、店の向かいの駐車場から見上げてみると、ベランダから引っ込んだリビングの窓には、もう灯りがついていた。

この前と違い、もうあいつは部屋に戻ってきてしまったのだ。「又ね」何て、言っていたくせに、何なんだ、「又ね」とは。とは思ったが、それ以上、その言葉に意味があったとは考えなかった。私は、考え事に忙しかったし、あいつの部屋を調べられなくて、ガッカリしていた。それにこんなにヘロヘロのままで、あいつの前には出られないと思った。あいつの頭は良く回って、あいつの瞳はエックス線並みなのだ。何があったか、すぐに見破られてしまう。そうして、あいつはどこかに消えてしまう。多分、誰にも黙ったまま、影のように姿を消してしまうのだろう。

「さよなら」と言ってくれるなら、ちゃんとした、「今晩は」も言ってくれたはずなのだから……。

私は嘆め息を吐いて、「楡」の看板と窓を見た。卓郎さんはまだ、店を開けているみたいだったので、しばらくそこにいて、あいつが眠った頃、朝帰りでもするつもりになった。

卓郎さんは私を見ると、

「ひどい顔してますね。振られましたか?」

と、一番言って欲しくない事を言ってくれた。

「そんな良いもんじゃないですよ。後は終いますから、お先にどうぞ」

帰って下さいと言ったつもりだったが、卓郎さんは嬉しそうに、

「言われましたか?」

と、私に訊いた。

「何をですか?」

訊ね返すと、卓郎さんは、

「まだ?」

と言ってから、

「なら、覚悟しておいた方が良いみたいだな。あの子、平ちゃん家に行っても大丈夫かって、訊いていましたからね」

「何で?」

私は間抜けな声を出した。

「お母さんからプレゼントを貰ったから、お礼にって。それで、その時、社長は一緒に

行ってくれるだろうか、駄目だろうかって、かなり真剣に訊いていましたからね」

私は泣きたくなった。あいつの言いそうな事だった。何てお節介焼きなんだろう。

「行けるはずないでしょうが」

私が言うと、卓郎さんはニンマリ笑って、こう言った。

「私も、平ちゃんはそう言うと思って、そう言いましたよ。そしたら、怒って、ホントに馬鹿なんだから。孝行したい時には親はなしって言葉、知らないのかしらね、って言ってた。それで、平ちゃんに直接言ってみるって」

あいつの両親がすでに亡い、と聞いていた私は言葉に詰まった。いつにないあいつのお節介は、そういう訳だったのかと思うと、嘆め息が出た。ついでに、あいつの「クソッタレ!!」という怒鳴り声が聞こえてきて、今度は何と言われるのだろうと、切なくなった。

卓郎さんは人の気持も知らないで、

「どうするの？」

と訊いてきた。

「さあ、どうしましょうかねえ」

と答えると、

「何言ってるんですか？　ここで飲むのか、家の方に行って、皆で飲《や》るのか、どうするのって訊いたんですよ」

と、卓郎さんは呆れて言った。

「どうせ、皆で、又責めるんでしょう？　止めときますよ。今夜は、ここにいる」

「なら、私も付き合おうかな。ちょっと、話したい気分なんですよ」

私は話したくない。そう思ったが頷くと、卓郎さんも頷いて、ブランデーの入ったグラスを二つ持って、私の隣りに来て、椅子に坐った。

そして、卓郎さんは、あいつがどうしたとか、こう言ったというような事を、エンドレスに話し始めた。

私は卓郎さんが、今、誰かと付き合っているかどうかは知らなかった。例のホテルを辞めるきっかけとなった女性との事で相当懲りたのか、卓郎さんは「楡」にたまに現れて卓郎さんに好意を示す女性客達とは、適当に距離を置いていた。

バリバリと男並みに働いてきて、でも気が付いてみたら思ったより地位も上がっていなくて、友達はとっくに結婚しているか、シングルマザーになっていたりしていて、人生の坂を一つ越えたような女性達が、この店に寄って、卓郎さんに熱を上げたりするのだ。けれど、その女性達の話を、卓郎さんから聞いた事はなかった。私の知っている限り、この十二年間で、卓郎さんの心に最も近付いたのは、あいつだけだろう。

「もしかして、卓郎さん、あいつを？」

私は訊いてみた。卓郎さんは笑った。

「好きですよ。でも、人のものに手を出すほど、落っこちてもいませんよ」

私のものじゃない、と言う前に、もう一度笑った。

「尤も、平ちゃんが振られたら、立候補してみても良いですけどね」

思わず卓郎さんの顔を見てしまった。

すると卓郎さんはニヤリとして、

「冗談ですよ、冗談」

と言ったが、あんまり冗談に思えなかった。

その後も卓郎さんと私は飲み続けて、結局、私が部屋に戻ったのは、四時過ぎだった。あいつはもう眠っているようで、廊下の電気を残して、後は真っ暗だった。私は音を立てないように、歯だけみがきながら、自分の乏しい経験をチラと思った。

私の初恋の相手は同じ剣道場に通っていた隣り町の美少女で、年は私と同じだったが大人びていて、いつも取り巻きに囲まれていた。好きになった理由は、もう何だったのか覚えていない。とにかく中学生から高校生くらいまで、私は彼女の事ばかり見詰め、憧れていたように思う。彼女も私が試合に出る日には、「頑張ってね」などとわざわざ言いに来たりしてくれていたが、もう一歩積極的になれなかった私との間は、自然に距離が開いていった。二人きりで会うという事すらないままに、お互いの大学進学を機に、私達の幼い恋は終った。大学に入ってから、そして、探偵社にいた間に、何人かの女性との付き合いはあった。けれど、それは恋とすら呼べるものではなく、成り行きであったり、勢いであったり、遊ばれた（反対ではない）だけであったり。とにかく長続きや、互いに支え合うといったような、良好な関係に到るところまで行ける付き合いではなかったし、ましてや恋ではなかった。真剣に女性と向き合った卓郎さんに比べたら、私の経験などゼロに等しい。

後は、デカチビと揉めて、高畑の親爺さんの家に拾われてからは、五郎さんにしごき抜かれ、次に女将さんが倒れて看病に追われ、店に来てからは、又、皆にしごかれていて、やっと息を吐けるようになったのは、ここ何年かだけだった。

落ち着く頃になると、私はいつの間にか三十代の登り坂になっており、女性に対して憧れるとか、初な恋心を持つなんて、考えるだけでも恥ずかしい年齢になってしまっていたのだ。だからといって、以前のように、成り行きや勢いで女性と付き合えるという年でもなければ性でもなくなっていた。

女将さん達といる間に、何かが私の中で変わってしまったのだ。

それにしたって、こんなのは余りに非道過ぎる。私はソファに横になり、束の間の仮眠を取ろうとして、又、嘆め息が出た。嘆め息を一つ吐くたびに、寿命が縮まるのだと、いつか女将さんが言っていた事があった。

「だからね。嘆め息吐きたくなったら、笑っちゃえば良いのよ」

それは女将さんの具合いが、うんと悪くなってからの事だった。私達は笑えなかった。今だってそうだ。笑ったりできない、そう思いながら、私は短い眠りに落ちていった。

翌日、あいつはやっぱり、

「くたびれた」

と部屋の中から言い、一日外に出て来なかった。運んでやった昼食が、そっくり残っていたのも、前回と同じだった。

それでも、その次の二日は「楓」に出て、ランチタイムを手伝ってくれたが、どこか顔色が悪くて、私達を心配させた。

どこへ行っていたのかとは、もう訊かなかった。あいつが言わない事は前回で解っていたし、余計な事を言って、何かを悟られてしまうのも困る。

私の鉄仮面はいよいよ厚くなり、あいつの女男ぶりもいよいよ度が増して、私は内向する分だけ一人、嘆め息を吐いては、女将さんのいうところの、寿命を少しずつ縮めていった。

六月に入ると、急に蒸し暑くなった。真夏のような陽が照ったり、梅雨の終りのような積乱雲が湧いてきたりしていた。

「毎年天候が変になるわね」

と由利子さんが言っていたが、その通りのようだった。

六月の初めのある日、店で昼食をとっていると、あいつが下りてきて、由利子さんに訊いた。

「どこか近くに、ペットショップない？」

由利子さんは考えていたが、なぜか私を振り返って言った。

「確か、平橋の方に何かあったわよねえ？」

「横平橋ですよ。あそこの銀行の角を入った所に、一軒あったはずです」

私が答えると、あいつは困った顔をした。

「どこだかわかんない。地図書いて」

由利子さんが早速言った。

「地図書いてもらったって、わかりづらいわよ。平ちゃん、あなた、時間あるんでしょう？」

「ないですよ」

私はすぐに言い返したが、遅かった。

「何言ってんだ。連れて行ってやれば良いだろうが」

長治さんが、もう目を三角にしかけて言ったのだ。

「良いよ、地図書いてくれれば……」

と、あいつも言っていたが、卓郎さんまでニヤついて、

「付いて行ってあげた方が良いですよ。迷い子にでもなったら、困りますからね」

と、駄目をだした。

その日は風があって少しはマシだったが、それでもあいつは、黒のオーバーサイズのジャージの上下という姿で、暑くないのかと不思議だった。

店に来てくれるおばさまグループも由利子さんも、もうとっくに薄物のブラウスや半袖を着ているというのに。

仕方なく私は夏物の上着を事務所に置いてきて、裏口から店を出た。

あいつは陽を除けて階段の下にいたが、私を見ると、

「付いて来なくたって良いのに」

と、不平を言った。

「仕様がないだろうが。あそこはわかりづらいんだ。それより、そんな格好で暑くないのか？」

私は話題を逸らせた。あいつの遣り方だ。

「平気だよ。風邪ひいた」

「何でそういつでも、風邪ひいているんだ？」

私の問い掛けにあいつは咳で答えて、

「あんたこそ、何でこういつもジグザグ歩くのさ」

と、憎まれ口を叩いた。

私は店を出てから、いつものように表通りを避けて、タテヨコ、ヨコタテと歩いていた。

「運動になって良いだろう」

そう答えると、

「彼女に嫌われるよ」

とあいつが言ったので、思わず振り向いた。別に他意はなさそうだったので、安心した。

「彼女なら、文句は言わないさ」

私が言うと、あいつは小走りに寄ってきて、私の横に並んで嬉しそうに言った。

「何だ。やっぱりデートだったんじゃん」

「何が？」

「この間、朝帰りしただろ？」

知られていたのか……。油断も隙もない。

「それで、あんたの恋人って、どんな人？」

私は横目であいつを見ながら言った。

「すらりとして、可愛くって、優しい人だ」

それを聞くとあいつはプッとふくれた。

「何だ。そこらのおっちゃんと、全く同じじゃん」

「悪いか。男なんて、皆そんなもんだろう。お前だって、そうだろうが」

思い付いて言ってみると、あいつはその日初めて、ニッコリした。釣られて私まで笑いそうになるような顔だった。

「んだね。でも、あんたは違うと思ってた」

「違うって？」

「うん。何だかあんたって、純バカタイプに見えたから……」

「純バカタイプって何だ？」

「純情でバカ。言葉の通りだよ。普通タイプってわかって、安心した。ま、上手くやってね」

「そうするさ」

嬉しそうに笑っているあいつを見て、一応私も笑っておいたが、複雑だった。銀行の角を曲がった時、チラリとデカとチビの影が見えたような気がして緊張したが、注意してみても姿は見付けられず、私の思い過ごしだと思った。

それでも私はあいつを急かせて、ペットショップに入った。

ペットショップで、あいつは、ドレミの蚤取り用首輪を二つ、棚から取った。

「ホントは一つで良いんだけど、今年は夏が長そうだから、替えも要るかな……」

などと呟きながら、老犬用のペットフードやビニール袋やスコップや、おまけに犬を散歩させる人間用のビニール合羽やらを、店内用カゴに放り込んでいった。

「そんな物どうするんだ？」

と聞いてみると、

「並木さんがこの間、ドレミのスコップが壊れそうだって言ってた」

「それじゃなくて、そっちだ」

合羽の袋は三つも入っていた。

「フジさんと並木さんとドレミのだよ。傘持ってるかも知れないけど、念のためさ」

「まだ梅雨入りもしていないのにか？」

私が訊くと変な顔をして、いつかみたいに謎めいて、

「行けるうちに、行っておかなくちゃね」

と言った。が、勘定をする時になると、

「あんたがいるんだから、あんた払って」

と、全部私に押し付けてしまった。私は黙って代金を払った。「行けるうちに……」というのが、「ここにいられるうちに……」と聞こえてきて、文句どころか、声さえ出なかったのだ。

こいつはいつも、こんなふうに、ヨーイ・ドンとスタートを切る時の事ばかり考えているのかと思うと、持たされた荷物まで切なく、重く感じられていた。さっき、デカチビの

影を見たような気がしたので、銀行の角に出た時には注意していた。二人とも、いなかった。あいつを連れているので、それでもタクシーを拾って帰った方が良いだろうと思って、大通りの一歩手前まで行った時、奴等に捕まった。ビルの陰に隠れていたのだ。

「何だ、こいつ。本当にオカマだ」

と叫ぶチビの声に仰天した私が振り向くと、チビがあいつの背後から両手を回し、あいつの両腕ごとしっかりと、胸のところで羽交い締めにしていた。人質にとられたあいつが、

「後ろ！」

と叫んでいた。振り返ったのと、足蹴りを喰らったのが同時だった。物影から飛び出してきたデカが、転がった私の上に馬乗りになってきて、殴りかかってくる。私は両手でそれを防ぎながら、自分の反撃よりも、あいつに気を取られて、何とかそちらを見ようとして踠いていた。私の首にデカの両手がかかった時、どうやったのか、あいつの体がチビの両腕から、水の中に沈むようにスーッと離れるのが見えた。体を沈めてチビから離れたあいつは、体を立て直し、振り向きざま、チビの股間を思いきり蹴り上げた。チビは変な声をあげて、そのままそこに倒れ込んだ。

そんな反則技、私だって使った事がない。

デカと揉み合いながら、私が同情していると、あいつは凄い勢いでチビが隠れていたビルの方に飛んで行き、そこからモップを摑んできて、チビの頭を殴りつけ、次に私の方へ

突進してきた。そのまま、モップの柄を私と大男の上に大きく振りかぶったのが見えた。「止めろ」と言いたかった。そのまま振り下ろされると、デカではなくて、私の顔を直撃してしまうだろう。デカが、私の表情に気が付いて後ろを見ようとした。もっとまずい形になったと私が思った時、手が勝手に動いてデカの顔面を捕えた。同時に、あいつの手にしたモップの柄が、正確に、私に殴られてのけ反ったデカの頭の真ん中に打ちおろされた。私はもう一つおまけにデカの顎を殴り、引っくり返ったデカの両足の間も（迷ったが）、思いきり蹴り上げた。デカはグエーッというような声を出し、チビは声もなく股間を押さえて転がっている。

全てが、あっという間の出来事だった。あいつは私の手から落ちたペットショップの袋を摑み、私の手を引いて、闇雲に走り出そうとして地団駄を踏んでいた。

銀行の前で、スーツ姿の男が二人、携帯を手にして、こちらを見ていた。驚いたようで、口を開けていたが「楓」に週に一度は来てくれる上得意の顔だった。

お得意さんの前だったが、ゆっくりしている閑はない。私は二人を見なかった事にして、あいつの手から袋を奪い取り、大通りを目指して、一気に駆けだした。大通りは駅へ行く別の大きな通りと合流していて、夕方の混雑が始まっていた。私は素早くあちこちに目をやってみたが、空車は見当たらず、バスの姿もなく、狭い歩道を人を搔き分けて、あいつと一緒に逃げるのは無理だと思われた。ぐずぐずしていると、デカチビが動けるようになってしまう。私は身が竦んだ。あいつが捕まったら、ただでは済まない。

考えて、一旦出た大通りから右に曲がると、あいつの手を引っ張って、古いテナントビルの中に飛び込んだ。そのビルは三方向に出入口があり、最近流行の警備員もいないし、受付もない。ホールに各階のテナント名と郵便受けがあり、後は裏口と、併設された飲食店側への通用口があった。エレベーターは上階に停まっていて、待っている間も惜しかった私は、内階段を駆け上がっていった。階段の反対側には、共用の洗面所とトイレがあった。私は、デカチビが実際にこの町に姿を現してから、このようなビルや通り抜けられる古いアパートや、新しい建物などの在り処《あか》を、それとなく頭に入れていた。

この栄ビルもその一つで、六階まで上がると、内階段の先に非常扉があり、そこからビルの屋上に出られるようになっていて、扉には大抵鍵が掛けられていなかった。テナントに入っている会社の社員達が、昼食時などに、たまに屋上に出入りするせいで、施錠は夜中にでもされるのか、されないのかも分からないくらいだった。

四階まで登った時、あいつがカクッと動かなくなった。見ると、青い顔をして、肩で息をしている。

「もう駄目だ。あんた、先に行って」

と、掠れた声で言う。

「あと少しだ。頑張れ」

と言ってみても、

「ヤだ」

と言って坐り込んでしまおうとするので、

「又、背負《おぶ》られたいか」

と、私は脅すしかなかった。

あいつは苦しそうに咳をし、そうやってしばらく恨めしそうに私を見ていたが、諦めたように私の差し出している手に摑まった。氷のように冷たい手だった。やっとの思いであいつを引いて屋上に出ると、そこには木製の古びたベンチがパラパラと置かれていて、空には夕闇が忍び寄ってきていた。辺りはもう他のビルの陰になって暗くなりかけており、どこか近くからサイレンの音がした。私はあいつをベンチの一つに坐らせた。ぐったりとしていて、先程の荒技は嘘のようだった。

「ここに少し居よう。大丈夫か？」

私が訊くと、あいつは首を振った。

「水、欲しい。水、無い？」

「そんな物、無い。しばらくだから、我慢していろ」

私が言うと、切な気にあいつは顔をしかめながら、ジーンズのポケットから何かを取り出して、口に含んだ。何かの薬のようだった。

あいつは私に背を向けたまま、だんだんその背中を丸めてゆき、最後は団子虫のような形になって、ベンチに横になってしまった。顔も見えなく、息をしているのかどうかも分からないあいつを見て、私の方が息が止まりそうになってしまった。

あいつが以前にも「水、水」と騒いでいた事を思い出した私は、ドレミ用の袋からビニール袋を取り出し、そっと階下へ下りていって、洗面所の水道水を、そこに入れ、袋の口を軽く縛っておいてから、あいつの所に戻った。

「水だぞ」

声を掛けると、あいつがノロノロと顔を上げた。私が水の入った袋を支えていて遣ると、縛った口から水が出てきて、あいつは目を閉じたまま一気に、その水を飲み干してしまった。

「もっと欲しいか？」

「ううん、もういい。アリガト」

嗄れた声で言って、あいつは咳込みながら、それでも体を起こして、ベンチに坐り直した。私は、回りの建物の窓やネオンの明かりの中でうす暗いベンチに坐るあいつの顔色を確かめようとしたが、無理だったので訊いた。

「お前、どこか悪いんじゃないか？」

「軽い喘息だよ。急に走って、苦しくなっただけだ」

「風邪に、貧血に、喘息か？　まだもっとあるんじゃないのか」

さっきのあいつの背を丸めた姿が、「軽い喘息」だとは思えなくて、私は追及した。

すると、あいつは息を吐いて、

「何だよ。それだけだよ。薬だって、ちゃんと飲んだんだ。放っといてよ」

と言った。私は、いつも気に掛かっていた事を訪ねた。

「用意が良いことだな。いつも、そんなに準備して、持ち歩いているのか？」

あいつはそっぽを向いた。

「そうだよ。風邪薬に、鉄剤に、喘息薬に、サプリも持ってるよ」

「サプリ？」

「サプリメント。ビタミンCだろ、ビタミンEだろ、カルシウムだろ、それにローズヒップにローズオイルに、ブルーベリーに、ごま油に、ウコンに、柔軟剤に」

「柔軟剤？」

私が突っ込むと、あいつは私をチラリと見てから訂正した。

「もとい、黒酢。体の柔軟剤だよ」

うまく誤魔化された気がしたが、それ以上は深く訊けなくて残念だった。

「それより、あんた、あの変な奴等と、どういう知り合いさ」

「昔の友達だと言っただろうが。狂犬みたいな奴等だから、余りフラフラと出歩くなよ。

今度出喰わしたら、ただでは済まないぞ」

私は、今後の事を思うと、嘆め息が出そうだった。

飽くまでもしらばくれるあいつと、私の言う事なんか聞かないあいつと、どこかへ行ってしまうかも知れないあいつと、不可思議なリョウと、デカチビと……。

考えていると、あいつが言った。

「狂犬だなんて、犬に失礼だよ。あいつ等、最低だ。あんたの恋人にも、注意しといた方が良いよ」

クソ。人の気持も知らないで……。私の恋人はお前なんだぞ。片思いなんだが……。

「それより、お前には好きな奴とかいないのか？」

訊いてみると、あっさり、

「いる」

と答えた。

「何だ、いるのか？」

それなら、そいつはどこにいる？　こいつの保証人にもなってやらないで、何が恋人だ、とガックリしていると、

「でも、もう死んだ」

と、あいつが言った。

驚いて、あいつを見てしまった。仄暗い闇の中で、あいつは遠くの空を見詰めていた。横顔が、ひどく淋しそうで、胸が締め付けられた。

「何だって、お前の周りにいる奴は、皆死んでしまうんだ？」

思わず訊くと、

「さあね」

と、あいつは空を見詰めながら言った。

「だから、あんたも気を付けた方が良いよ。明日の朝気が付いたら、コロッと死んでるかもね」

何をか言わんや、だった。

「弟と妹はどうして死んだ？」

「心臓」

「お前の恋人は？」

「刺された」

誰に？　どうして？　と言いそうになってしまったが、危うく止めた。もっともっと、いろんな事を知っておきたかった。

「父親は？」

「優しい人だったよ。優し過ぎて、心臓がいかれちゃった」

又、心臓か……。

「お前、どこの出身だ？」

「軽井沢の近く。何だってそうしつこいのさ？」

「嫌、何も話題がないからな。そういえば、お前の知り合いって誰だ？」

私が訊くと、露骨にあいつは嫌な顔をした。

「煩いね。話がないんなら、人の事訊くより、自分の事でも喋ってれば？」

怒らせてしまった。

怒るあいつの声は掠れて、嗄れていて、怒りながら何だか泣いているように聞こえた。

それでも、

「身寄りや親類は？」

と訊ね掛けると、あいつは本当に泣き声になった。

「馬鹿。あんたって最低だ。言っただろう？　もう誰もいないんだよ。誰もいないんだ」

そのまま、クルッと私に背を向けて、私から一番遠いベンチへあいつは歩いて行ってしまった。背中だけの影がやけに細くて、そのまま闇の中にと、消えていってしまいそうに見えた。

あいつのドレス姿と、れんげの海に消えていったあいつの声が思い出された。

「さようなら。もう会えない」

私は悲しくなって、あいつの傍に行った。

「悪かったな」

謝ると、あいつは変に静かな瞳で私を見返してきた。

「もう良いよ。どうせ、いつか死ぬんだ。気にしてない。捜し人もいたけど、死んだみたいだし……」

そんな……。

「そんな事を言うな。お前はまだ若いだろうが」

「若くたって、死ぬ時は死ぬんだよ。何教わってきたのさ」

ちょっとの間に、もういつもの悪たれに戻ってしまっていた。

「どうせ、頭が悪いさ。お前と異ってな」

と言うと、あいつはフンと笑って言った。

「何それ、皮肉？　ワタシは小・中・高と半分も行っていないよ。高校だってお情けで卒業させて貰ったくらいだ。意地が悪い上に、根性も曲がってるんだね」

「誰が根性曲がりだって？」

「あんたの他に、誰がいるのさ」

勝負はついてしまった。もうこれ以上、何も訊けないだろうと思うと、力が抜けていった。

結局、何も訊けていないのと、同じ事だった。ただ一つの気掛かりは、「どうせいつか死ぬんだ」という、あいつの言葉が加わっただけだった。

死を怖れているふうではなかった。淡々としていて、何ともいえない静かな声だった。余りにも静かすぎて、聞き逃してしまうような声。それに、あいつはあんなに教養が高いかと思われたのに、半分も学校に行っていなかったと言った。それなら、あのいろんな知識は、どこで身に付けたのだろう？　訊いてみてもせいぜい「煩いね」と言ってくれるだけだろうし……。

嘆め息を吐いて時計を見てみると、もう三時間も経っていた。あいつが、思っていたよりも長い間、背中を丸めていたのかも知れないと思うと、何だか背筋が寒くなった。

「もう大丈夫だろう。気をつけて帰ろう」

と私が言うと、

「ヤだ」

と、あいつが言った。

「どうしてだ？　もうあいつ等も帰っただろう」

「そんでも駄目。動けないよ。一歩も歩けない。あんた、帰って。明日帰る」

「ここに泊まるつもりか？」

「安全なんだろ？　なら、ひと晩ここにいる」

又、背負《おぶ》るぞと、脅かしてみたが、効果はなかった。

「くたびれたから、ヤダ」

の一点張りなので、先に私の方が音を上げた。

「それなら、タクシーで帰る。それでどうだ？」

「階段は？」

「……エレベーターを使っても良い」

そこまで聞いて、やっとあいつは帰る気になってくれた。帰りの車の中で、

「皆に言っちゃ駄目だよ。チンピラとケンカしたなんて言ったら、由利子おばさん、泣くよ」

と注意までしてくれたが、私はもちろんあいつのいない間に、皆に報告をした。皆に気を付けて貰うためと、あいつにも気を付けてやって欲しかったからだが、あいつの忠告通り由利子さんが涙ぐみ、長治さんと卓郎さんまで恐い顔をしたのには参った。

卓郎さんは後で、私にそっと言った。

「私がボディガードになっても良いですよ」

と……。

あいつはそこまで卓郎さんの心にも、潜り込んでいたのかと思うと、

「その時はお願いしますよ」

と笑ってごまかすのも、何だか辛かった。

あいつはそれから丸二日、「くたびれて」いて店を休み、私達を淋しがらせた。あいつと会えるランチタイムを楽しみに出勤してくる卓郎さんは、特に淋しそうにしていたが、皆も同じようなものだったのだ。

あいつの武勇伝に、皆は手を叩いて喜んだ。

喘息のことは、言えなかった。チンピラとケンカしたと聞いただけで、涙ぐんでいた由利子さん達に、その後苦しがって……、と言う勇気はなかった。実際、水を飲んだら、あいつはじきにいつもの悪タレに戻ったのだから。

結局、あいつはその日の活躍が崇って、ドレミ行きを、一回パスしなければならなくなった。ドレミ用のみやげを持たされて公園に行くと、並木氏は喜んだが、リョウ達は不満そうだった。うんと、端折って（私もいなかった事にして）、あいつがチンピラにからまれた話をすると、皆は大騒ぎになった。

「平さん、何で付いていてやんなかったのさ」

リョウが私を睨み付けて、真っ先に噛み付いてきた。

「そんな事言ったって、いつも見張っているわけには、いかないだろうが」

「見張っていろよ」

リョウが言うと、

「何でさ？　そんなの無理だよ。ドレミじゃないもん」

と、ジョージが味方してくれた。

「でも、とにかく無事だったのですね」

並木氏がホッとした声で言う。

「実は、ちょっと相談したい事があったのですが、そういう事なら、又、今度……」

「何ですか？」

「えっと、ドレミの事なんですけどね。ちょっと……」

並木氏が口ごもっていると、フジさんが話を持っていった。

「それで、あの姉ちゃん、あんな格好しているのか。やっと分かったよ」

リョウが、固まって私を見ていた。

「あんな格好って？」

オナベの事ですか、とは口にできなかった。

「ホラ、いつも男みてえな装《な》りしてるだろうが」

「はあ、好みなんでしょう」

と私が言うと、並木氏が、

「違いますよ。初めて会った時思ったんですが、あの人も私と同じで、ホームレスなりたてっていう感じでした。町にはいろんな男がゴロゴロしていますからね。自分の身を守るために、ああいう姿をしているのでしょう」

「身を守るって言ったって。あいつはまだガキですよ」

私は首を傾げた。皆が笑った。

フジさんが言った。

「異うな。あの姉ちゃんは、ここにいる誰よりも、きっと大人だよ」

私がエッ？　と思ったとたん、リョウが口を出した。

「あのね、ジッちゃん。その、姉ちゃん、って言うの、やめた方が良いと思うよ。差別語だ」

フジさんはキョトンとしていたが、

「おお、そいつは悪かったな。もう言わねえよ」

ちょっとだけ気まずい沈黙があって、話は自然にあいつから離れていった。

私は、フジさんの言葉を考え続けていた。

あいつが、私が思っていたような子供ではなく、フジさんの目には、「誰よりも大人」の女として映っていて、皆の目にも、あいつの男装は自衛のためだけのもので、普通の女としてしか映っていなかった。用心深い、ただの女だった？

だとしたら、私は一体何を見、何を見させられていたのだろうか。あいつが、わざと私を振り回していたのは分かっていたが、この先、何が私の前に立ち現れてくるのだろう。

ぼんやりしていると、並木氏がドレミの背中越しに私に囁いた。

「リョウ君は、あの人が好きみたいですね」

私は頷いてみせたが、言葉は出なかった。

その日も私はリョウに睨まれながら、早目に腰を上げて、そそくさと家に帰った。

あいつはドレミ達が心配で、まだ起きていて、ベランダに出て私を待っていた。

「皆、元気だった？」

「元気だった」

と、私は元気のない声で言った。

部屋からの明かりを受けて、あいつのダブルオーセブンカットの下の顔は幼く、瞳は暗く蔭っていた。私はしげしげとあいつを見た。どうしても、十七、八くらいにまでしか、見えなかった。

私はコーヒーカップを持って、あいつの傍に行って、上から訊いた。

「お前、幾つだ？」

あいつは不思議そうに、瞳を見張って私を見ていた。肩の落ちた男物のシャツにジャージ姿のあいつは、どう見ても悪ガキにしか見えない姿で、大人の女からは程遠かった。

「ゲイの年なんか訊いてどうすんのさ。失礼だね」

「幾つだ?」

重ねて訊くと、馬鹿にした声で言った。

「二十七」

私は、コーヒーカップを取り落としそうになった。

それなら、立派な大人だ。けれど、そう聞いても、そうは見えなかった。

「嘘じゃないよ。子供の頃から、こうだったんだ。高校生の時なんか、大人用の切符買うと、駅員が『まだ子供用ので良いんだよ、背伸びするんじゃない』って言って、わざわざ子供用の切符に替えてくれた。だから、ずっと小学生の切符買っていて、卒業するまでバレなかった」

「自動改札じゃないのか?」

「田舎の駅だからね」

あいつは言って、ニコリとした。

「良い人だったよ。お陰でトクした」

「嘘だろう?」

信じられなかった。

「だから、嘘じゃないってば。馬鹿だね」

あいつは、そう言って首を傾げた。

「何でだろう？　発育不良だったのかな。それとも、サービスしてくれたのかな？」

「そんなバカなサービス、する訳ないだろうが」

「じゃ、ワタシが可愛かったからだよ、きっと」

あいつは嬉しそうに、悪戯っぽい瞳をして、私を見ていた。まるで、ガキ大将のように利かん気で、邪気のない子供のように、キラキラと瞳を光らせている。

目のやり場のない私を見て、

「ゲイに年なんか訊くと、殴られるよ」

と言って、去って行こうとした。

「ちょっと待て。並木さんがお前に話があるそうだ」

「ヘエ、何だろ？」

「ドレミの事で、相談したいとさ」

「ドレミ？　なら、明日にでも行ってみる」

「一人で出歩くな。あれだけ派手にやったんだ。あいつ等、血眼になって捜しているぞ。行くなら、私と一緒だ。この次まで待っていろ」

私が言うと、プクッとふくれて、

「ケチ」

と言った。

「又、追いかけっこして、水でも飲みたいか」

私も睨み返すと、あいつはふくれたまま、自分のカップをクルクル回して、回れ右をしてリビングに戻って行ってしまった。

私は夜の中で、嘆め息を吐いた。オカマでもオナベでもなく、子供でもなかった。皆の言う通り、細心の注意をして、女男の振りをする女だった。

けれど、ならばなぜ、あいつの胸は男のように真っ平なのだろう？　どうしてあいつは二十七にもなって。あんなに華奢で、子供のようにしか見えないのだろうか。現にあのチビも叫んでいたではないか。「こいつ、本当にオカマだ」と……。

けれども、それは多分、あいつにとっては「おまけ」なのだろう。あいつが本当に騙しておきたかったのは、私一人だけだったのではないのか。何のために？　分からない。

そんな事を思ってぼんやりしていると、頭の上からあいつの声がした。顔は逆光になっていて暗く、瞳だけが光を湛えていた。

「あんた、どうしても親に会うつもり、ないんだって？」

静かで、掠れた声だった。

「この間でわかったろう。親を、あんな目に合わす訳にはいかない」

「それとこれとは別だろ。あんたの親は生きていて、あんたの生きている事も知っている。会わなきゃ駄目だよ」

「お前に何がわかる？」

「蛇の生殺しにされるより、ひと目でも会えたら、親は喜んでどうにでもされるさ。親って、そういうもんだろ？　他の事は、後で考えれば良い」

「そんな事は、わかっている」

「わかっていないね。中途半端っていうのは、殺生なんだよ。一番、しちゃいけない事なんだ」

ひどく嗄れた声だった。何だか、泣いているようにも聞こえてきて、言い争っている事も忘れて目を凝らして見ると、本当にあいつの瞳から涙が落ちていた。それにしても、何だってこいつはいつも、こんなふうに静かに泣くのだろうか？

「何でお前が泣くんだ？」

私の問いにあいつは答えず、静かに私を見詰め続けた。見開いた瞳から、涙を落としながら、ただ悲しそうに、私を見ているので、私の方が泣きたくなった。あいつの悲しみの底から、柔かく、優しい女が立ち現れてくるようで、息が詰まった。あいつは、相変わらず静かな声で私に言った。

「どうなっても知らないからね」

「どういう意味だ？」

私は理由もなく怖ろしくなった。「クソッタレ!!」と叫んだあいつの声が、聞こえた気がした。

けれど、あいつは私に背中を向けて、

「時間がないんだ」

とだけ言って、消えてしまった。

それは、怖ろしい言葉だった。どうなっても知らない、と言われるよりも、何千倍も怖ろしい言葉だったのだ。「時間がない」という事は、あいつがもう行ってしまうというのと、同じに聞こえた。そして、本当にあいつは私の前から、どこかに行ってしまうつもりだった。

けれど、その行く先は、私の思い付く限りのどれでもなく、その行き方は余りにも酷かった。

翌日から、六月初めての雨が降り始めた。

まだ梅雨入り宣言も出ていないのに、いきなり降りだした雨は、激しく、冷たく、前線の加減でか、四日間も止む事なく降り続けた。

あいつは並木氏の所に行きたくて、ジジリしていたが、自分も咳が止まらないので、私の『待て』に従って、ひたすら待っていた。

雨が小止みになると同時に、あいつは、

「早く、早く」

と私を急かせて出掛けていった。

綿木公園の桜の木の下には、誰もいなかった。激しい雨で、皆避難してしまったのだ。けれど、ジョージ達やフジさんは駅前でも、構内でも、ガード下でも、どこかの店やビルにでも逃げ込んで過ごせるが、ドレミ付きの並木氏はそうはいかないだろう。そう思って私達は近辺を捜し回った。あいつの買った雨合羽を着た並木氏とドレミは、ショッピングモールの裏のビジネス棟の陰にいて、震えていた。リョウがその上に傘を差しかけて、自分も寒そうに青い顔をしていた。

あいつは用意していったタオルを何枚も使ってドレミを拭き、並木氏とリョウにも、体を拭いてマッサージするようにと言った。

「こんな所で出来ないよ」

と言うリョウ達に、

「誰も見てないよ。拭かなきゃ駄目」

と強い口調で言い付けた。その間に、私にはモールの中の店で暖かい飲み物と食べ物を買ってくるように言い、自分はドレミや並木氏と、リョウの状態を調べるのに、忙しかった。そして。モールの地下駐車場に続く裏階段を捜してくると、皆をそこに移した。

「ここの方が雨に濡れないで済むよ。見廻りがくるかも知れないけど、その時だけどこかに逃げていれば良い」

それから、思い出したように訊いた。

「自転車と荷物はどうしたの？」

「フジさんに預けました。駅の傍のガード下か、スーパーマーケットビルのどちらかに居るって……」

並木氏は、まだ青い顔をしながら、私の渡した紙袋から、まず暖かい紅茶の紙カップを取り出して、両手で包み込んだ。リョウも同じようにし、あいつはドレミ用のホットミルクを吹いて、冷ましてやっていた。

「リョウちゃん、ずっと一緒だったの？」

あいつが訊くと、リョウは目を泳がせて頷いた。

ドレミと一緒にいさえすればあいつに会える、とその一念で傍を離れなかったのだろうと思うと、焼き餅を焼く気にはなれなかった。

あいつがドレミ用のバスタオルや、並木氏用の着替えに必要と思われるあれこれを詰め込んだ大きなビニール袋を持って行ったので、取りあえずリョウの分も、それで間に合いそうだった。二人と一匹は震えながらガツガツとよく食べ、よく飲んで、やっと落ち着きを取り戻した。

小さい声でね、とあいつは言ってから、並木氏に、

「話って何？」

と訊ねた。

「ドレミの事です。梅雨になる前に、どうしたら良いのか決めたくて……」

「ドレミを、どうにかしちゃうの？」

「いいえ。雨が降り出せば、こうなる事は、もうわかっていましたからね」

並木氏は嘆め息を吐いた。

「私一人なら、何とかなりますが、ドレミを連れていては動きが取れない。それに、ドレミはもう年ですし……」

あいつが、パッと私の顔を見た。

私は首を振ってみせた。老犬でも散歩は必要なのだ。こんな大きな犬を連れて、毎日散歩に出掛けて行く事はできない。目印をぶら下げて、デカチビに、見付かりに行くようなものだった。

「それで、あなたはどうしたいの？」

あいつが並木氏に訊いた。

「家に帰りたいんだって。でも、親のガッカリするのが、恐いんだって」

と、リョウが代って答えた。

「本当に、帰りたい？」

あいつは、並木氏の姉のような声で言った。

「ええ。でも恐くて。それに、もしそうなったら、ドレミをどうやって連れて行けば良いのかもわからないし……」

「お父さんとお母さんなら、大丈夫だよ。それにもう、物凄く心配して、あなたを待っていると思うよ」

あいつが言ったので、並木氏が「エ？」と訊いた。

「だってあなた、アパートそのままにして逃げちゃったんでしょう？　そういう時、大家さんは真っ先に親に連絡取るか、会社に電話するかするんだよね」

並木氏は心底情けない顔になった。

「善は急げって言うでしょ？　その気になったんだから、すぐにでもお家に連絡してみた方が良いよ」

あいつが言うと、リョウが黙って上着のポケットから携帯電話を差し出した。

「良いの？」

並木氏は言って、恐る恐るその場から少し離れて、実家に電話をかけ始めた。あいつはドレミにバスタオルをかけて、優しく抱き締めてやっていた。

やがて、並木氏が、目を真っ赤にしてこちらに戻ってきた。

「どうだった？」

リョウが心配そうに訊いた。並木氏はリョウに携帯を返しながら、声を詰まらせて言った。

「こんな所でも良かったら、帰って来いって。仕事は選ばなければ何とかなるだろうし、果樹園を遣りたければ、そっちの方を遣っても良いから、とにかく帰れって……」

並木氏はそう言って、あいつを見た。

「あなたの言った通りでしたよ。大家からすぐに連絡がいっていて、両親は心配の余り、私の捜索願いまで出していました」

あいつがチラッと私を見た。

「ほらね、親ってそういう生き物なんだよ」

と、声ではなくて、その目が言っていた。

「でも、ドレミをどうやって連れて帰ったら良いんでしょう？」

並木氏は心細い声を出した。

リョウも、私も困ってしまった。小さい犬ならケージにでも入れて、手荷物として運べるのは知っていたが、ドレミくらいの大きさになると、見当も付かなかった。

「荷物として、貨車かコンテナに乗せられるけど……」

あいつはそう言って、並木氏の顔を覗き込んだ。

「でも、心配で、離れたくないんでしょ？」

並木氏は子供のようにコックリと頷いた。

あいつは……ええい、面倒臭い。美咲と呼んでしまおう。私の中ではあいつはとっくに「美咲」になっていたのだから……。

美咲は、しばらくじっと考え込んでいた。

そして、ふいにリョウに振り向いて訊いた。

「リョウちゃん達のバイトって、工事関係でしょ？　何か白っぽいのないかな、腕章とか」

「あるよ」

「じゃ、黄色い布とかは？」

「捜せば、あるかも。けど、そんな物、どうするの？」

美咲はプフフ、と笑って、私を見た。

「なるたけ黒いサングラスと杖、どこかで売ってない？」

「……それなら、持っている」

「エー？　どうしてそんな物、持ってるのさ」

美咲が訊いたけど、答えられない。元探偵の七つ道具だなんて聞いたら、美咲はとっとと私の所から、さよならして、行ってしまうだろう。

私が答えないでいると、美咲は又リョウに視線を戻した。

「リョウちゃん、あと、白いビニールテープもある？」

「あるよ」

「じゃ、決まりね。ワタシはドレミのハーネスと安全ピン買ってくる。リョウちゃんは、今言ったの揃えてきて。あんたはサングラスと杖ね。ア。あと、黒いマジック。店にあったでしょ？」

私は呆れて訊いた。

「そんな物で、どうするんだ？」

「盲導犬の振りするんだよ。ドレミはロングレトリーバーだし、普通のと、ちょっと毛色が異うけど、大丈夫でしょ。この子、大人しいし、お利口だからね。平気だよ。それなら一緒にいられる」

私達は全員で、ゲー、という顔になって、美咲を見た。美咲はニコニコしていた。

「そんな事して、バレたらどうなるの？」

「どうかな？　でも、もしバレても、ドレミの無賃乗車だけだよ。離れたくなかったって泣けば、怒られるだろうけど、許して貰えるんじゃない？」

あいつの言い草に、一瞬、皆黙った。

「もしかして、いつもそんな事しているのか？」

私が、やっと訊ねると、

「まさか。非常事態の時だけだよ」

と美咲は答えた。

「じゃ、時々はしているってこと？」

リョウが訊くと、

「一度だけだよ。大したことなんて、していないよ」

と、ブスッと言ったので私達はそれ以上訊けなくなった。あいつのいう「大したこと」とは、どこまでのことなんだろう、と不安になりながら……。

私はペットショップにドレミのハーネスを買いに行くという、あいつを止めた。あそこはまずいのだ。

リョウに銀行の場所を言うと、「分かる」というので、そちらをリョウに任せた。まだ八時になっていなかった。あのペットショップは確か、夜遅くまでやっているはずだったので、ついでにそこで黄色の、犬用のよだれ掛けかバンダナでも買ってくるように言った。

「後の物は、私が揃える」

と言うと、あいつは不審そうに私を見ていたが、ふいに私に手を突き出してきた。

「何だ？」

と訊くと、

「お金。着ている物は何だって良いけど、靴だけはちゃんとしていないと、親が嘆くよ」

何だ靴代か、と思って皆の足元を見てみると並木氏の革靴は傷んでグズグズになっており、リョウのスニーカーも雨を吸っていて、美咲の物も植え込みの陰まで覗いて歩いたせいで、泥まみれになっていた。そういえば美咲は、靴一足買っていなかったと思い到って、私は財布を渡して言った。

「ついでだから、お前の分も買え」

「リョウちゃんのも？」

瞳を輝かせて美咲は訊いたが、リョウが、

「俺なら良いよ。アパート帰れば、幾らでもあるから」

と断った。

美咲は財布を覗いてみて、

「ギリギリしか無いね」

と、私を責めるように言ったが、無い物は無い。二つの店を合わせても、長治さん達や卓郎さんの給料を払い、仕入代だの税理士代だの入れると、残るのは私の小遣い程度しかなかった。

美咲は財布を並木氏に渡し、

「ワタシも要らないよ。洗えば済むから。リョウちゃんと一緒に行って、残ったのはハーネス代にリョウちゃんに渡して。ドレミは見ているよ」

と言って、二人をショッピングモールの方に送り出した。

「一人で大丈夫か？」

私は心配で訊いてみたが、

「ドレミといるから平気」

と、平気な声が返ってきたので、家に戻った。長治さん達は、まだ「楓」で後片付けをしていた。

「すみませんが、安全ピンと、セロテープを下さい」

私が頼むと、変な顔をしていたが、胸にネームを留めるための安全ピンと、セロテープを一巻き、渡してくれた。部屋に上がって、玄関の靴入れの上の棚の中を探ると、すぐに昔の商売道具の入った鞄が出てきた。もう何年もの間、手を触れた事もなかった代物だ。中には雑多なあれこれが詰まっていて、私はそこから濃い色付きの度なしのサングラスと、杖と白い腕章を見付けだした。腕章の方を適当な大きさに切って店に戻り、そこに大きく「盲導犬」と書いていると、由利子さん達が首を振っていた。ついでに折り畳み式の杖を伸ばし、店の白い布のナプキンを巻いてセロテープでグルグルに留めていると、由利子さんが堪りかねて口を出した。

「平ちゃん、一体何をしているの？」

「盲導犬用の杖ですよ」

私は美咲を真似して、訳の分からない言い訳を言って、店から逃げ出した。

戻ってみると、皆もうそこに揃って私を待っていた。並木氏は新しい靴の箱を抱え、ドレミはハーネスを付けられて、首に黄色いバンダナを巻かれていた。美咲は私から受け取った「盲導犬」と書かれた防水性の白い布を器用にバンダナに留め、並木氏に黒いサングラスと杖を持たせて、点検した。

「うん、大丈夫だね」

美咲は言って、並木氏に念を押した。

「歩く時はなるたけゆっくりね。それで新幹線に乗る前に、必ずドレミにトイレさせといて。もし、車掌さんが来て、ドレミのこと、何か言ったら、『うっかりしてました』ってだけ言うんだよ。盲導犬用の切符が要るのかどうかまでは、ワタシも知らないもん」

「エーッ。そんな事で本当に大丈夫なの？」

リョウが言うと、

「多分ね。だって群馬なんて近いもの。アッという間に着いちゃうよ。群馬のどこ？」

「高崎の先です」

「なら、二、三十分か、一時間そこそこでしょ？　その位の間なら、何とでもなるよ」

と言って、美咲は私に訊いた。

「今、何時？」

「九時半を過ぎたところだ」

私は又、変な違和感に捕われていた。

美咲は軽井沢の近くの出だと言っていたのに、並木氏から「高崎」と聞いても、何の反応も示さなかった。ワタシもそっちだよ、とは言わなかったくせに、そこまでの所要時間だけを正確に言ったのだ。なぜ、出身地を皆にまで隠す必要があるのかと考えていると、

「なら、今から行っても最終の新幹線には乗れないかも知れないね。明日の一番の方が、きっと、良いかも……」

それから美咲は並木氏に、フジさんに預けた物の中に、大切な品はあるかと訊ねた。

「何もないですよ。保険証も身分証も、会社に返してしまったし、その後の手続きも中途で逃げ出してしまったし。アドレス帳は身に付けていますしね。身の廻り品だけです」

「フジさんにあげちゃっても良い？」

「受け取ってくれれば……」

並木氏が頷いた。

「じゃ、行こう」

と言うと、美咲は腰を上げた。

「行くって、どこへだ？」

私が訊ねると、

「ターミナル駅。今から行って指定席取っておけば安心でしょ。始発って混むんだよ。サラリーマンのおっちゃん達で満席になるから。それに、この辺りで夜明け前に走っているタクシーって少ないもん。今なら、楽に拾えるし……」

「電車じゃなくて、タクシーで行くのか？」

私が訊いてみると、

「ドレミは電車にも乗れないんだよ。タクシーだって嫌がるかも知れないけど、頼みこめば何とかなるかも……」

という返事だった。

結局、ショッピングモールの前でタクシーを拾い、ドレミを見て渋る運転手を美咲が上手く言いくるめ、私が昔住んでいた町からはずい分離れた道筋を走って、私達はターミナル駅に着いた。

指定席券は美咲が買いに行き、その間に私はドレミ用と美咲用の天然水と、並木氏用の食料などを少し買った。駅の周辺はもう暗くて、開いている店は、ほとんどなかった。

リョウはドレミが見付かった時用の切符代だと言って、なけなしの金を餞別に差し出した。

その夜は時間が来るまで、私達は駅のコンコースに通じる階段の近くにいた。丁度庇が大きく張り出したビルがあって、その下で四人と一匹で身を寄せ合って、別れを惜しんだ。

長野方面行きの始発列車が出る時間になると、並木氏に付いて、私達もホームに上がった。列車はもう入線していて、美咲の言っていた通り、ホームは混雑し、列車内にも出張族と思しい男達が一杯だった。

美咲は、変装したドレミを抱き締めて、

「良かったね。お父さんのお家に帰るんだよ」

と囁き、並木氏には、

「元気でね」

と、明るく言った。

そして彼等を乗せた列車が見えなくなると、少しの間俯いていて、何かに耐えていた。

「さあて、帰ろ」

美咲が湿っぽく言った時、あの四月の初めの夜に、桜の木の下陰で繋がれた幸福の輪の一端が、音もなく崩れ去ったのに、気が付いていた者は誰もいなかった。

帰りのタクシーに乗る時、美咲は、

「くたびれたから寝ていく」

と言い、さっさと助手席に坐ってしまった。

リョウと私は二人で後部座席に坐り、何となく気まずくて二人共眠った振りをしながら、時々美咲の様子を見たりしていた。美咲はくったりとシートの背に凭れながら、何度も水を飲み、その内の何回かはこっそりと、薬らしきものを口に放り込んでいた。

来た道筋を車に戻って貰い、途中で「ここで良い」と言うリョウを降ろして、「又ね」と手を振った美咲の顔は青く、リョウは立ち尽して、いつまでも私達の乗る車を見送っていた。

やっと家の近くまで車が着いた時、私の財布には料金と同じだけの金しか入っていなく、美咲の体には歩いて家に帰るだけの力が残っていなかった。

美咲は道の端に屈み込み、激しく咳込んでいたが、やがて口を押さえていた美咲の指の間から、真っ赤な液体がタラリと糸を引いて道に落ちた。

蒼白になって立ち上ろうとする美咲に、私は心が潰れてしまった。美咲は私を見てうっすらと笑い、

「鼻血、出ちゃった」

と言った。

見ると、美咲の鼻から細い血の糸が流れ出ていた。美咲はハンカチでそれを拭きながら、

「何て顔してるのさ。ただの鼻血だよ」

とだけ、言い訳を言った。

ウソだ……。嘘だ、と思いながら、その嘘が何だか分からなくて、私はどうしようもなく、美咲に肩を貸して、家までの道を歩いて行った。

美咲は階段の下まで着くと、それが永遠に昇り続けている段々であるかのように、絶望的な瞳をして階段を見上げた。

「背負《おぶ》さるか？」

私が訊くと、素直に頷いて、私の背中にしがみ付いてきた。もう、「ヤだ」という力も残っていないらしかった。

私がリビングに入り、美咲を背負《おぶ》ったまま寝室のドアを開けようとすると、背中から、

「ここで良い。アリガト」

と言う声が聞こえてきた。

私に寝室に入られるのが、嫌なのだろう。

私が腰を低くすると、あいつが背中から滑り降りて、寝室の扉に寄り掛かりながら、私を見て言った。

「悪かったね。でも、もう良いんだ。心配しないで。でも、悪いけど店の方は少し休ませて」

私は訊かずにはいられなかった。

「お前、本当はどこが悪いんだ？」

「どこってこと、ないよ。疲れすぎるとたまにこうなるだけ。疲れやすいだけなんだ」

「医者には診て貰ったのか？」

美咲はうんざりしたように私を見た。

「何ともないって。それより、水、くれない？」

「又、水か。糖尿病か何かか？」

訊くと、

「くれないんなら、良い」

と言って、部屋に入ってしまおうとしたので、私は慌ててエビアン水を取ってきて、渡して遣った。

美咲が部屋に入ってしまって、自分もソファに体を投げ出すようにして横になりながら、私の頭の中には嵐が吹きあれていた。

疑問と、哀しみという名の嵐だった。

それからの何日間かを美咲は、寝室で過ごし、私は昼食を部屋に運んで、ドアを強引に叩くということを繰り返した。

由利子さん達に相談したかったが、私自身でさえ捕えどころのない不安を、どう説明したら良いのだろう？

並木氏からは、その後無事に着いたという連絡が店にあった。彼はリョウと私の連絡先を訊いていったのだ。

そうこうしている間に日が過ぎていって、あいつは店にも出られるようになり、皆には

「風邪ひいちゃって……」などと嘘の報告をしていた。

その頃には梅雨本番となり、雨量は多く、時には暖かく、時には冷たく、本格的に降り続いて私達の気を滅入らせた。
二、三度公園の方に行ってみたが、誰もいなかった。夜中にこっそり駅の方に行ってみると、ガード下に、自転車を壁際に立てかけ、その前にダンボールを敷いて坐っている、フジさんとリョウを見付ける事ができた。
フジさんはリョウから聞いて並木氏とドレミの事を知っており、「淋しくなっちまった」と、しきりに呟いていた。ジョージとジュンは、昼間は駅の北口側に歌いにくるが、夜はこっそりとアパートに帰って行くという。リョウはアキと南口側で歌ったり、バイトに行ったりしているが、美咲が心配で、夜はフジさんの傍にいる事が多い、と言った。私はリョウに知らせてやった。

美咲はあれからしばらくの間、「疲れた」と言って元気がなかったが、今は元に戻ったようだ、と……。だから、余り心配するなと言うと、リョウは肩を震わせて、私に言った。

「心配で仕方ないんだ、あの人のこと」

私も心配だった。

公園に行ってくるだけで『くたびれて』しまう美咲。ひと晩「遠出」しただけで、歩けなくなってしまう美咲。訳の分からない薬を飲み、決して他人には本当の事を語らない美咲。そのくせ、月末頃になると、決まったように姿を消し、ついでにそのまま帰って来ないのではないかと心配させる美咲……。

「私も心配だよ」

と言うと、リョウはきつい瞳で私を睨み付け、

「あんたには、分からない」

と言った。心外だった。そして、思った。

リョウはやっぱり、美咲のことで、何かを私に隠しているのだと。けれど、それはお互いだった。

私にも、リョウに話していない、美咲の秘密が沢山あったのだから。

「早く元気になって」

というリョウの伝書鳩となって、私は部屋に戻って行った。

六月も末に近くなったある日、朝、事務所に出掛けようとしていると、フラリと美咲が寝室から出てきた。今までそんな事を美咲がした覚えがなかったので、驚いていると、美咲は私の姿をジロジロ見て言った。

「あんた、又、そのスーツ、着て行くの？」

「これしかないんでな」

私が言うと、美咲は顔をしかめた。

「それ、もう臭いよ。クリーニングしなくちゃ」

「そうか？」

私は思わず袖の辺りを嗅いでしまったが、何の臭いもしなかった。

「臭くなんかないぞ」

と私が言うと、あいつはフンと笑った。

「臭いよ。それに皺くちゃだ。そんなの着てお客さんの前に出たら、嫌がられるよ」

「そうかな？」

「そうだよ」

美咲は口を尖らせて寝室に入って行ったが、すぐに私の一番良いスーツをぶら下げてリビングに戻って来て言った。

「こっちの方が良いよ。それ、クリーニングに出しとく」

「今から着替えるのか？　明日でいいだろう」

と私が言うと、

「何だよ。人がせっかく親切に言ってるのに」

と、美咲がむくれたので、私は慌てて、

「着替えれば良いんだろうが」

と言ってしまった。美咲はニッと笑い、私に一張羅のスーツを手渡して、

「初めからそう言えば良いんだよ」

と言って、部屋に戻ってしまった。

部屋の中から、

「ズルするんじゃないよ。ちゃんと着替えてよ」

と叫ぶ、あいつの声が聞こえてきた。

何と情け無い。私はこの頃にはもう、すっかりあいつに飼いならされた猫みたいに、大人しく美咲の言うことを聞くようになってしまっていた。

一張羅のスーツで事務所に入り、しばらく仕事をしてから、店の方に出ると、由利子さんが私を見て驚いて言った。

「あら素敵。平ちゃん、どこかにお出掛け？」

「ええ、まあ」

美咲に無理矢理着せられた、とも言えないので、私は適当に答えておいた。

そんな良い服着ているんなら、今日は洗い場の方は良いわよ、と由利子さんに言われ、私は上着を脱いで、店用の黒いエプロンを着けて、注文取りとお運びと、キャッシャーをした。

洗い場にずっといるよりも、くたびれた気がした。ランチタイムがやっと終ると、卓郎さんが出勤してきて私の姿を見、

「オヤ、まあ、どこかのエリートみたいですね」

と笑ったので、何となく卓郎さんと店の片隅のテーブルに坐った。エプロンはとっとと、取ってしまっていた。あいつは出て来ていなかった。

二人で長治さんの作ってくれた賄い飯の昼食を食べていると、「楓」の表のドアが開く音がした。

すみません、今は休憩中なんですが、と言おうとして振り返ると、入口に私の母が立っていて、私の顔を見ると驚いて、

「あら平ちゃん、何であなたがこんな所にいるの？」

と言った。

「そっちこそ、何でこんな所に来たんだ」

「今日は、美咲ちゃんに会いに来たのよ。営業で、こっち方面へ来るからって電話くれたから、一緒に何か食べようと思って……」

母は言いながら近付いてきて、私達の食べている物を覗き込み、

「あら、やだ。社長だって聞いたから、もっと贅沢していると思ったのに、こんな物しか食べていないの？」

と言った。

さっきから、こんな所だの、こんな物だのと言われている由利子さんと長治さんは、な

ぜか手を叩いてガッツポーズをしていた。

卓郎さんが笑いながら立ち上がって、

「初めまして。瀬川と申します。社長にはいつもお世話になっております」

と、にこやかに挨拶を始めた。母は、

「まあ、それはどうも。こちらこそ息子がお世話になりまして……」

などと言ってくれていた。

「でも、あの……美咲ちゃんはどうしたんでしょう？」

母がキョロキョロし始めると、卓郎さんが言った。

「すみません。連絡が間に合わなかったんだと思います。今日は美咲さんと私で出る予定だったんですが、急に相手の方から社長を、っていう話になってしまったので……」

「そうでしたの。でも残念だわ。あの子と会えるの、とっても楽しみでしたのに」

そこへ、由利子さんが日本茶を運んできて言った。

「いつも、ありがとうございます。よろしかったら、社長さんと同じ物でも、召し上がられませんか？」

「あら、すみません」

と言って、母は由利子さんに和菓子屋の包みを差し出した。

「何だかいつも、連絡場所みたいに使わせて頂いてしまっていて。これ、少しですけど、皆さんにと思って持ってきましたの。お嫌いでなかったら、召し上がって下さいな」

「いえ、大好きです。遠慮なく頂きますね。ちょっと待って下さい。すぐにお食事を運んで来ますから」

由利子さんは言って、すぐに奥に引っ込んだが、代りに長治さんが漆塗りの盆を持って現れた。盆の上には、私達のと同じ物が並べられている。

「ただ今は、結構な品を頂きましたそうで……。これは、こちらの社長さんの好物とかで、特別にお出ししている物なんですが、どうぞ、上がってみて下さい」

「まあ、そうなんですか。どうもすみませんですわね。アラ、美味しい」

何も知らない母は、私達の見守る中で呑気に箸を使い始めた。うっすらと目に涙が滲んでいた。

私は、やっと事情が呑み込めた。美咲の仕技だったのだ。母には、今日ここで会いましょうと言い、私には、「そのスーツ臭い」と言って、母に会わせるための一張羅に着替えさせて、店に送り出した。クソ。クソッ。クソッ!!

と思っていると、卓郎さんがクスクス笑って私の足を突っついた。紙ナプキンに何か書いて私にチラリと見せてくる。

「美咲ちゃんに乾杯。やっと再会できて、良かったですね」

「どうなっても知らないから」

とは、こういう事だったのか……。遣られた。

美咲の遣り方を知らないわけではなかったのに、すっかり騙されて言う事を聞き、一張羅に着替えてきた私が間抜けだった。けれど、こうして偶然を装い、自然な形で母に会わせてくれた事に、なぜか感動もしていた。こうでもされなければ、私は母達の前に、いつ顔を出せたのか、見当も付かなかった。十数年ぶりに見る母は、髪に少し白い物が混じっている他は、私の覚えている母と余り変わらなかった。

女将さんに良く似たふっくらした姿で、穏やかな声と、良く動く瞳を持った、懐かしい母だった。

母は私に、皆の前で「どこに住んでいるの？」とも、「どんな会社で、今、何をしているの？」とも訊かなかった。時々嬉しそうに私を見、

「少し太ったかしら」

などと言うだけで、後は卓郎さんの話すヨタ話に、ニッコリして見せているだけだった。

私は母が、余りにも美咲の話を聞きたがる事と、「楓」にくれば、又私に会えるかも知れないと思うだろう事に、危惧を感じた。

「この辺りはヤクザ者が多いんだ。危ないからやたらに来るなよ。来たって、あいつや私が来ている事はめったにないんだから」

私が釘をさすと、母は言った。

「分かっているわよ。だから、今日だってちゃんと、いつもの会社のハイヤーで来たもの。わざわざ送り迎えつきなんて変だって、お父さんとも話していたのよ。今日だって、あの子に写真頼まれたから、持って来ただけよ」

「写真？」

「ええ。私とお父さんのと、猫達と、お庭の写真が欲しいって。この間電話くれた時、そう言っていたの。どこに送れば良いのって訊いたら、今日ここで会いましょう、って……」

それから母は、脇に置いていた大きな紙袋を私に差し出した。

「これ、あの子に渡してあげて。車を待たせているから、もう帰るわ。あの子と、どこかに行きたかったの。平ちゃん、今度はお父さんにも、顔見せてくれるんでしょうね。お父さん、来年はもう定年よ」

「分かっているよ」

私が答えると、母は、

「きっとよ。会えて良かったわ。ここは平ちゃんの驕りよね」

と言って、卓郎さんや由利子さん達に挨拶して、嬉しそうに帰って行ってしまった。

私が案じていたような、涙、涙の劇的な再会などではなく、穏やかで淡々とした再会に気が抜けていると、皆が私の傍に寄ってきて言った。

「あの子にセットして貰って、やっと親に会えるなんて、馬鹿ッタレ」

私が逃げ出そうとすると、由利子さんが、

「今日はもう帰って来なくて良いわよ。せっかく良い服着ているんだから、あの子とデートにでも行ってくれば？」

と言った。

「デートったって……。この辺りにはあいつ等がウロチョロしていますよ、きっと」

私が言うと、由利子さんは私を睨み付けた。

「何言ってるの。河を二つ三つ越せば、凄いレジャーセンターだってあるでしょう。家の車を使えば良いわ」

そこは、もう隣県で、女将さんは発見された時、もう手遅れになっていた肝臓ガンの治療に、その県にある国立病院に通っていた。

「近いから」

というのが、その理由で、幸弘の勧める大学病院には、とうとう掛かろうとしなかった。

長治さんが、私にトレーを持たせた。

「どうせ、又、ロクな物喰っていないんだろう。あの子に持って行ってやれ。デートはその後だ」

見ると、トレーの上には、私達の食べた賄い飯の他に、出汁のたっぷりきいた甘い厚焼き卵が、ドーンと載っていた。美咲の大好物だった。

美咲は長治さん達に、何か食べたい物はあるかと訊かれると、決まって「甘い卵焼き」と答えるのだ。

大きな紙袋と重いトレーを持って部屋に戻ると、美咲はベランダに出て、梅雨の中休みで雨も降っていないのに、なぜか私の大きな黒い傘を差して、ベランダの柵に寄り掛かっていた。

よくも騙してくれたな、と私が文句を言う前に、美咲はポツリと言った。

「お母さん、喜んで泣いていたよ」

そう言われると、文句も言えなくなってしまい、

「何で傘なんか差しているんだ？」

と訊くしかなかった。

「用心のためだよ、馬鹿だね。お母さん、店出てから、しばらくキョロキョロしてたもん」

「そんな物、差していれば、その方が目立つだろうが」

「そんな事ないよ。人って、案外上なんか見ないんだ。それでも傘差して、こっそり見てたんだ。文句なんか言うなよ。ちゃんと、親に会えたんじゃないか」

あいつは言って、何ともいえない優しい瞳で私を見ていたが、やがて、フーッと長い嘆

め息を吐いた。

「あとは、リョウちゃんかァ」

私は、ベランダの小さなテーブルの上にトレーを置いた。

「ここで喰うか？　長治さんの特製だぞ」

「ワア、卵焼き」

美咲は嬉しそうに椅子に坐り、トレーの上の物を少しずつ食べ始めた。

「リョウがどうかしたのか？」

私が訊くと、美咲は卵焼きを口に入れたまま、

「リョウちゃん、まだ悩んでいるんだよ」

それから、少し考えて言った。

「それで、ワタシも一緒に行かないか、ってさ」

「リョウの実家にか？」

それって、一緒に住もうという事じゃないのか、と言いかけて、私は口ごもった。

「行くつもりなのか？」

やっとの思いで訊くと、美咲は首を振った。

「ううん。遠すぎるもの」

「遠いって、どこからだ？」

美咲は迷惑そうに私を見て言った。

「どこからだって良いだろ。煩いね」

全く。すぐそうやって逃げてしまうのだ。バカ、と私が思っていると、

「もうお腹いっぱい。後で食べる」

と言って、美咲はきれいに半分だけ食べた食器を、トレーの上に載せて台所に向かった。リビングに戻ってきたところを捕まえて、

「母から、お前にだ」

と言って、私は大きな紙袋を手渡した。美咲は又、怖い物でも見るような瞳をして紙袋の中の箱を見ていたが、

「要らない。あんた貰えば？」

と言って逃げて行こうとした。

「写真も入っているそうだぞ」

と言ってみると、怖々と袋を受け取って、箱の中味を見て言った。

「ウワー。可愛い」

それは、母の手作りの、大きな抱き人形だった。私が中学生になって、少し自分の時間ができるようになると、母は市松人形の教室に通い始めたのだ。私がひねくれて、父母と諍いを繰り返すようになった頃には、母はもうその教室で、代理教師を勤められるように

までなっていた。

「母の手作りだ」

と私が言うと、美咲は嬉しそうに、その人形を抱き締めた。黒髪に、黒いパッチリとした瞳の愛らしい顔をした日本人形で、青と黒の市松模様の着物に、金地に紅の柄の入った帯を結んでいた。美咲が余りにも嬉しそうにしているので、

「どうした？　それも私にくれるのか？」

と揶揄ってみると、

「ヤだ。あげない。欲しかったら、作って貰いなよ」

と、美咲はふくれた。

「それより、写真、見せてよ」

私の手から写真の入った封筒を引ったくり、急いで見てから、私にそれを又、戻してきた。

「良い顔してるね」

と、何ともいえない静かな声で、美咲は言った。相変わらず掠れた、ハスキーボイスだった。

写真は三枚入っていて、一枚にはオレンジ色の大きな猫を抱いて笑っている父の姿が、もう一枚にはオレンジに白のまだらと、白にオレンジのまだらの入っている猫を抱えた母

が、最後の一枚には咲き残った春バラの繁みのある狭い庭の景色が写っていた。父の髪はすでに三分の一が白くなっていたが元気そうで、猫達はまん丸に太っていて、アイラインのくっきりとした瞳を見開いて写真に収まっていた。

無言で写真に見入っている私を見て、美咲は寝室から、あの変なムーミンのカードが入っている写真立てを持ってきた。

黙って私から写真を取り上げて、ムーミンのカードを出し、そこに私の母と猫達の写真を入れ、机の上の写真立ても持ってきて、そこには父と巨大なオレンジ猫の写真を入れてから、私に言った。

「庭のは後でね」

「何だ、お前が写真を欲しかったんじゃないのか」

そう訊くと、

「馬鹿だね。あんたのためだよ」

と言って、美咲は机の上に、二人の写真を並べて飾った。私は泣けてきそうになって、慌てて、

「そのムーミンはどうするんだ？」

と、話題を変えた。美咲はムーミンの絵を愛しそうな瞳で見詰め、市松人形とそのカードを抱いて、私を見て言った。

「又、買ってくるから良いよ。写真立て、あんたの家の庭の分も買ってくるからね」

そのまま行ってしまおうとするので、私はストップをかけた。

「長治さん達が、お礼にお前をどこかに連れて行けと言っている」

「くたびれるから、ヤだ」

打てば響くように、答があった。

「何か欲しい物はないのか？　靴とか何か」

と、私は言ってみた。美咲の靴は、洗うと泥は落ちたが、ついでに全体がヨレヨレになってしまった。元々、安い物だったに違いなく、洗濯してまで使う事は考慮されてもいなかったのだろう。

「靴？　靴なら欲しいかも……」

美咲が呟いたので、気が変わらないうちにと、私はさっさと出掛ける事にした。長治さんに車のキーを借りにいった私を見て、由利子さんが「しっかりね」と言ってくれた。しっかりね、と言われても。美咲と私は、未だにタヌキとキツネの化かし合いごっこをしているので、どう転んでも、しっかり仕様なんて無かったが、私は大人しく、頷いておいた。

隣県のショッピング施設に着くと、美咲は車を降りる前から恐れをなしたように、

「こんな所、ヤだ」

と騒ぎだした。

「何でだ？　靴でも服でもアイスクリームでも、何だってあるぞ」

と私が言うと、

「広場恐怖症と、閉所恐怖症と、高所恐怖症なんだよ。ヤだよ、帰ろう」

と頑として言うので、車から引きずり出すだけで、私もくたびれてしまった。他の所なんか見たくないと美咲が言うので、案内板を調べて、スポーツウェアとスポーツシューズ関係の店舗のある三階へ、エスカレーターで直行する事にした。二階のロビーまで昇って、三階へのエスカレーターに乗り換えようとしていると、ふっと、美咲の足が止まった。見ると、美咲の瞳は目の前の店のウィンドーに張り付けになっていた。

ショーケースの中には長い栗色の髪をしたマネキンが、手に白いビーズのケリーバッグを持ち、真っ白いエスニック調のドレスを着て立っていた。白いその服は胸元で切り替えられていて、そこから下はストンと落ちているが、胸元だけは白地に白い糸で花の刺繍がびっしりとしてあり、その真ん中に擦れたような青い空と、ローズがかった花々が描きこまれていた。まるで、中世の王女か、アールヌーボーの貴族の娘か、そうでなければジプシーの血筋の娘かが着るような、浮世離れのした代物だった。

「何だ。これが気に入ったのか？」

訊いてみると、

「異うよ。このドレスなら、バッグなんて持たせないで、花でも持たせれば良いのにと思ってさ」

「嘘吐くな。好きなら買っても良いぞ。オカマだからって、スカート穿いて悪いって事はないだろう」

私が言うと、美咲は軽蔑した目付きでこちらを見て言った。

「あんたの給料でなんか、買えないよ。それに、ワタシはスカートなんか、一度も穿いた事ないよ」

「だって、弟にはスカート穿かせていたんだろうが。お前だって穿いたっておかしくないだろう」

二十七歳になるのに、スカートを一度も穿いた事がない女？　私は驚いていて、声が突っかえそうになった。美咲はブスッとしていて、

「母親っていうのはね、忙しいんだよ。掃除して、洗濯して、ご飯作って、いじめっ子達を殴りに行ったりしてさ。そんな物穿いてるヒマなんかないよ」

と言った。それから、面白くなさそうに、

「うん、でも、もし女だったら、こういう服、一度くらい着てみたいと思うかな。胸の辺りが、とってもきれいだ」

そう言うと、さっさと向きを変えて三階行きのエスカレーターに乗ってしまった。私は

その店の名前と、その服をしっかり頭に叩きこんだ。

「こういう服、一度くらい着てみたい……」

と言った美咲の声が、

「あたしだって、女の子らしい服装がしてみたかったよ……」

という声に変換されて、頭の中で鳴り響いていた。

美咲は目当ての靴を買うと、又「水、水」と言い、それを飲みながら手の中の何かを飲み、後は「帰る」と言って、デートの真似事すら私にさせてはくれなかった。

それから程なくして六月の末になると、美咲は又、夜明け前に、

「知り合いの所に行ってきます」

と書いたメモを残して行き先不明になった。

私はランチタイムが終ると、由利子さんに車を借りて、隣県のショッピングセンターに向かった。

この何日間か、あの白いドレスを着た美咲の姿が、頭の中から離れなかった。

私の頭の中では短い髪をした美咲にもそのドレスは良く似合っていて、何より夢で見たドレス姿の美咲のように、美しかった。

洒落た構えのその店に入ってみると、すぐに黒の上下を着た店員が現れた。私が、マネキンが着ている服を見せて欲しいと言うと、営業スマイルで、

「お目が高いですわ」

と言った。

「イエ、この間、私の連れが……」

と言いかけると、

「まあ、そのお嬢様、本当にお目が高いんですね。こちらはフランスの有名デザイナーのものなんですけど。そちらではワンパターンにつき、三十着しか製作しない事でも、有名なんですよ。ですから、こちらのドレスも日本には一着だけしかありませんし、欲しくても手に入れられない方の方が、多いんですよ」

と、笑顔を振りまいて言った。どうせ営業トークだろうと思って値段を訊くと、ゆるやかな袖の中から値札を引っ張りだして、私に見せてくれた。美咲の言っていた通り、法外な値段だった。私の給料の三月分以上の値札にびっくりしていると、女店員はニッコリ笑って私に言った。

「お高いようですけど、それ以上の価値がありますのよ。最高級の綿を使って、全て手作業で仕事がされていて、世界中捜しても買えないって言われている、幻の服ですもの。このブランドを着ているっていうだけで、ファンの間では別格扱いですの」

私は、例えこの服を買っても、美咲に渡せるかどうかすら自信がなかったのに、そんな事を言われても困るだけだった。ただ、その服を見ていた時の美咲の瞳と、その時の言葉だけはしっかり覚えていたので、できる事ならそれを買って、いつか美咲に渡して、秘かにでも良いから喜んで貰えたら……と、中半、夢のような事を考えてぼんやりしていた。

すると、女店員は駄目押しのように、

「ホラ、いつかオペラが、掛かりましたでしょう？　椿姫。その時の衣装が、こちらのデザイナーのもので、凄く評判が良かったんですけど。このドレスは、その時のラインを受け継いでいますのよ」

と言った。オペラなど見た事はなかったが、その話の筋くらいは知っている。薄幸の美女と貴族の家の青年の、悲恋物語のはずだった。

薄幸の美女＝美咲。

というイメージにフラフラとなった私は、結局贈る当てもない、そのバカ高い白いドレスを買う事にしてしまった。買う事にしたのは良いけれど、そんな物を部屋に持って帰る訳にはいかないし、由利子さん達に預ければ、「さっさと渡せ、馬鹿タレ」と言われるのは、目に見えていたし……で、追い詰められた私は、その店の前から、母に電話を掛けてしまった。

今すぐではないが、いつか渡したいので、一年くらいの間、預かっていて貰えないだろうか、と。

母は何を勘違いしたのか、

「まあ、美咲ちゃんにドレス？　嬉しいわ、やっとその気になってくれたのね。あの子なら、大賛成よ」

と、はしゃいだ声で言った。

そんなんじゃないよ、と口の中で言いながら、私は電話を切って店に戻った。

店員に配達して欲しい旨を告げ、実家の住所と母の名前を書いて、差出人も本人として、ぐったりと疲れて私は店を出た。

本当にあんな物を買ってしまって良かったんだろうか、とは思ったが、本当にあんな事をしてしまって良かったんだろうか、とは、愚かにも考えていなかった。

それから車に乗ったまま、大廻りをして、私は公園に向かってみたが、雨は上がっているのに、フジさんしか見付けられなかった。まるで、ドレミがいなくなったのを合図にしたように、綿木公園の小さな輪は崩れて、どこかに飛び去っていってしまったようだった。

公園の脇に車を停め直して、牛丼屋で買った持ち帰り用の牛丼と、自動販売機で買った飲み物で、私達はいつもよりずっと早い夕飯を済ませた。フジさんは缶ビールを飲みながら、

「淋しいもんだ」

と言い続けた。並木氏とドレミと常にいた事で、フジさんの中には「人恋しい」という感情が蘇ってしまったようだった。

美咲に会わなかったかと訊ねると、彼女なら知らないが、リョウには会ったと言った。

「いつですか？」

「さあな。昨夜眠った時は一緒だったが、明け方目が覚めてみたら、もう消えていたよ」

私は首を撚った。それなら、美咲は、又リョウとどこかに行ったのだろうか？　けれど、先月はリョウは確かに、ここにいたのだし……。考えても、やっぱり、何も分からなかった。

フジさんは缶ビールを飲み、私はウーロン茶を飲んで酔っ払った振りをしながら、二人で「淋しいもんだ」と言い合った。

長治さん達が帰る時間に間に合うように戻ってみると、美咲はもう帰っていて、寝室のドアはしっかり閉じられていた。

それを見て、ショッピングセンターに行く前に、美咲の部屋の方を先に調べておくべきだったと思ったが、それはもう後の祭りでしかなかった。

美咲が三回目の「行き先知れず」になった三日後、事務所で私がぼんやりしていると、由利子さんが呼びに来た。ランチタイムの後で、美咲はスーッと消えてしまっていたし、卓郎さんはまだ「楓」で由利子さん達と何か話していたはずだった。

七月に入ってから降り出した雨は、長続きはしなかったが変に生暖かくて湿っていて、六月の雨とは別の意味で、私達をうんざりさせていた。

美咲は「知り合い」の所から帰ってきてから、ひどく調子が悪そうだった。二日程休み、店に出られたのも今日からで、働く時はキビキビと良く動いたが、客がひけて身内だけになってしまうと、乾いた咳をして何かを飲み、由利子さんに訊かれると、「燗冷まし」と答えて、頭をはたかれていた。

由利子さんは事務所のドアから首だけ中に入れて、変な顔付きで私を呼んだ。

「平ちゃん、ちょっと来て……」

「何ですか？」

「店の表に、男の子が来てるのよ。あの子に会わせてくれって、思い詰めた顔して、動かないの。心当たり、ある？」

「別にありませんね」

私は言ったが、多分、リョウだろうとは、思った。

だが私は公園の皆に、「店をやっている」とは言ったが、場所も、「楓」の名前も、出してはいない。お互い、余計な事は言いっこなしの、聞きっこなし。それが私達の暗黙のルールだったのだ。

美咲が、リョウにこの店の事まで話したとは考えられなかった。美咲は変に勘が働く上に用心深いので、リョウに乗せられて、ホイホイと何かを話してしまうとは考えられない。

むしろ、美咲の得意技は、相手には大事な事を喋らせておいて、自分の事は隠していると
いう事なのだ。何でリョウは、ここを知っているのだろうか？　私は不思議に思いながら、
由利子さんに付いて行った。思った通り、リョウだった。
思い詰めた瞳をして、青ざめた顔をして、長治さんに睨み付けられている。私の姿を見
ると、
「平さん、お願いだからあの人に会わせてよ。どうしても、話したい事があるんだ。こ
こに居るのは分かっているんだから」
と、叫ぶように言った。
「騒ぐな。別に隠しているわけじゃない。あいつ次第だろう。会うかどうか、訊いてく
る」
私は長治さん達に、大丈夫です、と伝えておいて裏口に回ろうとした。仮に美咲が会う
と言ったとしても、部屋に入れて、二人きりにする訳にはいかない。思い詰めた男は、何
をするか分からないし、若いといっても、リョウは美咲に恋する男なのだ。考えていると、
卓郎さんが私の前に立っていて、言った。
「まるで、ロミオですね。二人きりで会わせる訳にはいかないだろうな」
「でも、ここでもまずいですよ。もうじき客が来始める」
「階上《うえ》ではどうです？　私がそれとなく見張っていますよ」

「楡」の客はまだやって来ない。いつもなら、卓郎さんが開店準備をしている時間帯だった。

「そうして貰えますか？」

「あの子が会うって言ったらですけどね」

美咲はコットンのシャツとジャージ姿でソファに横になっていたが、リョウが来たと告げると、驚いたように、

「どうして？」

と訊いた。

「知るもんか。お前に話があるとさ。どうする？　嫌なら断るぞ」

私が言うと、美咲はすぐに、

「良いよ、行く。どっかその辺で話してくる」

と言った。

「卓郎さんが店を使えと言っていた。その方がくたびれなくて、お前も良いだろう」

「分かったよ」

美咲は頷いて、くしゃくしゃになった髪を直すでもなく、そのままの格好で玄関を出ながら、

「でも、どうしてリョウちゃん、ここが分かったんだろう？」

と私に訊いた。

喋ったのは、私ではないし美咲でもない？　私は誰にも尾けられた覚えもないので、黙って首を降って見せるしかなかった。

リョウは美咲の姿を見ると、もう泣き出しそうな瞳になった。

「リョウちゃん、どうしたの？」

美咲が訊いたが、私達を見廻していて、返事をしない。

「とにかく、階上に上れば？　僕は開店の準備があるから相手できないけど、二人で静かに話すくらいはできるよ」

卓郎さんが上手にリョウを宥めるように言い、美咲も頷いて、

「リョウちゃん、そうしよ？　何か話があるんでしょ？」

と言ったので、リョウも承知して二人で「楡」に上がっていった。

私は階下《した》にいても気が気ではなく、ウロウロしていると由利子さんが言った。

「平ちゃん、恋敵が現れて、じっとしていられないんでしょう？」

「そんなじゃないですよ」

私は言ったが、その通りだった。由利子さんはじっと私を見ていたが、

「卓ちゃんが付いているから大丈夫だと思うけど、心配なら裏口から入って、そっと様子を見てみると良いわ」

と言ってくれたので、私は恥も外聞もなく、「楡」の裏口に上がっていって、そっと覗いてみた。

卓郎さんは、ドアを拭く振りでもしているのか、裏口からは見えなかった。カウンターの端に、美咲とリョウの坐っている姿だけが、辛うじて見えた。

リョウがしきりに何かを訴えており、その度に美咲は静かに首を振っていた。そういった事を何度か繰り返したあと、リョウはいきなり美咲の両手を取って、何か言っていたが、美咲が優しい瞳で何かを答えると、堪えられなくなったように、カウンターに屈み込んで声を殺して泣き始めた。美咲も少し涙ぐんで、リョウの背中を母親のようにさすり続け、リョウが落ち着きを取り戻すまで、そうしてやっていた。

やがて、リョウは諦めたように大きな息を吐き、自分の首から黒い皮紐で結んだ金の指輪のネックレスを外して、美咲の首に掛けた。それは金に小さなダイヤモンドの付いた物で、祖母の形見だと言って、リョウが大切にしていたものだったので、私は驚いた。

その時、美咲の声が、小さくだが、はっきりと聞こえてきた。

「リョウちゃん、ごめんね」

アリガトウではなく、ごめんね。あの様子だと、リョウは多分、決定的にあいつに振られでもしたのだろうが。普通、女に振られた男は、どうするものだろうか。性が良くても「元気で」くらい言うだけで、性が悪ければ、悪態の一つも吐いて去って行くのに違いないのに、リョウは自分が肌身離さず付けていた指輪を、美咲にやってしまったのだ。

大切な指輪なら、婚約でもする時に相手に贈るというのが相場で、振られた相手の首に、そうっと掛けてやるものではないだろう。そのリョウの指輪を、別れを告げたはずの美咲が拒みもしないで大人しく受け取っている。

何もかも、反対だった。私は、音もなくその場を離れた。頭がクラクラした。

リョウは、私に、美咲が女だと私が気付いた時点で、美咲はどこかへ消えてしまうと言っていた。

それに、リョウはまだ何か私に隠している。

そのリョウが振られてしまった。もし、私が美咲に、何かその手の事を口走りでもしたら、美咲は私にも同じように言うのだろうか。

「ごめんね。もう会えない」

と。

私は自分が見てしまった物の恐ろしさに、事務所に帰って頭を抱えていた。

やがて階段に足音がし、リョウが一人で帰って行ったようだった。卓郎さんが事務所を覗いて私に告げた。

「泣かしちゃいましたよ。話は無事に済んだみたいです。大人しいものでした」

「あいつはどうしています？」

訊ねてみると、

「もう裏口から部屋に帰りました。何だか、青い顔していて、倒れそうだった」

と、卓郎さんは言った。

私はその夜、ひと晩考え続けて、やっぱりリョウの話をもう一度詳しく聞くべきだと思った。リョウだけが知っているらしい美咲の秘密を、洗いざらい訊いておきたかった。

もっとも、リョウが素直に教えてくれるとも思えなかったのだが。

明くる日、公園に行ってみると、珍しくアキとジョージがフジさんと一緒にいた。嫌な予感がした。

私は食料を渡すのもそこそこに、

「リョウはどうした？」

と、アキに訊いた。アキは諦めたような顔になって、

「今朝、実家に帰った」

と答えた。

「親爺さんに、何かあったのか？」

と訊くと、

「知らないよ。昨日、急に引越屋頼んできて、朝にはもうアパート、引き払っていったよ」

「どうしちゃったのかな？」

ジョージが言うと、フジさんが、

「失恋でもしたんじゃねえか」

と言ったので、二人はヘェー？　という顔をした。

「だって、リョウの奴、誰とも付き合ってなんかいなかったよ」

「んだよねえ」

アキとジョージは、リョウから何も打ち明けられてはいなかったようだ。私はドレミを理由に適当な言い訳を言い、アキにリョウの実家のホテルの住所を聞いて、ノートに記した。

そこは海岸寄りではなく、山側で、聞けば誰でも「ああ、あそこ」と言うような有名な温泉地だった。

「リョウがいなくなっちゃったらさ、何だか気が抜けちゃったんだ」

アキは嘆め息を吐き、ジョージは、

「だろうねえ。オレだって、ジュンがいなくなったら、泣いちゃうよ。……いっそ、ホントにバンドでも組む？」

などと言って、アキを慰めていた。

リョウが消えてしまった。私は並木氏とドレミに続いて、私達の輪から抜けていってしまったリョウを思った。次には一体、誰が消えてしまうんだろう？　それが美咲ではない事を祈りながら、私も淋しく皆とリョウの思い出を語った。

美咲は、リョウの指輪をどこへやってしまったのか、翌日私達の前に姿を現した時には、どこにも身に付けていなかった。もっとも、胸の奥深くにでもしまい込んで付けているなら、私には確かめようもなかったので、わからなかったが。

その週末、夕方私が事務所にいると、又、由利子さんが来て、言った。

「平ちゃん、お父さんとお母さんが見えているわよ」

「何で？」

「平ちゃんに用事なんじゃないそうよ」

そう言って、由利子さんは私を睨み付けた。

「あの子に、何とか会えないかって……。あなた、お母さんに一年後に結婚するからって、ウェディングドレス、送ったんですって？」

「してませんよ、そんな事」

言い訳しながら、私は冷や汗をかいた。あの時、母が変にはしゃいでいると思ったら、そんな勘違いをしていたのかと思うと、自分の間抜けさに、血が引く思いだった。父母は、きっともう美咲に夢中なのだろう。私が不在だった時間迄埋め合わせるように、自分達に優しく接してくれた美咲に好意を持ち、何とかしてあいつに近付こうとしたあげく、私の電話で早とちりをしてしまったのだ。

「本当？　なら、何であんなに嬉しそうにしてるの？　息子がやっと結婚しますので、って、私達にまで高級なシャンパンをくれたわ」

「何かの間違いですよ。弱ったな、どうしましょう」

「どうしましょうったって、知らないわよそんな事。自分でお父さん達に言えば良いでしょう」

とてもじゃなかったが、会えなかった。会って、まだあいつと私は、タヌキ合戦をしている最中なんですよ、なんて、父母にも、由利子さん達にも言える訳がない。

私は由利子さんを拝み倒して頼んだ。

「あいつの事は、適当に言っておいて下さい。それで両親には何か食べさせて、さっさと帰してやってくれませんか」

由利子さんは、

「呆れた馬鹿ね」

と、私を睨みながら、店の方に戻って行った。

美咲は週末（土曜日）なので、「楡」の方に出ていて、階下にはいなかった。

これから、どうしたら良いんだろう？　私は事態が手に負えなくなっているのを知って、呆然としていた。やがて、由利子さんが事務所に来た。

「これを、あなた達に渡して下さいって。それで、平ちゃんに家の方に電話するようにって、伝言して、帰られたわよ」

そう言って、由利子さんは紙袋を私に寄こした。

「何ですか、これ？」

「婚約祝いだそうよ。全く、そんな大事な事を私達に内緒にしておいて。伸弘さんに言い付けてやるから」

止めて下さいよ、と頼んだが、由利子さんは、

「知らない」

と言って、ぷりぷりして怒って行ってしまった。

私は、自分の机の上に置かれた紙袋を見た。都心の、有名デパートの名前と、特徴のある模様が印刷されていた。美咲に直接渡すわけにはいかなかった。二人は、とんでもない勘違いをしているのだ。中に、何が入っているのか、見てみる事さえ怖ろしかった。

中からは、母の手作りらしいクッキーの入ったきれいな缶と、「おめでとう」と書かれたカードと、デパートの包装紙に包まれた小さな箱が二つ出てきた。私は迷ったが、二つとも開けてみる事にした。二つとも、デパートの宝石売場のもので、皮製のケースの一つに、小さなダイヤが入った金の精巧なネクタイピンと、もう一つの方には、リョウが美咲に贈ったような、ダイヤの付いた金の指輪が入っていた。指輪の周囲にも精巧な模様が刻

まれていて、その二つは、同じ職人の手で造られたように、良く似ていた。

私は、思わず嘆め息を吐いてしまった。こんな物を美咲に、今渡す訳にはいかない。あの白いドレスの置き場所に困ったように、今度はそれ等の品の置き場所に困り、結局、リングとネクタイピンの箱は、自分の机の奥に押し込み、クッキーの缶だけを持って、私は部屋に戻った。

何も知らない美咲は、翌日の日曜日、朝遅くなってから寝室から出てくると、テーブルの上の缶を見付けて、

「あんたの恋人から？」

と脳天気に言いながら、クッキーを口に入れていた。

リョウのことは、ひと言も口にしなかった。美咲は何もかも知っているのだろう。けれど、私の父母の勘違いまでは知らない。永遠に知らないでいて欲しいと願いながら、私は無邪気にクッキーを食べている美咲の顔を横目で見ていた。

七月の十日を過ぎると、女将さんの墓参りに、今年は誰が行くかという事で話し合いが持たれた。店は開けているので、毎年全員で行くという訳にはゆかず、誰かが代表して行く事にしていたのだ。女将さんの墓は、高畑家の墓地にあったので、そこは、つまりは私にとっては鬼門であり、私が行く事になった時は、夜中にこっそり行くというようなややこしい事をしなければならなかった。

由利子さんは、

「今年は私が行ってくるわ」

と言って、譲らなかった。

「店はどうするんですか？」

と訊くと、

「平ちゃんとあの子がいれば、十分でしょう？　今までだって、私が用事がある時は、平ちゃん一人か、卓ちゃんかで間に合わせて来たんだから」

と、恐い顔で言ったので、それで決まりになってしまった。

「ランチに間に合うように、帰ってくるわよ」

と言っていた由利子さんだったが、当日になってみると、ランチタイムどころか、夕方まで帰って来なかった。

「どうしたんだろう？」

と長治さんと私が話しているところに、由利子さんはやっと帰って来て言った。

「平ちゃん、あの子といるのが楽しくて、伸弘さんの所にまだ行ってないんでしょう？　六月中に行くって言っていたのに……」

「はあ、すみません」

私は一応謝ってみたが、内心では「来た！」と思っていた。親爺さんの所に行くという約束は覚えていたが、美咲を連れて行くのが気が進まなくて、忘れた振りをしていたのだが、バレてしまった。

親爺さんは、女将さんの墓参りには来た事がなかった。

「あんな所には、梨恵子はいない」

と言って、息子の幸弘を怒らせていたのだ。

「幸ちゃんが言っていたわよ。伸弘さんが、首を長くして平ちゃん達を待っているって」

由利子さん達にかかっては、ヤクザの親分もちゃん付けだった。

「幸弘さんに会ったんですか？」

私が訊くと、

「会ったに決まってるでしょう。同じお墓にお参りに行っていたんだから。それで誘われて、つい長話になったのよ」

と由利子さんは言って、嬉しそうに笑った。

「それでね、今週の日曜日、幸ちゃんが一緒に伸弘さんの所に行こうって、言っていたわ」

「何で、そういう話になるんですか？」

「だって、平ちゃん、あの子と婚約したんでしょう？　そう言ったら、そういう訳なら、ぜひ俺も会って見たいって、幸ちゃん言ってたわ。それに、他にも何か話したい事があるんですって」

「そんな。困りますよ。違うって、言ったでしょう？」

「照れなくても良いやな」

長治さんがニヤリとして言った。

「とにかく、朝八時には、向かいの駐車場に迎えに来るそうよ。あの子に言って、ちゃんと支度しておいてね」

私は、事態が、どんどんとんでもない方へ向かって走り出してしまったのに、困惑しきっていた。

いつ、どこで、どうしてこんな事になってしまったのだろうと考えていると、その中心に、胸に刺繍の施された白いドレスを着た美咲の姿が浮かんできた。始まりはあの白いドレスであり、そのもっと奥には、私の切ない恋心が静かに潜んでいたのだ。そう思っただけで、泣きそうになった。私のキューピッドは、何て底意地が悪いのだろう。そうでなければ、物凄い怠け者なのだ。

私は諦めて、美咲に日曜日のホーム行きを告げた。朝八時に迎えの車が来ると言うと、

「おみやげ、何持って行けば良いかな？」

と美咲が言った。

「長治さん達が特製の弁当を拵えてくれるそうだ。後は別に良いだろう」

と私は答えておいたが、当日の朝になると、美咲が写真立てに入れたカードを持ってきて言った。

「これで、喜んでくれるかな」

見ると、クリームイエローのバラが一面に咲き誇っている野原の上に、青い空が広がっており、その空の真ん中に美咲の字で、

「わたしは
あなた方と
共にいます」

と書いてあって、それをわざわざハートの形で取り囲んであった。まるでハート形の雲が浮かんでいるようだ。

「女将さんの話を、憶えていたのか？」

と訊くと、

「うん。喜んでくれるかな？」

と、まだ心配そうにしているので、

「喜ぶだろうな、きっと」

と言うと、安心したようにそれを薄紙で包んでリボンを掛けた。

こんな物を貰って、親爺さんが喜ばないはずはなく、もしかしたら涙ぐんだりするのではないだろうかと心配していると、美咲は部屋から出てきて、

「支度できたよ」

と言った。黒いサマーセーターに、黒いジーパンを穿いていて、上に白いシャツを前を留めずに着、首にはリョウから贈られたリングが下げられていた。化粧気はなく、髪は短くて、どこから見ても中性的で、五郎さんや親爺さん達の厳しい評価に耐えられるかどうかは疑問だった。

右手に、写真立ての入った小さな紙袋を持ち、左手には用意がよく、エビアン水が六本も入ったビニール袋を下げていた。

「何だ。水も持参か」

と言うと、

「あんた、意地悪だからね」

という、謂れのない中傷が返ってきた。

店に下りて行くと、長治さん達は早出してもう弁当の用意をしてあり、私達の分も入れて、六つもの弁当がきちんと紫の風呂敷に包まれて、大きな紙袋に納まっていた。

すぐに駐車場の方から、車のホーンを鳴らす音が聞こえてきた。

由利子さん達に送り出されて向かいの駐車場に行くと、幸弘と運転手兼ボディガードの

佐々木隆が待っていた。佐々木は卓郎さんと同じで、一見優男に見えるが、目付きは鋭く、性格もかなり冷酷で、何よりも手が早いと聞いていた。私は二人に挨拶したが、美咲は黒塗りに、黒いスモークガラスのばかデカイ車を見ると、

「こんな高級車に乗ると、酔うからヤだ」

と、開口一番、ヤクザの親分に向かって言った。

幸弘はニヤリと笑い、美咲の全身を上から下まで見て値踏みしていたが、

「それなら坊主は前に乗って、景色でも見ていろ」

と言った。美咲は佐々木の右隣りの助手席に坐ると、佐々木を見て、

「おじさん、凄く強そうだね」

と、言ってくれた。

殴られるのではないかとハラハラしていると、意外な事に佐々木もニヤッとして、

「そう見えるか。触ってみても良いぞ」

と、美咲に言っていた。

「良いよ。触らなくても分かるもん。ナイフみたいだ」

と美咲は言って、調子良くニッとしていた。

車が走り出すと、佐々木が横目で美咲を見て言った。

「良い指輪下げているじゃないか。借り物か？」

美咲は、私をチラリと見て言った。

「ううん、弟のだよ」

「ブラコンか？」

「かもね。シスコンとマザコンとファザコンも持ってるよ」

「そいつは重症だな」

佐々木は面白そうだった。私がホッとしていると、幸弘が囁いてきた。

「あんな変な奴、どこで拾ってきたんだ？」

「公園でフラダンス踊ってたんですよ」

私は嘘を言った。どうせ何を言ったところで、大して変わりはないのだから。

「それにしちゃあ、えらく気が強いそうだな」

「は？」

「は、じゃねえよ。この間、郷田の奴等を殴って、おまけに急所を蹴りとばしていたって言うじゃねえか」

「何でそんな事、知っているんですか？」

幸弘はニヤッとした。

「あそこで阿呆ヅラしていた二人組がいただろうが。お前の所の大切な客だよ。だがな、奴等はウチの経理士だ。すぐにこっちに知らせてきたから、サツに知らせろと言ってやった」

私は美咲を盗み見た。いつの間にかすっかり大人しくなって、もう車のドアに凭れるようにして、眠っているようだった。

佐々木が、バックミラーからニコリともせずに私に言った。

「もうくたびれただとさ。良く寝てやがる」

幸弘が笑った。

「寝かせておけ。そいつはとんだジャジャ馬だ。うっかり起こしたりすると、大事な所を蹴りとばされるぞ」

「このオカマがですか？」

佐々木が不思議そうに言ったので、

「ゲイと言っといた方が良いですよ。オカマと言われると、噛み付いてきますから」

と、私は忠告しておいた。幸弘が続けていた。

「あいつ等はな、捕まったよ。暴力行為だけなら、被害者が逃げちまったから仕様がないが、運の良い事に、二人共クスリをたんまり持っていたんでな。ま、当分はお天道様の下を歩けないだろう。どうだ、少しは安心したか？」

「いつからですか？」

「何が？」

「いつから家が、いえ私もですが、見張られていたんですか？」

「親爺の奴が、店を始めた時からだよ。俺の所の関係者だけじゃない。あの辺りのお巡りさん達とも、大の仲良しだ」

そういえば、あの辺りだけ、やけに警察の巡回が多かったと、私は思い出した。

「何を言ったんですか？　ちょっとやそっとで、警察は動いてくれませんよ」

「郷田が派手にクスリを流しているって言った。それに、由利子が俺の腹違いの姉で、大物政治家の二号だって噂を、たっぷり吹き込んでおいた」

私は驚いた。

「そんな事したら、長治さんが黙っていないでしょうが」

「なあに、承知してるさ。お前は知らねえだろうがな、長治は有名な割烹に勤めていて、芸者の由利子と恋仲だった。由利子は父親の借金のために泣く泣く芸者になったが、由利子に入れ込んだ客が落籍させるの何のという話になってな、すったもんだのあげく、親爺に泣きついてきたんだ。由利子達は親爺の店を守るためなら、何でもするさ」

「でも、もう親爺さんのものじゃない。何も、そこまでしなくたって」

「これでも足りねえくらいなんだよ。郷田の遣り口は、お前だって知っているだろうが。これからは、組の者もどんどんこの辺りに入れてやる」

「そんな事したら、ここの地田組と……」

「こっちは何もしやしないさ。ただ、本業の不動産業で、あちこち走り回るだけだ。それでも、郷田には目障りだろうからな。お前のお陰で、とんだ物入りだ」

私は首を傾げた。

「解りませんね。何でそこまでするんですか?」

訊くと、幸弘は私の頭を引っぱたいた。

「良くもそんな空っぽのおツムで、生きてこられたな。考えてもみろ。親爺は実の息子の俺よりもお前を気に入っているんだぞ。それに、何といってもお前は俺の弟みたいなものだ。ドヘタして、お前達に何かあったら、親爺の奴にどやされるのは、俺だろうが、ボケ」

私は黙ってしまった。ヤクザに「弟」と言われるのは、心地良いものではないが、あのデカチビ達に当分の間でも煩わさせられなくて済むのなら、美咲と父母達のためにも喜ばしい。

幸弘なりの心遣いに、私は礼を言いながら、心の中で由利子さん達にも礼を言っていた。

車がホームの前に着き、佐々木が美咲に、

「着いたぞ。降りろ」

と言うと、美咲はぼうっとした瞳で辺りを見廻し、

「ここ、どこ？」

と言った。

「何寝呆けてやがる。ラリッてんのか？」

佐々木が訊くと、

「さっき、車酔いしそうになったから、睡眠薬飲んだ」

と、美咲は答えて、自分の頬っぺたをぴしゃぴしゃと叩いて言った。

「もう平気。行こ」

そんな物を、どこで手に入れたのかと私が思っていると、幸弘が呆れたように私の耳元で囁いた。

「お前、本当にあんな奴に惚れているのか？」

「そうですけど」

私は、前を歩いて行く美咲達に聞こえないように、返事をした。幸弘は横目で私を睨んでいたが、何も言わなかった。

親爺さんの部屋は、南側の庭に面した角部屋で、六畳間に小さなキッチンと手洗いが付いており、窓側には広い廊下も付いていて、明るかった。その廊下に、木製の丸いテーブルと籐椅子が置かれてあり、親爺さんと五郎さんは、そこに坐って私達を待っていた。

美咲は部屋に入ると、私達の後ろから、

「こんにちは、山崎といいます」

と、まず挨拶し、年嵩の五郎さんに向かって、

「お加減、いかがですか？」

と訊ねた。五郎さんは殴られたような顔をして、

「腰が痛え他は、何ともねえよ」

と答えてしまっていた。本当は、何も喋りたくなかったのかも知れない。美咲はそれを聞くと、同情を滲ませて、

「腰は辛いですよね。立っても、寝てもいられないし。でも、今日はお元気そうで良かったですね」

と、言ったので、五郎さんの頬がたちまち弛んだ。

それから美咲は親爺さんに向かい、

「すみません。勝手に付いてきちゃいました」

と言った。自分の査定をされるために、親爺さんに呼ばれたのだとは疑ってもいないので、呑気なものだった。

親爺さんは無言で美咲を見ていた。すると、美咲も「何でしょうか？」というように、柔らかな瞳をして、親爺さんを覗き込むようにし、二人はそのまましばらくの間、見詰め合っていた。

不思議な時間だった。初対面同士が、言葉もなく、長年の友人のように見詰め合っていて、お互いの何かを交換でもしているような、変な感じだった。

幸弘と佐々木も顔を見合わせていた。やがて親爺さんはニヤリとして、

「遠い所を、わざわざ済まなかったな」

と言って、私達にも坐るようにと促した。

私は長治さん達からのみやげをテーブルに置き、幸弘も豪勢な百合の花束を親爺さんにと、テーブルの上に置いた。

美咲はそれを見ると、

「花瓶、ありませんか？　良かったら、ワタシ、活けます。この季節はお花、傷みやすいんですよ」

と言い、親爺さんが顎をしゃくって、キッチンの下の扉を示すと、立っていって白い百合を大きなクリスタルの花瓶に活け始めた。こんもりと、どこかのホテルのカウンターにでも飾ってあるような形に活けて、テーブルの真ん中に置いてから、

「ア。でも百合って香りが強いから、食べている間だけでも、他に置いといた方が良いかも……」

と、部屋の壁際にある小机の方にそれを抱えて行った。

「そんな御大層な花、要らねえのにな。幾ら言っても、毎月持って来る」

書　名					
お買上 書　店	都道 府県	市区 郡	書店名		書店
			ご購入日	年　月　日	

本書をどこでお知りになりましたか?

1.書店店頭　2.知人にすすめられて　3.インターネット(サイト名　　　　)

4.DMハガキ　5.広告、記事を見て(新聞、雑誌名　　　　)

上の質問に関連して、ご購入の決め手となったのは?

1.タイトル　2.著者　3.内容　4.カバーデザイン　5.帯

その他ご自由にお書きください。

(　　　　)

本書についてのご意見、ご感想をお聞かせください。

①内容について

②カバー、タイトル、帯について

弊社Webサイトからもご意見、ご感想をお寄せいただけます。

ご協力ありがとうございました。

※お寄せいただいたご意見、ご感想は新聞広告等で匿名にて使わせていただくことがあります。

※お客様の個人情報は、小社からの連絡のみに使用します。社外に提供することは一切ありません。

■書籍のご注文は、お近くの書店または、ブックサービス(☎0120-29-9625)、セブンネットショッピング(http://7net.omni7.jp/)にお申し込み下さい。

郵便はがき

料金受取人払郵便

新宿局承認

3970

差出有効期間
2022年7月
31日まで
（切手不要）

160-8791

141

東京都新宿区新宿1－10－1

(株)文芸社

愛読者カード係 行

ふりがな お名前			明治 大正 昭和 平成　年生　歳	
ふりがな ご住所	□□□-□□□□		性別 男・女	
お電話 番　号	（書籍ご注文の際に必要です）	ご職業		
E-mail				
ご購読雑誌（複数可）		ご購読新聞 新聞		

最近読んでおもしろかった本や今後、とりあげてほしいテーマをお教えください。

ご自分の研究成果や経験、お考え等を出版してみたいというお気持ちはありますか。

ある　ない　内容・テーマ（　）

現在完成した作品をお持ちですか。

ある　ない　ジャンル・原稿量（　）

親爺さんが言うと、美咲は目を丸くして幸弘を見た。

「毎月？　親孝行なんだね」

それから、くるっと私の方を向くと、

「あんたも、このおじさんの爪の垢でも煎じて飲ませて貰えば？」

と言ってくれた。幸弘達はゲラゲラと笑い出し、親爺さんも目を細めて、

「なるほどな。卓郎の言った通りだ」

と、私に言った。私は嫌になって美咲を見た。

美咲は、百合を置いた小机の上を、じっと見ていた。女将さんの聖書がそこにあった。

美咲が余り長い間それを見詰めていたので、親爺さんも気が付いてあいつに訊いた。

「お前さん、そこに何が書いてあるのか、知っているのか？」

美咲はスッと顔を上げて、親爺さんの目を見た。怖ろしい程、静かな眼差しだった。

「知っています」

その瞳の色と声に、私は震え上がった。

いつか見てしまった、あの時の、ピエタのカードを見詰めていたのと同じ、まるで時間も空間も超えてしまったような、底なしに深く、遠い瞳をしている美咲の声は、同じように深く、暗く、遠かった。

凍り付いている私と同じように、親爺さんもしばらく魅入られたように美咲を見ていた

が、やがて嘆め息を吐いて、呟いた。

「そうか……。知っているか」と……。

幸弘達も気が付いて、特に幸弘は驚いたように美咲の顔を見詰めて、首を振っていた。

異様な空気が、その場所に流れていた。

私は空気を変えたくて、美咲に話し掛けた。

「お前のみやげはどうした？　親爺さんに渡すと言っていただろう」

美咲は首を振った。

「こんなにきれいな花があるんだもん。あんな物、要らないよ」

「そんな事はない。せっかく持ってきたんだ。親爺さんに見せてやれ」

私がかき口説いていると、幸弘が言った。

「何か持ってきたっていうんなら、親爺にやれよ」

美咲は嫌々紙袋から、写真立ての包みを取り出して、親爺さんに手渡した。

「ごめん。奥さんの話聞いて、淋しいかなと思ったんだ。要らなかったら、持って帰る」

親爺さんは、包みから出てきた写真立ての中のカードを、長い間、じっと見ていた。

幸弘も佐々木も、五郎さんも、親爺さんの後ろから、それを見た。親爺さんの唇が、小さく動いていた。

「わたしは
　あなた方と
　共にいます……か」と。

美咲がそっと手を出した。

「ごめんね、ワタシの間違いだ。おじさんには、こんなに孝行な息子さんがいるんだもの。持って帰るよ」

幸弘が言った。

「良いじゃねえか。貰っておけよ、親爺」

親爺さんも頷いて、美咲に言った。

「こいつは何よりだ。ありがたく、貰っておくよ」

「本当？　だって、ただの安物のカードだよ」

美咲がまだ言い張りそうなので、私は美咲の耳を引っ張った。気に入ってもらえて、良かったじゃないかと言う積りだったのに、美咲は私に、

「痛いな。何すんだよ、馬鹿」

と、満座の中で言った。

それで皆笑い、後は弁当を食べながら、それぞれの話などをして、楽しい時間は瞬く間に過ぎていった。

道が混むといけないから早目に帰る、と幸弘が言い出すと、親爺さんは、

「もう少し待っていろ」

と言い付けて、美咲を庭へ連れ出した。

私達からは、かなり離れた所で二人は立ち止まり、少しの間話していたが、表情までは見えなく、声も聞こえてこなかった。

やがて二人は仲の良い家族のようにして帰ってきたが、辞去しようとする私を、親爺さんが捕えて囁いた。

「あいつの事は諦めろ。幾ら惚れても、どうにもならない。傷が深くならないうちに、さっさと実家にでも帰してしまうんだな。それで、忘れてしまえ」

「そんな事、できませんよ」

私が抗議すると、親爺さんは哀しそうな声を出した。

「忘れるしかないんだ。お前が泣くのを見たくない」

「泣くつもりなんか、ありませんね。あいつとは、離れない」

私は精一杯の強がりを言ったけれど、体が震え出しそうになるのを押さえられなかった。

美咲が、親爺さんの気に入らなかったとは思えなかったし、親爺さんを、そんな無茶苦茶を言う人だとも、思っていなかった。

それなのに、今は何に代えても惜しくないとさえ思っている美咲を、簡単に、それもた

だひと言で「忘れてしまえ」と言うなんて。

「理由は何ですか？　理由を教えて下さい」

私は怒りの余り、目が眩みそうだった。

親爺さんは言った。

「あいつの瞳を見たか？　梨恵子と同じ瞳をしていやがる。死ぬことなんざ、何とも思っていない。嫌、異うな。どっちかっていうとあいつの瞳は、手前の死ぬ時がくるのを、ただ待っているっていうような感じだ。どんなヤクザ者だって、手前の命は惜しい。だが、あいつは異う。この世の中に怖いものなんざ、何一つ無いんだ。そんな女に係わってどうする？　忘れるしか無いんだよ。諦めろ」

「あいつと、何を話したんですか？」

「何もだ。あいつは手前の事は何も話さなかった。だがな、あいつのくれたカードの言葉は、二千年も前に刺し殺された男の言葉だぞ。それで、もし、自分の方が先に逝ったら、梨恵子と一緒に、俺達を待っていてくれるとよ」

幸弘達が、私を呼ぶ声がした。

「良いか、諦めろ」

と言う親爺さんの声を後にして、私は車に戻った。

美咲は青ざめた顔をして、もう眠っていた。訊くと、

「又、車酔い止めだって言って、何だか訳のわからねえ薬をてんこ盛りに飲んで寝ちまった」

と、佐々木が呆れたように答えた。

私は幸弘を見た。助けて欲しかった。だが、

「親爺は何だって？」

と幸弘が訊いたので、我に返って言った。

「別に。長治さん達への言付けでしたよ……」

帰りの車の中で、幸弘は上機嫌だったが、私の心は暗く沈んでいった。

できる事なら美咲が飲んだという、てんこ盛りの訳のわからない薬を貰って、私も飲んで眠ってしまいたかった。

そうして、全て忘れてしまいたかった。親爺さんの忠告してくれた通りに。

「あいつの瞳を見たか……」と言った親爺さんの声が頭の中でリフレインしていた。

「諦めろ。諦めろ。忘れてしまえ」とも、その声は言っていて、私はその声の言い分を理解もしていた。幸薄く生きたという物語のような女。

美咲はオカマでもオナベでもなかったように、逃亡者でもなかった。美咲は、怖れるものなど何もない者。この世界から遠く離れて、「故郷」へ帰ってゆく日を待つだけの、異邦人のようだった。

並木氏とドレミを両親の元に返し、リョウを病父の元へ返し、私を父母の元に返し、私の父母には息子を返して遣った。静かな涙と祈りの内に。

けれど、美咲にはどこにも帰る所がなく、誰を取り返す事もできない。そして、どこかを確実に病んでいる。哀しい漂流者。

美咲が、どこからともなく流れてきて、又、どこかへ流れて、行ってしまう漂流者なら、私に何ができるだろう？　そして、その漂流者が、病んでいるなら……。

私は美咲の寄る辺なさを思うと、どうしても怒りが湧いてくるのを押さえられなかった。

確かに、美咲のような境遇の者は、世の中に少なからずいるのかも知れない。けれど、ゴマンといるという訳でもなかった。それなのに、美咲は静かに私の前に現れて、私を虜にしてしまった。

あの、春の夜に、オカマと化して私の前に現れた女としてではなく、その眼差しと、私達に示してくれた愛情の深さと、行いの全てをもって、私の心の中にしっかりと住み付いてしまっていたのだ。例えタヌキの化かし合いだったとしても、美咲がいてくれた間、私は幸福だった。

毎夜、私の寝具の具合いを直してくれる、美咲の指先に愛しさを感じた。

それなのに、親爺さんは私に、美咲を「忘れてしまえ」と言う。

どうすればそんな事ができるのか、私にはどうしても解らなかった。そして、美咲が逝ってしまった今になっても、私にはそんな方法がどうやってみても、思い付かない。

それに美咲は、あの店員の言ったオペラに出てくるような「椿姫」ではなく、茨の森に閉じ込められた、哀しい茨姫だった。

4　フー・イズ・ザット・ガール

美咲が、最初に倒れたのは、八月の中旬だった。それまでも自分の部屋の中で、そんなふうになっていた事があったかも知れないし、私に「風邪」だの「めまい」だの「貧血」だのと言っていたのも、多分そういう事だったのだろうが。はっきりと、誰の目から見ても「倒れた」としか言い様のない状態になったのは、とにかくその日が初めてだったのだ。

梅雨が明けてからの美咲は、照りつける太陽に生命力を吸い取られでもしているように、陽射しを気嫌いしていて、元気がなかった。もっとも、それは私の部屋にいる時だけ、「不機嫌」とか、「無愛想」とかいう形を取っていたので、由利子さん達にまで気付かれる事は無いまま、八月を迎えた。

「楓」の方は、世の中の学校が夏休みに入ったといっても、それで大した影響を受ける訳ではなく、それは「楡」も同じで、多少の動きがあるのは例年八月の旧盆の頃で、勤め人達までが夏休みに入って、東京が僅かながら静かになった時だけだった。そして、そういう時でも、どこにも出掛けなかった居残り組や、近所の商店主やその女将さん達が、ちょっとした贅沢や息抜きに来たりするので、私達の方は普段と変わらなく、そこそこ忙しい思いをして過ごすものだった。

七月の末に、いつものように「知り合いの所」に行って、一日留守にした美咲は、帰ってくると二日ほど休み、その後で一日、「楓」のランチタイムを手伝ったあと、私達に言った。

「この頃暑くて、寝不足なんだ。忙しいの分かっていて悪いんだけど、夏の間だけでも、『楡』の方の手伝いってことに、して貰えない？」

「それは良いけど……」

由利子さんは言った。

「寝不足だけ？　何だか少し顔色が悪いみたいよ」

「ううん、それはないの。ただ、眠れないだけ。でも、結構きつくて。駄目？」

「駄目な事なんかないわよ。元々、私達だけで遣っていたのに、あなたが来てくれたんで、甘えちゃっただけなんだから。ねえ？」

と言って、由利子さんは私と卓郎さんを見た。卓郎さんは嬉しそうに笑って、

「こちらは大歓迎ですよ。平ちゃんさえ良かったら、明日からでもオーケーです」

と、美咲の顔を見て言った。

「あんたは？」

と美咲が訊くので、もちろん私も頷いた。

本心をいえば、具合いの悪そうな美咲が透けて見えていたので、「楓」にも「楡」にも

出したくはなく、部屋で休んでいて欲しかったが、私がそんな事を言えば、美咲はいつものように「ヤだ」と言うのに決まっていたので、渋々頷いただけだった。

長治さんが条件を付けた。

「いきなり夜の方へ行っちまったら、淋しくなるからな。卓みたいに、まずこっちに来て、皆と飯喰ってから、階上に上がっていくっていうので、どうだ？　放っときゃ、ロクに喰わないみたいだし、ここで喰えば、お前さんの好きな卵焼きもあるしな」

「そうよね。そうして、階上の方も少し早目に上がらせて貰えば良いわ。そうすれば余り辛くないだろうし、私達も淋しくないし」

美咲が「楡」に上がってしまうと聞いて、例えそれがひと夏の間だけの事にしても、由利子さんと長治さんは、もう淋しそうな顔になってしまっていた。それは、私も同じだった。

部屋では相変わらずタヌキ合戦をしていたので、美咲が、私を人並みに扱ってくれるのは「楓」にいる間だけだったし、私は美咲の働く姿を盗み見られるだけでも、満足していたのだ。店での美咲は、別人のようにシャンとしていたし、営業スマイルも、黒いエプロン姿も決まっていて、私の贔屓目だけでなく、愛らしかった。

そこには、あの、暗い淵のような瞳もなく、声も出さずに落とす涙も無く、ただ普通の、痩せっぽっちでボーイッシュな美咲がいるだけだったので、店にいる美咲を見ている間だけは、私は親爺さんの不吉な忠告も、自分の不安も忘れていられたし、何よりも「楓」という店の中で、同じ仕事と時間を共有できる事に喜びを感じていた。

その、大切な美咲との時間がなくなってしまうのは残念な事だった。が、それよりも、いつも空っ惚けている美咲が自分から、「結構きつい」などと言うのは、余程の事だと思われたので、淋しさよりも心配の方が先に立った。

そういう訳で、美咲は翌日から卓郎さんと同じ頃出勤してきて、私達とバラけてではあったが昼食を共にし、そのまま「楡」に上がって、閉店まで勤め、後片付けは卓郎さんに任せて帰ってくる、という日課になった。それでも、「楓」に来ていた時と同じに、毎日というのではなく、中一日休んで、週に四日前後というのが美咲のペースで、卓郎さんもそれで文句は言わなかった。

そして、親爺さん達の所に行ってきてからも、たまに、ドレミのいなくなった公園に、フジさんやジョージ達を訪ねるために、私に付いてきた。

フジさんは並木氏とドレミがいなくなってから、急速に老け込んでしまい、美咲を心配させていた。

「このままだと、冬どころか夏も危ないよ。町の福祉委員とか、ボランティアの人達とかに相談して、どこかのホームにでも入れて貰った方がいいよ。住所さえ何とかなれば、生活保護だって受けられるかも知れないし」

と、私やアキ達に、訴えるようになった。

アキは、リョウに頼まれてでもいるらしく、今ではリョウに代って、よくアキがフジさんの傍にいて美咲を待っていた。ジョージとジュンは、リョウに出ていかれて一人になったアキと歌ったりする事が多くなり、三人で交替でアキの会社のバイトをしながら、駅前や広場で歌う事が多くなっていた。

それでも、時々は公園の方にも遣ってくるので、美咲と顔を合わせる事もあったし、フジさんについての訴えも、アキや私と同様に聞かされていた。私達は取りあえず、美咲のいうあちらこちらに、手分けして相談に行ってみようという話にはなったのだが、フジさんが遠慮をして、「大丈夫だ」と言うので、それとなくあちこちに電話を入れてみたりしているだけで、進展はなかった。

実家に戻ったリョウからは、何の連絡もなかった。もっとも、リョウが私に連絡を寄こすはずもなかったが。私はリョウの謎めいた言葉に、まだ不審を持ち続けていたので、残念だった。

美咲はそうしている間も、「楡」に移ってからも、寝室に引っ込むまで、どんなに私に不愛想にしていても、夜中と明け方には必ず私の前に立ち、寝た振りをしている私の肩の辺りのタオルケットを直してくれるのを忘れなかった。

時々、私の寝汗を拭いてくれる（本当は冷や汗だったが）、美咲の手付きは優しく、そういう時私は何ともいえない後ろめたさと、謂れのない、不思議な誇らしさを感じた。後ろめたさの理由は言うまでもないが、誇らしさの方は、自分だけが美咲の真の姿に触れていると思う、それこそ謂れのないもので、後になって私はそれを嫌というほどわからせられた。私は美咲の真の姿など、露ほども知っていなかったのだから。

親爺さん達の所へ行ってきて、丁度ひと月になろうかというその日、世間は盆休みに入っていて、店の方の客層は普段と違っていた。忙しすぎもせず閑でもなく、私達はランチタイムの仕事を済ませ、卓郎さんも出てきていて、最後に美咲が店に顔を出した。

顔色が悪いな、と私が思ったのと、

「顔色が悪いわ。どうしたの？」

と、由利子さんが訊いたのとは、同時だった。美咲は雲の上を歩くような足取りで、私達の傍に来た。

「楡」に上がるようになってからは、美咲はなるべく由利子さんや長治さんと、時には私と共に昼食をとるように心掛けていて、一人で食事をする事はしていなかった。

ところが、その日は違った。小上がりの方に腰を下ろした美咲は、由利子さんの問いに、誰にともなく、

「ちょっと、貧血みたい。御飯《ご》、要らない」

と、小さな声で言った。声が嗄れていた。

「ちゃんと食べないと駄目よ。あなた、瘦せているんだから」

由利子さんが言うと、美咲は薄く笑った。

「平気。水飲んどけば、治るから」

それを聞いた由利子さんが、水を取りに奥へ行こうとした時、美咲の体がゆっくりと後ろに倒れていった。

由利子さんは慌てて美咲の肩を激しく揺すろうとしたが、私と卓郎さんがそれを止めた。こういう時は、手荒にしない方が良いのだ。私は美咲の額に触れてみた。ゾッとする程、冷たかった。卓郎さんが言った。

「脈が無い」

私は慌てた。急いで美咲の口の前に手を持っていってみると、微かな息が感じられた。

「呼吸はしている」

そう言いながら美咲の喉元の血管に指先を当ててみた。弱々しかったが、脈を打っていた。

「大丈夫です。弱いけど、脈はある」

その時には、長治さんが店の電話を手にして、

「救急車を呼ぶか？」

と叫んでいた。

卓郎さんと私が頷くと、すぐに長治さんは救急車を頼み、五分もしない内にサイレンの音が聞こえてきて、店の横に停まった。

救急車には、私が一緒に乗って、意識を失っている美咲の手を握っていた。

救急隊員達は、美咲の体に何やらいろんな線を張り付け、モニターに映る線の波形を見ながら、矢継ぎ早に私に質問をした。血液型は？　年齢は？　前にもこういった事があった？　既往症は？

私は、年齢の他は何一つ、知らなかった。

ただ、以前にも時々めまいや貧血を起こしていた事を伝えると、モニターを見ていた隊員が振り向いて私に言った。

「心臓がですね、大分悪いようです」

心臓？　私は息が止まりそうになった。

「心臓で貧血やめまいが起きるものなんですか？」

恐る恐る訊いてみると、

「何でも起きますよ。特に悪くなってくると全身症状が出て、そちらの方でも手遅れになったりする事もあります」

全身症状……。私はぼんやりと美咲の「くたびれた」や、咳ばかりしている事や、嗄れた声の事などを思った。

「咳とか、声が嗄れる事とかは？」

訊いてみると、

「あるかも知れませんが、精密検査をしてみないと……」

と、その隊員は答えた。救急車が病院の裏口に滑り込んだ時、美咲が瞳を開けて、周りの状況を見た。ひどく顔をしかめていたが私を見付けると、素早く瞳で私を呼んで、耳元に囁いた。

「何とかして。捕まっちゃうよ」

「捕まるって、何にだ？」

「警察に決まってるだろ」

私は驚いて美咲の瞳を見た。美咲は無言で頷いてきた。

そして、救急隊員が担架を降ろそうとすると、

「貧血起こしただけで、病院なんてやだよ」

と騒ぎだした。私も頭の中がクラクラしながら、

「ただの貧血だそうです」

と、隊員達の前に立ちはだかるしかなかった。

隊員達は怒って、

「もう先生方にも連絡は付いているんですよ。とにかく、精密検査をして貰わないと

……」

と、私に向かって言った。

美咲は、私の袖をしっかり握って、首を振り続けている。私は平謝りに謝り、怒り心頭の救急隊員達に、

「近いうちに、必ず精密検査を受けさせますから」

と言って、美咲を担架から降ろして貰う事に成功した。隊員の一人が、病院側に連絡を取り、救急車が去って行くと、美咲はその場にへたり込んでしまった。

私は頭に来ていたが、とにかく美咲をその病院の横にあったカフェテラスに連れて行って、休ませた。美咲はまだ真っ青な顔をしていて、ウェイターが水を持ってくるのと同時に、着ていたコットンのパンツのポケットから何かを取り出して、水でそれを飲んだ。私はアイスティーを二つ注文して、ウェイターを追い払った。

「何の薬だ？」

と私が訊くと、美咲は「ヤだな」、という顔をした。

「貧血の薬だよ。決まってるだろ」

「救急車の中では、心臓が悪いと言われていたぞ」

私は誤魔化されるつもりはなかった。

美咲は、顔をしかめて私を見た。

「何かの間違いだよ。車が揺れたんで、機械がぶれでもしたんだろ」

「馬鹿言ってろ。約束したんだ。近いうちに精密検査に連れてくるからな」

私が睨むと、美咲も負けずに睨み返してきた。

「ヤだよ」

「検査受けるくらい、何でもないだろうが」

「ヤなものは、ヤだ」

「何でだ？」

美咲はそっぽを向いて、私に言った。

「あんた、知らないの？　保険証持っていないと、検査なんていったって、目の玉飛びでるくらい、お金取られるんだよ」

「保険証も持っていないのか？」

私が驚くと、美咲はあっちを向いたまま頷いた。

「失くしたんなら、又、作れば良いじゃないか」

と言ってみても、少し困った顔をして、肩を竦めてみせただけだった。ウェイターが注文の品を持ってきて、水滴のついたグラスを二つ置いていくと、美咲はストレートのまま一気にそれを飲んでしまった。

私は自分の前に置かれたグラスも美咲の方に移してやり、

「何をやった？」

と訊いてみた。

「何の事？」

美咲はストローを咥えたまま、上目使いに私を見ていた。

「警察と病院と、何の関係がある？　病院で薬でも盗んだりしたのか？」

私が言うと、美咲はふっと笑った。

「馬鹿だね、あんた。薬くらいで捕まるわけないだろ。あれは嘘だよ」

「嘘だと？」

「うん。そうでも言わなくちゃ、あんた、庇ってくれなかっただろ？　だから、嘘吐いた」

「嘘だとしても、何で警察が出てくるんだ？　お前、何か隠している事があるんだろう」

私は心配と怒りで、タヌキの振りをするのも忘れてしまっていた。美咲は私の声を聞くと嘆め息を吐き、それから嫌になるほど静かな声で言った。

「何か隠し事のない人間なんている？　それとも人を殺したとでも言えば、気が済むの？　なら、言うよ。ワタシは人殺しだ。これで満足した？」

「……嘘だろう？」

「そう、嘘。でも、あんたが言わせたんだよ。もう良いだろ。人の事にあんまり首突っ込むものじゃないよ。そんな事ばっかりしていると、今にパンドラの箱が開いて、怖い目に遭うよ」

美咲はそう言ったのだが、実際にパンドラの箱が開いてみると、怖い物が出てきた後に残っていたのは、伝説の通り「希望」だった。ただし私の場合の「希望」は、涙にまみれて濡れていたのだが……。

私は嘆め息を吐いて、美咲を見詰めた。

どうしてこうも、自分の事については隠したがるのだろうか？　なぜ、病院をそんなに嫌がるのだろう。保険証なんて失くしても、再発行して貰えば済む事だろうに。それより、自分の体の事が心配にならないのだろうか？　心臓なんだぞ。

そう考えた時、親爺さんの声が聞こえてきた。

「あいつには、怖いものなんか何も無い」

美咲は哀し気な瞳で私を見ていた。もう顔色は元に戻っていた。紅茶が効いたんだろうか？　それとも、「サプリメント」だと言っていた薬が効いたのか……。

美咲が先に口を開いた。

「帰ろう」

「そうだな。皆が心配しているだろう」

私達はタクシーで店に帰った。

由利子さん達は心配の余り怒っていて、

「何で電話ででも様子を知らせてくれなかったのよ。馬鹿」

と言って、私だけを責めた。

美咲は自分で皆に、

「ただの貧血だって。心配かけて、ごめんなさい」

と報告して、私にはひと言も喋らせなかった。

店はもう両方とも開店していたが、大事を取って、美咲はその夜は「楡」を休んだ。

夜、散々由利子さん達に責められながら、仕事を終えた私が部屋に戻ってみると、とっくに休んでいるとばかり思っていた美咲が、ベランダに出て、空を見ていた。夜風はまだ暑く、湿っていて、遠くの方の空が高層ビルの灯りで赤く染まっていた。

「ちゃんと寝ていなければ、駄目じゃないか」

私が文句を言うと、美咲は穏やかな声で言った。

「もう寝るよ。あんたにも心配かけたからね。お礼を言おうと思って、待っていたんだ」

リビングからの明かりに、大きな瞳が揺らめいた。

「悪かったね。じゃ、お寝み」

美咲は窓の所にいる私の傍を通り過ぎようとした。手に何かを持っていた。

「何だ、又、ムーミンを見ていたのか」

私が言うと、少し笑って、

「山椒大夫もだよ」

と答えた。瞳には優しい光があり、声も穏やかなままで、まるでジョージ達を見るような眼差しで、私を見ていた。私はそれを頼みに、思いきって言った。

「なあ、心臓の検査だけでも、受けに行かないか……」

すると、美咲は薄く笑んで、

「お節介だね」

と言ったあと、

「まだ早いよ。もう少ししたら、自分で行くよ」

と、付け加えた。何を言っているのやら……。

「そういうのは、早い方が良いんだろうが。手遅れになったら、どうするんだ」

私が言うと、

「その時が来たらね」

と、美咲は呟いて寝室に入ってしまった。

「その話は、これでもう終り」というような感じだった。

その日を境にして、美咲は変わった。

他の者達に対するように、私に対しても優しい瞳を向けるようになった。まるで、初めて出逢った時の、あの桜の花の下で私達を見ていた時のように、時にはこちらが戸惑ってしまうような眼差しを私にも向け、乱暴な口を利いて私に悪態をつく事もなくなり、姿だけはそのままでいたが、私にとっては、全く見知らぬ女のようになってしまった。

もうタヌキの振りはしなくて良いのか？　と、美咲に訊きたかった。美咲がタヌキでなくなってくれるのなら、私もキツネになる必要はなくなるのだ。けれどそれでは、リョウのあの言葉と辻褄が合わなくなってしまう。リョウは、私が、美咲がオカマではなく、女なのだと悟った途端に「あの人は姿を消す」と、言っていたのだから。

美咲の変容、プラス、リョウの言葉＝美咲の消失？　私はその方程式が怖かった。

美咲はまるで別れを惜しむかのように、私達に濃《こま》やかな愛情を示し、その姿さえも静かに変えていった。

「あの子、この頃本当にきれいになったわね」

と、由利子さん達は何度も私を見て言った。

美咲の変身に、私が関係してでもいるかのような言い方だったが、それは違った。

美咲は勝手に変わってしまったのだ。まるで何かのサナギが、長い間いた土の中から出てきて殻を破り、中から羽の付いた何かが出てくるように。体の奥深い所から、柔かい光を放ち始めた。

それを見ている内に、私の中に小さな呟きが蘇ってきた。

「その時が来たらね」と、あの夜、美咲は言ったのだけれど、「その時」とは一体、どんな時なのだろうか？　幾ら私が焦れてみても、美咲の真意は摑めなかったし、不安は大きくなっていくばかりだった。理由もなく、説明もできない不安は私を苦しめ、深く傷つけていった。

美咲の、私に対する変容を喜んで良いはずなのに、そのことそのものが私の不安を大きくしてゆき、遂には自分一人で抱えているのも私は辛くなった。

美咲は行こうとしているのだ、と理由もないのに、私の頭が警告をしていた。

私は苦しみ、その苦悩を美咲にも、周りの人間にも知られるのを怖れた。そして、その苦しみの真ん中にはいつも、白いドレスを着た裸足の美咲がいた。

「さようなら。もう会えない」と言った、あの夢が住みついていて、私を追い詰めていった。

八月の末が近付いてくると、私は今度こそ美咲の行く先を知りたいという思いと、リョウだけが知っているらしい美咲の秘密を訊きに行きたいという思いとに、引き裂かれ、その間でフラフラと揺れ続けるようになった。

そんな時、由利子さんが事務所に引っ込んでいた私に、言いに来た。

「平ちゃん、お父さんとお母さんが見えているわ」

「又ですか？」

私は思わず疲れた声を出した。父と母に婚約祝いだといって渡されていた品物も、まだ美咲に渡すどころか、私の机の中に入れてあるままだった。

「どうかしたの？　この頃何だか変よ、平ちゃん。お母さん達、あなたが何も言ってこないって、心配して見えたらしいんだけど、どうするの？」

断って下さい。今日は帰して下さい、という言葉が、口まで出掛かったが止めた。それでは両親は、美咲か私に会えるか、連絡が付くまで、この店に通ってくることだろう。二人の性格からしたら、初めからこうなる事は、分かっていた。

私はヤケクソになって、由利子さんに言った。

「婚前旅行で仲良く北極にでも行った、と言っておいて下さい。それで、一年は帰らないって」

由利子さんは呆れて私を見ていたが、「馬鹿ったタレ」とも言わないで行ってしまった。

その夜、私は両親のいる「楓」には行けなかったので、事務所でぼんやりと過ごしてから、十時近くなって、やっと部屋に戻った。

「楡」に出ていたはずの美咲が、ソファに坐っていて、私の顔を見るなり言った。

「あんた、婚約祝い貰っておきながら、お礼も言ってなかったんだって？」

クソッタレ、と言われる方がマシだと思うほど、静かな声だった。

「何でお前がそんな事を知っているんだ？　卓郎さんの所はどうした？　又、具合いが悪いのか？」

思わず尖った声が出た。

「由利おばさんが、呼びに来たんだよ。それで、卓郎さんも行った方が良いって言うから、お父さんとお母さんに会って来た。二人共、淋しがっていたよ。何で電話もしてあげないの？」

「忙しかったんだよ。それに、恋人も忙しくて、まだ祝いに貰った物も渡してない」

「そうなの？　でも、それなら、そう言ってあげれば良いでしょ。慰めるのに、苦労したんだから」

「誰も、お前に頼んでいないだろうが」

「由利おばさん達に頼まれたんだよ。それに、放っておけなかったし……。きっと電話させるって約束しちゃったからね、電話してよ」

「分かったよ。もう良いか？」

「うん。それなら良いけど……。それからさ、お母さん達が変なこと言っていたよ。何か、ワタシにも呉れたって言うんだけど、あんた知ってる？」

美咲は、私に恋人がいると信じ込んでいるようで、両親との話の喰い違いには気が付いていないようだった。私は安堵の嘆め息を吐いた。

でも、これで本当に良いのだろうか？

そう考えて、私は思い到った。美咲は、私に恋人がいると信じ込んでしまったので、それで女男の振りをする必要を、強く感じなくなったのかも知れないと。だが、それなら尚のこと、私達の関係は拗れていっているわけで、私は酒だと思って、酢を飲んでしまったような気持になった。

「母のお古の指輪だよ。婚約祝いを持ってくるついでに、お前の分も持って来たんだろう。待っていろ。今、持ってくるから」

美咲は、

「良いよ、そんなの後で」

と止めたけれど、私は事務所に下りて、ケースの中から指輪だけを抜き取って、部屋に戻った。

「ほら、これだ。お古だから、サイズが合うかは知らないぞ」

実際、母が美咲の指のサイズを知っていたとは、思えなかったが、その金のリングは美咲の指にピッタリと合った。

美咲は困ったような顔をして、リングの嵌まった自分の指を見ていたが、

「貰えないよ、こんな大切な物」

と、やっぱり言い出した。

「要らないから、くれたんだろう。貰っておけば良い。オカマだって、指輪くらいするんだろうが」

私の言葉に、美咲は首を振った。

「要らない物をくれるような人じゃないでしょ、あんたのお母さんは……。きっと、大事にしてきたものだよ。本当なら、あんたのフィアンセが貰うべきだよ」

そう言うと美咲は寝室に行き、母の黒い宝石ケースを持ってきて、私の目の前でそれを開けた。パールのネックレスとイヤリングの間に、リョウの皮紐の付いた金のリングが納まっていた。

美咲はイヤリングを二つまとめて、留め具につけると、空いた方の留め具に、私が裸で渡したリングを掛けて留めた。

「これ、あんたに返す。あんたのフィアンセに、いつか渡してあげて」

「どうして？」

声が詰まった。

「こういう物はね、大切に手渡されていくものだよ。ワタシが貰っていいもんじゃないの」

私は理由もわからずに、切なくなった。美咲は、何も持たずにここに来たように、何もかも手放してしまおうとしているように思えた。

美咲が言っていた。

「わかった？　ちゃんと預かっていてよね」

「お前の、弟の物もか？」

美咲は笑った。

「リョウちゃんのだよ。いつもしていたのに、覚えていないの？　これも、いつか返さなきゃいけないいんだけど、ついでだから、あんたが預かっていてよ」

「嫌だ。お前が貰った物だろうが……。みんな、お前が持っていれば良いだろう」

私の言葉に、又、美咲は首を振った。

「物は、持つ人を選ぶんだよ。これはリョウちゃんのと、あんたのフィアンセの物で、ワタシのじゃない」

「お前の物だ」

本当に、お前の物なんだぞ、美咲……。私は口に出ようとする思いを、飲み込んだ。でも、なぜ言ってはいけない？　なぜ、いけないのだろうか。

「違うってば。良いから、預かっていてよ。それで、いつか渡してあげて。お母さんからだって」

美咲はケースを閉じて、私にそれを押し付けた。私にはそれが、怖ろしいパンドラの箱のように見えて、手を触れるのも恐かった。

「婚約したんなら、教えてくれれば良かったのに。でも、何もあげられなくて、悪いね」

美咲は、又、寝室に戻って行った。その時にはもう私には、何も考えられなくなっていた。

ただ悲しいだけだった。

美咲は寝室から、カードを手にして戻ってきた。親爺さんにみやげに持っていった物と良く似た絵柄で、一枚には青空の下一面にスノーピンクのバラが咲き誇り、もう一枚はぐっと地味で、白い野茨の繁みがどこまでも続いているものだった。

美咲は、ボールペンを手にしていて、少しはにかんだように訊いた。

「あんたのフィアンセって、どんな人?」

私は絶句した。悲しすぎて、声もでなかったが、やっとの事で、答えた。

「前に言っただろうが。ほっそりとしていて、可愛くて、優しい奴だよ」

「あんた、幸せだね」

と、美咲は呟いた。どうして、こうなって行くのだろうか……。

やがて、美咲は私に二枚のカードを差し出して見せた。スノーピンクのバラの上の空には、

「すこやかな時も
　病める時も。
　死が　ふたりを
　分つまで」
と書かれてあり、野茨の白い花の上の空には、
「あなたは
　わたしを
　愛するか？」
と書かれた文字の回りに、ハートが描かれていた。前の方の言葉は切ないほどに良くわかったが、後の方のカードの言葉に、私は心臓が止まりそうになった。
「あなたは
　わたしを
　愛するか？」
だって？　私は美咲の心を測りかねて、カードを手にした美咲の瞳を、真面に見てしまった。
美咲は、私の気持に気付いているのだろうかと思ったが、そんな様子はなかった。
「こっちのは分かるが、これは何だ？」

私が訊くと、美咲は笑んだ。

「お呪いだよ。彼女とケンカしたくなったら、自分に訊くんだ。自分は彼女を愛しているか？　って。大抵のことなら、それで治まっちゃうお呪い。大好きな言葉なんだ。で、どっちが良い？」

大好きな言葉と聞かされて、思わず私は答えてしまった。

「どっちも」と。

美咲は嬉しそうに笑って言った。

「良いよ。じゃ、どっちも。後で何か素敵な写真立てか、額を買ってくるからね。それまでに、お母さん達に、電話してあげて……」

嬉しそうに部屋に戻っていってしまった美咲に、

「馬鹿」

と言ってやりたかった。オカマの振りをする事を思い付いて実行する事といい、思いきり勘違いをして、自分で自分に婚約祝いのカードなど書いている事といい、まるきりおバカすぎて話にならなかった。

そして、その夜、私は再び事務所に下りていって、父母に電話を掛けた。遅い時間だったが、二人共まだ起きていて、私の適当な言い訳に、

「ウン、ウン」

と言い、

「美咲ちゃんと食事できて、楽しかった」

と言った。

私は最後に、こう言った。

「今、忙しいんだ。あんまりあの店に行って、迷惑掛けないでくれよ。手が空くようになったら、又、連絡するから、それまで大人しくしていてくれないか」

わかったのかわからないのか、その私の言葉にも、母は、

「ウン」

と言ったが、少しも信じられなかった。

そして私は自分が、又しても美咲の言うままになって、あれ程避けていた電話を家に掛けてしまった事に、気が付いた。美咲の宝石ケースを結局、押し付けられてしまった事にも、ついでに気が付いた。

自分と美咲の馬鹿ぶりに、もう付いていけない気がして、私は卓郎さんの所に上がって行ったが、その時だけは美咲の「具合いが悪い」事を忘れていた。それ程、美咲は愛らしかった。

美しすぎて、馬鹿すぎて。それで、私は美咲の語った言葉の端々に、別れの予感が含まれていた事すらも、見逃して、忘れてしまっていた。

本当に馬鹿なのは、私の方だった。

美咲は翌日、バスでショッピングモールに行き、美しい木目の小さな額を、二つ買ってきた。

由利子さん達には「美味しそうだったから」といって老舗の水羊羹をみやげに買ってきて喜ばせたが、自分は、

「くたびれた」

と言って、卓郎さんの店を休んだ。

私には、公園に寄ってきたけど、誰もいなかったとだけ伝えて、部屋に上がってしまい、夜私が帰ってみると、美咲はもう部屋に引っ込んでいて、二つの額に入れられたカードだけが空色の紙に包まれて、テーブルの上にのっていた。シンプルだが木目の美しい額は、二枚のカードの花の色と空の色に良く合っていて、絵に書き込まれた言葉の邪魔もしていなかった。

その夜明け、美咲は、又、秘っそりと出掛けて行った。いつもなら月末に出て行くので、私は心の用意をしていなかった。美咲は月末より何日か早く、

「知り合いの所に行ってきます」

と書いたメモを残して、行ってしまったのだった。

出掛けてゆく前に、私の寝具を直し、普段より少し長く私の顔を見ていて、

「行ってくるね。……又ね」

と呟いたのも同じだった。けれど、私は嫌な感じがした。美咲のペースが狂っていた。それに、「又ね」と口の中で言う声は、まるで「さようなら」とでも言っているように、淋し気だった。

玄関の扉が閉められたのと同時に、私は跳ね起きた。薄闇の中で急いで服だけ着替えると、美咲を追って部屋を出て、彼女の姿を捜した。尾《つ》いていってみるつもりだったが、美咲の姿は、もうどこにもなかった。バス通りまで行ってみても、無駄だった。車はまだ営業用のトラックがたまに通るだけで、バスもタクシーも走ってはいないのに。私のジグザグ歩きに付き合わされていた美咲が、どこかの小路にでも入り込んでしまったのだとしたら、私にはもう追い掛けようがなかった。

諦めて部屋に戻った私は、それでも念のために美咲の部屋のドアを開けてみた。

サイドテーブルの上には、

「あんじゅ
恋しや」

と書かれた、あの変なムーミンの絵が残されており、ベッドの枕の脇には、母が作った大きな抱き人形が置かれていた。クローゼットの中も変わりなく、黒いビニールバッグもそのままだった。私は安心したが、美咲がいつもどこから薬を出してくるのだろうと訝っていたので、もう一度バッグを改めてみた。が、前に見た通りの物しか入っていなかった。衣類と、手鏡と、ピエタのカードと、アドレス帳に挟まれた医師の名刺と、弟にスカートを穿かせて三人で花冠をかぶって笑っている写真とで、薬などは、どこにも入っていなかった。私はキツネに化かされたような気持になったが、それでもと、ベッドの下まで覗いてみた。そこには抱き人形が入っていた白い箱があったが、開けてみると何冊もの本が入っているだけだった（後で、それ等の本は読書好きの卓郎さんが美咲に貸していたものだとわかった）。ただそれだけ……。

美咲の出掛けていった先は、やはり分からなくて、私は考え込んでしまった。月に一回の外出。

行くべき身寄りがないというのだから、誰か好きな男でもいて、会いに行くとか？　月に一回のデート？　そんなものがあるとしたら、不倫しか考えられないし、その男が美咲の保証人になれないというのも解らなくはなかったが。美咲の方が、不倫というイメージからは程遠かった。

美咲は相手の気持というか、心というものを大切にするのだ。そんな美咲が、家庭のある男と忍び会って、相手の家族がどう思うかに、気が付かないはずはなかった。

それでは美咲は一体どこへ、何をしに、決まって月に一度出掛けて行くのだろうか？

私の胸に、リョウの言葉が木霊した。

「それに、あの人……」「あの人に、もし何かあったら」リョウは多分、私より美咲の秘密に近いのだ。そして、それはきっと、私が今一番知りたい事に、幾らか関係しているのだろうと思えた。

私は、アキを騙して聞き出した、リョウの実家の住所を睨み付けた。今から出ても、日帰りが可能なのだろうか？　ただ往復するだけなら良いのかも知れないが、リョウが私に会ってくれるという保証も、何かを話してくれるという保証もどこにもないのだから……。それでも、私はリョウの所に行ってみる事にした。美咲の不調と謎々が、私を促して止まなかったのだ。

由利子さん達には美咲を真似して、「ちょっと出掛けてきます」というメモだけを「楓」のテーブルの上に置いて、私は出発してしまった。

朝早い新幹線は、やはり出張族と、夏の終りを楽しもうとするおバカな金髪達で一杯だった。近頃は茶髪なんてもう古い。彼等はズボンを尻まで下げて、ヘソを丸出しにし、女はブラジャー一つみたいな格好をしていて、ピアスだらけの顔に、外人みたいな金髪に染めた髪で、居眠りしているサラリーマン達を尻目にバカ騒ぎをしていた。

熱海駅でバスに乗り換えて、私はリョウの実家に向かった。バスは明るい木立の下を段々に登って行き、気が付いた時はもう低い山の中を走っていたが、樹々の緑は、意外に明るかった。

私は、リョウの実家のホテルの近くで、バスを降りた。ホテルというのは名前だけで、格式のある純日本風な建物で「旅館」とでも呼んだ方がふさわしく、敷地は広大なようだった。

重厚な造りのフロントで自分の名前を言い、リョウに会いたいと告げると、係員は、

「しばらくこちらでお待ち下さいませ」

と、やけに丁寧な言葉で、私をロビーの隅の方に置かれた、和風の布を張ったソファに案内してくれた。ロビーはチェックアウトしようとする客達で混雑していたが、どの客も夫婦連れか仲間同士みたいな感じで打ち解けていて品が良く、大騒ぎをする団体客の姿は見受けられなかった。余程、客層が良いのだろうかと考えていると、リョウが姿を現した。ホテルの制服らしい紺のダブルのブレザー姿で、ずい分大人びて見えたが、リョウの顔色は冴えなく、体の方も前より痩せて見えた。

「どうしたんだ？　余り元気そうじゃないな」

私が言うと、リョウは皮肉な笑みを浮かべて、

「ここじゃ生きている気がしないんだよ」

と答えた。そして私の向かいのソファに坐るなり、

「どうしたの？　あの人に何かあったの？」

と私に訊いてきた。何から話せば良いのだろう？

「何かあったという訳でもないんだが……。この間から、ずっと調子が悪そうなんだ。ちょっと心配になってな」

「それだけ？　それだけであんたが、わざわざこんな所までノコノコ来たっていうの？」

私は後悔した。やっぱり来るべきではなかったのだ。

「それだけだ。それだけでも十分だろう。リョウ、お前、何か知っているんだろう？教えてくれないか」

「あんたが俺に頼むの？」

リョウはきつい瞳をした。

「あんた、どうにもならない哀しみっていうのを知っている？　俺は知っているよ」

「……それなら、私も知っている」

リョウは驚いたように私を見た。

「お前のせいだよ。お前があんな事を言って釘を刺したもんだから、私とあいつは未だにタヌキ合戦だ」

そう言って、私はリョウに未だに美咲は、私が自分をオカマだと思っている事と、私は美咲を女だと言えなくて、オカマと同居している男の振りを続けている事を話してやった。

こんな話ができるのはリョウだけだったので、私の口調は自然に悲哀のこもったものになった。

リョウはニヤリと笑って、言った。

「良い気味だ」

大人の男の顔だった。リョウはリョウなりに、哀しみを深く味わったのだろう。そう思うと、私もニヤリとしないではいられなかった。美咲に振られた男と、初めから振り回され続けている男が二人、仲良くこうして話をしているのだ。

私は言った。

「その上、あいつは私に恋人がいると信じ込んでいてな。この間なんか、何を勘違いしたのか、婚約祝いまでくれたよ」

リョウは笑った。

「なおさら、良い気味だ」

それから、フッと顔をそむけた。

「でも、あんたなんか良い方だよ。俺は、はっきりと振られちゃったもん。あんた、あの人が好きになったんだろ？」

私は頷いた。リョウに隠すつもりにはなれなかったのだ。

「お前は、何と言われて振られたんだ？」

「ヤなオッチャンだね、全く」

リョウは睨んでいたが、それでも答えてくれた。

「弟みたいに可愛かったってさ」

私は迷ったが、教えてやった。

「あいつは弟を亡くしている。きっと、それでだろうな」

リョウはそれを聞いて、しばらく俯いていたが、やがてポツリと言った。

「それなら、弟でも良いか……。俺、本当はあの人に申し込んだんだよ。ま、初めから駄目だって気はしてたんだけど。それでも、あんたの所にいるより、こっちの方がずっと楽だと思ってさ。でも、断られた」

私は驚いた。まさか、リョウがプロポーズまでしていたとは……。でも、

「何でだ？　お前と結婚すれば若奥さんで安泰だろうし、家族もできて嬉しいはずだろうが」

「俺もそう思ったんだよ。あの人と結婚させてくれるなら、ウチに帰るって言えば、オヤジだって反対できないと思ってさ。でも、肝心のあの人が駄目だって言うんだもんね。泣いたよ」

「……そりゃ泣くだろうな。でも、何で駄目なんだ？」

「遠すぎるからって」

私は耳を疑った。その言葉は、確かに最近聞いた覚えがあった。何かの拍子に、美咲が

言ったのだ。「だって、遠すぎるもの」と……。あれは、何の話の時だったろうか？

「遠いって、どこからだ？」

「東京。何だか知らないけど、どうしても東京を離れる気持にはなれないって。それだけの理由で、振られちまったんだ。笑えるだろ？」

私はリョウを見た。

「笑えないさ。私だって振られているようなものだ。何せ、あいつに婚約祝いまで貰っているんだからな」

私達は、黙ってロビーの大きな窓の外を眺めていた。風が、時折葉桜の枝を揺らして過ぎていった。

「帰りたいな。俺、こっちに来てからオヤジとケンカばかりでさ。それに、歌っていないと、死んだみたいな気持になるんだ。もう疲れたよ」

リョウが呟いた。

「帰ってくれば良いさ。姉さんがいるんだろう？　ちゃんと話し合ってみれば良い。アキ達も淋しがっているぞ」

「知ってるよ。でもあんた、恋敵にそんなこと言って良いの？」

「何だお前、まだ諦めていないのか？」

私はおどけて見せた。

「それじゃ、止めといてくれ。これ以上こんがらがるのは、敵わないからな」

リョウも、瞳だけで笑って見せた。蔭りのある顔だった。私は、その理由を知りたかった。美咲に関する、全てのことを。

「あいつが、倒れた」

リョウはビクッとして私を見た。

「自分では貧血だと言っているが、心臓らしい。お前、何か知っているんじゃないか？」

リョウは空っぽになった瞳で宙を見ていた。

「それに、毎月、黙ってどこかへ消えちまう日があるんだ。四月の、連休に入る前からそうだった。あの時はお前と一緒だと思っていたが、違ったんだろう？」

リョウは、何を言っても反応を示さなかった。

やっぱり駄目だったかと私が諦めかけた時、ふいにリョウの顔が苦し気に歪んだ。涙ぐんでいた。

「あの人、うんと悪いの？」

「分からない。医者に行くのを嫌っていて、どうしようもないんだ。それで、困っている」

「あんたがここに来た事、あの人は知っているの？」

「嫌、知らない。実を言うと、今日もこっそりあいつは行ってしまった。どこかで倒れやしないかと思うと、そっちも心配だ」

口に出してみて、初めて私にはわかった。美咲の、あの、「行ってくるね。又ね」の変な挨拶は、自分が、出掛けた先のどこかで倒れて、帰れなくなるかも知れないと、わかった上での、呟きだったのではないか……と。そんなこと、冗談じゃない。

私が言葉を失ってしまうと、リョウが口を開いた。

「分かったよ。こんな事、一生誰にも言わないと思ってたんだけど、言うよ。俺だって、あんたに負けないくらい、あの人が心配だからね。でも、ここじゃ駄目だ。俺の部屋に来て」

私は、広い廊下を曲がりくねって裏口へ向かうリョウの後に続いた。何を聞かされるのかと思うと怖かったが、やはり聞かずにはいられなかった。リョウの家は、ホテルの裏手の小道を行った林の中にあった。従業員用の宿舎だという建物が、林の奥に見え隠れしていた。

リョウは私を自分の部屋に入れると、ギターケースの底から、何かを取り出してきて、私に寄こした。怯えたような瞳をしていて、手が震えていた。それは四つに引き裂かれて、くしゃくしゃに丸められた二枚の紙片と封筒で、その破かれた所はセロテープでしっかりと貼り直されていた。

その封筒を見た私の手は、リョウの手以上に震えてしまいそうだった。昔の職業と同じ業者の名が、そこには印刷されていた。

探偵事務所だった。私の目に促されて、リョウは説明を始めた。いかにも辛そうに話すリョウの話によると、こうだった。

四月の終り、連休の始まる前々日の夜、リョウは駅前のファーストフード店に勤めている友達と話していて、終電に乗り遅れてしまった。そんなに寒くなかったし、どこかへ行くのも面倒臭いので、その友人とそのまま駅前広場のベンチに坐り込んで、始発の電車を待つことにした。二人で寄り固まってうつらうつらしていると、前を通り過ぎて行く人の気配で目が覚めた。見てみると、俯いて足音を殺すように歩いていくのは、美咲だった。手には小さな黒いバッグを持っているだけだったので、初めリョウは美咲が、どこかその辺に用事でもあって出掛けるのか、と思った。それにしては早い時間だとは思ったが、美咲に会えた事が嬉しかった。公園では皆がいて、なかなか二人だけで話すチャンスがなかったし、運が良かったくらいにしか思わないで、友人にギターを預けて、美咲の後を追いかけて行った。

けれど美咲はひどく沈んだ様子をしていて、いきなり話し掛けるのはためらわれた。それでリョウは美咲が買ったと思われる額の切符を取りあえず買って、どこか電車の中ででも話し掛けようと、又後を追《つ》いて行った。美咲はその間、顔を上げもせず、後ろを振り返ってみる事もなかったそうだ。上り線の一番電車が来ると、美咲はそれに乗った。リョウも何となく別の車両から乗り込んだが、電車は結構混んでいて、眠そうにしている人達を掻き分けてまで、車両を移動して行く気にはなれなかったので、まあいいや、と思って、リョウは遠くから美咲を見ていた。美咲はその間、座席を見付けて坐り、ずっと目を閉じていたので、起こすのも可哀想だと思ったし、どうせ近くまでだろうからと、楽観もしていた。けれど美咲は新宿に着くと、今度は私鉄に乗り換えた。リョウは迷ったが、結局その私鉄の切符も適当に買って、下り線のホームに向かう美咲に追いて行った。その頃にはもう、「あれ、偶然だね」と話しかけられる場所からは離れてしまっていて、何か言葉を掛けるためには、何かの理由（つまり、言い訳）がなくてはならない程、私達の町からは離れてしまっていた。美咲が、新宿から三つ目だか四つ目だかの駅で電車を降りた時、リョウはもう今日は駄目だと思って、諦めようとしたが、前を行く美咲の後ろ姿に、足が勝手にくっ付いて行ってしまった。

美咲は駅を出ると登り坂の方に行き、やがて辺りは凄いお屋敷町になった。その屋敷町の一角に、古びた内科の看板を掛けた大きな家があり、美咲はその中に入って行った。すると、すぐに五十年配の女性が出てきて、「本日休診」と書いた札を入口の戸に掛けて、又中に入って行った。こんなに朝早くから「休診」の札を下げるなんて。変だなア、とリョウは思ったが、美咲が目的地に着いたらしい事に安心して、その辺りをブラブラし始めた。用が済んだ美咲が出てきたら、その時こそ、「アレ、偶然だね」とでも何とでも言うつもりだったが、昼近くなっても美咲は出て来なかったので、さすがにくたびれてきたリョウは、つい、美咲の入って行った家の近くまで行って、その医院兼自宅みたいな家の周りを歩き始めてしまった。

早く出て来てくれないかなァ、くらいの気持だったが、何度目かにその家の裏口近くを通りかかった時、窓から女の人の泣く声が聞こえてきた。ギョッとして足を止めると、その女の人は声を殺すようにして泣きながら、誰かにしきりに訴えていた。

「ねえ、あなた。お願いよ……。もうあの子に、帰ってくるように言って。お願い……」

「無理を言ってはいけない。約束しただろう？　あの子は最後の時になったら、きっとここに帰ってくる。追い詰めてはいけない」

「でも、もうあの子は限界じゃないの。嫌よ。嫌……」

「泣いてはいけないよ。あの子に悟られる。さあ、笑って。あの子も疲れたろうから、少し休ませてあげないと……。ホラ。私だって辛いんだ。笑って……」

女の人と、男の人の声だった。

リョウは怖ろしくなって、ソロソロとその場を離れていった。あの二人の男女が話していた、「あの子」って、誰だろうと思った。何となく美咲の事なのだろうという気がしたが、それにしては、二人の会話の内容が恐ろしすぎて、頭が付いて行かなかった。

もう止めよう。そう思って駅に戻ったのだが、洩れ聞いた会話が余りにショックだったので、一人で帰る気持にもなれず、ぼんやりと駅前のカフェテラスに坐って美咲を待っていた。

ジリジリする程の長い時間が経ち、夕方も六時を過ぎる頃になって、やっと美咲の姿が登り坂の中途に見えてきた。リョウは勇気を出して手を振ろうとしたが、美咲はそのまま坂の途中の角を曲がり、リョウの見ている前で一軒の雑居ビルに入って行った。二階にある、その会社のドアを開ける美咲が見えた。その会社の窓には、大きく「上原探偵事務所」と書かれた看板があり、その下には、くっきりと電話番号も書かれていたが、何の調査をする会社なのかは、わからなかった。会社のドアの方の看板の横に、「何でもお気軽に御相談下さい」としか書かれていなかったからだ。

リョウは、今度こそ見てはいけないものを見てしまったように感じ、しばらく固まってそこのドアを見ていたが、その内に「今度こそ、帰ろう」と思えてきて、帰りの切符を買おうとして列に並んだ。そして、改札口に向かおうとしていると、今度は駅に向かってくる美咲の姿が見えた。手に、何か茶色い大きめな封筒を抱えていて、俯いたままリョウの方に歩いてきたので、リョウは咄嗟に物陰に隠れた。とても、「やあ、変なとこで会ったね」と言えるものではなく、そうかといって、美咲の姿を見てしまった以上、知らん顔をして一人で帰ってしまうほどの決心も付かなかったので、結局リョウは来た時と同じように、又、美咲に追いて、この町まで帰ってきたという訳だった。

駅にまでは真っすぐ帰ってきた美咲だったが、家にそのまま戻ろうとはしないで、リョウの友人の働いているファーストフードの店に入って行った。そこは二十四時間営業しているので、リョウ達も時々そこで閑を潰したりしている店だった。リョウはしばらく迷ってから、結局同じ店に入って行った。もう何と言って良いかも分からなかったが、昼間聞いた男女の言葉と、「探偵」が気になって、何でも良いから美咲と話がしたかった。それにもうここまで帰ってきているのだから、今度こそ「アレ、どうしたの」とでも何とでも言えるのだ。そう思ってリョウは、美咲から見えるような見えないような、それでいて自分からは美咲が良く見える場所に席を取った。

美咲は微笑むような顔をして、何かを見ていた。あの探偵社から持ち帰った封筒の中味らしかったが、同じ紙面を、美咲は一時間以上も見詰め続けていた。最後に満足そうに目を閉じた美咲の目からは涙の雫がこぼれ落ちてきて、今度は美咲はそのまま、一時間近く俯いて泣き続けた。

リョウは固まってしまい、美咲が席を立つまで、ただ美咲を見ているしかなかった。

十時近くになると、美咲は自分が見詰めていた紙片を封筒に戻し、それをそのまま四つに引き裂いて、一つずつグルグル巻きに絞った。そして静かに店を出て行くと、ファーストフード店の横にあった本屋の前の屑入れに一つ、そのビルの入口にあった屑カゴに一つ、駅前広場のベンチの横のに一つ、向かい側のビルの前のに一つ、とバラバラにそれを捨ててから、公園だか家だかに向かって歩き始めたのだという。

リョウはそれを全部拾ってきて、テープで貼り合わせたのだった。

「だけど、あの日あいつは確か、朝帰りだったぞ」

私が言うと、リョウは目を逸らせたまま言った。

「そこまでは知らないよ。きっと泣き足りなくてどっかで泣いていたか、他の店にでも入ったんだろ」

リョウは美咲の事が以前にも増して気になるようになった。特に体調のことが……。けれど、公園で何気なく美咲に体調を訊くと、

「平気だよ。でも、何でリョウちゃん、そんなこと気になるの？」

と、逆に訊き返されるだけだった。

「人の相談には親身になってくれるくせに、自分の事になると、あの人、貝になっちゃうんだ」

リョウは深い嘆め息を吐いた。私も、そうしたかったが、嘆め息も出なかった。

「諦めた方が良いって分かってたけど。でも、何でだか、どんどんあの人が好きになっていっちゃったんだよ。バカだよね」

リョウは美咲の傍らから、離れられなくなった。どうしても二人きりになって、告白したくなって、結局、又、四月の夜のように、美咲がひょっこり現れるのを期待して、駅の周辺やファーストフード店で、よく夜を明かすようになっていった。

そして六月の末、美咲は前と同じように秘《ひ》っそりと遣って来て、又、始発電車に乗った。医者の家には行ったが、今度は探偵社には寄らず、ファーストフード店にも寄らないで、真っすぐに私の家に帰って行った。

美咲の様子が辛そうで、余り良く眠っているようだったので、リョウは行き帰りともあんなに決心して追いて行ったのに、結局美咲に近付けなかった。それで、私の家までノコノコと付いて来てしまったという訳で、リョウが「楓」を知っていたのは、そのためだったのだ。私はリョウに何と言えばよいのか分からなかった。

「お前なァ……」

と言ってみたが、後が続かない。リョウは私を遮った。

「分かってるよ。自分でも、ストーカーみたいな真似している自分が嫌になった。それで、あんたの店に押し掛けて行って、見事に振られたという訳さ。それでも、諦められなかったよ。あの人は、何だかうんと哀しそうな瞳をして俺を見てさ、ゴメンネって謝るんだ。それでも好きだって言ったら、本物のストーカーになっちゃうだろ？　俺、自分で自分が恐くて逃げて来たんだ。あの人のせいじゃないよ」

「私も同じだな。リョウ、そう恥ずかしがることはないぞ。誉められた話じゃないが、私もこんな所まで来てしまった。男なんて、仕様もないな」

リョウはやっと笑ってくれた。

「本当だね。好かれた方は良い迷惑だ」

「全くだ」

私達は、自分を笑いとばしてから、別れた。

リョウは私に、その医院の住所と名前を教えてくれ、セロテープで貼られた封筒も私にくれた。

「敵に塩を送って、どうするんだろうな。けど、今現実にあの人の傍にいるのはあんただから……。気を付けて遣ってよ。俺にはどうにもできない」

それが、リョウの私への別れの言葉だった。

リョウは今でも美咲を愛しているのだ。あのリングは、別れの印ではなく、リョウの愛の証だった。それを思うと私は、自分のことのように胸が切なくなった。

帰りの新幹線の中で、私はリョウの教えてくれたアドレスを見た。

渋谷区。そして医院は水穂内科病院。

美咲のアドレス帳にあった医師の名刺と同じ所だった。水穂広美。それが泣いていたという女性なのか、宥めていたという男性なのかまでは解らなかったが、美咲が「あの子」

と呼ばれていたとすると、その水穂家と美咲とは余程近しい間柄と思われた。それなのに、美咲は家族も縁者も誰もいなく、帰る所もないとリョウに言っていたのだ。なぜそんな嘘を吐いたのだろう？

私は不審に思いながら、リョウから渡された探偵社の報告書を見た。そして、そこで私の思考はストップしてしまった。完全に。

一枚目には、

「かねてよりの御継続の調査の報告を致します」

とあり、宛名は、

「水穂彩子様」

となっていた。

水穂彩子？　美咲は、水穂家の娘なのだろうか。リョウはどうしてこの事を、私に言わなかったのだろう？　考え込んだ私に、リョウの声が遠く聞こえた。リョウは決して、美咲の名前を呼ばなかった。常に、「あの人」という呼び方をしていたリョウは、きっと私の前で、美咲をどう呼んでいいのかも分からなかったのだろう。

私も美咲が、分からなくなった。

二枚目の紙片には、

「調査報告、

一、深田安美様。

住所・世田谷区××につき、変わりなし。

深田悟氏・××建設㈱都市設計部勤務に変わりなし

深田家との関係・良好

追記・深田夫妻の間に、第一子ができたという情報あり。追って調査報告を致します。

二、山崎一寿様

住所・台東区××において変わりなし。

今後の予定・××美術大学において引き続き在学。来春には大学院・日本画科に進学を決定との事。こちらも調査を継続致します。

とだけ、簡単に報告されていた。

これだけでは、何も分からない。辛うじて私に分かったのは、山崎一寿という美大生が、同じ山崎姓を名乗る美咲と、何らかの関係があるのではないかという事だけだった。もしそうなら、年齢からいえば、丁度美咲の弟くらいに当たるのだろうか？　だとすると、もう一人の女性の方は妹に当たる？　けれど、美咲は私に二人は死んだと言っていた。それでは、この二人は誰なのだろうか？　なぜ美咲は、この二人の継続調査などをしているのだろう。そもそも、「山崎美咲」などという女性は実在しているのか？「水穂彩子」というのは、何者なのだろう。今、私の家にいる「美咲」を名乗る女性……。彼女は一体、誰なのだ？　そしてなぜ「美咲」は、これを見て泣き、なぜ引き裂いて、わざわざバラバラに捨てたりする必要があったのだろうか。

私は、こんな物を見なかったと思い込みたかった。でなければ、リョウに全てを返してしまいたかった。

リョウが、ずっとこんな物を持っていられたとは、到底信じられなかった。けれど、実際「それ」は私の手の中にあり、無かった事にすることも、もちろん叶わなかった。

親爺さんの言葉が思い出された。

「あいつには怖いものなんか何も無いんだよ。諦めろ。忘れてしまえ」

心の中だけで泣き疲れた私が、ヨレヨレになって部屋に辿り着いてみると、「美咲」はもう帰っていて、寝室のドアは閉じられていた。

その夜遅く（というより明け方になって）、美咲が眠ってから、私は「それ」を、下駄箱の上の物入れの鞄の中に隠した。

翌日の夜、「美咲」は私を捕まえて、

「昨夜はデートだったの？　遅かったね」

と言った。私は答えなかった。この女は誰だ？　と思っていると「美咲」は、

「何？　ケンカでもしたの。変だよ」

と言って、寝室に戻っていった。顔色が青く、透き通っていて、瞳は熱でもあるかのように潤んでいた。そしていつもは静かな部屋の中から、時折咳込む音が聞こえてきた。その音はいつまでも続き、夜明け前に手洗いに立って、私の様子を見ていってからも、止まらなかった。

私は、自分をこんな地獄へ突き落としてくれた「美咲」を憎みたかった。けれども憎む代りに、私は「美咲」の体調を心配した。憎みたくても憎めない。愛したくても、愛しきれない……。そんな苦しみをこそ、リョウは「哀しみ」と呼んだのだろうか……。それは異う。リョウは「美咲」を想い続けた。私は自分が「美咲」を思いきれなく、そうかといって「美咲」に本当の名は？　などと訊く勇気もない事に腹を立てていた。つまりは「美咲」を憎む代りに、自分で自分に八つ当たりをしていたのだ。リョウのように、それでも真っすぐに「美咲」を受け入れていれば良かったのに。一方で愛して、一方で自分の中に籠もろうとした。私の遣り方は、最悪だった。

半月後、九月の十五日に、「美咲」は、何の前触れもなく、私達の前から姿を消した。

その時、私は、悩んだ末に、昔の同業者に「美咲」の調査依頼を申し込んでいた。信用のできる会社で、そこの所長とはずっと顔馴染みだったのだ。私はリョウからの裂かれた報告書にあった二人の名前と住所を言い、彼等と「山崎美咲」という女性との関連を調べてくれるように頼んだ。それから、水穂医師一家と「水穂彩子」と名乗る女性との関係も、調査してくれるように依頼した。

自分の愛する女が誰なのか、そしてその女が、水穂家で交わされた話の「あの子はもう限界……」という言葉に、どう関わってくるのかを知りたかった。限界だの、最後の時だのと聞かされて、頭がどうにかなっていたのと、美咲が美咲でなかったことのショックで、トチ狂っていたのだ。本当に、一時のトチ狂いだった。

なぜなら、その依頼の電話を切った瞬間から、もう私は、こんな事はするべきじゃなかった、と後悔していたのだから……。私はリョウを見習うべきだった。リョウのように、「美咲」を美咲として、ただ受け入れるべきだったのだろう。けれど、もし私がそうしていたら、私は真の美咲の姿も、美咲の愛も知らなく、私自身の愛の強さも知らないままで、生涯を終える事になっただろう。

九月の十五日。

その夜、私が部屋に戻ってみると、もう美咲の姿は消えていた。

テーブルの上に、美咲の字で書き置きがあり、

「長居をし過ぎました。

もう行きます。ありがとう」

とだけ、記されていた。どこへ行くとも書かれていなく、慌てて荷物を調べてみても、美咲が持って出たのは、この家に来た時のものだけだった。

　卓郎さんの贈った衣類はそのまま残されていて、借りた本の入った箱がその下に置いてあり、母の贈った抱き人形もベッドの上に坐らされていて、失くなっていたのはあの変なムーミンの絵だけだった。

　たった一枚の書き置きだけ残して、「さようなら」も言わずに、美咲は行ってしまった。本当の名前すら告げないままで、私に「さようなら」も言わせないで……。

　私の態度がいけなかったのだろうか？　訊ねてみるまでもなく、そうに決まっていた。私はこのところタヌキ合戦も止めて、不機嫌なただの男になっていた。表面上はタヌキの振りを続けてはいたのだが、時折不機嫌が表に出てしまったという方が当たっていたし、それでも美咲の姿を目で追い求めるという事が止められなかったので、相当に怪しい奴になり下っていたのだ。私は自分を呪いながら、階下に下りた。

　由利子さん達はもう帰ってしまっていて、卓郎さんも美咲は「今日は来なかった」と言うだけだった。急いで公園にも行ってみたが、ジョージ達もフジさんも皆、「見ていない」と言った。暑さが少し和らいできたので、又、皆、公園側に来るようにもなっていたのだ。

　気だけ急いていた私が、引き返そうとすると、

「そういえば……」

と、フジさんが口の中で言った。

「見掛けたんですか？」

私が訊くと、びっくりしたように目を見開いて、

「脅かさないでくれよ」

と、まず責めたが、そんな事、構ってはいられなかった。

「いつ？　どこで？」

「あっちの、」

と言って、フジさんは駅の北側を指さした。

「ビジネスの辺りかなァ。でも、確かじゃねえよ。サングラスかけてたし、髪形も異っていたからな。けど、似ていたような気もするよ」

「いつですか？」

「さあて。昼頃だったとは思うんだが、細かい事までは分からねえな」

「あの人、いないの？」

ジョージとジュンが心配そうに訊いた。

私は、「いないんだ。あいつがいなくなった」と喚き出したくなったが、ぐっと堪えた。

「ちょっと出掛けただけだ」

とだけ答えて、変な顔をしているジョージ達を残して、ビジネスホテルに向かった。

ホテルのフロントに、美咲らしい女が泊まっていないかと訊ねてみると、

「女客は、今日は一人もいない」

という返事だった。それでは、働きたいと言ってきた者はいないかと訊くと、

「昼間一人来たが、身元保証人もいないっていうんで断ったよ」

と言う。それでは、この近くに住み込みで働けるか、寮のある仕事場に心当たりはあるかと訊くと、

「しつこいね、あんたも。この辺りには、そんな洒落たもん、ないよ。あるとしたら××だけど、それだって保証人がいなけりゃ、バーかスナックが良いところだろ」

と、煩そうに昔の私の職場のある町の名前を言って、私を追い払った。

もう、そちらへ行ってしまったのだろうか？　だとしたら、郷田の息の掛かった店にでも連れ込まれかねない。奴等は、金になる事なら、何でもするのだし、美咲の勤められる場所は限られている。

私は店に戻って応援を頼んだ方が良いか、幸弘に相談した方が良いかと思いあぐねた。こういう時、警察は頼りにならない。若い女の「家出」か、「夜遊び」で済まされてしまうのだ。だったら、幸弘に頼む方がマシだった。

あの辺りの店のことなら、幸弘の耳に大抵入ってくるのだから。坐っていてもそうなら、

捜しに行って貰えば、もっと話は早いだろう。

けれど、リョウは美咲が、駅の辺りを何日かうろついていた、と言っていた。それなら、少なくとも二、三日はやはり、仕事を探してこの辺りにいてくれるんじゃないだろうか？この町に見切りをつけて、私達の全てをさっさと捨てて、行ってしまう程、美咲が割り切れるとも、私には考えられなかったし、そうして欲しくもなかった。

美咲は私の家と公園と、コンビニくらいしか行っていないのだから……、美咲の行ける所は、私と歩いた範囲くらいしかない。私はそう見当をつけて、美咲と歩いた場所を必死に思い浮かべた。

ペットショップ？　可能性あり。ジグザグ通り？　今はいない。駅前やファーストフード店？　それならジョージ達が見掛けているはずだ。映画館？　可能性はあるけど、雇っては貰えない。公園？　いなかった。それならば、まずペットショップへ、と思いかけて私は気が付いた。まだ一つ、ある。

あのデカチビに襲われた時、逃げ込んだ古ビルの屋上はどうだろうか？　あそこなら階下に洗面所はあるし、美咲の好きな水さえあれば、二、三日は泊まれて、職探しにも行けるだろう。

「どうかそこにいてくれ。余り無茶するな」と、私は自分の事は棚に上げて、祈るような気持で、そのビルの屋上に昇って行った。

「美咲」はそこにいた。

私は、「神様」とまずお礼を言って、次には「助けて」とお願いをしなくてはならなくなった。

美咲は、そこにいるにはいたが、いつかのようにベンチの上でエビのように体を曲げ、ガタガタと震えていて、ハンカチで押さえた口許からは血が流れだしていた。

私は安堵とショックで呆けたようになりながら、震えている美咲の体を抱き起こし、口から流れている血を、自分の手で拭った。美咲の瞳は見開かれていて、苦しみのためか幾筋もの涙が頬に伝っていた。

「悪かった」

私はまず美咲に謝った。そして言った。

「水は要るか？　救急車の方が良いか？」

美咲はガタガタと震えながら、苦しそうに詰まった声で、

「バカ」

と言った。

「水はどこだ？」

構わずに私が訊くと、美咲は自分の頭の向こうのベンチを指さした。そこには、天然水のボトルが何本も入った袋があった。けれど、美咲は言った。

「駄目だよ。薬が全然効かないんだ」

「この血はどうした？」

「どっかの細い血管が切れたんだよ。平気だよ。たまにこうなるんだ」

「とにかく病院に行こう」

「ヤだったら。……それより、水、くれない？　もう一度、薬、飲んでみる」

美咲は、私の渡した水で、それこそ「てんこ盛り」の薬を飲むと、又その包装剤をポケットに戻し、それから水を一気飲みして、小さく呻いた。

「何を飲んだんだ？」

「痛み止め」

「痛み止めでも、そんなに飲むと、体に悪いぞ」

「良いんだよ、別に」

美咲は震える自分の体をきつく抱き締めていた。私は心配の余り、きつい調子で言った。

「そんな事をしていると、死んでしまうぞ」

「それでも良いよ」

美咲の声の調子は静かで、掠れていたが柔らかだった。むしろ、明るかったと言っても良いくらいだった。

「どうしてそんな事を言うんだ。言って良い事と、悪い事があるぞ」

「ワタシは良いんだよ。そうすれば、誰にも迷惑を掛けないで済むからね。誰にも迷惑を掛けたくないんだ。もう帰って」

「馬鹿言うな。一緒に帰ろう」

私が言うと、美咲は顔をしかめて私を見た。

「馬鹿はあんたでしょ。何でこんな所に来たのさ」

お前を捜してに決まっているだろう、と思ったが、美咲のしかめ面を見ると、言えなかった。

「ちゃんと書いてあったでしょ。ありがとうって。もう帰ってよ、辛いんだ」

美咲はそう言うと、又、暗がりの中で丸くなってしまった。私は仕方なく、少し離れて美咲を見守っていた。病院、病院、という言葉が、私の頭の中を駆けめぐっていた。

一時間が百時間にも思われてきた頃、美咲は大きく息を吐いて、体を起こした。

「もう大丈夫なのか？」

私が声を掛けると、美咲はビクッと体を震わせた。

「驚かさないでよ。まだいたの？」

私はとにかく美咲を連れて帰りたかった。

「だから、私が悪かったと謝っているだろう。機嫌を直して帰ってくれ。悪かったよ」

美咲は、へ？　という顔をした。

「何謝ってるの？　わかんないよ」

「このところ冷たくしてたろうが。それで家出したんじゃないのか？」

美咲は、

「笑わせないでよ、まだ苦しいんだ」

と言った。

「あんた、ゲイが出て行ってくれて、せいせいしたんじゃないの？　あんたがゲイの機嫌まで気にするなんて、おかしいよ。差別主義者のくせに」

「それは止めにした。ゲイでも構わないさ。嫌、異うな。ゲイでも好きだから、帰ってくれ」

美咲は困ったような顔になった。

「普通の男が、ゲイを好きだなんて言うと、石になっちゃうよ。誤解されるから、止めといたら？」

「誤解なら、もうされている。帰ろう」

「フィアンセに？　馬鹿だね。何であんたもリョウちゃんも、自分から石になんてなりたがるのさ」

美咲は嘆め息を吐いた。

「やっぱり長居しすぎちゃったのかな……。あんまり面白くて、つい、居ついちゃった。

悪かったね」

「何が面白かったんだ？」

私は、タヌキの化けの皮が剝がされたように思ったが、美咲は困っていた。

「初めはね、そんなつもりじゃなかったんだよ。公園でドレミを見てニヤけているあんたの顔を見ていたら、このオッチャンだったら、二、三日泊めてくれるかも、って思って追いて行っただけなんだ」

「私はニヤけていた覚えなんてないぞ」

「ニヤけていたよ。ドレミを見て、優しい顔してた。でもって、あんたに追いて行ったら、今度は淋しいオッチャンだった。あんた、居坐っちまったワタシに、ご飯まで運んでくれてただろ？　あんまり居心地良くて、楽しくってさ。皆も優しくしてくれたし……、悪いと思ってたけど、止められなかったんだ。天国みたいだったもんね」

「私にとっては、地獄だったぞ」

私が言うと、美咲はますます困った顔をした。

「だろうね。オカマ嫌いなあんたが、ゲイと同居してたんだもん。お疲れさま。でも、ワタシは楽しかったよ。この何年間かで、一番楽しかったな」

「そんなに楽しかったか？」

私は訊きながら、胸が迫った。あんなオカマの振りをして、私とのタヌキ合戦をしながら、具合いが悪いのに働いていて、それが「一番楽しかった」と言う美咲のこれまでに、心が潰れるようだった。

「それなら、一緒に帰ろう。又、楽しくやれば良い」

やっとの思いで言うと、美咲は、

「ヤだよ」

と、駄々を捏ねた。

「帰ったら、病院に連れて行く気なんでしょ？」

「当たり前だ。何でそう病院を嫌うんだ？」

美咲は笑んだ。

「無駄だからだよ。病院に行ったたって、どうせ検査、検査って言って、バカ高いお金を取られるだけなんだ。あんたのお店なんか、すぐ失くなっちゃうくらいのお金を絞り取られるよ」

「それでも良いさ」

「ワタシはヤだ。卓郎さんに聞いたよ。あんた達、ずっと家族みたいにして暮らして来たんだってね。そんな大切な所、失くすくらいなら、出て行った方がマシだもん」

美咲の声は、夜の中で奇妙に静かだった。

美咲は、私達に負担をかける事を怖れて、出て行こうとしたというのだろうか。

「それなら、保険証を、又、作れば良いだろうが。手続きするくらい、簡単にできるぞ」

私が言うと、美咲は嘆め息を吐いてみせた。

「そんな事ができるくらいなら、とっくにそうしているよ」

「何でできないんだ？　ただの手続きだけだぞ」

私は訊いたが、頭の中で「美咲」と「彩子」がチカチカし始めた。美咲は一瞬、瞳を泳がせていたが、

「お金になるって聞いたから、売っちゃった」

と、言った。

「だから、何を？」

私には分からなかったので、訊いた。

美咲は唇を尖らせていたが、

「トンマだね。だから、戸籍だよ」

と、優しい声で言った。

今度は、私が尖る番だった。

「戸籍を売っただと？　何て事したんだ、バカタレ」

と……。私はそれでも足りなくて、もっと罵ってやりたかった。「美咲」だか「彩子」

だか知らないが、それで名前があっちこっちしていたのかと思うと、振り回されていた自分がバカに思えてきて、思いきり美咲を罵りたかった。

「それで？」

「それでって？」

「お前の本名は何だ？　戸籍を売っ払っちまったんなら、名前もどうせ適当なんだろうが」

美咲は唇を噛んで私を睨んでいた。

「ワタシはワタシだよ。名前まで売ったなんて、言ってないでしょ？」

「じゃ、お前は〝山崎美咲〟なんだな？」

「当たり前だよ。そこまで馬鹿とは思わなかった」

「言ってろ。馬鹿はお前だろうが。オカマのくせして、戸籍を売ったらどうなるのか知っているのか？」

「知っているよ。身元不明人になって、病気になっても病院に掛かれなかったり、いろいろある事だよ」

「わかっているなら、取り戻せ!!」

「あんた、本当のバカ!!　一旦売ったものが、はいそうですか、って、返ると思っているの？　それに、病院なんか必要じゃない。検査したって、異常ありませんって、言われるだけなんだから!!」

「このお節介焼き!!」

と叫ぶ美咲の声で、私は我に返った。そうだった。こんな所で喧嘩なんかしている場合ではなかった。大切なのは「美咲」で、こいつをとにかく連れ帰る事だったのだと……。

「クソッタレ!!」と叫んで以来頭に来たためか、美咲は又苦しそうにして、胸を抑えていた。

私は時計を透かし見てみた。もう真夜中を過ぎていた。私は折れて出た。

「怒鳴ったりして悪かった。とにかく、帰ろう。後のことは、それから考えれば良い」

「後のことって？」

「戸籍とか、病院とかだよ。戸籍なら、手に入れる方法がない訳じゃないしな」

「買うってこと？　ヤだよ」

「何で？」

「不便なのが身に染みているからね。それに、他人の名前になるなんてヤだ。ロバの皮と呼ばれる方が良い」

「……分かった。とにかく、帰ろう。くたびれただろう？　帰って今夜はゆっくり寝ろ。お前が嫌なら、当分の間、病院の話もなしだ」

嘘だった。何とかして私は、美咲を病院に連れてゆくつもりだった。体中を震わせて、唇から血を流していた美咲の姿を、忘れられる訳がなかった。

美咲は変な顔をして、私を見ていて言った。

「何か、変」

「何が？」

「さっきから、謝ったり、怒鳴ったり、あんたらしくないよ。ころころ態度変えちゃってさ。何か、隠し事してるんじゃない？」

どうして、美咲はこうも敏いのだろう。ヤだ。私はうんざりして言った。

「お前が黙って消えたりするからだ。ホラ、好い加減にしろ。明日になっているぞ」

「猫なで声出しても駄目だよ。病院なら行かないよ。もし何かあったら、行く所なら、ちゃんとあるからね」

「どこかの病院か？」

私はホッとしながら、美咲に訊ねた。「水穂広美」という名前が明るく灯っていて、その後の美咲の、

「うん。遠い所だよ」

と呟いた声の暗さには、気が付かないでいた。

やっとの思いで美咲をタクシーに乗せた私は、安心の余り、気が抜けていた。そして、気が抜けていたせいではなく、いつもの通りに、美咲の嘘を見抜けないでいた。美咲は真

実を語りながら、嘘を上手に混ぜていたのだ。それが、余りに真実と上手く混ざり合いすぎていたので、誰にも本当の所は良くわからなかったと思う。

翌日のランチタイムの後の昼食の時、私は美咲の体調が良くないらしいので、しばらく「楡」も「楓」も休ませたいのだが、と、皆に頼んだ。

由利子さんは顔を輝かせて、

「おめでたなの？」

と訊いた。

「違いますってば。ちょっと具合いが悪いだけですよ」

私も嘘に忙しかった。美咲は帰る条件として、自分の体調について、私に箝口令を強いたのだ。

長治さんが言った。

「隠す事無いだろうが。そういう事なら、昼だけじゃなくて、夜の分も俺が作ってやるよ。うんと食べさせて、もちっと体力付けさせとかないといけないからな」

「だから、そうじゃないんですってば」

卓郎さんは少し淋しそうだった。

「そういう事なら、当分あの子と踊れないな……」

「踊り？」

「美咲ちゃんが来てから、皆、揃いも揃ってカクテルばっかり頼むんですよ。ウイスキーもビールも、まるでなし。それで、二人でカウンターの中でシャカシャカやっていたら、あの子がトム・クルーズみたいにして踊ったもんでね、面白いから、つい二人で踊ったの。バカ受けに受けて、お捻り投げてくれるオジサンまで出てきて、この頃はリクエストも多かったのに、残念だな」

「……私も、見てみたかったですよ」

「そうでしょう？　残念でしたね。そういう事なら、踊りも当分なしでしょうから。お大事に」

何がお大事にだ。美咲のバカタレ。人があれこれ気を揉んでいる間に、そんな事をして遊んでいたのか。自分の体なんだぞ。バカタレ。

私は美咲に毒づきながら、部屋に昼食を運び、「目付がヤダ」と言われて美咲に叱られながら、

「明日からは、一日に一度でも良いから、又、顔を見せに、店の方へ下りて来てくれとさ」

と、言われた事だけ伝えて、事務所に戻った。

美咲が戸籍を売ったと聞いた時から、私はもう彼女の周辺を調べても、意味がないと思っていた。病院は、多分あの「水穂」という医院の事なのだろうから、それも場所は

解っている。

後はやはり、幸弘に頼んででも、いつか戸籍を手に入れてやる事くらいしか、私にできる事はないと思った。例え違法でも、美咲が嫌だと言っても、これから先何があるかわからないのだし、最低限戸籍だけは無いと、世の中何もできない。

私はそんな事を考えながら、電話を掛けようとした。美咲と、彩子という女性の調査の打ち切りを頼むつもりだった。藪から蛇が出て来ないうちにと思ったのだが、遅かった。突ついた藪からは、得体の知れない、見た事もない蛇が出てきてしまったのだから。

電話を入れた私の昔の同業者は、断りを告げるよりも早く、嬉しそうに、

「分かったよ」

と言った。

「もうですか？　ずい分早かったですね」

と言うと、

「そりゃ、簡単だったからな」

と、御満悦だった。それなら、私が自分で調べても良かった、と思っていると、

「電話で良いか？　それとも報告書を送るか？」

と訊いてきたので、私は、

「電話で」

と、頼んだ。相手は調査報告書を読み始めた。私より十近く年上の坂崎という腕利きだった。

「深田安美」という女性はやはり「美咲」の妹で、今年二十四歳になり、昨年深田悟氏と結婚して深田姓になり、現在妊娠八か月に入るところだという。弟の一寿の方は非常に優秀な日本画科生で、美術大学に入る前から、幾つもの賞を取っていた。現在二十二歳。そして美咲は……、そして、美咲は、三年前の五月に、二十四歳の若さで死亡していた。

「死因までは詳しくはわからなかったよ。必要なら調べるがね。弟妹に接触しない限り無理だろうな。両親共、とっくに死んじまっているし、軽井沢の近くにあった実家は売り払われていて、身寄りもいないから追うのには、その辺りから責めていくしかないからな」

「嫌。もうそっちは良いですよ」

私は上の空で答えた。「美咲」は戸籍を「売った」どころか、三年も前に死んだ女性の名前を騙っていたのだ。今、私の部屋にいる「美咲」が誰であったとしても、その弟妹に、姉の名を騙っている女に心当たりがあるか？　などと聞いて回るのは、酷いというより他なかった。

「で、もう一人の方なんだが……」

と、坂崎が続け始めた。

「彩子じゃないな。綾香の間違いだろう。こっちは、水穂広美と香夫婦の間にできた一人娘だが、二十三年前に死んでいるぞ。当時五歳で、交通事故死だった。こっちの方はしっかりと記録が残っていたからな。死因は確かだよ。轢き逃げだそうで、まだ犯人は捕まっちゃいないよ。香という奥さんの方は、それでおかしくなっちまって、ずい分長い間病院通いをしていたらしい。オイ、小林。聞いてんのか？」

「聞いていますよ」

私は辛うじて答えたが、体は事務所の椅子に、心はどこかアラスカの方にでも行ってしまったように空ろだった。

「死人の事なんか調べて、どうしたって言うんだ。何かトラブッたか？」

私は阿呆のように答えていた。

「ちょっとね。結婚詐欺にでも引っ掛かったみたいですね」

「お前さんが？」

「嫌、ウチの年寄りが」

私は卓郎さんに濡れ衣をきせた。

坂崎は笑った。

「年取ってから、若い女なんかに入れ上げると、ロクな事にはならないもんだな」

「そうですね。良く言っときますよ。料金は、振込みで良いですか？」

「ああ、そうしてくれ。何かあったら、又いつでも使ってやってくれ。近頃はトンマばかりで嫌になるぜ」

「お互い、年だっていう事でしょう」

「そうかもな。ま、元気でやってくれや」

そう言うと、坂崎の方から電話を切った。

とっくの昔に死んだ、と「美咲」が言っていた弟妹は生きていた。その代りに、二人の長姉に当たる美咲という女性は死んでいた。おまけに、「水穂彩香」という女は二十年以上も前に亡くなっている。

これは一体、どういう事なのだろうか？

考えられるのはただ一つ、山崎家の事情に詳しい「エックス」という女がいて、その女はなぜか水穂家の事情にも詳しく、なぜか、死んだという長姉の美咲の名前をかっ払いながら、どういう理由でか、その長姉の記憶と写真まで、ついでにかっ払ってしまった……!?!?

でも、なぜ？　私の頭はクェスチョンマークで埋め尽くされてしまった。戸籍を「売った」という「美咲」が、その死んだ女性の名前を名乗るところまではわかるが、なぜ、その女性の記憶まで、自分のものとして語らなければならないのだろうか？　なぜ、あんなにも愛を込めて幼い頃の思い出を語り、おまけにその妹と弟の身の上の、継続調査までしなければならないのか。自分の保身のためなのか。それともその「エックス」である女は、正真正銘のイカレポンチで、頭のネジが狂っているのか？

「美咲」。美咲。ミサキ……。

私は美咲の名前を繰り返しながら、深い闇の中へと落ちていった。その闇のトンネルはどこまでも続き、そして、その深い暗闇の向こうに、あの春の夜、桜の花の下に立っていた不思議な瞳をした女がいた。その女は男の装りをしていたが、低く掠れたような、それでいて柔かな声でジョージ達と話し、ドレミを抱き締めてやり、並木氏とドレミを故郷に帰してやった。

リョウの悩みに寄り添い、それでいながら老舗の若女将になれるというチャンスを、あっさり棒に振った。長治さんと由利子さんに娘のような心遣いで接し、卓郎さんに張りを持たせ、私には両親を、両親には息子を返してやった。そして、自分はどこかを病み、その事への恨み言も言わず、女男として私と暮らしながら、そんな暮らしが「天国だった」と言った。

弟妹の思い出を語った時の、嬉しそうな瞳。

私の母のために祈ってくれていた時の、怖ろしいほどの直向きさ。人知れず流していた涙の量は、どれくらいになるのか……。

その涙こそが、美咲の真実ではないのだろうか？
私は美咲が、私にくれた婚約祝いのカードの言葉も、そこにあるのを見た。
「すこやかな時も
病める時も。
死がふたりを
分つまで」
そして、もう一枚。地味な白い野茨の繁みの上に、
「あなたは
わたしを
愛するか？」
まるで、その茨の花のように小さく、目立たない美咲の真実。それがどんなに鋭い刺で覆われていようと、それがどんなに繁みの奥深く隠されていようと、美咲の心根にだけは、嘘はなかったはずだ。
「あなたは
わたしを
愛するか？」
私は自分に問いかけてみた。

「お前は美咲を愛するか？」と。

イエス。私の答えは、イエスだった。私は生まれて初めて、人の外見からではなく、その人のした事から、その人の行為の内側から、輝き出てくる光のようなものを見ていた。その光は、暗闇の中でも仄白く輝き、私の荒れ狂うような心を鎮めていった。

その静けさは、恋とも異った。「オカマでも、オナベでも、何でも良いから好きだ」と言いたくなるような熱狂的なものではなく、もっと満たされたものであり、もっと焼けつくような痛みを伴って、美咲に「イエス」と告げたくなるような力を持っていた。

私は、美咲がイカレているとも、頭のネジが狂っているとも、考えられなかった。美咲が言ったように、「美咲は美咲」なのだ。私にとっては、そうとしか言い様のない気持がした。例え美咲がどんな秘密を抱えていようと、そこには、それなりの深い事情があるのに違いない。

そう思えてくると、私に見えたのはやはり、暗い孤独という闇の中で、声もたてずに泣いていた美咲の涙だけだった。そして、その美咲はなぜか白いドレスを着ていて花冠をつけ、裸足で立っていた美咲でもあった。

「母親は忙しいんだよ。掃除して、洗濯して、ご飯作って、いじめっ子達を殴りに行ったりしてさ」

と、美咲は言っていた。スカートなんか穿いている、閑はなかったと言った。

それが、どこまで本当なのかはわからない。けれど、私は、美咲の「ありのまま」を信じたいと思った。

そして。母に預けてあるあの白いドレスを、いつか美咲に贈り、喜んで貰いたい、と切実に望んだ。できるなら、美咲の病を治し、「死が二人を分つまで」という言葉のように、ずっと二人で生きて行きたいと願った。

こうして私は、深い闇のトンネルの中から、自分の事務所の机の前に還ってきた。だから、「あいつの事は忘れろ」と言ってくれた、親爺さんの言葉は忘れる事にした。リョウから預かった調査報告書は棚上げしたままにし、坂崎からの電話は一時停止のストックの山に入れておく事にした。いつか、美咲本人から、何らかの事情が聞ける時までは……。

後に残った心配は、美咲の容態だけだった。早く医者に診せたいとは思ったが、リョウの言った「もう駄目」だの、「最後の時」だのという言葉は、余りにも耳馴染みがなく、大袈裟すぎていて、余りにもいろんな事を詰め込まれ過ぎた私の頭の中では、渦巻きの外側へはじき飛ばされていた。

昨夜も美咲はひどい様子ではいたが、連れて帰ると、もう嘘のように静かになっていたし。それまでも、週に四日程度は働いたり、部屋もきちんと掃除してくれていて、由利子さん達を笑わせ、私を喜ばせたり、悲しませたりしていたので、私はそこでも騙されてしまった。

つまり、美咲は疲れやすかったり、時々ひどく具合いが悪くなったりするが、後は普通のように見せていたので、私はその日のうちにも美咲を、医者に診せるべきだとまでは、急がなかったのだ。美咲が余りにも「ヤだ」と言い張ったし、自費で診てもらうのも「迷惑掛けるから、ヤだ」と言うしで。私はまず美咲を説得し、何らかの方法を取ろうと思っていたし、水穂という医師が付いているようなので、少し油断もしていた。八月の末にリョウから「それ」を聞かされて抱いた私の恐怖心は、美咲の日常の中に上手に隠された嘘によって、上手に薄められてしまったという訳だった。

私はその日、夕食時の手伝いにも「楓」に出てゆかず、五時間近くも事務所に籠っていたらしい。夜、九時過ぎになって由利子さんが事務所にやって来て怒った。

「嫌だわ、こんな真っ暗な所で何しているの？　あの子も平ちゃんも顔出さないから、どうしたのかと思ったわよ。ご飯は？」

「まだですけど」

「あの子は食べたの？」

「さあ？」

そんな時間になるまで落ち込んでいたとは思わなかった私は、「さあ？」と言って由利子さんにもっと怒られるしかなかった。

「そんな事じゃないかって、ウチの人が怒っていたわよ。全く。今が一番大事な時なのに、駄目なんだから」

由利子さんは怒ったまま私に言った。

「私達はもう帰るけど、調理場にあの子の夕食があるわ。すぐ持って行ってね。さようなら！」

さようなら、はないでしょうが、全く。と、私も腹が立ったが、調理場に行ってみると、食器入れの横のカウンターに、二人分の握り飯と甘い厚焼き卵と、ステーキの皿などがトレーに載っていた。

私はトレーを持ってはみたのだが、今度はそれを、どんな顔をして美咲に運んで行けば良いのかわからなくなった。

三年も前に亡くなったという女性の名前を詐称しているとわかってしまった美咲に、私はちゃんと、普通に接する事ができるのだろうか、と。

けれど、食事が載ったトレーを持ったまま迷っていても仕方がなかった。私はリョウの「あの人」と同じように、いつものように「お前」とだけ呼び通して、後は何も知らなかった事にしようと決めて部屋に上がった。

美咲は寝室に引っ込んでいたが、私が、

「お前が下りて行かないから、飯を持たされてきた。出て来い」

と怒ってみせると、亀のようにドアから首だけだした。

「要らない」

「要らないじゃない。二人分あるぞ。ちゃんと、昼か夜か一度は、店に行く約束だったろうが」

私に言われて部屋から出てきた美咲は、テーブルに坐ると、厚焼き卵の皿に握り飯を一つだけ取り、

「お肉嫌い。後は、あんた食べて」

と言って私に二人分のステーキを押し付けて、長治さんの好意を無駄にした。私だってそんな量の食事が入るはずがなく、恨めしそうにしていると、

「残ったら、冷凍しておくから良いよ」

と、美咲が言った。

「自分でやるから良いさ。喰い終ったら、お前の皿も洗ってやるから、そのままにしておけ」

美咲の体調を考えて言ったつもりだったのに、美咲は変な顔をして私を見た。

「何だ？」

と訊くと、

「明日の天気予報、雨じゃなかったのに」

と、悪戯っぽい瞳をして、引き上げていってしまった。

美咲は、ずっとタヌキごっこをするつもりなのかと思って、嘆め息が出たが、「お前が好きだ」と言う勇気もない私は、それでも良しとしておく他に、仕様がなかった。

翌日から、美咲は少し蒼白い顔はしていたが、私達の昼食時には又、店に下りてくるようになった。

「迷惑掛けてしまって、ごめんなさい」

と謝る美咲に、由利子さんは手を振って、

「全然！　そんなの、ちっとも気にしなくて良いのよ」

と言ったが、目はしっかりと美咲のお腹を見ていた。長治さんは美咲の食べた量にいちいちチェックを入れて文句を言い始め、卓郎さんはしきりに冗談を言って、美咲を笑わせようとした。

そして私は、美咲が今までしてくれていた部屋での食事の後片付けや、掃除なども簡単に、朝出る前にするようになった。

そうすると、一週間もしないうちに、美咲の瞳が尖がった。

その夜、私が食事を終えて、美咲用の晩飯のトレーを持って部屋に戻ると、美咲がベランダの椅子に坐っていて、私に傍に来るようにとテーブルの端をトントンして呼び寄せて訊いた。

「いつからなの？」

「何が？」

「惚けないでよ。いつから、あたしが女だったって、分かっていたの？」

私はまだ手に持っていたトレーを、落としそうになってしまった。「女だとバレたら出て行く」と、リョウから聞いた言葉がドカンと落ちてきた。

「馬鹿言うな。お前はオカマなんだろうが……」

思わず声がヨタってしまった私に、美咲は畳みかけた。

「馬鹿はあんた達よ。何さ、皆で変な目付きであたしを見て……。特にあんた、あんたが一番、変」

美咲はもう「ワタシ」とは言わず、「あたし」という女言葉を使っていたが、私にはそれが変に聞こえた。

「何が変なんだ？」

私は必死で逃げ道を探した。

「自分で分かっているでしょ。いつからなの？」

美咲の姿は、円い月の光に照らされて、仄かに白く光を放っていた。その光の下で、美咲は静かに坐り、私を見詰めていて、私が逃げる事を許さなかった。私は嘆め息を吐いて椅子に坐った。気の早い金木犀の花の香りが、微かにしていた。

「……そのな、あの、ついこの間からだ」

「この間っていつ？」

「いつと言われても、分からないけどな。お前が、家出した頃だろ、きっと……」

「呆れた。まだ嘘吐くの？　いつ？　分かっていて、ずっとあたしを騙していたの？」

「それはお前の方だろうが。オカマの振りして私を騙したのは、そっちが先だぞ」

やっと言えた!!　言えたけれど、これを言ってはお終いなのだったと思うと、私はたちまち後悔した。

美咲は別に逆上したりもせず、じっと私を見ていたが、やがてニッと笑った。

「何で分かっちゃったの？　あんたは完璧に騙されてくれていたのに」

「悪かったとは思わないのか？」

私はムスッとして訊ねた。こういう場面で悪びれもしないで笑っている美咲が信じられなかった。

「それじゃ、悪かったね」

美咲は言った。

「で、どうして分かったの？　誰があんたに入れ知恵したのさ」

私はそんなに馬鹿じゃないと、言い返したかったが止めにした。美咲がどういう行動に出るつもりなのか、考えると恐ろしかったのだ。

正直に言うのも怖かったし、嘘を吐き通す自信もなかった私は、苦しまぎれに母を持ち出した。

「母が、ちょっと勘違いしたんだ」

それは本当の事だった。

「勘違いって、何で？」

「そこまで訊くか。お前こそ何でオカマの振りなんかしたんだ？」

「別に、あたしがゲイの振りしたわけじゃないでしょ。あんたが勝手にそう思い込んだだけなんじゃん。騙されたなんて言ったら、バカだと思われるよ」

「……まあ、そういう事だわな」

美咲は私の憮然とした顔を見て、少し笑った。

「それで、お母さんがどうしたの？」

私は迷って、美咲の顔を盗み見た。嘘は通用しそうになかったので、或る程度は言わなければならないだろうという思いと、いっそ全部をこの場でぶちまけて、「それでもお前を愛している。どこへも行くなんて言わないでくれ」と言ってしまいたい思いが、交錯していた。でも、取り敢えずは、

「いつか、お前の靴を買いに、ショッピングセンターに行ったのを覚えているか？」

と訊いてみた。

「覚えてるよ」

美咲は言った。

「そこで、お前が何だか白いドレスみたいなのを気に入って見ていただろう？」

「そうだったかな」

美咲は忘れているらしかった。

「そうなんだよ。それで、オカマでもこんなのを着たいのかと思ってな、クリスマスプレゼントにでもしてやろうと思って、後で買いに行ったんだ」

「あんたがドレスを買ったの？　何でオカマに服をくれようなんて思ったわけ？」

「オカマじゃなかっただろうが。とにかくそいつを買って、置く所がないから、母親に預けたんだよ。そうしたら、何を勘違いしたのか、あれをウェディングドレスだと思っちまったんだ」

「何で？」

「真っ白い服だったろうが。それでだろう」

美咲は呆れた顔をした。

「あんた、ずい分長い間、白ばっくれていたんだね。タヌキ親爺だ」

「お前もキツネだったんだから、お相子だろうが」

美咲は私を睨んでから、月を仰いで大きく伸びをした。

「アーア。楽しかったのになァ。何で、こうなっちゃうのかな。もうちょっと、騙されていてくれたら、良かったのに。切ないなァ」

「何が切ないんだ？」

「恋しくば尋ね来てみよ……だよ」

「何だそれは？」

「知らないの？　〝葛の葉〟。人間に化けて恋しい男と暮らしていた狐が、ある時キツネだったってバレて、泣く泣く別れていく話だよ」

「そいつは切ないなァ」

とても他人事とは思えなかった私は、思わず本音を言ってしまった。

「だけどお前は人間だろう？　別にどこかへ行く必要なんてないだろうが。今まで通りここにいて、好きなだけ私を騙していれば良いさ」

「人間だか、どうだかね」

美咲は笑んで、肩を竦めた。

「キツネより、もっと悪いかもよ。人を騙す怪かしなんて、この世に一杯いるからね」

「そんなに多いのか？」

私が訊くと、美咲はプッと吹き出して言った。

「そう、例えばタヌキとか、雪女郎とか、白蛇とか、くも女とか、もう数えきれない程いるんだよ、あんたとあたしに似たようなのが……」

「そう思って、気楽に暮らしていけば良い」

「そうはいかないんだよね。正体がバレた狐は、山に帰っていくしかないんだよ。それが決まりなの」

「そう言うな。母が勘違いしたからって、私がホイホイお前を襲ったりしたか？　私にも選ぶ権利があるからな。心配しないで、タヌキにでも、キツネにでもなっていれば良い」

私が宥めていると、美咲はふいに話を変えた。

「そういえば、あんた、フィアンセに誤解されたっていうのは、どうなったの？　ちゃんと、仲直りした？」

私は詰まってしまった。ここで「フィアンセとはお前の事だ」と言うのはまずいような気がしたのだ。今だって美咲は「山に帰る」みたいな事を言っているではないか……。仕方がない。

「あれは、もうとっくに駄目になった」

と、私は答えた。

「振られたの？　馬鹿だね。でも、ちょっと可哀想かな……」

「うんと可哀想だと言ってくれないか」

「そうだね、うんと可哀想。良い子だから、泣かないでね」

美咲は本当に、気の毒そうな顔をして私を慰めてくれていたが、アレ？　と首を傾けた。

「じゃ、アレは何なの？　婚約祝いのついでにって、お母さんがあたしにくれたリング。あんた、お母さん達に何も言っていないの？」

言えるもんか……。私は首を振って言った。

「言えないでいたから、あんなハメになったんだ。あれはな、本当は親が勝手に勘違いして、恋人にって持ってきたものだよ。始末に困ったから、お前にやった」

「どうりで……。おかしいなと思った」

美咲は哀しそうに私を見て言った。

「女の人はね、幾らお古だといったって何だって、人にあげる物を裸で渡したりしないんだよ。箱に入れるとか、何かで包むとかするもんなの。あんた、お母さん達に、ちゃんと振られたって言わないと、もっと酷いことになっちゃうよ」

「わかっている。そのうちにちゃんと言うさ」

「そのうちじゃダメ。傷は浅い内にしか治らないもんなの。哀しみは人を殺すっていうこと、知ってるでしょ？　傷が深くなってからじゃ、手遅れになるよ」

美咲はまるで、自分の事を言っているように、深い哀しみを湛えている声で言った。

私が黙っていると美咲も黙り、それから訊いた。

「それじゃ、あれはどういう事なの？」

「あれって何だ？」

「由利おばさん達が、この頃変な目であたしを見ている事だよ。あんたも変に優しくなっちゃって、気持悪い」

「あれはだな……」

私は悲しくなってしまった。一度乗ってしまった「嘘」という名前の船は、途中下船したくても、そうはさせてくれない。無理に降りようとすれば、船ごとブクブクと沈んでいってしまう事だろう。私の嘘でさえそうならば、美咲の船は、一体どこから来てどこまで流れて行くのだろうか？　暗い、深い宙の果てまでとか……。

「あれは、由利子さん達が勘違いした。お前の具合いが悪いと聞いて、赤ん坊ができたと思ってしまった」

「何で、そういう話になるのさ」

美咲が怒った。

「いつか、リョウが来た事があっただろう。あんまり仲良さそうにしていたから、由利子さん達が、リョウをお前の恋人だと思い込んだ結果だ」

まさか、私の子供だと思い込んでいるとは言えなかった。美咲は遠い瞳をした。

「リョウちゃんか……。リョウちゃんは弟みたいなもんだよ。ちょっと気が弱くって、可愛くって。皆、何ておバカなんだろうね」

美咲が嘆め息を吐いたので、私も同意した。

「その通りだな、皆、バカだ」

すると美咲は私を睨んだ。

「そういうあんたが、一番の馬鹿だよ。タヌキ親爺」

そう言って美咲は、満月を仰いだ。悲しそうだった。

「さあて、それじゃウサギは月に帰らなくっちゃ」

「それを言うな。由利子さん達は、お前が好きなだけなんだから、許してやれよ」

「怒ってなんかいないよ。でも、あたしは誰にも好かれたくないんだ。特に、あんたの親達にはね」

「何で好かれたらいけないんだ？」

「だって、いつかは消えていくんだもの。あたしは皆に、ちょっとだけ幸せになって貰いたかっただけなのに、もう駄目だよ」

やっぱり美咲は行ってしまうつもりなのだった。私は抵抗した。

「私から話をしておく。それなら良いだろう？　それに、出て行くっていっても今すぐじゃなくて良いだろう。私が保証人になって、どこか勤めやすい所を見付けてやるから、それまで、ここにいろ」

美咲はスッと顔をそむけた。何だか、泣いているように見えた。そして、美咲の声は潤んでいた。

「あんまり待てないよ」

そう言って美咲は部屋の中に消えてしまった。食事にも手を付けないままだった。

私も泣きたくなってしまった。具合いの悪い美咲を、病院に連れて行く前に、別の働き口を見付けてやってさよならになるなんて、非道いじゃないか……。あんまりだ。私は美咲をどこにも行かせたくなかった。

翌日、店が始まるとすぐに、私は由利子さん達に言った。美咲が神経質になっているので、余り構うのは止めにしてくれと。由利子さん達は不服そうだったが、承知してくれた。ランチタイムの手伝いは、屁理屈を言って休んだ。そして、事務所から幸弘の所に電話を掛けてみた。幸弘は自宅にいて、すぐ捕まった。

「おう、珍しいな。雨でも降るか」

と、幸弘はまず言った。私が幸弘に電話を掛けることなど、本当に珍しい事だったからだ。

「嫌、雨は降りそうもありませんが。ちょっと、頼みたい事がありまして」

何だ？　と幸弘が訊いてくれたので、私は説明した。若い女のための、戸籍を手に入れることはできるかどうかと。幸弘は笑った。

「ウチでは扱ってはいないがな。若い女の戸籍なんて、その気になれば、すぐに手に入るさ。何しろ、今じゃ小遣い稼ぎに、自分の戸籍なんざ平気で売りとばすガキがゴロゴロいるからな」

「そんなに簡単なんですか？」

「だとよ。ガキの考えている事は分からねえな。で？　急ぐのか？」

「いえ。今すぐっていう訳じゃありませんが、その時は頼みます」

「分かったよ。いつでも言いな」

幸弘は言って、口調を変えた。

「ところでお前、例の女とはきっぱり別れたのか。まさか、まだ付き合っていて深入りしているんじゃねえだろうな。戸籍が何たらというのも、もしかしたら、あいつの為じゃねえだろうな？」

「親爺さんが、何か言ったんですか？」

「言ってたよ。心配してたぞ、切れたかってな」

「そう簡単にはいきませんね。こっちも生命賭けですから」

「そこまで惚れているのか。仕様がねえな」

「幸弘さんは、反対しないんですか？」

「俺と親爺を一緒くたにするな。お前が惚れているんなら、せいぜい協力してやるよ」

やっと見付けた味方に、私はホッとした。この際、相手がヤクザの親分だろうと、有難味には何の変わりもない。私は、美咲が私の所を「出て行く」と言っている事を打ち明けた。ついでに、もしもの時は、幸弘の自宅でしばらく預かってもらえないかという、虫の良い相談も持ちかけてしまった。ヤクザの本丸とはいえ、幸弘の自宅なら安心だ。奥さんの美奈子はインテリだと聞いているし、親分の足元にいる女に、チョッカイを出す奴もいないだろうと思えた。

幸弘は、

「そいつはできねえな。戸籍くらいなら何とでもしてやるが」

と言った。

「どうしてですか？」

「お前馬鹿か？」

と幸弘は言った。

「俺の所には、血の気の多い若い奴等がウロチョロしているんだぞ。そんな中に、あんなイカレた女を引っ張り込んでみろ、あいつは可愛い顔しているくせに、くそ度胸がすわっているからな。半年もしないうちに、若いモン同士で血の雨を降らせるハメになるだろうが」

私はリョウを思い出していた。

「それなら、仕方ありませんね」

「切るなよ、オイ。要は時間稼ぎすりゃ、良いんだろう？　俺がそいつを稼いでやる。あいつには、俺が仕事を探しているとでも言っておけ。ひと月もありゃ十分だろう。その間に、何とかしろ」

「何とかって、何するんですか？」

「馬鹿野郎。さっさと押し倒しちまえば済む事だろうが」

幸弘に相談なんかした私が馬鹿だった。そんな真似ができるくらいなら、初めから悩んだりしていないのだ。私は「ハァ」と言って、電話を切った。

店に出て行った時は、もうランチタイムも後半に入っていた。私達の仕事が一段落した頃、卓郎さんが出てきて、美咲もじきに下りてきた。

美咲はチラッと私の顔を見たが、由利子さんに呼ばれて、店の隅のテーブルの方に行ってしまった。私はまだ洗い場にいたので、二人の姿を目だけで追いながら、後片付けを続けていた。私が洗い場から出て行くと、美咲はもう箸を置いていて、由利子さんが目で私を怒った。

「もう少し食べろ」

と仕方なく言うと、今度は美咲も加わって二人で目で私を怒ったので、私は卓郎さんのところに逃げて行った。食事を済ませて事務所に引き上げようとすると、由利子さんがまだ怒った声のまま、私に言った。

「そういえば平ちゃん、この間お母さんが見えたわよ」

「又ですか？」

あれ程来るな、と言っておいたのに。私は、げんなりして訊いた。

「今度は何ですか？」

「さあ。五日か六日くらい前に一人でいらして、あの子にって、何か置いて帰ってしまったわ」
五、六日前？　それなら美咲が出て行ってしまって私が無茶苦茶に忙しかった頃ではないのだろうか？　正確にはいつかと訊くと、由利子さんは考えて、一週間前、と言った。
「何でもっと早く教えてくれなかったのですか？」

私が恨めし気に訊くと、

「だってあなた、どこにもいなかったじゃない。その後も来たり来なかったりで、私達もうっかり忘れてしまったのよ」

と言って、由利子さんはレジの下の棚の中から大きな紙袋を出してきた。印刷された箱のロゴに見覚えがあった。隣県のショッピングセンターの、あのバカ高いドレスを買った店のものだったのだ。私は心の中で舌打ちをした。

母は一体、何を聞いていたのだろうか？　と、腹を立てていると、由利子さんが言った。

「それでね、又、近いうちにいらっしゃるって」

「何で、又……」

由利子さんは困った顔をした。

「だって、お母さんがあんまり嬉しそうだったから、私達もつい言っちゃったの。あの子がお目出たらしい、って。いけなかった？」

「いけないですよ。あいつは今、一番不安定な時期でイライラしているんです」

私が脅かすと、由利子さんはさっさと逃げて行ってしまった。美咲は、とっくに部屋に戻っていた。

私は腹立ちまぎれに、母に電話をした。

何でこんな物を店に持ってきたのかと訊くと、母は、

「だって、美咲ちゃんがあのドレスを着た姿を早く見たくって」

と言った。やっぱり、何にも聞いていなかったのだと思って、怒っていると母が訊いた。

「それより、美咲ちゃん、お目出たなんですって？　何で知らせてくれなかったの？」

と……。

「店の人達が勝手に間違えたんだよ。そんなに器用に子供ができるわけ、ないだろうが」

私が言うと、母は涙声になった。

「そんな、ひどいわ。私達、すっかりその気になっていたのに……」

「そんな気になる方がいけないんだよ。それより、店には迷惑かけるなって言っておいたのに、又来るつもりなんだって？　止めてくれよ」

私が言うと、母はもっと涙声になった。

「だって、平ちゃん、もうすぐお誕生日でしょう？　あのお店で、あの子がお目出だって聞いたから、皆で一緒に、それも兼ねてお祝いしようと思って」

そういえば、そうだった。私の誕生日は十月の五日なのだ。私は涙声の母に、とにかく誕生日祝いなんていう年ではないから、止めてくれと頼んで電話を切った。母のした事はともかく、母親の涙声は胸に堪えた。

父母は「楓」に来さえすれば、私や美咲に会えるか、連絡が付くと分かって、行動に歯止めが効かなくなってしまったのだ。無理もないと思った。無理もない事だが、それはやっぱり困る。いつ何時父母が来るかと怯えていては、「楓」の仕事に差し障りが出てきてしまうのだ。私は、デカチビに追い回されていた頃の気分を、思い出してしまった。

散々迷った末に、夜、その大きな包みを抱えて部屋に帰ると、美咲は又ベランダに坐っていて、少し欠け始めた月を見ていた。私が黙って包みを渡すと、美咲は何？　というふうに私を見たが、私が答えなかったので、包みを開いて恐々と、あの白いドレスを引っ張りだして言った。

「何これ？」

「だから、母親が勘違いした服だ」

「勘違いって、ウェディングドレスだって思ったたっていうあれ？」

美咲は仄かな月明かりの下で、白いドレスを広げて見ていたが、

「アレ。これなら憶えている」

と言った。

それから、ひどく怒った顔をして私を見ていたが、

「何でこれ見て、お母さんが、あたしのだって思ったの？　変じゃない。普通、あんたの恋人のだって思うものでしょ？　ウェディングドレスだなんていったら尚更だし。それに、何でお母さんが勘違いしたからって、あんたがあたしが女だって解ったたって事になるのさ？　筋通んない」

と言ったので、私は驚いた。

美咲もあの夜、何にも聞いていなかったのだ。

「説明しただろうが。覚えていないのか？」

と訊いてみると、

「ゲーしたいくらい気持悪かったから、覚えていない。もう一度、言ってみて」

ときたので、私も、

「そんな昔のことは忘れてしまった」

と言って、惚けたが、美咲はまだ怒っていた。

「それより、困った事になった」

と、私は話を逸らせた。美咲の機嫌を取るのには、犬か猫か花か、年寄りか、困っている人間の話題に限る事を、私はもう良く知っていた。

「どうかしたの？」

すぐに、美咲は私の「困った声」に反応を示した。

「実は、お前がそれを着た姿を、母親が見たいと言っている」

と言うより早く、美咲は、

「何であたしがこんなの着るの？　ヤだよ」

と言った。

「私が振られちまったから、悲しいんだろう。せめて、お前に着てみせて貰いたいと泣いている」

「泣かしちゃったの？　バカだね。だから、早く言っとけって、言ったのに……」

美咲が反応しているのは、「母が泣いている」だけにであって、その他の私の出鱈目ぶりには気が回っていないらしかった。普段の鋭さはどこへやら、で、美咲を煙に巻いた本人の私でさえも、その効果にびっくりするだけだった。そうしている美咲は、堪らない程愛らしく見えた。

私は付け加えた。

「それに、『楓』にくると、お前か私に会えると思い込んでしまったらしくてな。又、近いうちに来ると言って帰ったらしいんだが、そんなにチョロチョロされたら『楓』に私がいると分かってしまうだろう？　それも困った」

「何であんたが困るの？　本当の事じゃない」

「私は平気だが、由利子さん達まで共犯者にされるだろう？」

と、私がもっと困って見せると、美咲は、「そっか」と言った。

金木犀の傍に行って、美咲は何やら考えていたが、すぐに顔を輝かせて私の傍に戻ってきた。

「簡単だよ。今からでも電話掛けて、あんたの会社、潰れちゃったから『楓』で働くことになったって言うの。そしたら、いつ来られても安心でしょ？　由利おばさん達も共犯者にならないで済むし……」

「お前、良くそんな悪知恵がホイホイと出てくるな」

私は呆れて言った。美咲は笑って言った。

「女一人で生きていくのは、厳しいからね。このくらいできなくちゃ」

「お前のオカマみたいな装りもそのためか？」

「ううん。それもあるけど、あれは男除けと、女除け」

「女除けって何だ。お前にはオナベとかいうのも、寄ってくるのか？」

「異うよ。男とか女とか関係なくってさ。どういうわけだか淋しいオッチャンやバッチャン達が寄って来てしまうの。淋しい犬とか猫とかもね。何か、目印でも付いているみたいに、真っすぐあたしの所に来るんだよ。だから、変なヤツの振りしてないと、すぐ連れてかれちゃう。困ったもんだね」

「リョウとか、私とかもか？」

訊いてみると美咲はニッとして、

「変なヤツが好きな人もいるからね」

と、私を馬鹿にしてみせた。私は空咳をしてから、

「それで、そのお前の案を採って、会社が潰れたとしてだけどな。そうすると卓郎さんやお前はどうなる？　一応社員だったんだろうが」

「卓郎さんも、一緒に働くことになったって言えば良いじゃない。あたしの事は首にしたとでも、言っておいたら？」

「そうはいかないだろう。私の母が泣く」

私はやたらと「母が泣く」を振りかざして、とうとう美咲の、

「分かったよ。好きに言っておけば」

という言葉を勝ち取った。

「その白い服も着て見せてやってくれるか？」

（本当は私が見たいのだが）私は訊いてみた。

「それはヤだ。こんな物、着たことないもん、似合わないよ」

「母が泣く。それに、お前の髪の毛も伸びたから、それ程酷くは見えないんじゃないか」

美咲はすっかり伸びて、元通りになった前髪を弄りながら、肩を落として掠れた声で言った。

「泣かれたら、考えてみる」

美咲は、ある意味では、私以上に間抜けだった。黄門様の印籠の代りに「泣く」を振りかざせば、一も二もなく参ってしまうのだから……。

私は、父母の話が出たついでに、と思って訊いた。

「そういえば、お前の妹と弟はどうした？」

美咲はビクッとして、私を睨み付けた。

先程までとは別人のように、その瞳が強く、暗い光を放っていて、その眼差しだけで殺されてしまいそうだった。私は先手を打った。

「死んだと言っていたが、私の父母には元気にしていると言ったそうじゃないか。どっちなんだ？」

美咲の過去を探るのは止めようと決めていても、何かの折にはこんなふうに、質問が飛び出してきてしまうのは止めようがなかった。

美咲は息を詰めて私を睨んでいたが、やがてその瞳に優しい光が戻った。

「お母さん達がそう言ったの？」

「ああ。お前は弟妹三人で、楽しくやっていると言ったそうじゃないか。私には嘘を吐いたのか？」

「その方が、同情して貰えると思ったからね」

「馬鹿言え」

「言って良い事と、悪い事があるぞ」

美咲は私の口真似を上手にしてみせて、笑んだ。冗談だよ、と小さく呟いて、

「二人共、元気にしているよ。妹は川で洗濯して、弟は山に柴刈りに行っている。あたしと異って、健康で素直で、良い子達だよ」

と言った。

「その良い子達が、何でお前の事を放っておくんだ？　少しは心配したりするんじゃないか？」

今度こそ美咲は、火を噴く山のような瞳をして、私を睨み付けた。そのまま、焼き殺す

つもりだったとしても、不思議ではない瞳の色だった。

「子供はいつか、親の下から巣立っていくんだよ。それも、戸籍を売っちゃうような仕様のない親からは、特にね。良い？　二度とあの子達の事をあたしに言わないで。もし、あんたがあの子達に、一歩でも近付いたら、殺すからね!!」

私は美咲の見幕にびっくりした。

「殺すからね!!」とは非道い。クソッタレどころではない悪口に驚きながら、一方で本当の自分の弟妹ではない妹や弟のために、激昂する美咲に違和感を覚えた。美咲は余程、二人に対して、都合の悪い事でもしたのだろうか。

「近付くも何も、お前の妹達の名前も住所も何にも知らないじゃないか」

そう私が宥めても、美咲の瞳は闇《くら》く燃え続けた。両手の拳を固く握り締めて、肩で大きく息をしていた美咲が、落ち着くまでには大分時間がかかった。やがて美咲は、大きく息を吐きだし、私に背を向けてリビングに戻ろうと仕掛けたが、どういうわけか白いテーブルの脚に躓いて、転倒仕掛けた。倒れてゆく時にはもう顔色がなく、手を出して自分の体を守ろうとする様子も見せなかったので、私は慌てて美咲の体を支えた。氷のように、冷たかった。

美咲は固く目を閉じ震えていて、私の呼び掛ける声にも、返事がなかった。私は美咲を抱えてリビングに戻った。取り合えずソファに寝かせてから額に触れてみると、今度は燃えているように熱くなっていた。どうなっているんだ？

「おい、大丈夫か？　何で避けようとしなかったんだ？」

訊いてみても美咲は答えず、震えているだけだった。

私はもう一度、耳元に顔を近付けて美咲の名前を呼んでみた。

今度は反応があった。目を見開いて私の方を見ているのだが、変な感じだった。瞳の焦点が合っていなかった。私の顔を突き抜けて、頭の後ろの方を見ているようなのだ。

「どうかしたのか？　頭は打たなかったはずだぞ」

それにも美咲の反応は鈍く、私はもう一度同じ言葉を繰り返さなければならなかった。

美咲の瞳は何も見ていなく、耳は何も聴こえていないようだったので、私は動転した。

「救急車を呼ぶ。待っていろ」

立ち上ろうとした私の服の裾を、美咲は握ろうとして、手を泳がせた。

「止めて」

嗄れた、苦し気な声が、辛うじて言った。

「駄目だ。これでもう二回目だろうが。お前、解っているのか？」

美咲は転んだのではなく、倒れたのだと悟った私は怒って言った。

「解っているよ。水、頂戴」

「救急車を呼んでからだ」

「水の方が先……。窒息しちゃうよ。息、できない」

「息できない」と言われて、私は台所へ飛んで行った。エビアン水のボトルを持ってきて遣ったが、美咲はそれを持てなかった。震えているためばかりではなく、手に全然力が入っていないようなのだ。私は震え出しそうになる手でキャップを取り、自分の手でボトルを持って美咲の頭を支え、ゆっくりと水を飲ませて遣った。美咲はまだ力の無い瞳をしていたが、「起こして」と言うので支えて遣ると、ソファから下りて寝室へ行こうとして、又、転び掛けた。足元がフワついているようだった。

「じっとしていた方が良い。救急車を呼ぶから」

私が言うと、美咲は首を振った。

「無駄だよ。ただの発作なんだから」

「発作だと？　何の発作だ」

私の怒り声に、美咲は顔をしかめた。

「軽い不整脈。たまにこうなるけど、二、三日寝ていれば治るの」

不整脈？　そんな病気でこんなふうになるのかと思っていると、歩き出そうとしていた美咲が、震える声で言った。

「悪いけど、ベッドまで連れて行ってくれない？　歩けないいんだ」

いかにも情けない、嗄れた声……。

私の方が歩けなくなりそうだった。私は美咲に肩を貸し、やっとベッドの枕元まで美咲を連れて行った。ベッドカバーを剝いで美咲を横たえようとした時、枕が変に固かったので、それを直そうとすると美咲が言った。

「冷蔵庫にレモンがあるんだけど、絞って、レモンジュースにしてきてくれない？　良く効くんだよ」

私はこの頃、よく冷蔵庫の中を見るので、知っていた。

「レモンなんて、無かったぞ」

「じゃ、飲んじゃったのかな……。『楡』で貰ってきてくれる？」

「今じゃなきゃ駄目か？」

美咲がしかめ面をしたまま頷くので、仕方なく私は卓郎さんの所に行って、レモンジュースを作ってもらった。美咲の所に戻って体を起こしてやり、コップも持てないでいる美咲のために少しずつジュースを飲ませながら、枕の下を探ってみたが、あの、変に固かった何かはもう消えてしまっていた。美咲が私を追い払って、何かを隠したらしいとは思ったが、布団の中にまで手を入れて捜す訳にはいかず、私は「遣られた」と思った。が、怒るわけにもいかないので諦めた。

その夜、美咲は初めて、自分の日課を破った。ベッドから自力で起き上れなかったので、薬を飲むための水は私に運ばせ、薬を飲む間は私を自分の傍から追い払った。夜明け前の手洗いにも、自分一人では歩いて行けなくて、私の肩に摑まって行った。四月に私の寝室をぶん取ってしまった時以来、初めて寝室のドアは夜中、半分ほど開けられた。私がいつでも、美咲の様子を見にゆかれるように、美咲がいつでも私に用事を頼めるように、開放されて、リビングと部屋続きになった。

私は、ほぼ一時間置きに、美咲の様子を見に行った。美咲の熱は上ったり下ったりし、絶えず震えて咳込んでいて、時々意識が遠のいているように見えた。

私が美咲のぐっしょり濡れた髪を拭き、顔や手の汗を拭っていると、時々美咲は気が付いて、

「アリガト」

と、小さな声で言った。胸が潰れるようだった。

私は翌朝、由利子さん達に理由を話して、二、三日美咲に付いていたいと頼んだ。

「どうしてそんな事になったの？」

と由利子さんは涙声で訊いた。転んで、体を打ちましたと、私は美咲に頼まれた通りに言った。

「転んだって……。じゃ、赤ちゃんは？」

私は黙って首を振ってみせるしかなかった。こればかりは、初めからいないのだから、仕方がない。

由利子さんは黙って、後ろを向いてしまった。

「病院には連れて行ったのか？」

長治さんが渋柿を食べたような顔をして訊いた。私はそれにも黙って頷いて見せた。美咲があんな状態でいるのに、美咲の言いなりになって救急車も呼ばなかった自分に、自分で呪いをかけている気分だった。

美咲の状態は一歩進んで一歩退り、という感じだったが、四日目には自分で起き上って、長治さんの作った消化の良い粥なども食べられるようになった。

天気が良かったので、私は美咲を薄掛でくるみ、ソファに移して汗に濡れたシーツやベッドパッドを洗って、ついでに自分の寝具も洗い、ベランダに干した。美咲はパジャマからスウェットスーツ姿になり、ソファに横になって、私の働きぶりをチェックしていた。私は女将さんの時に散々していた事なので、何の抵抗もなく家事をこなし、美咲にミルクを持っていって、彼女の前に坐った。

美咲は照れたように笑んで、

「世話になっちゃった。アリガトね」

と言った。

その、照れた顔を見ると、私も少し照れ臭くなって言った。

「卓郎さんと踊ったりしていたくせに、あんな椅子も避けられなかったのか？」

美咲は、「ああ、アレ」と言った。

「あれはね、仕方なかったんだよ。カウンターの中って狭いのに、そこに二人も入っちゃったでしょ？　足とか、腰とか、背中とか痛くなってさ。でも、ラジオ体操なんかできないし、仕様がないから、踊ってごまかしただけ。意外に受けていたけどね」

何とまあ……。卓郎さんが聞いたらガッカリするだろう事を、美咲はデヘへという顔で言っていた。私は話を本筋に戻した。

「そうじゃなくて、お前が倒れた時のことだ。お前、本当に不整脈とか、何とかなのか？　あの時、目が見えていなかったような感じがしたぞ」

美咲は、

「そうだった？」

と言った。

「気持悪すぎたから、何にも覚えていない」

「耳も変だったし、足もヨレヨレだったのもか？」

私の問いに、美咲は「覚えていない」と言うだけだった。

「それじゃ、この三日間、ウンウン言ってたのも覚えていないのか？　汗も凄かったから拭いてやったら、アリガトとか言っていたのもか？」

私が念を押すと、美咲は小さくなって言った。

「ゴメンネ。全然覚えてない。今朝、目が覚めたら気分が良くなっていた。いつもはもうちょっとしっかりしているんだけどね……」

肩を竦めて小さくなっている美咲を見て、私は内心、大いにホッとしていた。

実は美咲が一番苦しそうだった二日目の朝方、余りにも心配になった私は、意識がお留守になってしまったような美咲の肩を抱き、耳元で「しっかりしてくれ、美咲」と囁いた挙句、おまけに横向きになっていた美咲の頬っぺたにチュウまでしてしまっていたのだ。

そっとだったが……。

「本当に何も覚えていないのか？」

と、私がもう一度訊くと、美咲は変な顔をして私を見て言った。

「何か変な事でも寝言で言った？　それなら忘れてよ、覚えてないんだから」

「嫌、何も言っていない。ただ、ひどく具合いが悪そうだったから、心配だっただけだ」

「それなら、心配要らないよ。興奮したから、いつもよりちょっと酷かっただけだよ。薬も飲んでいるしさ」

美咲は言って、私を睨んだ。

「今度、あの二人の事言ったら、本当に殺すよ」

私は、又、美咲が倒れるのではないかと怖れた。

「そう凄むな。お前が嫌なら、二度と言わない」

私が請け合うと、やっと美咲は笑って言った。

「それなら良いよ。で、あんた、お母さん達に電話したの？　会社潰れたから、『楓』にいるって。早くしないと、まずいんじゃない？」

（馬鹿言ってろ。お前が心配で傍から一歩も離れられなかったぞ……）と心の中で呟きながら、私は首を振っていた。

「じゃ、早く電話しといた方が良いね。でも、あんたのお母さん、あたしに服着せるためだけに、来るんじゃないでしょ。何か用、あるの？」

「十月五日が私の誕生日だから、その近辺で来るつもりだろうが、来るなとは言っておいた」

「何で？」

たちまち美咲の「何で？」が始まった。

「親泣かせると、罰が当たるよ」

わかったよ、と言って私は逃げ出した。

「シャワーを浴びるぞ」

と叫ぶと、美咲は寝室へ逃げて行ってくれた。

その夜、八時過ぎに美咲が「楓」に下りていくと、由利子さん達は「大変だったわね」

と言って美咲を慰め、美咲は「もう平気です」を繰り返して、皆を安心させた。

その夜、寝不足だった私はぐっすり寝入ってしまった。一度だけ洗濯機の回っているような音がしたので、美咲がシャワーを浴びているとわかったが……。

そして、月末になると美咲はやっぱり明け方にこっそりと部屋を出て行った。私は水穂家に行くのだろうと思っていたので、それ程酷く気を揉まないでいた。ただ、いつもなら美咲は「……又ね」と言うとスッと出て行くのに、その時は「又ね」と言いながら、私の頬っぺたを指でそっと突ついたので、私は心臓が口から飛び出しそうになった。その場所は、私がこっそり美咲にチュウした場所と同じだったからで、決して美咲の指が冷たすぎたせいではなかった。お陰で、その日も一日中、私はドキドキして美咲を待っていなければならなかった。

久しぶりに公園に行って、ジョージ達やアキやフジさんと会って帰ってみると、美咲はもう帰っていて、寝室からはコトリとも音がしなかった。美咲が、何を考えて私の頬を突ついたりしたのかは、もちろん怖くて訊けなかった。

十月は、このようにして私に訪れた。

私は美咲に言われたように、父母に電話をして、

「会社が潰れた」

と言った。父は絶句したが、その後に私が、

「仕方がないから『楓』に頼んで働かせて貰っている」

と言うと、

「それは良かったな。そうか、全員か……」

と、喜んだ。母が代って、

「あの子は元気にしてるの」

と訊き、私の誕生日に食事に行って良いかと、やっぱり言った。

「来てくれても、相手はできないよ。まだ新米だから」

と断ると、

「それでも良いわよ」

と、母は粘った。

「それで来年まで来ないなら……」

と私が折れると、

「もちろんよ」

と母は言って電話を切ってしまったので、たちまち私は不安になった。母の「もちろんよ」ほど、当てにならないものはないと、しっかり思い知らされていたからだった。

翌日、母から「楓」に、五日の夜六時に予約の電話が入った。電話を受けたのは由利子さんで、後で、

「平ちゃん、又何か企んでいるの？　お母さん、息子をどうぞよろしくお願いしますって、何回も言ってらしたわよ」

と睨まれてしまった。

「何か勘違いしたんでしょう。そそっかしいから」

と答えると、由利子さんは手をヒラヒラと振って行こうとして、

「あら、五日って、平ちゃんの誕生日じゃなかった？」

と訊いた。

「そうですけど、放っといて下さいよ。すぐ舞い上がるから、なるべく無愛想にしていて下さい」

と頼むと、奥から長治さんが「馬鹿たれ」と言っている声が聞こえてきた。

その夜、私は美咲に両親が五日に来店する事を伝えた。美咲は「知り合いの所」から帰ってからは、顔色は幾分マシになったのに、時折ひどく沈み込んでいて、私に隠れて嘆め息を吐いたりしていたので、何だか頼りなく見えて、心配だった。けれど、私の視線に気が付くと、瞳に笑みを浮かべて「何？」というような顔をするので、私はリョウになったような、複雑な気持に、何度もさせられてしまっていた。

美咲は「父母が来る」と訊くと、どこかへ逃げ出したいような顔をした。私が「ドレスを着て見せてやってくれ」などと言ったものだから、尻込みしているのだろうと思って可

哀想になり、つい、

「嫌なら、あの服は着なくても良いぞ」

と言うと、美咲は哀しそうに、

「良い。着る」

と言った。

「何も、そんな顔することはないだろうが」

私は困って言った。

「元はオカマなんだから、堂々と着れば良いだろう」

すると美咲はふっ切れたように、

「んだね。どうせキツネかウサギか、ロバだったんだし」

と、私にとっては気の沈むような事を、元気な声で言って、それから、又、考え込んだ。

「お父さんとお母さんが来て、服着て見せなきゃいけないとしたら、あたし、今週も余りお店に出られそうもないな。迷惑掛けてるだけだなんて、切ないよ」

そんな事を考えて、嘆め息など吐いていたのかと思うと私はぐっときてしまった。

「好きなだけ遊んでいて、元気になったら働けばそれで良いだろう」

と、慰めにもなっていない言葉を言うと、美咲は黙って、首を傾げて私を見ていた。

迷子になった子供のような、所在ない瞳をしていて、私は言葉を失ってしまった。何がそんなに哀しいのかと、抱き締めて訊いてやりたいような顔だったからだ。

父母が来るというその日、トレーに二人分の賄い飯と、長治さんからの「美咲卵」を載せて私が部屋に帰ってみると、まだ昼間の四時前だというのに、美咲はもうあの白いドレスを着ていて、泣きそうな顔をして、リビングの床にペタンと胡坐をかいて坐っていた。少し唇を尖らせたその顔は、あの写真の中でスカートを穿かせられて指を咥えていた少年にそっくりで、思わず私は笑ってしまいそうになって、シャックリをした。

その白いドレスは胸元がかなり開いていたせいか、美咲は白い服の下に黒いタートルネックのセーターを着て、いつ買ったのか知らないが脚には黒いタイツを履いていたが、その服の胸の辺りが、きれいな形に盛り上がり、腰はくっきりと括れていたのだ。

(胸とウェストがある？？)

と、最初私は馬鹿みたいに思って突っ立っていた。

すると美咲は唇を尖らせたまま、

「何見てんのさ、エッチ」

と言った。私はエッチと言われた事にも腹が立たず、

「お前、その胸はどうしたんだ？　何か入ってるのか？」

と言ってしまっていた。美咲は尖がったまま、

「自前だよ、バカ。あたしのは、出たり引っ込んだりできるんだ」

と言った。

「だってお前、そんなに都合良く出るもんなのか？」

私が訊くと、美咲は、

「気持悪かったら、見なけりゃ良いでしょ。どうせすぐに無くなっちゃうから、気にしないでよ」

と言って、私を睨んだので、又シャックリが出てしまった。すぐに無くなってしまうという事は、やっぱり何か入れているんじゃないか。

ふくれた顔のままで美咲が物を食べている顔は幼く、効かん気で、私はからかいたくなった。

「良く似合っているじゃないか」

と言うと、美咲はもっとプクッとして、

「脚の辺がスカスカしてヤだ。女みたいだよ」

と、文句を言ったので、私はついでに言った。

「それじゃ、何か足りないな。そうだ、母がくれたあのネックレスと指輪も付けてくれないか。そうじゃないと、」

「母が泣くっていうんだろ？　ヤだよ」

と美咲は言ったが、結局ふくれたまま、真珠のネックレスと金の指輪も身に付けてくれた。

黒いセーターとタイツは余計だったが、それでもその白いドレスは私の思い描いていた以上に、美咲に良く似合っていて、美咲は本当に美しかった。

美咲が言っていたように、その手に花束でも持たせてやれたら良かったのに、と私が思って見ていると、

「涎出てるよ、スケベ」

と美咲は言って、私の夢心地を台無しにしてくれた。

五時過ぎになって、私と美咲が下に下りていくと、由利子さんが美咲を見付けて、小走りに寄ってきて言った。

「まあ、美咲ちゃん、凄く可愛いわよ。それ、どうしたの？」

美咲は後退りしながら答えた。

「お母さんが泣くから着ろって、脅かすんだよ」

私は由利子さんに睨まれるかと思ったが、どういうわけか、由利子さんも長治さんも嬉しそうにしていて、私にお咎めはなかったのでホッとした。由利子さんが、わざわざ卓郎さんを呼びに行ったらしく、すぐに卓郎さんが下りて来て、美咲を見て口笛を吹くと、

「女みたいになっちゃったね」

と笑って、美咲を安心させた。私は卓郎さんに付いいて、廊下に出て言った。

「だけどあいつ、無理して胸に何か入れているみたいなんですよ」

卓郎さんは、涙が出る程笑ってから、私に言った。

「やだな、平ちゃん、自分のお相手のサイズもわかってないのかな？　あの子の胸は本物でしょうが」

「でも。いつもはもっと、真っ平ですよ」

卓郎さんは呆れたように、

「コルセットかサラシで締め付けてるだけでしょうが……。平ちゃん、いつもどこ触っているんですか？」

と言って、口笛を吹きながら「楡」に上がって行ってしまった。

私はショックで立ち直れなかった。オカマだと思っていたのが女で、無いと思っていた胸はしっかりあって、グルグル巻きにされていただけだなんて、非道いじゃないか……。

父母は早目に来て、由利子さん達に丁寧に挨拶をして席に着いた。父と母は、私のエプロン姿を見付けると泣き笑いのような顔をし、美咲のドレス姿に本泣きになった。美咲は白いドレスの上に、店の黒いエプロンを付けていたが、その姿も、何ともいえず可愛らしかったのだ。

「何て素敵なの。美咲ちゃん、そのドレス、とても良く似合っているわ。ネックレスも、リングも気に入ってくれたのね。嬉しいわ」

ハンカチを取り出す母の姿を見て、美咲は私を突ついて怒った。

「何だよ、結局泣いちゃったじゃないの」

私は遠慮したが、由利子さん達に怒られて店のエプロンを外し、美咲と二人で父母の席に行き、四人で食事を共にした。父は嬉しそうで、写真で見た時よりも若々しく見えた。時々、美咲と母の会話がチグハグになったが、美咲はすぐにフォローしてくれ、その代りにチラリと私を睨んだが、何も言わないでいてくれた。猫をかぶって父母に微笑んでいる美咲に、母はすっかり夢中になっていて、

「今度は家に遊びに来てね」

と何度も言っては笑み崩れていた。美咲が母の市松人形を誉めた時は、

「好きだったら、もっと作ってくるわ」

と言って、着物の柄の好みなどを尋ねて、又笑った。

「本当は、女の子も欲しかったの」

と言って父と顔を見合わす母は、幸福そうだった。

食事が終ると、父は由利子さん達に菓子折を持って改めて挨拶に行き、母は、

「平ちゃん、困っているんじゃないの？　これ、少ないけどお誕生日祝いの代りよ」

と言って、白い封筒をそっと渡してくれた。後で覗いてみると、給料の三か月分もの金額が入っていたので、びっくりした。

美咲には甘いラベンダー色のカシミヤのストールの包みをさり気なく渡して、

「あなたに似合うと思ったの」

と言って、美咲に困った顔をさせた。

美咲は両親を、ハイヤーの待っている向かいの駐車場まで送って行った。幸せそうに笑って手を振る母達に、美咲も手を振り返しているのが、「楓」から見えた。

両親が帰って行くと私は洗い場に入り、美咲は、

「今日はもう良いわよ」

と言う由利子さんに笑って見せて、レジに入った。そして「楓」が店を閉め、後片付けも済んで由利子さん達が帰るまで皆と一緒にいて、二人が駐車場に向かおうとすると、

「送って行く」

と言って、由利子さん達の車が見えなくなるまで、手を振っていた。

私は「楓」の灯りを落とし、帰ってシャワーでも浴びようと思っていると、美咲は、

「ついでだから、二階に顔出してみる」

と言った。もう今日は疲れただろうから明日にしろ、と言ってみても、

「ちょっとだけだよ。あんたはシャワーでも浴びて、先に寝てれば？」

と言って、私を振り切るようにして「楡」に上がって行ってしまった。私は帰ってシャワーを浴びはしたのだが、美咲の体調が気になって仕方なかった。普段の美咲なら、昼間、

ドレスを着ただけで、

「くたびれた」

と言って、部屋に引っ込んでしまうのに、その日は変に動き回っていたので、又倒れでもしたらどうするのだと、心配だったのだ。

美咲は「楡」に、二時間近くいて、ようやく部屋に戻ってきた。

「疲れただろう？」

と訊くと、頷いて、背中に隠していたカルバドスのボトルを私に見せて、ニッコリした。

「何だ、それが欲しくて、卓郎さんの所に行ったのか？」

と訊くと、

「ウン。でも余り物だよ。くれたら握手するって言ったら、握手して、気前良くくれたの。卓郎さんって、良い人だね」

と笑って見せたので、私はバカバカしくなった。心配なんかして損した、と思っていると、美咲が、

「何だか喉、渇いちゃった。コーヒー淹れるけど、あんたも飲まない？」

と、私に訊いた。私達は美咲のお気に入りのベランダで、すっかり涼しくなった夜の風に吹かれながら、熱いコーヒーを飲んだ。美咲がコーヒーにカルバドスを滴らしたので、何ともいいようのない香りと味がするコーヒーだったが、思っていたよりも旨かった。

「ね、慣れると美味しいもんでしょ？」

美咲は私の顔を覗き込んで笑んだ。

「ああ、案外旨いものだな」

と私は言ったが、コーヒーを飲み終えると、急に眠気が襲ってきた。

「疲れたんだよ、きっと。早く眠ったら？」

と美咲が言うので、

「お前はどうする？」

と朧になった頭で訊くと、

「あたしも疲れた。シャワー浴びてから寝るから、もう電気消しちゃって良いよ」

と答えて、美咲は私をソファまで連れていってくれた。何故か、猛烈に眠かった。

夜中、何時だったのかはわからないが、何かの気配がして私は半分だけ目を覚ましたが、頭の半分はまだ眠っていて、夢の中にいるような、水の中にいるような変な感じがした。

水の中では、美咲が私の前に坐っていて、優しく私の髪を撫でていた。そして、哀し気に私の顔を見ていた美咲の顔が近付いてきて、私の頬にそっと唇を押し当てていた。美咲の唇は乾いていて、驚く程柔かく、暖かかった。私は思わず美咲の体を抱き寄せた。水の中の美咲は、抵抗しなかった。嫋やかに私の手の中に倒れ込んできて、私達は初めてキスをした。最初はおずおずと、次第に激しく……。美咲が苦しそうにしたので、私は唇を放して言った。

「愛している」

「あたしもよ……」

美咲の声は、どこか遠い波の上から聞こえてくるように、遠くて揺らいでいた。私は呟いた。

「これは、夢か？」

美咲の声が遠くから聞こえてきた。

「そう、夢よ。みんな、夢だったの。目が覚めたら、何にも憶えていないわ。さあ、もう眠って……」

「まだ眠りたくない」

そう言いながら、私は、再び深い眠りの中に落ちていった。その眠りの中で、

「さようなら」

と囁く美咲の声を聞いたと思った。

目が覚めてみると、外はもう完全に明るかった。頭の芯が妙な具合いに重く、まだ私は水の中にいるような感じがしてしばらくボンヤリしていたが、急に昨夜の夢を思い出して、跳ね起きた。何という夢を見てしまったのだろう、と初めは思った。そして、すぐに「あれ」が、夢ではなかった事に気が付いた。

目の前のテーブルの上に、美咲が書いたメモが置いてあった。

「長い間、
ありがとう。

もう時間がきました。

うさぎは月に
帰らなくてはなりません。

わたしの事は、
忘れて下さい。

わたしも忘れます。

　　美咲」

私は茫然とした。「あれ」は夢ではなかったのだ。美咲は行ってしまった……。

テーブルの上の書き置きの横には、カルバドスのボトルと並べて、

「金木犀のお酒。

お誕生日おめでとう」

と書かれた、ラベルを貼った密閉された容器があった。瓶の底には白い布袋に入れられた、みかん色の金木犀の花らしい物が沈められていて、そこから僅かに金色のエキスらしいものが沁み出してきていた。私はノロノロと、美咲の部屋に向かった。

九月に家出しようとした時と同じように、美咲はムーミンの絵と、自分の衣類と、黒いビニールバッグだけを持って、姿を消していた。

卓郎さんから借りた本類は、白い箱に入れられ、クローゼットの下にきちんと収められていた。リビングに戻ってみると、机の上に置いたままになっていた、あの二枚の「婚約祝い」の額の位置が変わっていた。父と母の写真の前に一枚ずつ並べて置き直されていて、その横に母の宝石ケースが、まるで「これを見て」と言わんばかりに並べて置いてあった。母が贈った金の指輪だけが失くなっていた。ケースの横の額には、

「すこやかな時も
病める時も。
死がふたりを
分つまで」

と書かれたスノーピンクのバラの海があり、私は一瞬、「これは偶然だろうか？　それとも何かの意味があるのか？」と考えたが、どちらなのかはわからなかった。美咲は夢の中で「愛している」と言い、書き置きには「忘れろ」と、書いて行ったのだから。

私は、偶然だとは、思いたくなかった。あの、水の中のような夢の中で、美咲は確かに私の言葉に、「あたしもよ……」と言ってくれたのだ。そして、あのリングを持って行った。

「忘れてくれ」と言いながら、

「死がふたりを
分つまで」

と書かれたカードの横に、わざとのように宝石ケースを置いて、行ってしまった……。

そこまで考えて、私は慌てて、美咲が昨日着ていた白いドレスを探してみた。それは、どこにもなかった。

あのドレスも、美咲は持っていったのだ。そう考えた途端に、私の頭は殴られたようになった。

「忘れてくれ」というのは、美咲の本心ではない。「自分も忘れる」というのも、心から書いたのではないはずだ。美咲は、本当はこう言いたかったのではないだろうか？

「もしもできる事なら、
死がふたりを分つまで共にいたかった」

と……。

美咲の側の、何らかの事情が、ここを去る事を余儀なくさせたのに違いない。その事情は、一度目の家出の時から、もうあったのだろうか？

多分、そうなのだろう、とは思えた。それを、私が無理に連れ戻してしまったのかも知れないと。

「もう時間がきました」とは、何の事なのだろうか？　体調のせい？　否。昨日も元気だった。美咲が、そこまで悪かったとは信じられない。でも、他に理由らしい物も見付けられなかった。あの弟妹の事で何かがあったとしても、彼等は他人で、美咲は興信所を使って二人の生活を探っていたくらいだから、今この時季に、大急ぎでここを出て行く必要もないはずだった。それとも、美咲には本当に、本物の弟妹がいるのだろうか？　それは解らない。けれども。「大急ぎで……？」本当にそうだろうか。私は美咲のこの所の言動を思い出そうとした。やはり、自分が女性である事が私に知れた時点で決心したのか？それとも、自分が意外に「悪い」と判断するような何かがあったのか……。例えば、この間倒れた時のように。それでも美咲は、何日かしたら、本当に嘘のように回復したのだ。

　それなら、他に何があるというのだろうか。

　美咲は、多分、昨夜コーヒーに混ぜて、私に何かを飲ませたのだろう。あの眠気は普通ではなかったし、幸弘の車に乗った時、佐々木は「何かを飲んで寝ちまった」と呆れていたのだから。美咲が、睡眠薬のような物を持っていたとしても、不思議ではなかった。コーヒーに滴らしたカルバドスが、その薬の効果を倍増してしまったのだろう。

　美咲は、つまり、計画的に私の所を出て行ったのだ。私や、私の両親や、由利子さん達や卓郎さんにも、それとなく別れを済ませ、決行する日まで決めておいて、私の所を出て行った。それにしても、それが、私の誕生日で、誕生祝いまで残していくなんて、あんまりじゃないか。

それとも、美咲はギリギリ私の誕生日まで、両親が来ると聞いた日まで待ってくれたのか？　そうであるような気持もした。美咲は「母が泣く」という私の言葉に、バカみたいに反応していたのだから……。

私はソファに坐り込んで「金木犀のお酒」というラベルの貼られた瓶を見ているうちに、自分が泣いているのに気が付いた。いつから泣いていたのかさえ、自分にも分からない涙が次々と零れ落ちてきて、ソファの上に落ちて吸いこまれていった。

美咲は、覚悟の上で計画的に消えて、行ってしまったのだ。美咲との、嘘のような、それでいて幸せだった時間は、もう戻って来ない。私に分かるのは、今、こうして私がメソメソしている間にも、美咲はどんどん遠くへ行ってしまい、その美咲が行く当てもなく、次の職場もなく、保証人も、戸籍すらもなくて。どこかで迷い子のように怯えて、困っているのではないかという、怖ろしい想像だけだった。そこまで考えて、私は涙を拭った。泣いている場合ではなかった。

そうなのだ……。美咲は困っているはずだった。

私は、下駄箱の上の棚から、昔の商売道具を出してみた。まだ、使える物もあったが、適当に作った身分証や社員証などは全て、形式が古くなりすぎていて、現在は通用しそうもなかった。私の昔の名刺も出てきたが、それ等はケースに入っていたためかどうか、変色もしていなかった。リョウのくれた本物の「美咲」の弟妹の資料も、坂崎から聞いた時、走り書きしておいた弟妹の故郷の住所も底の方に入っている。そこまで確かめてから、私は下に下りて行った。

九時を回っていたので、長治さん達はもう店に来ていた。私が、美咲が出て行ったと告げると、二人は物凄い顔になったが、美咲には誰一人身寄りもなく、身元保証人になる者もいないのに、当てもなく出て行ったと言うと、絶句した。

「でも、何でそんな……」

由利子さんが涙声で訊いたので、仕方なく私は、

「私が思っていたよりも、体の具合いが良くなかったようです。自費で病院に掛かったら、この店が潰れる程金が掛かるから、皆に迷惑を掛けたくないと言っていた」

私が言うと、長治さんが口をひん曲げた。

「俺達なら住む所はあるし、どこへ行ったって遣っていけるわな……。それを、馬鹿な心配して……」

私は、二人に美咲を捜し出したいので、当分の間店の事は全て任せて、自分は手を引きたいと申し出て「必ず捜し出せ」とハッパをかけられて事務所に入った。ついでに長治さんの板前の白い制服も一着借りてきたが、何といっても車が必要だった。店の車の横腹には紺青の文字で「楓」の名前と電話番号が記されていたので、使い物にはならなかったし、

レンタカーでは動き回る時に、逆に不便な事もあるのだ。

考えていると、卓郎さんがやってきて言った。

「あの子が消えたそうですね。どうりで、何か変だと思った」

「あいつが何かしましたか？」

「昨夜店に来ましたが、カウンターには入らないでね、何だか懐かしいような顔をして店の中を見廻して、私に笑い掛けたりしていたんですよ。それで、カルバドスを少しくれと言うからあげたら、アリガトウ、楽しかった何て言って、握手までしたんで、何だか変だなと……。あれはサヨナラのつもりだったんでしょう……」

「あいつは卓郎さんと気が合っていましたからね」

私は嘆め息を吐いて言った。

「誕生祝いだとかいって、金木犀の酒なんか置いて行ったんですよ。あんな物、飲めるんですか？」

「中国では有名な、香りの高い酒ですよ。多分、平ちゃんの部屋のベランダの樹から、花を摘んだんでしょう。小さい花だから集めるのは大変だったはずですがね」

卓郎さんも嘆め息を吐いて訊いた。

「私に何か手伝える事は？」

私は卓郎さんに、できる限りで良いから、とこの周辺の店や隣り町辺りまで、住み込める所に美咲がいないかどうか当たってみて欲しいと頼んで、「任せておいて」という返事を貰った。

机の上の電話が鳴り始めたので、卓郎さんは帰った。受話器を取ってみると幸弘からだった。幸弘はいきなり言った。

「あいつが消えたんだってな。由利子がどうしたら良いかって泣き付いてきたぞ」

私は言った。丁度良いタイミングだ。

「それなら、頼みがあります。車を一台貸してくれませんか。できるだけ目立たない、古い物の方が良いです。それから、済みませんが、お宅の社員証と、警備会社の制服や身分証なんかを、何でも良いからできるだけ多く集めておいて下さい。こちらも用意して取りに行きます。写真なんかが必要なものは、こっちで何とかしますから、そのままで良いです。あと、幸弘さんの地元で、あいつが潜り込めそうなバーとかスナックとか、ラブホやビジネスの受付なんかも、チェックしてみてくれませんか？　そんなに遠くへは行かれないはずなんだ。郷田の奴等に取り込まれでもしたら、助けようがないです」

幸弘は笑っていた。

「そこまでイカレたか。昔の商売にでも戻るつもりなのか？　頼まれても良いが、無料という訳にはいかないぞ。若い奴等まで動かす事になるからな」

「わかってますよ。頼みます」

私が言うと、幸弘は「書類」を揃えたら（書類というのは、偽物の身分証やバッジ等の事だ）、幸弘の方からこちらへ車を届けさせると言った。

「郷田の奴等とはここで鉢合わせしない方が良いだろうからな。あいつの事は、若い奴等に捜させる。それで良いか？」

私は礼を言って自分の部屋に戻ると、ジャージやスウェットの上下からコート、金持ちそうに見えるスーツの一式や逆にくたびれた普段着類と、下着やソックス等を端から旅行用ケースやバッグに詰め込んだ。靴もスニーカーから革靴まで手当たり次第に空箱に放り込んで、最後に毛布と、美咲の残していったエビアン水と食料を袋に詰め込んだ。洗面用具をコンビニの袋に押し込んでから気が付いて、卓郎さんの本も数冊借りた。美咲が、先月の時のようにすぐに見付かるとは、考えていなかった。あの時のようにではなく、今回は初めから計画的だったのだ。

美咲を見付けるのは困難だろうし、恐らく時間も掛かると思われた。私は長期戦を覚悟していた。体力を保っておくために、私はソファで少し横になって休んだ。由利子さんが昼飯を持って来て、

「幸ちゃんから車が届いたわ。頼まれた物は、みんな揃っているそうよ」

と言うのを聞いて、大急ぎで腹ごしらえをしてから、駐車場に向かった。

持ちきれない荷物は、由利子さんが一緒に車まで運んでくれた。幸弘は、自分の白いセ

ダンを回してくれていた。中には私が抱えて降りたのと同じような荷物が置いてあり、運転してきた佐々木が、幸弘からだと言って「書類」の詰まった袋を渡してくれた。佐々木は気の毒そうな目付きをしていて、

「あのオカマなら、逃げ足は速いだろうな」

と言って、私の気持を逆撫でしてくれた。私は、母から貰った金も全部持って、見送ってくれた由利子さん達に、

「連絡入れてよ！」

と言われながら、車を出して熱海を目指した。

可能性は低かったが、まずリョウの所から始めるつもりだった。美咲の失踪を知らせなければならないし、美咲は誰か知り合いの所を当てにする可能性の方が高いように思えたのだ。例え、それが一時的なものであったとしても……。

リョウの実家には、夜八時前に着いた。リョウはこの間会った時よりももっと痩せていて、もっと蔭りのある瞳をしていた。

「あいつがいなくなった」

と私が告げると、リョウは非難の目を向けて言った。

「いつ？　あんた、何か喋っちゃったの？」

「昨夜だ。私は何も喋っていないが、あいつの方が勘付いてしまったんだ。お前の方に

は来ていないのか?」

「来るわけないでしょう? あの人は俺を振ったんだから」

私は、リョウの皮紐に付けられた金のリングを渡して言った。

「そうかも知れないが、あいつはこれをずっと大切にしていたんだぞ」

リングを手渡されたリョウの顔が歪んだ。

「俺、帰ってあの人を捜すよ」

私は、リョウを止めて、こちらはもう捜しているから、もしもの時のために、リョウには実家にいて欲しいと頼んだ。そしてリョウの家の周辺のホテルなどに美咲が入り込んでいないかを確認し、それでも駄目だったら、その時はリョウの好きな様にすると良いと言って帰ろうとすると、

「あんたはどうするの?」

と、リョウが訊いた。

「いつかお前が言っていた医者の家の辺りに行ってみる」

私は答えて、心配そうに立ち尽くすリョウを残して東京に帰った。無駄足だとは思わなかった。

夜中には、リョウの話していた私鉄の駅に着いていて、私は慎重に水穂医院の近くに車を停めた。

水穂医院は古い屋敷町の一角にあり、辺りは大木が繁っていて異次元のように暗く、静まり返っていた。医院と思われる表通りに面した古い建物にも、自宅と思われる家の方にも、明かりは灯っていなかった。私はリョウがしたように、その家の周辺を歩いてみたが、表側の入口にある看板に、診療時間が「午前九時より正午まで・二時まで休憩・午後二時より五時まで診療」とある他は、何も見付けられなかった。開業医というからには、もっと遅くまで診察しているものだとばかり思っていた私は、まるで大病院のような診療時間に軽い違和感を覚えた。

その夜は、私は車の中で毛布をかぶって寝んだ。

明くる日から、私は車を移動させながら、水穂家の周辺を探り、美咲の現れるのを期待してそこで待ち続けていた。

美咲はとうとう現れなかった。

水穂医院は自宅と壁一枚で繋がっていて、仕切りのドアで自由に中で行き来できるようだった。通りの角にあるその大きな建物の前には、びっしりとツルバラが植えられていて、その枝先には白い色の可憐な花だけが咲いていた。その景観は、まるで茨に囲まれた古い館のようで、私に母と女将さんを思い出させた。

水穂家の誰かが、おそらくは香という夫人なのだろうが、長い間掛かって丹精込めて育て上げたものなのだろう、と思わせられたからだ。

その家の辺りをうろつき回るのには骨が折れた。私達の家の周辺のように、やたらと警察の巡回が多かったからだが、私はその都度着ている物を替えていたし、巡回してくる者達の顔触れも日替りだったので、見咎められる事はなくて済んだ。

水穂医院の方も自宅の方も、いつも秘っそりと静まり返っていて、患者の数は驚く程少なく、自宅の方から誰かの泣き声が聞こえてくるという事もなく、悲しい事に美咲の気配の気の字も、感じられる事もなかった。

私は七日程そうして水穂家の周りで美咲を待ち、諦めてそこを離れる前に、たった一人の雇い人と思われる中年の看護師の女性を捕まえて、美咲の事を訊ねた。

その看護師は、私の出任せの「結婚前の事前調査」という言葉を信じ、何でも喋ってくれた。

けれども彼女は「山崎美咲」という患者にも、二十代で痩せ形のボーイッシュな女性にも、全く心当たりが無いと言った。水穂家にはお嬢さんがいると聞いたが、と言うと「そんな人はいませんよ。何かの間違いでしょう」という返事が返ってきただけだった。私は、〝もう用事は済みました〟という顔をして、

「ところで、あちらの病院はずい分と優雅に遣っているようですね」

と水を向けてみた。

すると彼女は急に雄弁になって、水穂医院への不満を口にし始めた。それによると、水

穂広美は優秀な内科医で、大学病院に勤めていたが、三年程前に退職して、亡くなった父親の病院がそのままになっていたのに手を入れて、開業したという事だった。

彼女は、そういう医師の下でならと張り切って勤め出したが、すぐに不満を抱くようになったという。水穂広美は病院経営に全く熱意がなく、妻の香も看護師の他に理学療法士とか薬剤師の資格を持っているのに、二人共ノンシャランとしていて、おまけに月末近くになると、必ずのように臨時休業したりするのだそうだ。私はニッコリしてみせた。

「それはやっていられませんよね。あの、これはほんの気持なんですが」

と言って、用意していた商品券入りの袋を渡し、

「今の話はまだ内密ですので、先生方には内緒にしておいて頂けませんか」

と頼んだ。彼女は数千円分の商品券でも気を良くしてくれて「もちろんだわよ」と言って帰って行った。

美咲は、確実にここに来ていた。大体、月末に。私の家から出掛けて、多分毎月、この水穂医院に通って来ていたのだ。けれど。どうして看護師は、美咲を「見た事も無かった」のだろうか？　水穂家が、何らかの理由で、美咲を隠しておきたかったからではないか……。それで、「その日」を休診日にしてきた。ずっと？　リョウの話の内容と、完全に繋がった訳ではないが、私は美咲と水穂家との間に、秘密の匂いを嗅ぎ当てていた。

それでも美咲は今回に限っては月末ではなく、むしろ月初めに家を飛び出してしまって

いるのだ。そして、見ていた限り、この家には美咲はまだ現れてはいなく（水穂夫妻は普通に開業しているのだから）、いつ来るのか、もうここにも来ないつもりなのかどうかも、分からなかった。又、来るかも知れない……。

　疲れ切っていた私は、その夜は美咲の妹の家の近くのビジネスに宿を取り、由利子さん達や幸弘やリョウに連絡を入れて、向こうの様子を訊くだけにした。全員が打ち合わせでもしていたように、「まだだ」と言ったので、私も「まだだ」としか、答えようがなかった。食事をして熱い風呂に入り、その夜はとにかく眠ってしまう事にして、私は翌日から、今度は「美咲」の妹の家の周りをうろつき回ったが、結果は同じだった。

　深田家には身重の美しい女性とその夫はいたが、美咲の気配はなく、近所の年寄りなどに訊ねてみても「そんな若い女はこの辺りでは見た事もないし、深田さんの所にもそんな親類はいない」と、首を傾げられるだけだった。妹夫婦の評判は良く、二人は睦まじく暮らしていて、妹は大きな腹をしていても、驚くように美しく、どこか美咲に面影が似ていた。けれど、美咲に繋がる何もない。そして。この二人は今、幸福なのだ。

　私は諦めて、弟の住いの方に移動して行った。美術を学ぶという弟は、大学の寮に入っていたのでより速やかに、彼の暮らしぶりは分かった。第一に、大学内の男子寮に美咲が入り込める隙はなく、弟は授業と制作活動と学費稼ぎのアルバイトに忙しくて、その三角点を結ぶ線からは、一歩も外に出ていなかった。あの写真をそのまま成長させたような、女の子みたいなきれいな顔をしていて、全体にどこか幼さの残る面立ちは、こちらも、又どこか美咲に良く似ていた。

リョウが拾ったという封筒には、二人の写真までは残されていなかったので、実際に見てみるまでは、私は二人の顔を知らなかったのだ。だから私は、二人がこれ程美咲と似通った所があるのに、逆にショックを受けていた。血の繋がらない赤の他人であるはずの「エックス」という女が、美咲なのだとしても、こんなふうに彼等の面影までが似ているのは、どうしてなのだろう？　本物の「山崎美咲」は、三年も前に死んでいるのだ。だとしたら、「私の美咲」は、血筋的にか、あるいは百歩譲って知人だとしても、極めて「山崎家」の近くにいた誰かではないのか……。私はそう考えたが、この妹と弟に近付いて、直接それを訊く事はできなかった。

どんな事情からにしても、私の美咲は、この二人の姉を詐称しているのだし、一方二人は静かに、穏やかに暮らしていて、そこに死んだ姉の名前を騙る女の話など持っていく事は、私にはできない。「妹と弟に近付いたら殺す」とまで言っていた美咲が、二人とどう繋がっているのかを、まず、私の手で調べたいと思った。そして、運が良ければ「そこ」に、弟妹の故郷に、美咲を捜す手掛かりがあるかも知れないと考えて、数日後、妹と弟の傍を離れて私は、軽井沢に向かって車を走らせた。

途中、連絡が取れる所には全て電話を入れてみたが美咲は発見されていなく、私も自分が向かう先に本当に美咲がいてくれるのかどうかと思うと、きしるような痛みに胸がうずいた。

中軽井沢駅から更に進み、途中で国道から離れて、片側一車線だけになった道をくねくねと曲がって、ようやく私は弟妹の故郷に着いた。途中の風景を楽しんでいる余裕は、私には無かった。小高い丘の裾にある集落は、時代から取り残されたように鄙びていて、それでいて格式のある家々は塀に囲まれ、豊かな時代を思わせる、趣きがあった。

私は村人を捕えて道を訊ねながら、弟妹の、既に売却されてしまったという家に辿り着いた。そこも又古く、格式のあった家のようで、門構えも庭も家屋も、堂々としていた。

私が訪《おとな》って山崎家の事を訊ねると、応対してくれた六十代の女性は、

「私共は、東京で不動産屋さんを介してここを買いましたので、何も存じません。夫の退職後は田舎で暮らすのが夢でしたから……。御近所で訊かれた方が良いんじゃありませんか」

としか言わなかった。

私はその時、一番上等のスーツを着て、幸弘の会社の弁護士の名刺を持っていた。バッジは偽物だ。その格好で、その家の近隣を歩き回った私は、ようやく山崎家と親しかったという年寄りのいる家に辿り着いた。山崎家について、その八十代に見える髪の白い婆々様は言った。

「本当に気の毒な家だったよ。江戸時代からの土地持ちだったのに、最後はみーんな手放すようなハメになってしまってさ。それも、全部病気のせいなんだわね。最初はお母さんの美月さんが、末っ子を産んで二年もしない内に亡くなってしまったのさ。その後、お父さんの真一さんが男手一つであの姉弟《きょうだい》を育てていられましたけどの。真一さんも体が弱くて、六年程前に長患いの末に、逝ってしまったがの。心臓だったそうだよ。その時、子供達の学資にって貯めていたお金だけじゃ足りなくて、美咲ちゃんは入院費の支払いのために、土地を手放したのさ。美咲ちゃんは良く遣っていたよ。でも、遺伝とでも言うのかね……。あの子も、小さい時から病院を出たり入ったりしていた。今まで何ともなかったのに、急に倒れたりするんだよ。真一さんが逝ってしまったら、妹達の学資にするって言って、美咲ちゃんがあの家も売って、東京に行ってしまった。その美咲ちゃんも、三年前に死んだっていうんだものねえ。神も仏もあるもんかって、私達は言ったもんだよ」

母親の名前が美月。「美咲」は月が好きだった。そして自分を「うさぎ」と呼んでいた……。

私は掠れそうになる声で訊いた。

「他に、頼れる身内とか、友達とかはいなかったんでしょうか?」

「なあんも。美月さんは二十年以上も前に亡くなってしまったんで、母方とはもう遠くなっているし、真一さんの方も体が弱かったせいか結婚が遅くての、美月さんが来た時には、もう太一郎さんも幸子さんも亡《の》うなっていた」

その二人はきっと、祖父母なのだろう。婆々様は私の顔を見て、気の毒そうに言った。

私は美咲の婚約者だった、と名乗っていたのだ。それでも、婆々様は思い出してくれた。

「この先の村上さんの所の結衣ちゃん達が、美咲ちゃんと親しかったかの。あの子の事なら、あっちの方が詳しいだろ」

私がそこを訊いて辞去しようとすると、婆々様は、

「あんたさん、せっかくここまで来られたんだから、美咲ちゃんのお墓参りして行かれると良いがね。結衣ちゃんの家の横の道を登って行くと、すぐだから。美咲ちゃんも、その方が喜ぶだろ」

と言って、私に庭先の菊をどっさり切ってきてくれた。私は礼を言って、村上家に向かった。

結衣という娘は後取り娘で婿養子を貰ったとかで、大きな腹をしていて、私を歓迎してくれた。

「美咲ちゃん、あたしに隠して、こんないい人がいたのね。知らなかった。でも、良かった。あの子にも、人並みな幸せがあったなんて、嬉しいです」

「美咲は、不幸だったのですか?」

「そうねー。病気の時は仕方なかったですけど、あたし達、三人組でした。仲良しでし

たよ。あの子はいつも、妹と弟、連れていましたけどね。弟のイッちゃんが他の子に叩かれたりすると、ポカポカって叩き返すんですよ、これは弟の分、これはあたしの分、って言って……。美咲ちゃんに叩かれたくて、わざわざイッちゃんに手、出している子もいましたね。隣りの敬太なんかもその口で、よく美咲ちゃんにはたかれていました。あの子は年寄りには特に優しくて、皆に好かれていたんですよ。それが、あんな事になっちゃうなんて……」

「イッちゃん？」

「ああ、あの子の弟さん。カズヒサっていうんですけど、みんなイッちゃんって呼んでました。一がつくから、イッちゃん。気が少し弱くってね、金魚のウンコみたいに、美咲ちゃんの後をくっ付いて歩いてたの。

イッちゃんも、ヤスミちゃんも、あの子のこと、マミーって、呼んでいたわ。あの子は髪が長くて、男の子みたいな格好していたけど、きれいな子だった」

「髪が長かったんですか？」

「ええ、この辺りは不便で、カットに行くのは大変だったせいもあるけど、男みたいな格好だとお母さんらしくないからって、髪だけは切らないで長くしていたんです。腰の辺まで伸ばした髪が黒くなくて栗色だったの。憧れたわ」

私は「美咲」の話を死ぬまで聞いていたい気がしたが、結衣は私の手の菊を見て、

「美咲ちゃんのお墓参りに行くんですか？」

と訊いた。

「そのつもりです」

と言うと、笑って、腹をさすって見せて、

「あたしも行きたいけど、今こんなだから。あたしの分もお参りして来て下さい。あの子、喜ぶわ」

と言って、線香と葡萄を持って来てくれた。

三人組の残りの一人は北海道に嫁に行き、年子を次々と産んで、今は三人の子供の母だと言って、彼女は山崎家の墓地への道を教えてくれた。私は、その低い丘への道をゆっくり登って行った。

結局、ここでも「私の美咲」に繋がる手掛かりは何も無かったのだ。

皆に好かれていたという、髪が腰まである女性。それが、私の美咲のはずがない。彼女は死んだのだ。その事を知る別の女性が「美咲」になっている。けれども、これまでの聞き取りでは、「美咲」の周辺に別の女性の影はなかった。だとしたら、それは、「美咲達」が東京に出てから知り合った誰かが、美咲を名乗ってしまったのか。そう思いながらも歩いて行く私の頭の中は、先程まで聞いていた本物の「美咲」という女性の姿に占められていた。

たった二十四歳で儚く逝ってしまったというその女性の生き方は、私の美咲の生の在《あ》り方に、よく似ていた。弟妹の記憶は別にしても、年寄りには優しく、病人にも優しいだろう美咲は、私の所でも皆に好かれていたからだ。

山崎家の墓地は、低い丘の頂きの近くにあった。南向きの斜面には遅い午後の陽が当たり、すっかり色付いた辺りの樹々の中に、ひと際大きな桜の樹が立っていて、その葉は見事に紅く染まっていた。その明るい墓地の一番奥に「美咲」の墓があり、まるで生まれ育った故郷を懐かしむかのように、丘の下の集落を見下ろしていた。私は、「美咲」という女性とその両親の墓に花を手向け、線香を付けて葡萄を供えた。

正直、こんな場所まで来るつもりはなかった。けれど、紅く色付いた桜の大樹の下で、静かに佇んでいる「美咲」という女性の墓を見ていると、自然に私の頬に涙が伝った。そこに入っている「美咲」という女性と、私の美咲の生の在《あ》り様《よう》に、深い哀しみが湧いていた。

もしかしたら、私の美咲も、もうどこにもいないのではないかとか、それどころか、本当はあの美咲は幻だったのではないかとさえ思えてきて、私は徒労に終った美咲捜しに、次第に希望を失っていった。戸籍を売ってしまったという「美咲」に本当の弟妹がいたとしても、それは私には捜しようがなかったからだ。

翌日遅く私は東京に帰る途中、思い付いて、高速を高崎で下りた。高崎から車で一時間も走らない所に、並木氏とドレミがいる。そこに美咲が行くとはもう思っていなかったが、それでも私は並木氏を、訪ねて行かずにはいられなかった。並木氏は、ドレミを連れて山裾にある葡萄園で、穫り入れをしていた。私の顔を見ると驚き、

「じきに暗くなるので、帰ろうと思っていた所です。家に寄って行って下さい。父も母も喜ぶでしょうから」

と言ってくれたが、私は美咲の不在を確認すると、

「すぐに帰らなければ」

と有難い申し出を断った。

並木氏は陽焼けをしていて元気そうだったが、私の様子に異変を感じ、美咲の「家出」を知ると、悲しそうな顔になって俯いてしまった。

ドレミは私の匂いを懐かしそうに嗅ぎ、哀しそうな瞳をして美咲を捜すようにクウと鳴いていた。

私は並木氏に詫びを言って、並木氏は、

「もし美咲さんがこちらに見えたら、すぐ連絡します」

と言ってくれた。私は暮れてゆく彼の葡萄園とドレミに別れを告げて、高速に戻った。

東京に着くと、家に帰る前に私は綿木公園に寄った。フジさん達からも何か訊けるかと思っての事だが、驚いた事に、そこにはジョージ達に混ざってリョウもいた。

皆は、リョウから事情を聞いて、すでに美咲の「家出」を知っていて、心配そうに私に、

「見付かったの？」

と口々に訊いたが、私は首を振るしかなかった。

リョウも私を見て、黙って首を横に振った。

私と同じように疲れ果てた顔をしているリョウの首には、あの金のリングが下げられていて、それだけで私にはリョウの今の気持がわかる気がした。フジさんもすっかり気落ちした様子で、一時期回復したように見えていた顔色はどこかに消えてしまっていた。

リョウは私と会ってすぐにアキに連絡を取り、ジョージ達も動員して、周辺の町まで美咲を捜しに行って貰っていた。その間、自分も美咲を待ちながら、近くのホテルや民宿まで彼女を捜して回ったが、軽井沢に向かう前の私の電話で、堪らなくなってこちらに帰って来た、と言った。

「親爺さんとは話し合ったのか？」

と訊いてみたが、

「話し合うなんてところまでいかないよ。音楽ができなきゃ生きられないって頼んでも、このバカモンしか言わないもの。あの人を捜しに行きたいって言ったたって、同じ調子こいて、バカモンだけだったよ」

と、リョウは怒ったような声で言うだけだった。

私は、

「今日は長居できない」

と言って、フジさんやジョージ達に差し入れだけして、リョウの「連絡してくれよ」という声に送られて、ようやく「楓」に帰り着いた。

私は一つ所で美咲を捜しながら、彼女が現れるのを待つ、という生活をしていたので、移動日やビジネスでの宿泊日なども入れると、六日に家を出てから帰り着くまでに、すでに三週間近くも店を留守にしていた事になった。由利子さん達はまだ店にいて、毎晩十二時近くまで美咲や私や幸弘達からの連絡を待っていたと、蒼白い顔をして言った。

私は長治さんが出してくれた飯を、ボソボソと喰った。ほとんど飲まず喰わずのような生活をしていたので、まだ暖かい飯に胃袋は反応したが、頭の方は空っぽで、口と手の動きがギクシャクしていた。

幸弘の方からも成果はないと聞くと、私は殆ど無意識に箸を置いてしまっていた。私が言葉を選びながら由利子さん達に、美咲の故郷まで行って来たが無駄だったと話していると、卓郎さんがいつの間にか下りて来ていて、

「やっぱりね。こっちも駄目だった」

と言ったので、私達は揃って深い嘆め息を吐いた。

「もう駄目なのかしらね。幸ちゃんなんて、あの子は逃げ足が速いから、もう中近東辺

りまで行ってるんじゃないかなんて、非道いこと言うのよ」

と由利子さんが言ったので、思わず私はムカッとしてしまった。私の中には、まだ水穂家があった。

「まだ諦めるのは早いですよ。ちょっとした当てもあります。月末まで又出ますけど、幸弘さんから連絡が来たら、クソッタレと言っておいて下さい」

と私が言うと、由利子さん達はやっと笑った。

「そう言われた時の、幸ちゃんの顔が見たいわ」

と言って……。

その夜、私は久しぶりに自分の部屋に戻り、久しぶりに自分の家のシャワーを浴びて、同じ家の周りを、何日もうろつき回るために着たいろんな服を洗ったが、自分の心までは、洗えなかった。美咲のいなくなった部屋は、やけに広くて暗く感じられて。美咲の使っていた寝室に入る気持にもなれず、すっかり慣らされてしまったソファで、身体を丸めて眠った。

翌朝、私は夜明け前に起きた。月末が近かった。

美咲が水穂医院に現れるとしたら、今度こそ最後のチャンスで、愚図愚図《ぐずぐず》してはいられない気がした。今度は、私は身の廻り品だけを持って、家を後にした。もう他をうろつき回る必要はないだろうし、今捕まえなかったら、それこそ美咲は中近東どころか、本当に月まで行ってしまうだろうと思えて、気が急いた。

　私は屋敷町に着くと、水穂家の周りをゆっくり何度も走り、九時前にはいつかの看護師が玄関を入って行くのを見届けて、「待ち」の態勢に入った。二日目には、夜が明ける前に、車ごと駅前に移動して、美咲を待つことにした。リョウの話だと、美咲は電車を使って移動しているようだから、医院の前で騒ぎを起こすハメになるよりは、駅の前で待ち伏せていて、美咲を捕まえて帰るつもりだった。駅前に移って三日目、私が車を屋敷町に行く途中にある、小さな公園の傍に停めてから駅に行って待っていると、下り方面のホームから上がってくる階段を、ゆっくり昇って来る美咲の姿が見えた。まだ私は駅前の広場の先にいて、声を掛けるには遠すぎる距離だったので、逃げられないようにと、私は物陰に身を隠すようにして、美咲を見ていた。捕まえたら、自費がどうたらこうたらとは言わせず、どこかの大学病院か、設備の整った大きな病院に連れ込んでしまうつもりでいた。

　美咲は初めて会った時と同じ、黒いタートルネックのセーターにジーンズの上下を着て、肩には例の黒いビニールバッグを掛けていた。そして、どういうつもりなのか、目には薄い色の付いたサングラスをかけ、長めになった前髪を分けて、サイドに金色の付け毛をしていた。おまけに、手には白い杖を持っていて、それに寄り掛かるようにして、亀のようなスピードで改札口の方に歩いてくるのだ。懐かしさと愛しさと嬉しさも忘れて、私はまず、「バカッたれ」と思ってしまった。人の気も知らないで、いつかのドレミの時のように、無賃乗車でも企んでいるのか、と思ったのだ。けれど、よく見てみると、何だか様子が変だった。余程上手に芝居でもしているのか、本当に美咲は目が見えていない人のように歩いていた。杖をついていない方の手を少し前に出し、一歩一歩確かめるようにして、足を引きずりながら改札を抜けて、私の方に歩いてくる。私は頭の中がチカチカしてきた。

今まで、一体どこで、どうしていたのだろうという思いと、何で黒いビニールバッグまで持ち歩いているんだろうという疑問と、何よりも、金色の付け毛など付けてサングラスをして、杖などついて歩いている美咲のふざけた格好と、それに見合った亀のような歩き方に、頭の中のエーテルに火が付いたようになってしまったのだ。

怒った私は、近付いて来た美咲の前に、通せんぼをするように無言で立っていた。

すると、美咲は僅かに首を傾げ、顔を上げて私の肩の辺りを見ながら、

「すみません、通して下さい」

と言った。

私は戸惑ってしまった。本当に、目が見えていないように感じる一方で、私の顔を見ていながら、「すみません」などと言って惚けるつもりなのかという気がして、何と言うべきか迷ってしまったのだ。

私が迷ったまま黙って突っ立っていると、美咲はもう一度言った。

「すみません、目が見えないんです。通して下さい」

私は仰天して美咲の顔を見た。静かな、ただ困った顔をして美咲は立っていた。

「美咲。お前、目が見えないって、いつからだ？」

私が叱るように訊くと、初めて美咲は背筋を伸ばすようにした。

「人違いしないで下さい。あたしはそんな名前じゃありません」

「じゃ、何ていう名前だ？」

「どうして知らない人に、そんな事言わなければいけないんですか？　でも良いです。あたしの名前は井沢かすみです。どいて下さい。急いでいますから」

私は頭にきた。

「軽井沢だから、井沢か。それなら、かすみは何だ？　バカたれ。何のつもりだ？　付け毛なんかして、サングラス掛けて杖ついて、オカマの代りに盲人ごっこか？　好い加減にしろ」

美咲は哀しそうに、私の口の辺りを見た。

声だけは聞こえるんですよ、とでもいうように。美咲は視線と同じ、哀しそうな声で私に言った。

「大きな声を出さないで下さい。他の人の迷惑になりますから。それに、本当にあたしはかすみなんです。盲人ごっこなんて、変なこと言わないで下さい。困ります」

「話が飛んでいるようだな。美咲、私がどれ程心配したか解っているのか？　由利子さん達もリョウもだぞ。皆心配しているんだ。とにかく帰って来い。話はそれからだ」

「何の事を言われているのか、解りません。お話しなら、歩きながら聞きます。時間がありませんから。今、何時でしょうか？」

私は美咲の左の手首を見てしまった。ちゃんと自分の時計をしていた。それなのに、何時かだって？　私はぐっと声を落とした。本当に頭に来た。

「自分のを見れば良いだろうが」

美咲は首を振った。

「見えないから、お聞きしたんですけど。お話しがないのでしたら、もう行きます」

そう言うと、美咲は私を避けて、歩き出そうとした。スピードを落とした車がロータリーに入ってきて、急に車の前に出た美咲に驚いて、鋭くクラクションを鳴らした。美咲も驚いたらしく、元に戻ろうとしたが、今度は何かに足を取られたようによろめいて、杖を落としてしまった。美咲はゆっくりと屈んで、杖を捜し、握ろうとしていた。だが杖は、何度も美咲の手から滑り落ちていった。

堪りかねた私は、杖を拾って美咲の右手にしっかりと持たせてやった。すると美咲は、

「御親切に。ありがとうございます」

などと、まだ言っていた。私は急に不安になった。目の前の女は確かに美咲に見えるのだが、世の中には自分にそっくりな人間が三人はいる、と聞いた事がある。それなら、私

はとんでもないヘマをやらかしてしまったのだろうか？

そうは思ってみても、美咲はやはり美咲にしか見えなかった。私は言った。

「今、五時半を回ったところだ。話がしたい」

美咲は頷いた。

「それなら少しですけど、お話しできます。歩きながらで構いませんか？」

「嫌。歩きづらそうだ。この先に公園があった。そこなら良いだろう？」

「分かりました。でも、余り長くはいられません。人が待っていますから」

「今度のはタヌキじゃなくて、人間か？」

「意味が分かりません」

このヤロッ。

美咲はやけに丁寧な日本語を使い、私の事など「全く知りません」という態度で、杖に寄り掛かりながら歩き出した。私は、その横顔をジロジロと見た。サングラスの下の瞳は大きく開いているが、対向者や私に反応していない。

杖はついている振りではなくて、握る手にしっかり体重がかかっていて、足元は酷く頼りなかった。時々、ユラリと体が揺れている。

それを見ているうちに、私の体が震えだした。

美咲は、家を出て行く前にも一度、目が見えていないかのように、転びかけた事があったのを思い出したのだ。でも、あれからそれ程経っていない。それなのに本当に目が見えていないのか？　さっきは杖も持てなかったようだし。私は訊いた。

「美咲。お前、本当に何も見えないのか？」

「かすみです。目は、ほとんど見えません。人の形くらいは分かりますけど、顔までは無理です」

「その足はどうしたんだ？」

「分かりません。でも、前の時もこうでしたから」

「前の時って？」

「歩けなくなった時です」

やっぱり、このヤロッ。

その、歩けなくなった理由を、こっちは聞いているんじゃないか。そう思って腹を立てていると、美咲が立ち停まった。

「公園は、この辺のはずですけど……」

「ああ、そうだ。待っていろ、段差があるから、手を引いてやる。手を出せ、美咲」

私が言うと、美咲は逆に手を引っ込めた。

「かすみです。井沢かすみ。美咲さんとかいう人と間違えているようですから、これで失礼します」

ああ、もうっ!!

「それじゃ、かすみさん。転ぶといけませんから、摑まって下さい」

「ありがとうございます。それでは失礼します」

と、美咲はバカ丁寧に言って、私の差し出した腕に摑まった。美咲の細い体と、その温もり……。

小さな公園のベンチに美咲を連れて行くまでに、今度は私の胸が震え出した。

美咲は私の左腕にしっかりと摑まって、足を運んでいた。その様子は痛々しく、美咲の横顔と温もりは、私に四月の夜の桜の下で出逢ってからの、全てを思い出させていた。

困ったような、行き暮れたような瞳をしていて、それでいて私の心を測るように覗き込んできたあの日の美咲。ドレミと同種のように寄り添い、リョウやジョージ達の歌に聴き入っていた美咲。私のフランネルのシャツにトランクスを穿いて男のように喋り、わざと私に尖がってみせていた美咲。私が組み敷かれているのを見て、チビを蹴り飛ばしデカに殴りかかってくれた美咲。いつも私に隠れるようにして薬を飲み、時々ひどく具合いが悪くなりながら、少し休むと平気な顔をして、店に出ていた美咲。

弟と妹達の思い出を語った時の、愛しそうな、それでいて遠い瞳をしていた美咲。彼女は時々、私には理解不可能な言動をしていたが、あの映画館で見たのと同じように、声もなく泣いていた美咲の姿……。私の父母に優しくしてくれたように、美咲は由利子さん達にも濃やかだった。それに、何よりも私とのタヌキごっこの生活を「楽しかった」と言った。そして。私達はいつの間にか、惹かれ合っていた。少なくとも、私は美咲に恋をし、深い愛情を抱いていた。私は幸福だった。けれど美咲、お前はそうではなかったというのか？　私の事など、忘れてしまったというのか……。

私は美咲の肩を抱くようにして、公園のベンチに坐らせた。美咲は杖を放し、自分の左手の上に右手を重ね、まるで姿勢の見本展示人形のように行儀良くそこに坐った。

私は胸を詰まらせて話しかけた。

「なあ美咲、じゃない、かすみか……。お前、一体どうしちまったんだ？　黙って出て行くなんて非道いじゃないか」

美咲は懐かしい、低く掠れた声で言った。

「何の事だか分かりません。でも、もしその人があなたのお家を出たのだとしたら、黙っていく事はなかったでしょう。さようならとか、忘れて下さいとか、何か言い残してから行かれたのではないでしょうか？　あたしだったらそうしていると思います」

そう言い終ると、美咲は苦し気に咳込んだ。

肩が大きく震えていた。私は泣きたくなった。

「お前の体がどんなだか知らないが、悪いという事だけは解っている。美咲……。かすみ。理不尽だとは思わないのか？　まだ若いのに、お前だけそんな思いをして。病気さえ治せば、もう出て行こうなんていう気にならないんだろう？　帰ろう。皆、待っている」

美咲は咳が収まるまで待って言った。

「それは、健康な人の考え方です。健康な人は、その健康に感謝して、昔の事など忘れて新しい幸せを探した方が良いと思います」

「お前は、それで良いと言うのか？」

美咲は小さく頷いた。

「あたしは自分の体の事で、誰かを恨んだりした事はありません。健康や幸福が、時間と比例するとも、思った事はありません。あたしは、もう十分に生きました。大切な家族を愛して、家族からも十分過ぎるほどの愛を受け取りました。あたしは幸福だったのです。それに、あたしには待っていてくれる人がいるのです。あなたの言われた方達とは、異いますけど」

「私の両親や、由利子さん達やリョウまで忘れられると言うのか？　あんなに皆を想っていたお前が、そんな冷たい事を言えるのか？」

「中途半端な希望など、持たないでいる方が幸せなのです。変な希望を持って待ち続けるよりは、いっそそんな物は無い方が、その人達のためだと思います。もしあたしが、あなたの言う美咲さんという人だったとしたら、あたしはあなたに頼むでしょう。あたしにあたしの事は会わなかったと言って下さいと……。そして、あなたにも頼むでしょう。あたしの事は忘れて下さいと。もし、あたしがその人なら、必ずそう言うと思います」

「希望を持つのが、なぜそんなにいけないんだ？」

「一度失われた人を連れ戻してみても、その人がもう一度消えてしまったりしたら、もっと悪い結果になるとは思いませんか？　それだったら、失くしたままにしておく方が、傷は浅くてすみます。そうする事でしか、その方達の心を守れないとしたら、あたしだったら辛くても、そうする方を選びます。あなたにはその事が解ると思います。生殺しにする事が一番いけない。違いますか？」

私は、美咲がもう決して戻らないつもりでいる事を知った。そのまま、石にでもなってしまいたかった。

「でも、私はお前を愛している。お前だって……」

私を愛していると言ってくれたではないか。

美咲は、微笑んでみせた。

「あたしにも愛していた人がいました。あなたとは違いますけど、良い人でした」

私は堪らなくなって、美咲の固く握り締められていた手を摑んだ。美咲は私の手を振り払わなかった。ただ静かに、私の手に、自分の両手を握られたままにしていた。俯いた美咲の、金色の付け毛が揺れていた。

「その付け毛は？」

私は美咲が余り静かにしているので、一瞬気持を変えてくれたのかと思った。けれど美咲は言った。

「付け毛ではありません。薬のせいで、色が変わってしまっただけです」

「そんな薬は捨ててしまえ」

私が言うと、美咲は、

「そうはいきません。あたしを診てくれる先生が、出して下さるものですから……」

と言って、私の手から握られていた両手を解こうとした。その時、私の指に何か固い物が触れた。見ると、それは小さなダイヤの付いた金の指輪だった。私は思わず美咲の手を握り締めた。

「これは、私の、」

母がくれたリング、と言うつもりだったが、美咲は私にそれを言わせなかった。

「これは、あたしの大切な人がくれたものです。あなたのものではありません」

ここまで拒絶されてしまうとは思っていなかった私は、他にどうしようもなかった。

美咲の細い肩を抱き寄せて、最後の希望の言葉を、美咲に言った。

「すこやかな時も
　病める時も……」

「死がふたりを

分つまで」

美咲は私に肩を抱かれて、自分の体を私に凭せかけながら掠れた声で呟いた。

「ちゃんと憶えているんじゃないか、美咲」

私は美咲を抱き締めて言った。表通りを人が通り過ぎて行ったが、そんな事は、もうどうでも良かった。美咲が私の体に腕を回してきて言った。

「誰でも知っている有名な言葉ですから。あたしはかすみです。間違えないで下さい。ヴェロニカ・ロバの皮と呼んでも良いけど。本当に井沢かすみなんです」

ロバの皮とは何だ？　美咲のバカたれ。私は心で泣いていた。

「それなら、これは憶えているか？　お前が書いてくれた言葉だぞ。

あなたは
わたしを
愛するか？」

すると美咲は一瞬私を抱き締めて、

「死がふたりを
分つまで」

と、付け足した。深く、温かな声だった。それから美咲は私の体を離し、手さぐりで杖を引き寄せると、

「少しだけのつもりだったのに、長くお話しし過ぎてしまいました。あたしは、あなたの美咲さんという人ではありません。あたしの事は忘れて下さい。良く似た女の人に、会っただけです。あたしもあなたを忘れます。もう二度と、お会いする事はないでしょう。みんな過ぎてしまった事です。これでお別れします。もう、行って下さい。お願いですから、帰って下さい」

私は、私を押す、美咲の強い力に驚いた。

美咲は本気で私の体を押してよろめき、転びかけた。魂を抜かれたようになっていた私が、それでも手を差し出そうとすると、美咲は器用に私の手を避けて言った。

「さようなら。あたしの名前はかすみです。あなたの美咲さんは、もうどこにもいません……」

その言葉を聞いて、私は立っていられなくなった。全身の骨という骨が、砕けてしまったようだった。美咲自身が、私に言ったのだ。

私の美咲は、もうどこにもいないと。

それは、決定的な別れの言葉だった。

私と出会い、私と共に暮らし、短い間だったが煌星のような思い出を残し、私の心までも変えてしまった美咲。美咲という名前を名乗ってはいたが、本物の美咲ではなく、それでいて限りなく本物の「美咲」という女性に似通った、心の在《あ》り様《よう》を私に見せて、私を虜にしてしまった美咲。

その美咲が、自分はもう、私の愛した美咲ではないと、はっきりと言った。自分の言葉に従って、蛇の生殺しのような真似はしないで、ひと思いに、私の息の根を止めてくれたのだ。その点からだけいえば、それは親切とさえ言えるものだった。私は、もう二度と美咲が戻らないのだと、骨の髄まで知らされ、叩きのめされたのだから……。それこそ、ほんのひと欠片の希望もない程に。

私の愛した女は、現れた時と同じように、どこへともなく去ってしまった。井沢かすみなんて嘘だ。軽井沢の軽を取って、霞のような、儚い名前を下にくっ付けただけじゃないか。

そして、本当か嘘かは知らないが、あれ程嫌っていた医者に、今は診て貰っていると言う。

それなら、美咲から新しくかすみになった女の今度のお相手は、私等よりもずっと豊かな暮らしをしているのだろうか。私は美咲のために、その事を喜んでやるべきなのか、やはり憎むべきなのか。そんな事すらも、その時の私にはわからなくなっていた。私は生まれて初めての手痛い失恋に、ぺしゃんこにされてしまって、大切な事を忘れてしまっていた。馬鹿だった。

美咲が嘘吐きだという事と、泣き虫のはずの美咲が、涙一つ見せずに「さようなら」と告げられた事実を、私は愚かにも見逃してしまっていたのだ。

気が付いた時、私はその小さな公園のベンチに坐り込んで、両手で顔を覆っていた。泣いてはいなかった。ただ、自分の頭と胸の中がスカスカになって、何も感じず、何も考えられないでいただけだ。私は、半分病人か、そうでなければ、半分死人のようだった。

「帰れ」と私に言ったはずの美咲はとっくにいなくなっていて、静まり返った公園のベンチの横の銀杏の葉が、秋の陽射しに、金色に輝いているだけだった。

美咲が最後に私に告げていったのは、「井沢かすみ」という名前だった。山崎美咲でもなく、水穂彩子でもなく、井沢かすみという名で、美咲は新しく生きていくのだと思った。私は美咲から「かすみ」になってしまった漂泊《さすら》い人《びと》が、完全に私の手から飛び立って行ってしまった事だけに、心が向いていた。

「かすみ」が、どんな想いで私に自分は「かすみ」だと告げたのかと思うと、私は今でも胸の奥底が熱くなる。

5　さよならをもう一度

私は空ろな心のままで、その公園の銀杏の樹の下で、金色の葉が舞い下りてくるのを待つ子供達や、その母親達の歓声がしてきても、ぼんやりとベンチに坐ってそれ等を見ていた。見てはいたのだが、実際には多分、何も見ていなかったのだろう。それでいて私の脳裏には、その小さな公園の、金色に輝く銀杏の葉が後々になっても思い出す事ができる程、鮮明に刻み込まれてしまっていた。

仄暗い四月の夜の公園の桜の花の下にいたあいつは、十月になって金色の銀杏の大樹の向こうに消えて、行ってしまった。

私には、自分は「かすみ」です、と言い、「あたしには、待っていてくれる人がいます」とも言って……。それは誰なのだろう？　このひと月足らずの短い間に、あいつの身の上に何があったのだろう、と尚も思いかけている自分に気が付いて、私は車に戻った。私は今でもその時の事を、繰り返し思い出す。

「当てがある」と言って店を出た私を、皆は焦れて待っていたが、私が一人で、しかも空っぽの胸で帰ったのを見ると、内心ではガックリしただろうが、初めは多くの事を私に訊ねようとはしなかった。彼等がそうしたくても出来なかったのを良い事に、私はあいつの忠告も忘れて、由利子さん達に本当の事を言わなかった。そうするには私は余りにも傷め付けられていたし、由利子さん達はまだあいつを諦めてはいなかった。私の父母もそうだった。二人は私が留守にしていた間に、又もやあいつを訪ねて「楓」に来ていて、あいつの失踪をもう知っていて、私がとうとうあいつを連れ戻せなかった事を知ると、大きく肩を落とした。丁度、土曜日の昼過ぎに来たので、じきに由利子さん達の手も空き、卓郎さんも出勤してきた。

もう十一月に入っていたが、私はその日も、頭と体が分離した状態でいたので、皆が勢揃いして、ここぞとばかりに私に、美咲の行方の心当たりを訊いてきても、ほとんど無言で通していた。由利子さんが言った。

「でも、本当にどこに行っちゃったんでしょうね。私達にさようならも言わないで。あの子が行ってしまうなんて、考えられないわ」

卓郎さんが、少し言い辛そうにして言った。

「嫌。考えてみれば、美咲ちゃんなりのお別れはして行ったんじゃないかと思いますよ。平ちゃんの御両親を送って行って、由利子さん達まであの日に限って見送ったんでしょう？　私の所にもやってきて、珍しく握手なんかして、帰って行きましたね。きっと、さよならなんて言うのが、辛かったんじゃないかな。優しい子でしたから」

それを聞いて、長治さんが顔を上げた。

「お前にも、何か言って行ったんじゃないのか?」

私は、頭に浮かんできた事をそのまま言った。

「さあ。恋しくば尋ね来てみよとか、何とかかんとか言っていましたけどね」

「葛の葉ですね」

と、卓郎さんが言い、

「何それ?」

と由利子さんが訊いた。

「悲しい恋の物語ですよ。恋しい男と別れなければならなくなった狐が、男と子供を置いて消える時、泣きながら書き残していった歌が、それです」

私は、そうだったと、思い出していた。

母が泣き声になった。

「それじゃ、美咲ちゃんはウチの子が好きなのに、どこかに行っちゃったと言うんですか? 平ちゃん、あなた、何かしたんじゃないの?」

「するもんか。あいつが勝手に出て行ったんだ。大方、金持ちの男でも見付けたんだろう」

私が言うと、母は泣きながら私を睨み付けた。

「あなた、まだひねくれているの? あの子がそんな子じゃない事くらい、あなたが一番良く知っているでしょう？　私達に優しくしてくれたのは、誰？」

母に睨まれたのは、生まれて初めての事だった。父が、母の手にハンカチを握らせていた。

由利子さん達が執り成している声が、ぼんやりと聞こえてきた。

「まだ帰って来ない、と決まったわけじゃないですよ。私達も諦めていませんから。そのうちきっと、見付かりますよ。大丈夫ですとも。私達の知り合いも、心配して捜してくれていますから……」

そんな無駄な希望を持つのは止めておけ、と言いかけて、私は黙った。美咲の言っていた意味が、僅かではあるが解った気がした。

私が、「美咲に手非道く振られた」と、はっきり言わなかったばかりに、皆はまだ心配し望みを持っている。それは、確かに残酷な事だった。「生殺しが一番いけない」と言った、美咲の声が蘇ってきたが、この状況で「実は美咲に会ったが振られた」と言い出すには遅すぎた。

卓郎さんだけが、少し困った目をして、私を見ていた。気の毒そうな、何か言いたそうな顔だったが、口に出しては、何も言わなかった。

両親が帰った後、私は幸弘に電話をした。

幸弘は、

「由利子から聞いた」

と言っただけで、いつものようなオチャラケは言わなかった。礼金はどの位包めば良いのかと私が訊いても、幸弘はそれに対しても何も言わなかったので、私は車を受け取りに来た佐々木に、母から貰って持って出た封筒の残りを、そのまま渡した。が、それが少ないだろうくらいの見当は付いていた。佐々木は黙って私の頭を一つはたくと、「じゃあな」と言って帰って行った。幸弘に言われていたのだろう。佐々木は金額を確かめてみる事もしないで、車に乗った。

私は、表面上は普通にしていたが、夜になると美咲の不在に耐えられなくて、酒でも飲まなければやっていられなくなった。

そうやって一週間も経ってから、私は漸く重い腰を上げて、綿木公園に行った。今では、あの桜の木を見るだけでも辛い。と、感じられるならまだマシだったろうが、私の心は麻痺していて、ただ億劫なだけだった。

フジさんを除いた皆が、そこにいた。ジョージ達は私の手にしていた包みを見付けて、すぐ手を伸ばしてきたが、リョウは暗い瞳をして私を見ているだけだった。

「連絡もくれないで、今頃まで何してたのさ」

と、リョウが噛み付いてきたので、私は少し気が咎めた。母や、由利子さん達との事が、頭に浮かんだ。

ているさ」

「悪かったな。だが、もうあいつの事は諦めろ。今頃は、どっかの金持ちと楽しくやっ

今度は、美咲の忠告に従ったつもりだったが、リョウは釘の先のような瞳をして言った。

「マジで言ってるの？　あり得ないよ、そんな事」

「何でだ？　お前、まだ何か隠しているのか？」

「あの人は男性恐怖症なんだよ。生まれた時から、男が恐くて恐くて仕方なかったんだってさ。金持ちだろうと何だろうと、男と暮らしているはず無いよ。あんたの所からいなくなったのだって、あんたが男だからだよ。あの人は、女の人しか好きになれないんだ。あんたがゲイじゃないって気付いたから、恐くて逃げたんだ。あんなに頼んでおいたのに、あんたが気付かれるようなヘマなんかするからだ。馬鹿だよ、あんた」

ちょっと待て……。

「どういう意味だ？　お前、それがわかっていてプロポーズしたっていうのか？」

「違うよ。告白した時に、初めて言われたんだ。男の人とは付き合えないの、ゴメンネ、リョウちゃんって……。それで俺、諦めたんだよ。でも、今でも好きだから、弟でも良いやって思ったんだ。だけどあんたは、そんな事も知らないで、オカマの振りに騙されていただけだろ。間抜けなだけじゃなくて、冷血漢だ。すぐ諦めちゃって、平気でいられるなんてさ!!　あの人の具合いが悪い事、知ってるくせに、よくも平気で放っておけるね。バ

カ!!」

放っておいたわけではない。放っといてくれと言われたのだ。だけど、ちょっと待ってくれ。ジョージ達は、リョウの見幕に、目をまん丸くして、私達を見ていた。リョウは、仲間達の前で、美咲に告白して振られたという事を隠そうともしていなかったが、その振られた理由というのに、全員が付いて行けないでいた。

私もそうだった。私にはオカマの振りをして尖がってみせていた美咲が、リョウのプロポーズを断る口実に、自分をオナべだと言ったって？　そんな事はあり得ない。美咲は、一度は私に「愛している」と言ってくれたのだ。それとも、あれも幻か？

私は目眩を感じたが、ジョージ達はもっと目が回っているようだった。その中でリョウだけが一人、昔の私のように、例え美咲がオナべでも、今でも好きだと宣言して、私に喰ってかかっていたのだ。

私はリョウに、

「そりゃ悪かったな」

とだけ言って、皆が、今何をリョウが言ったのか、理解する前に、そこを逃げ出した。

美咲の意図は、すぐに解った。美咲は自分をいずれ忘れていってくれるような者達には、それとなく別れを告げて、思い出だけは残していったが、自分を思い切れそうもないと見た、私とリョウにだけは止めを刺して行ったのだ。二度と自分の事など想わないように、できるなら嫌われるように、ひと思いに刺した。

リョウには、自分は男性恐怖症のオナベだと言い、私には自分はかすみという女で、美咲はもうどこにもいないと言って、十トンもの石をそれぞれの頭の上に落っことして、消えて行ったのだ。

何のために？　もちろん、蛇の生殺しを避けるためだった。

「だけど、それは失敗したぞ、美咲」

私は美咲と別れてから、初めて人間らしい気持になった。理由が解ってしまえば、簡単だった。美咲は自分が悪者にでも霞にでもなって、私とリョウの心を遠避けようとしたのだ。自分を完全に諦めさせ、できるなら、思い出す事すらも厭うようにと。

私は危くそれに引っ掛かるところだったが、リョウは引っ掛からなかった。例え美咲が何でも好きだと私に噛み付いてくれたお蔭で、私も目が覚め、理解できたのだ。

あの時から、ずっと私の心に鳴り渡っていた言葉の正体に。

私はあの時、美咲に、

「あなたは
　わたしを
　愛するか？」

と、ヤケクソで言った。すると、美咲は囁いたではないか……。私を一瞬抱き締めて、

「死がふたりを
　分つまで」

と。あれが美咲の答えだった。

後のは、みんな私を突き放すための、出鱈目だったのだ。

私は喜びに踊り上がりそうになったが、それでも美咲はもういない。

カスミと名乗った、私の想い人は、どうしてそこまで強くなれるのだろうか。生半可な希望を与えるくらいなら、ひと思いに刺し、そうしておいて、自分は完全に消えてしまえるなんて。

「どうしてだ、美咲？　何がお前にそこまでさせるんだ？　もうお前の企みは失敗したぞ。帰って来い。美咲」

私は空しく、今はもういない美咲に胸の中で呼び掛け続け、美咲と最後に別れたあの町へ、閑を見付けて出掛けて行くようになった。

一度だけ、医院の傍で美咲がすぐ傍にいる気がして、「美咲？」と呼びかけてみたが、返事はなかった。何度かはそこでリョウと鉢合わせしたが、お互いの目指す所は同じなので、そういう時は黙って一緒に歩いた。

私が話を聞いた看護師は、嫌気が差したのか、もうその姿を見る事はなく、初めて水穂医院の周りを回ってみた時に感嘆した、二階まで届いていた見事なツルバラの枝先には、まだ白い花が咲き残っていた。そのツルバラの枝は医院と、棟続きになった自宅の表玄関から上の部分までをびっしりと覆っていて、まるで何かを隠すように、眠り姫の眠る城を守る茨の森のように、その家を覆い尽くしていた。

　そして、医院はいつも、秘っそりとしていた。患者の出入りは相変わらず少なく、人の泣いている声も聞こえてくる事はなかったし、もちろん、私鉄の駅の階段を、美咲が上がってくる事も二度となかった。

　そのようにして、私とリョウと、皆の心を引きずったまま十一月が行き、十二月も過ぎて、一月も行った。その頃になると、さすがに私達の間に、「諦め」が腰を下ろした。美咲の話は、いつの間にか待ち人を待つというよりは、思い出の中のように語られる事が多くなった。

　相変わらず美咲を想ってウロウロしていたのは、私とリョウと、美咲に完全にイカレてしまっていた私の両親で、母達は待つ事にかけては天才だった。由利子さん達は、美咲を思い出しては涙ぐみ、反対に私の心を思って忘れた振りをするという事を繰り返していた。そうやって、二月も中旬になった。

　一年の内で、一番寒さが厳しい月だ。フジさんは、沢山の人々の助けを借りて、何とか区の施設に入居する事ができた。大きな川の土手の前にある、古い建物だった。けど、そこが綿木公園から遠くなく、私達と行き来できる距離の所だったというのに、フジさんは、

言って。

「桜から遠い」と淋し気だった。

二月の末近くなったある日、店に一通の電話が掛かってきた。由利子さんが私を呼んで言った。

「平ちゃんに電話よ」

「誰からですか？」

「名前を言わないの。男の人だけど……」

由利子さんは送話口を抑えて、どうしようか、という顔で私を見たが、私は一応その電話に出た。

「小林ですが」

とだけ言うと、相手は六十代かと思われる少し低い声で、

「水穂と申します」

と名乗ったので、受話器を落としそうになった。

「水穂広美さんでしょうか？」

思わず訊き返すと、穏やかな声が答えた。

「さすがは元探偵さんですね。私の名前を御存知のようだ」

「なぜそんな事を知っているんですか？」

「かすみという女性から聞きました。その人は、あなたのお母さんから、十月初めの夜

にそれを聞いて、私に、もしもあなたが訪ねて来るような事があっても、絶対に自分の事は言わないで欲しい、と頼んでいました」

「かすみは、それで私の所を出て行ったんですか？」

私は水穂医師に合わせて、かすみと美咲を呼んだ。由利子さんが変な顔になって、私を見ていた。

「そうではありません。かすみさんはずっと体調が悪かったのです。昨年の六月には安静が必要になり、八月には入院が必要になっていました」

「でも、かすみはずっと働いていましたけど」

「無理をしていただけです。あの子は、ずっとそうして生きてきました」

私は水穂の「あの子」という声根に反応した。

「あいつとは親しいようですね。それなら教えて下さい。あいつは一体誰なんですか？」

水穂医師は迷いも、しなかった。

「私共の娘です。水穂彩香。それがあの子の名前です」

「でも、あなたの彩香さんはもう亡くなられている」

「それも、御存知ですか。確かに、最初の娘は亡くしました。今の彩香は、その生まれ変わりで、私共にとっては二番目の娘です」

「どうしてそこまで言い切れるんですか？　あなた方に養女はいないはずです」

「かすみさんには、私共の亡くした娘が、もし生きていたら、こうあって欲しいという特質が、全て備わっていました。籍は事情があって入れませんでしたが、私達の娘に変わりはありません」

医師が付いているのなら、美咲は治ったのだろうか。私は聞いているのが辛くなってきた。なぜ、この医師は今頃になって、こんな話を私にわざわざ聞かせているのだろうか……。

「それで、御用件は何でしょうか？　あいつは元気にしているのですか？」

医師は一瞬、沈黙してから言った。

「危篤です。それでお電話しました。もし、あなたがまだかすみさんに会う気があるのでしたら、今のうちにお会いになっておいた方が良いです。もし、もうそんな気持はないと仰るのなら、この電話の件は忘れて下さい」

私は絶句した。

「……そんなに悪いのですか？　信じられません」

「本当です。今日、明日にも危ないでしょう。それで、どうなさいますか？」

私は両親や、由利子さん達や、リョウの事を思った。

「伺います。私の他にも、かすみに会いたがっている者達がいます。どこに伺ったら良いのでしょうか?」

医師は気の毒そうに言った。

「小林さん一人だけです。本当は、かすみさんは、あなたにも知らせるなと言っていました。これは私共の独断です。かすみさんの意志には反しますが、余りにもあの子が不憫なので……。あの子はあなたを愛していました。詳しい事は、後程。私の家は分かりますね?　暮々も、あなた一人だけで、決して目立たないように、私共の自宅の方を訪ねて来て下さい」

美咲が危篤。

私はノロノロと受話器を元に戻した。

「かすみとか、彩香とかって、誰の事よ?」

由利子さんは訝し気に私に訊いてきた。

「美咲の事です。重態だと言っている」

「何で?」

由利子さんの顔色が変わった。

「解りません。とにかくそう言っていた。今から行って来ます。何かあったら、すぐ知らせますから」

「そんな!　私達も行くわよ」

由利子さんの、悲鳴に近い声に長治さんも調理場から出て来た。「楓」はもう閉店していて、私達は後片付けの途中だった。

「病院はどこだ？　皆で車で行けば良いだろう」

「大勢では駄目だそうです。取り合えず、私一人しか会えないと言っていました。長治さん、車、貸して貰えますか？　今すぐ出たい」

泣き出しそうな顔をしている由利子さんの肩を叩いて、長治さんは車の鍵を私に投げて寄こした。私は「楓」を走り出て、駐車場に向かった。突然辺りの景色が色を失って、モノクロ映画の中に、放り込まれたような感じがした。

美咲……タヌキ……キツネ……うさぎ……彩香……かすみ。そのどれもが私の美咲であり、それでいて真実のあいつの姿からは遠く、幻と暮らしていたような気持になる事があったが、その幻のような美咲でさえも今にも消えていこうとしていると聞いて、私は闇雲に車を飛ばした。

それにしても、美咲があのお屋敷町の医者の、養女のようなものだったとは、驚いた。それならば、なぜ美咲はあの家を出て、勤め先を探すのにも困るような生活をしていたのだろうか？　水穂は事情があったと言っていたが、本当は美咲に余り良くしてやっていなかったのではないか？　と、私は八つ当たりのように考えた。それで、車が医院のある町に入る頃には、私の気持は水穂夫妻に対して、余り好意的ではなくなっていた。

水穂家の玄関灯の中には、制服姿の警察官が立っていたので、私は本能的にその前を素通りしてしまい、医院から少し離れた所で車を停めた。探偵を辞めて十年以上も経っているというのに、身に付いた習慣というものは、怖ろしいものだった。

警官の姿が見えなくなっているのを確かめて、私は水穂家の玄関のブザーを押した。すぐに、白衣姿の六十代と思われる男が出てきて、私達は短く初対面の挨拶を交わした。

私は玄関に入りながら、水穂医師に訊ねた。

「先程警察官が来ていましたね。何かあったのですか？」

穏やかな風貌をした医者の瞳に、一瞬蔭りが見えた。

「この辺りのお巡りさんは、皆、閑なんですよ。この先には政治家や有名人の家が沢山ありましてね。彼等の方では万全のセキュリティをしているというのに、警察は昔ながらの巡回をしていて、ちょっと見掛けない者がウロウロしていると、すぐに引っ張って行くので有名なんですよ」

そう言われてみれば、姿を消した美咲を捜してこの家の周りをウロウロしていた時にも、やたらと制服の姿が多かったのを、私は思い出した。けれども、水穂医師の返事は、私の質問への答えになっているとは言えない。

水穂広美は豊かな半白の髪に、穏やかな目をした中背の男だった。

彼は私の先に立って、玄関脇の階段を上がって行った。二階の踊り場の先に、フラワーリースに囲まれた「井沢かすみ」と書かれたプレートのある木製のドアがあった。

私は思わずそこで立ち止ってしまい「かすみ」と記されたネームプレートのあるドアを見詰めた。

水穂医師が気が付いて、私に訊いた。

「ちょっと覗いて見られますか？」

私は恐る恐るそのドアを開けてみた。

六畳程のその部屋の窓には、クリームイエローのカーテンが引かれ、タンポポ色のカバーが掛けられた白いパイプベッドが、窓の近くにあった。

ベッドの上には大きな白いクマの縫いぐるみがあり、小さな白いサイドテーブルには華やいだ色合いの、クリスタルの傘のランプが置かれていた。クローゼットは開けられたままで、中には今時の女の子が着ているような派手な色合いのスカートやセーター類が掛けられていて、なぜか花柄のエプロンが数枚、その横にぶら下っていた。

これが美咲の部屋？

私は「嘘だろう？」と言いたくなった。その部屋は余りにも女女していて、私の美咲には似つかわしくなかった。第一、美咲はスカートなんて穿いた事がない、と言っていたのに、そのクローゼットの中には、スカート類が何枚も掛けられていたのだ。

私が立ち竦んでいると、水穂が声をかけた。

「こちらにも、あの子の部屋があります。あなたには、こっちの方があの子らしく見えるのじゃないでしょうか」

促されて、私は隣りの部屋のドアを開けている、彼の横に立った。途端に、私は懐かしさで息が止まりそうになってしまった。その部屋には、美咲の残り香のようなものが満ちていたのだ。

ナラ材のベッドに掛けられた深草色のカバー。窓辺のカーテンはオフホワイトで、ベッドの傍の小さな机には、シンプルな砂色のナイトランプが置かれ、その下には、

「あんじゅ
　恋しや」

と書き込まれていた、あの変なムーミンの絵が飾られていた。美咲は、あの変な絵が好きだった。

けれども、その部屋の隅には空色に塗られた車椅子が置かれ、ベッドの上には肝心の美咲の姿はなかった。

美咲はどこに居るのだろう？　と私が思っていると、水穂医師は中に入ってみるようにと私に言い、クローゼットの扉を開いて見せてくれた。

その中には、美咲のジーンズの上下や、黒いタートルネックのセーター、黒のサマーニットとジーンズの他に、何着かのジップアップのジャージやスウェット類があり、その

奥に、あの黒いビニールバッグと、胸に切り替えのある白いドレスが一着、掛けられていた。母のために、美咲が着てくれたドレスだった。さっきの部屋じゃない。ここが美咲の部屋なのだ、と私は思った。なぜ美咲が、異なった二つの部屋を持っているのか、不思議だった。

美咲は家の私のベッドをぶん取ったように、ここでも水穂夫妻から二階の部屋全部をぶん取ったのだろうか?

私がぼんやりしていると、水穂があの黒いビニールバッグを取ってきて開き、私に中を見ても良い、と言った。

中にはあの美しい細工の手鏡と、ハードケースに入れられたピエタのカードと、アドレス帳だけが残されていた。私はアドレス帳を手に取ってみた。その中にはやはり水穂広美の名刺が一枚と、花冠をかぶって幸福そうに笑っている姉弟の写真が一枚、入っているだけだった。

その名刺を見詰めて、水穂医師が言った。

「何であの子がそれを持ち歩いていたのか、分かりますか? あの子はそれの他には、自分の身元に繫がるような物は何一つ持とうとしなかった。他には、その写真だけですが古い写真からなんて、何も分からない。ですから、あの子に何かあった時には、必ず私の所に連絡がくるようになっていたのです。その時には、私達がすぐにあの子を引き取れるようになっていました。私の名刺だけが、あの子の連絡先になっていたのです。他には、何も持っていなかった」

「あいつは……、かすみは、お宅と上手くいっていなかったんじゃないですか？」

「いいえ。あの子と私達は強く結ばれていました。同じ一つの船に乗った、運命共同体だったと言っても良いくらいです」

「でも、あなた方はかすみの身元保証人にすらなってやっていなかったそうじゃないですか。それに、かすみはどうしてこんな結構な暮らしを捨てて、出て行ったのですか」

「私達はあの子の助けになろうとしました。けれど、あの子の方がそれを拒んだのです。自分の面倒くらい、自分で見られると言ってね。とても頭の良い子でしたからね、口ではあの子に勝てなかった。この家を離れたのは、私達に迷惑を掛ける事を、あの子が怖れたからです。どんなに大丈夫だと言っても、あの子は聞こうとしなかった。それで、月に一度は診察に帰る事を条件に、私達の方も折れるしかなかったのです」

又しても、謎々だった。水穂医師の言葉で私が理解できたのは、美咲が口が達者だったという事と、月に一度はこの家に帰っていたという事だけだった。でも、それが診察のためにだけ、とはどういう事なのか。

「かすみは、どこが悪かったのでしょうか？　それに、いつからあんなだったのですか。私が最後に会った時、かすみは目が良く見えない、と言っていました。それなのに、まだ駅の辺りでウロチョロしていましたよ」

「良く見えないというのは、病気のせいで、視界が暗くなっていたからです。あの頃にはもうあの子は、歩く事さえも辛かったはずです。私達は六月にはあの子に帰ってくるようにと言い、七月には入院するようにと言っていました。でもあの子は、あなたの所で静養しているから、まだ大丈夫だと……。十月末に戻って来た時には、もういけなかったのです」

「十月末？　かすみが私の所を出て行ったのは十月の初めでしたよ。私達は心配してかすみの行方を捜し、やっとこさでここの駅で、かすみを見付けたのです。その間、あいつは一度もこちらに帰っていなかったんですか？」

水穂医師は顔を曇らせた。

「知りませんでした。私達はあの子が、あなたの所で静養していて、それでも駄目で帰ってきたと思っていたのです」

今度は私の顔が曇る番だった。美咲はやっぱり、あんな体で、どこかでひと月近くも過ごしていたのだった。けれど、その間、美咲がどこでどうしていたのかは、水穂医師にも私にも全く見当が付かなかった。

彼は、考え深気に、あのピエタのカードを取り上げて私に訊いた。

「これが何だかわかりますか？」

私が頷くと、医師はハードケースを裏にして、又訪ねた。

「では、これは？」

そこには、透明なビニール袋に半分程入れられた、金色の粒々のような物が、ケースとカードの間に挟み込まれていた。

前に見た時は、こんな物はなかった。私が首を傾げていると、彼が言った。

「お宅のベランダに咲いていたという、金木犀の花ですよ。あの子は自分が逝ったら、棺の中にこの花を一緒に入れて欲しいと言っていました。金木犀というのは、十月に咲くものでしょう？　だから、私達はてっきりあの子が十月中、あなたの所にいたのだと思っていたのです。

あの子は言いませんでしたが、余程この花に、何か想い入れがあったんでしょうね」

「家の金木犀は、今年は早く花を付けたのです」

私は言いながら、泣きそうになった。

あの、誕生日祝いの「金木犀のお酒」だ。

美咲は、どんな想いで、この花を持って家を出て行ったのだろう、と思うと堪らなかった。

水穂医師は私の手からピエタのカードと金木犀の花を受け取ると、黒いビニールバッグの中に収い、

「行きましょう。あの子が待っています」

と言って、私を美咲の部屋の外に出した。

廊下の先には病院側に通じているらしい、頑丈なドアがあったが、その前には手洗い器が備えられていて、両方共まだ真新しく見えた。医師に言われて私はまず手を洗いながら、

「いつ改装されたんですか？」

と何の気無しに訊いた。

「四年程前です。私が退職したのを機に、二階からも病室に入れるように改装しましてね。二階の病室も、その時に全て新しくしました。それまでは私の父の書庫兼物置きのようなものだったんですよ」

「お宅では、入院患者も受け入れていたのですか？」

「いいえ。二階部分は全て、あの子のためだけのものでした。あの子がいつかこうなる事が解っていたので、私達は万全の備えをしたのです。月に一度帰ってくる、あの子を診るための設備も、必要でした。あの子は、私達の宝物でしたからね。どんなに費用が掛かろうと、出来るだけの事はしてやりたかった」

私は手を拭い終りながら、不思議に思った。

それ程までに大切にされていたというのなら、なぜ美咲はこの家を出て行く必要があったのだろうか？

「かすみは、どうしてここを出て行ったりしたのですか？　それに、どうしてあいつのためにそこまで出来るのですか？　かすみはいつ、お宅の養女になったのでしょう？」

私はしつこく訊いた。

医師の口許が微かに歪んだ。

「私達を守るためにです。それに、あの子にはあの子の事情があった。娘にと望んだのは、四年前です」

さっきから、そればっかり!!

私は事情だの何だのと言って、肝心の事にさっぱり答えてくれない水穂に向かっ腹が立ったが、医師の方はもう私に背中を向けて病室へのドアを開けていた。

清潔な広い病室の中には、幾つもの機械から伸びているコードに繋がれた美咲と、彼女に向かって何かを語りかけていた由利子さんより少し年下かと思われる、優しい目元をした白衣姿の女性がいた。私達が入って行くまでは泣いていたのか、瞳が潤んでいて、水穂医師と同様に、疲労の色が、濃く滲み出た顔をしていた。

私は看護師の服を着た香と思われる女性の前のベッドに横たえられている美咲を見て、その場所から動けなくなってしまった。

美咲の体には何本ものコードが繋がれ、その他にも点滴の管が右の手首に向かって伸びていたし、懐かしいその顔の半分は酸素マスクに覆われていて、非道い有り様に見えた。

延命治療を断った女将さんは、最後には衰弱して体が小さくはなったが、痛み止めのモルヒネを打って貰っていたので、美咲のような酷い姿にされないで済んで、逝けたのだ。

それなのに、私の美咲は、こんな姿になってしまって、可哀想に。

そう思うと、私は迫り上げてきたものを、ぐっと飲み込まなければならなかった。

美咲は、私達が入って行っても目を開けなかった。

「眠っているのですか？」

私はやっとの思いで香らしい女性に訊ねた。

彼女はその時になって初めて私に深く頭を下げたので、私も慌てて挨拶を返した。

看護師の姿をした女性は、やはり水穂の妻の香だった。香は悲しそうに私を見て頷いた。

「もうずっとこの状態なのです。この子が倒れてしまってから、ずっと。奇蹟を願っていたのですが、どうしても目を覚ましてくれません」

「一度も？」

私は驚いて訊いた。

「……かすみは、いつ、こんな風になったのですか」

かすみと呼ぶのには抵抗があった。美咲の顔を見ないでいる内は、まだ「かすみ」と言えたのだが、こうして美咲を間近にして見てしまうと、美咲はやっぱり、私の美咲でしかなかったのだ。水穂医師が答えてくれた。

「四か月程前です。昨年の十月末に戻ってきてから、十日も経っていませんでした。この子は、こうなる事が解っていたので、もし自分が倒れた時は二か月待って、それでも目覚めなかったら延命装置を外して、自然に逝かせてくれ、と私達にいつも言っていました。私達はその約束を守れませんでした。三か月待って、四か月目になってしまっても、この子の睡っている顔を見ていると、医者のくせにどうしても装置を外せませんでしてね。苦しませるだけだと解っているのに、とうとうここまできてしまいました」

私は、水穂医師の言葉をぼんやりと聞いていた。

あの、公園で会った最後の日から十日もしない内に美咲が倒れてしまい、それからずっと睡り続けていたなんて。聞いているだけで、私の方が気が遠くなりそうだった。美咲を求めてリョウと私が、この家の辺りを彷徨《うろつ》いていた時には、美咲はもう帰らない睡りに入っていたと言うのだから……。

私は改めて美咲の顔を見詰めた。悲し過ぎて、涙も出て来ないくらい辛かったが、睡り続けているという美咲の顔は、穏やかだった。私が最後に見た時よりも、顔も体ももっと痩せっぽっちになってしまったようだったが、美咲の顔は安らかで、今にも、

「あたしは幸せだったんだよ」

とさえ言い出しそうに見えた。私は口籠ってしまった。

「それって、あの、昏睡状態とかいう、あれですか？」

「そうです。植物状態とも、脳死状態とも言いますがね……。この子の場合は、運が悪かった。生まれつき、心臓に欠陥があったのです。この子の父親も心臓が悪かったそうですから、遺伝と言っても良いでしょうが、この子の場合は特別でした。今は技術が格段に進歩していましてね。昔に比べれば、随分と多くの患者が救えるようになっているのですが、この子の心臓は今の技術をもってしても、外科的手術で救うのは難しかったのです。四年程前に倒れた時に、徹底的に診てもらいました」

水穂はそう言うと、私にもっと美咲の近くに来るようにと促した。香夫人が、私のために椅子を持ってきてくれたので、私は二人に促されるままに、美咲の肩の辺りに腰を下ろした。

美咲の肌は蒼白く透き通っていて、まるで何かのサナギのように、内側から柔かな光を放っているように、私には見えた。

「でも、かすみはまだ、こんなに良い顔をしていますよ。もっとちゃんとした（失礼）、設備の整った大学病院とかに移して診てもらえば、助かる可能性もあるんじゃないですか？」

私が訊ねると、香夫人は哀しそうな顔になった。

「……この子の妹と弟さんも、あなたと同じ事をあの時、言っていられましたわ。その頃はまだ私も、そう言い張って夫を困らせていました。夫は、その大学病院のＩ・Ｃ・Ｕ

に勤めていたんですよ。そこを定年前に退職して、この病院を再開したのです。ここは昔は夫の父が開いていたのですが、その父が逝ってしまってから、二年程閉めていました。私は義父の下でずっと看護師として働いていたのです。夫の退職金で、この子のための設備を全て揃えました。外科医でこそありませんけれど、夫の専門は循環器です。この子にとっては、どこへ行くよりもここの方が安心していられるでしょう」

かすみの妹と弟が、私と同じ事を言っていたって……。それなら、この二人は美咲の本当の弟妹の居場所を知っているのだろうか？

「かすみは、私には妹と弟は死んだと言ったり、元気だと言ったりしていました。それなら、」

なぜ、ここにその二人はいないんだ？　と私が訊こうとする前に、水穂医師が言った。

「この子は嘘は言っていません。この子はその二人を、同時に失ったのですよ」

「いつなんですか？」

「四年前です」

何で、何だってかんだって揃って四年前なんだ、と私は叫びたくなった。

この病院を改装したのも四年前、水穂医師が退職したのも四年前、かすみを養女にしようと思ったのも四年前、かすみが妹と弟を亡くしたのも四年前……、本物の山崎美咲が死亡したのも四年前……と、私は余計な事まで思い出してしまった。そういえば確か本物の方の美咲という女性も、心臓が悪かったと聞いたはずだったが、かすみがそんな病気まで盗んだとは、とても思えない。

「四年前に一体、何があったんですか？　四年前にもかすみは、こんな風になったと言っていましたね？　それならば今度だって、助けられるはずだ。どうしてあなた方二人だけで、かすみの面倒を看ていなければいけないんですか。私にはさっぱりわかりませんね」

「約束したからです。この子の面倒は最後まで、私達二人だけで看取ると。そして、この家から静かに送り出してやること、それが私達がこの子にしてやれる、唯一つの事です。この子もその事だけを望んでいましたから。電話でも申し上げましたが、この子は自分が逝く事を、誰にも知らせるなと言っていました。特に、あなたには知らせるなと。でも、この子はあなたを愛していました。口に出さなかっただけに、不憫でならなくて。最後にひと目でもあなたに会わせて遣りたくて、私達が勝手にあなたに知らせたのです。この子が知ったら、怒るでしょうけれどね。この子は、香を救い出してくれたのです。この子がいてくれなければ、香は今頃生きていなかったでしょう。ですから、私達がこの子を守るのは、当たり前の事なのです」

何を言われているのか、全く理解できなかった。

何で水穂達が、美咲を誰からも匿すようにして、二人だけで看病しようとしているのか、何で「それ」だけが、美咲の望みなのか、何で香夫人が「今頃生きていなかった」のか、何で美咲が私を「愛していた」と言い切れるのか……。確かに美咲は、私を愛してくれたかも知れないが。最後には、私の前からとっととと逃げ出してしまって、おまけに自分が死ぬという時ですらも、私には「知らせるな」と言っていたというのだ。そんな残酷な事をしておいて、まだ「愛していた」と言えるのだろうか……。

私が考え込んでいる様子を、二人はじっと見詰めていた。それから水穂夫妻はそっと目配せを交わした。香夫人が私の傍に来て、黙って寝具の中に隠れていた美咲の左手を取って私に見せてくれた。その、細くなった左の薬指には、まだ小さなダイヤモンドの付いた金の指輪が嵌められていたので、私の目には美咲の手しか見えなくなってしまった。その私を、二人がやはり、見詰め続けている。

「手を握っていてあげて下さい。それから、できるだけ何か話し掛けてあげて下さい。私達もこの子の事を話しますから。あなたも私達に、この子の話を聞かせて下さい。この子にとっては、それが一番良いのです」

香夫人に言われて、私は美咲の手を恐る恐る握ったが、その手は凍えるように冷たかった。私は自分の手で暖めるようにして、美咲の左手を握り締めた。指に嵌められている指輪の固い感触が、私の涙腺の砦を破った。

こんな風になっていてまで、私を拒むなんて、非道いじゃないか。嘘吐きの美咲。どれ程私達がお前を捜したか、わかっているのか？　美咲。

私は美咲の左手を握り締めたまま、水穂夫妻に涙を見られまいとして美咲の胸に顔を埋めた。美咲の体は柔かく、私の悲しみを受け止めるように静かだった。

何か喋っていろと言われたって、こんな時に何も話せるもんか。私は美咲の胸に顔を埋めたまま、水穂夫妻に悪態を吐いた。

水穂医師の声がした。彼等は私を観察していたのだ。

「この子は誰かが傷付くのが恐かったのですよ。あなただけではない。私達からも常に距離を置いていて、必要以上に愛されないように、と気を付けていました。この子を亡くしたら、私達が二度娘を失う事になる、と解っていたからです。この子は喪失感というものが、どれ程非道く人を苦しめるかを良く知っていました。ですから、いつも愛から逃げていたのです。人が傷付くよりは、自分が傷付く方を選ぶ子でした」

「それでも、非道い事には変わりありませんよ。私達がどれ程かすみを捜したか……。逃げるよりは、ちゃんと言ってくれていたら良かったのに」

私は切れ切れにくぐもった声で言った。

「口に出せない哀しみというものがあるのです。人に言えるうちは、まだ良い。深く、抱えきれない程大きな哀しみを、人は口に出来なくなるのです。この子もそうでしたが、私の妻は、娘が逝って二十年も経ってから手首を切りました。娘の彩香の思い出が、温かな体温を持たなくなって、時間という壁の向こうに行ってしまいそうなのが、耐えられなかったそうです。私も父も、香の心がそんなに傷付いていたとは、解って遣れませんでした。娘が亡くなった当初よりも、二十年経った後でもっと辛いだなんて、誰が解りますか？　生きていて去って行かれるのと、永遠に失ってしまうのとでは、天と地ほども差があるのです。それ程喪失感というものは、人の手に負えません。この子は痛いほどそれを知っていて、自分が苦しんだからこそ、自分の病をあなたに知らせたくなかったのです。でも、心の中では、あなたに会いたがっていた。それが不憫でならなくて、私達はあなたを呼ばずにはいられなかったのですが。この子の、言っていた通りですね。余計な事をしてしまったのかも知れません」

「そんな事はありません。知らせて頂いて感謝しています。只、余りにも辛くて……。すみませんでした」

私は謝ったが、彼の言った言葉にたちまち引っ掛かってしまっていた。

美咲の、人に言えないほどの深い哀しみというのは、何だったのだろう、と。家族全員を失っているのだから、それは深い悲しみに違いないだろうが、美咲は私に「昔のことだよ」と言って、彼等を失った事を打ち明けてくれていたではないか。それどころか、妹と弟がどれだけ可愛かったかという事を、懐かしそうな声で話していた。それならば、あれは、人に言えないほどの哀しみというのとは、少し違うのではないだろうか。

けれど美咲は時々、理由のわからない涙を落とし続けている事もあった。例えば、あの変なムーミンの絵に書き込みを入れていた夜や、「オペラ座の怪人」を見に行った時のように……。

私はゾクリとした。

美咲が、あのピエタのカードを胸に抱いて、長い間祈るような姿で静かに涙を零していた時の事を、思い出してしまったからだった。あの時の、母のお古の真珠のケースの上に置かれていた、美咲の手。

人は、他人の母親のために、あんなにも泣いてやる事ができるのだろうか？　私のフランネルのシャツとトランクス姿でオカマの振りをしていた美咲は、刺々だらけの振りもして私を騙していたが、考えてみれば美咲の涙は、謎に満ちていた。その謎々が美咲を、愛に対して、それ程臆病にしていたというのだろうか。私は由利子さん達からも、私の両親からも、リョウからも、私からも逃げて行ってしまった美咲の「哀しみ」という秘密に対して、恐怖を感じた。

それは、あのピエタのカードを見詰めて泣いていた美咲の姿を覗き見てしまった時の、畏怖のようなものに、良く似た怖れだった。

美咲は自分がこうなる事を承知していた上で、それでも水穂達の下からも、逃げ出して行ったと言うのだ。

その、人には言えないという秘密を抱えたままで、たった一人で綿木公園の桜の木の下に立っていた美咲を思うと、私の胸は震えた。

「あいつがくれたカードの言葉は、二千年も前に死んだ男の言葉だぞ。それで、もし自分の方が先に逝ったら、梨恵子と一緒に、俺達を待っていてくれるとよ」

と言った親爺さんの声が、頭の中に木霊した。美咲は遠回しに、親爺さんに自分の体が長くは保たないだろう事を告げて、私を先制する手を打っていたのだろうか。ならば、その「俺達」の中には、私も入っているのだろうか……。

そうであって欲しかった。私の風変わりで美しい漂泊い人が、女将さんと一緒に待っていてくれるというのなら、私も今すぐ美咲の隣りで、長い眠りに就いてしまいたかった。けれどあの時親爺さんは、美咲に「怖い物など何一つ無い」と言い、水穂医師は美咲が「誰かが泣くのを見るのが怖くて逃げ回っている」臆病なまでに優しい娘だ、と言った。

どちらが本当の美咲なのだろう？　と思いかけて、私はすぐに考え直した。

多分、どちらも本当の美咲なのだ。けれど。私はそこに付け加えられる、私だけの美咲の思い出を持っている。

時々、私の心を測るように覗き込んできた、暗い光を湛えた美咲の瞳。ドレミと同種の犬のように仲良く並んで、私達をいつも宇宙船「幸せ号」に乗せてくれていた、美咲のさり気ないＯ・Ｋ？　大丈夫？　と訊いていた瞳。

ドレミに盲導犬の振りをさせて、並木氏を故郷に返してやっていた美咲。デカチビに襲われた時には、私よりも早くチビの急所を蹴り飛ばし、デカに殴りかかって、私を助けてくれた美咲。その夜、古いビルの屋上で交わした美咲との会話……。美咲はいつも咳をして、水を欲しがっていたが、私はそれを美咲の言う通り、「風邪」だの「貧血」だの「立ちくらみ」だのと思い込まされていて、彼女の体は病院に掛かりさえすれば治るものだ、と信じ込まされていた事。

私に父母を返してくれ、父母には私を返して、由利子さん達や卓郎さんにも愛されて変な勘違いまでされていた美咲。私の母のために（本当はサヨナラの前触れだったが）、ふくれっ面であの白いドレスを着てみせてくれた美咲。

美咲は、私の家のベランダにいるのが好きだった。特に、あの金木犀の花の樹の傍に、椅子を持って行ってぼんやりと坐っているのが好きだった。

そして、何よりも美咲は、オカマの振りが上手だった。私を思い切り振り回して。けれど、私を「愛している」と言ってくれて……。そして。

現れた時と同じように、私の下から消えて、行ってしまった。あの白いドレスと、母からの指輪と、変なムーミンの絵だけを、大切に持って行った。山のような謎々と湖のような美咲の涙だけが、今は私に残されているだけだが、それでも私は美咲の全てが懐かしく、愛おしかった。

今までに美咲が人知れず流しただろう涙の湖に、負けないくらい私も泣いてしまいたかったが、美咲はそれだけは私に許してくれなかった。

けれど、美咲の事を、これ程理解しているらしい水穂夫妻なら、彼女の「秘密」も知っているのだろう。

私は涙を堪えて、水穂達を見た。彼等はまだ私を見ていた。そして香夫人の方は愛し気に美咲の髪を撫で続けていて、医師の方は気遣わし気に美咲の容態を診たり、ベッドの頭の方に並べられた機械のモニターをチェックしたりしていたが、どういうわけか二人共、熱っぽいような瞳をして、私と美咲の顔を見比べていたのだった。そこには何か、希望のような、哀願のような色が浮かんでいて、私を落ち着かなくさせた。彼等の瞳の色に釣られて私も美咲の顔を見てみたが、彼女は唯静かに睡り続けているだけだった。？　なぜ彼等はこんな風にして、私をも見詰めているのだろうか？　分からない……。

私は声に出さずに、美咲に話し掛けていた。

私はここにいるぞ、美咲。なあ、もう好い加減に芝居をするのは止めて、目を覚ましてくれないか……。お前が帰って来てくれないと、淋しくて夜も眠れないんだ。お前がいつから、私を愛していてくれたのかくらい、教えてくれても良いだろう？　私は多分、最初から、あの桜の花の下でお前に会った時から、お前にイカレてしまっていたんだろう。その事くらいは、告白させてくれても良いだろうが……。お前は一体、何がそんなに怖かったんだ。私は、そんなに頼りなく見えたのか？　タヌキ合戦が楽しかった、と言っていたじゃないか。

目を覚まして、頼むから一緒に帰ってくれ。

私が美咲の手を握り締めていると、香夫人がベッドの足元の方に移って、美咲の足を静かに摩り始めた。慣れた手付きだった。病室の中には静寂が満ちていて、私に「話しかけていろ」と言った水穂夫妻も、今は不思議な瞳をして、美咲を見守っているだけだった。

それと、私を。私は美咲の顔を見直した。

その静けさの中から、ふいに美咲の声が聞こえたような気がしたのだ。

「恋しくば尋ね来てみよ、だよ……」

私は胸が迫った。こんなになってしまっていても、その声は明るく、悪戯っぽくさえ聞こえた。

「かすみは、私の事を何と言っていたのですか？　私には何も話してくれませんでした。この指輪を嵌めていてくれた事だって、何だか化かされているような気分なんですよ。何せ、本名も最後の日まで教えてくれなかったくらいですから」

水穂医師は遠い瞳をして、私を見た。

「この子は、あなたが自分に良く似ている、と言っていました。頑固で口が悪いけど、淋しがり屋で、優しいくせに、突っ張っていると。でも。あなたはとても嘘が下手だ、と言って笑っていましたよ。その指輪の事も言っていました。あなたの思い出にと、つい持って来てしまったけど、失敗しちゃったってね。できるなら返したいと言ってはいましたが、倒れてしまう時まで、それを外してしまおうとはしませんでした。あの白いドレスの事も言っていましたよ。あのドレスを残しておいたら、あなたがいつまでも忘れないだろうから、思いきって持って来ちゃったけど、せっかくだから自分が逝ったら、あのドレスを着せて、ついでに焼いてしまってくれないかって……。あれが残っていると、今度は私達が悲しむ、と心配したのでしょうね」

そんな……。

私は医師の言葉に、思わず又涙目になってしまった。水穂医師が続けていた。

「この子は花が好きだったのです。ですから、自分の名前にも花の名前を付けていろいろ呼んでいました。桜とか、椿とか、アザミとか、ヴェロニカ……とかね。元々、かすみというのもあの白い小さな花のかすみ草からとった名前らしいですけど、あの子には良く似合っていたので私達はそのままが良いと言っていたんですがね」

私は呆れてしまった。

「良い名前があるのに、何だってかすみはそんなややこしい事をしていたんですか？」

水穂夫妻は、又、目配せを交わしていた。

私は少し苛っとした。この二人が、何か私に隠しているような気がして、仕方がなかったのだ。

「……大きな犠牲を払ったからです。その結果、この子は私達の所にもいられなくて、逃亡者のような生活を続ける事を選ぶしか他に、なかったのです」

水穂の訳の解らない言葉に、今度はムカッときてしまった私は、八つ当たりをした。

「かすみが何をしたって言うんですか？　逃亡者だなんて、人でも殺さない限り……」

後の言葉は続けられなかった。香夫人が私の言葉を聞いて、顔を歪めて俯いてしまったのを、見たからだった。

重苦しい沈黙が、病室に下りてきた。

水穂の重い声がした。

「そうだと言ったら、あなたはどうしますか？」

「信じられませんね。信じたくありません。第一、かすみにそんな事ができるはずがない」

私はノックアウトされそうだった。

水穂は私の美咲が「人を殺した」と言っているのだ。

「この子には、あの時はそうするしか他に、方法が無かったのです」

「……何のためにですか？」

「愛のためにです」

美咲に人殺しをさせる程、愛された奴がいただなんて。その結果、美咲が逃亡者になった？

私は目の前がスウッと暗くなっていくように感じた。

「そいつは、今どうしているんですか？　かすみにそんな事をさせておいて、自分はとっとと逃げてしまったんですか？」

水穂医師は、私の顔色を見て首を振った。

「愛の対象が男性とは限らないでしょう。この子は、愛する妹と弟のために、それをしたのです。その時は二人共まだ子供で、彼等を守るためには、そうするしかなかった。愛のために殺して、愛のために逃げた。この子にはそれ以外に、存在している理由がなかったのです。あなたの事はこの子の誤算でした。これ程深く愛してしまうとは、彼女にとっては運命の悪戯としか、言い様《よう》が無かった」

どこかで聞いたような話だった。

可愛い弟妹がいて、その二人に近付いたら「殺す」と言っていた美咲の声が、ガンガンと響いた。けれど、その弟妹は「四年前に死んだ」と水穂は言っていた。それならば私の美咲が、私を脅す必要がどこにあったのだろうか。

「愛のために」だって？

一体、それはどんな愛なのだろう。

昨年の十月に私の前から消えて、やっと巡り逢えたと思ったら、その恋人は死の床にあり、たった一人で抱え切れない程の謎と秘密を抱いたまま、逝ってしまおうとしている。

私は堪らなくなった。

「だけど、その弟と妹も、死んでしまったというのでしょう？　それなら、何でかすみは逃げ続けたりしたのですか？　心臓が悪かったのなら、その辺をウロチョロしたりしていないで、ここで静かにしていれば良かったじゃないですか」

水穂は、穏やかに言った。

「死んだとは言っていません。『失くした』と言ったはずです。この子は二人の未来を守るためなら、何だってしたでしょう。それ程愛が深いのです。私達だって、この子を部屋に閉じ込めて、鍵でも掛けておきたかった。ですが、先程も言ったように、この子は私達に迷惑を掛ける事を怖れ、自分を失った時に私達が受けるだろう苦痛を、少しでも軽くしようとしていました。本来は、とても明るく濃やかだったのに。この子は誰の愛情からも、逃げていたのです」

そうなのだった。美咲は、私から逃げ、リョウから逃げ、由利子さん達から逃げて、私の両親からも、逃げ出して行ってしまったのだ。

なぜそこまで逃げるのかと訊ねたなら、

「愛のために」

と、やはり答えてくれるのだろうか。

誰の愛情からも逃げていた、という医師の言葉は、私に鋭い痛みをもたらした。

美咲は誰に対しても優しく、濃やかで、まるで暖かな炎のように燃えて、静かに人を照らしていた。その、同じ炎が、美咲自身に対しては、命を焼き尽くす火として燃えていたというのか。

そんな愛し方をしていたら、誰だって死んでしまうだろうが……。おバカな美咲。

私は泣くまいとして、歯を喰いしばった。

そんな哀しい話を聞いてしまったら、もうタヌキ合戦だってできなくなってしまうじゃないか。

「かすみの、こちらでの暮らしはどうだったんでしょうか？　かすみは幸せでしたか？」

私は美咲の最後の日々を、せめて知っておきたかった。

「幸せだった、と言ってくれました。これ以上は何も望まないと……。私達に会えたのは、天が憐れんでくれたからだと言って、感謝していました。私達夫婦にとってもそれは同じで、この子と私達は同じ運命の船に乗っていました。この子がいてくれなかったら、今の私達はありません。感謝しています」

私は水穂の言葉を聞いて、嬉しかった。

少なくとも、美咲はここで幸せだったのだ。そして、私にも自分は幸福だったと言ってくれていた。私は美咲の手を改めて強く握り締めた。

だけど。だけど、お前……。私は美咲の睡り続ける姿に向き合うと、やはり涙ぐまずにはいられなかった。気が遠くなってしまう程、悲しかった。

「美咲の妹と弟は、生きているんですよね。なら、何で会わせて遣らないんですか？　そんな非道い犠牲を払ってまで守って遣ったというのなら、美咲は二人に会いたいでしょう」

「人を殺した」なんて、どうしても言えなかった。

私は美咲の気持を思う余り、二人の前でつい「かすみ」と呼ぶのを忘れて、呼び慣れた美咲の名前を口に出してしまっていた。

水穂夫妻の顔色が、スッと変わった。私を見ている瞳の色も。

「その名前をどこで？　あなたが調べたのですか？」

水穂は私の質問には答えないで、強い瞳のまま、私に訊ねた。責めているのだろうか。

私は戸惑ってしまったが、答えて言った。

「別に私が調べたとかいうのじゃありません。かすみは初め、私達には『美咲』と名乗っていたんですよ。もっとも、本物の美咲という女性は、四年も前に死んでいましたけどね。かすみが、自分は井沢かすみだと私に言ったのは、最後に会った時だけでしたよ」

言いながら、私は変な気分になった。

水穂夫妻が「美咲」という名前を知っているらしかったからだった。嫌、只知っているというだけじゃなくて、「うんと知っている」という感じだった。あれ程捜し回った「かすみ」と「美咲」の接点が、この家にあったというのが、驚きだった。二人の顔色は、読み取れなかった。けれど、水穂医師は探るような瞳をして、まだ私を見ていた。

香夫人が言った。静かな声だった。

「この子は、あなたを愛していました。あなたはどうですか？　あの話を聞いても、まだ愛していると、この子に言ってあげられますか？」

「香」

と、水穂医師が窘めるような声で言ったが、夫人の方は縋るような眼差しで、私を見ていた。

「だって、あなた。この子もきっとそれを知りたいでしょう？　この子が一つ所に半年も留まっていたのは、小林さんの所が初めてだったんですもの。私だって、この子のために訊いてあげたいわ。あなただって、本当はそうでしょう？」

私は驚いて、又、美咲の眠り姫のような顔を見てしまった。

「美咲は……かすみは、そんなにあっちこっちしていたんですか？」

「ええ、この子は良くて三か月、ひどい時にはひと月もしない内に、次に移らなくてはなりませんでした。ですから私達は、この子のために喜んでいましたのよ。この子も言っていました。あなたの所に居た時が、一番落ち着けて楽しかったと……。詳しい話はしてくれませんでしたが、あなたは信用できる人だとだけは、言ってくれました。小林さん。あなたは信用できる人だと……」

そんなのって、酷すぎる……。

私は美咲に向かって喚き出したくなった。

「淋しいオッチャンやバッチャン達が、目印でも付いているみたいに、寄ってきちゃう。困ったもんだね」

何でオチャラけていたくせに。その実美咲はそれこそ本物の、流離の旅をしていたというのだ。それで、オカマの振りなんかして私を振り回していたような暮らしが、「一番落ち着けて楽しかった」だなんて。

「バカタレ」と言って遣りたかった。

私が「信用できる」と思ってくれていたのなら、何で私に直接、そう言ってくれなかったんだ、バカッタレと……。けれど「愛から逃げていた」という美咲が、私にそんな事を言ってくれた筈もなかった。せいぜい「うさぎは月に帰ります」と言われるくらいが、関の山だったのだから。

あの時の、美咲の声が懐かしかった。

私は胸を詰まらせながら、水穂達に言った。

「愛していました。私達の暮らしは風変わりでしたが、それでもかすみが好きでした。とにかくずっと一緒に、できれば死ぬまで一緒に二人で暮らしていたかった。私もかすみに、弟妹に近付いたら殺す、と脅かされた事がありましたが、それでも気持に変わりはありません。かすみが何であろうと、何をしていようと、私にとってかすみはかすみです。今でも彼女に帰って来て欲しい……振られてしまいましたけどね」

水穂夫妻は私の言葉を聞いて、目をまん丸くしていた。喜んで良いのか、悲しんで良いのか解らないとでもいうように。

「あの、この子はあなたの所に勤めていたのじゃなくて、一緒に暮らしていたんですか？」

香夫人がシャックリのような声を出した。

「御存知なかったのですか？　もっとも一緒に暮らしていたとは言っても、かすみはオカマの振りをしていて、私のベッドをぶん取って、私はソファに寝かされていましたけどね」

「オカマの振りって……」

水穂夫妻は揃って、困惑したような声になった。私は手短に、美咲と綿木公園の桜の花の下で出逢った事、美咲がジョージ達や私を宇宙船「幸せ号」に乗せてくれていた事、ドレミに盲導犬の振りをさせて並木氏を故郷に帰してやった事、私と、疎遠になっていた両親を再び結び付けてくれた事、由利子さん達や卓郎さんと気が合って、卓郎さんの店ではシェーカーを振りながら踊ったりしていた事、けれどその間、美咲はずっとオカマの振りをして私を騙していた事。最初から私は美咲にイカレてしまっていたが、タヌキ合戦をしていたので何も言えなくて苦しかった事、そして美咲が私にはオカマの振りをしながら、リョウには「自分は男性恐怖症で女しか好きになれない」と言って、オナベの振りをしてリョウのプロポーズを断った事などを、話して聞かせた。

彼等の七変化のような顔を見ているのは、美咲がこんな状態であるのから、少し気を逸らせてくれた。私も美咲との思い出を話せるのは、いっ時ではあっても、嬉しかったのだ。

私が話し終ると、香夫人は瞳に涙を溜めていて、それでも泣き笑いのような顔で言った。

「それでは、この子は幸せだったのですね」

「そう言ってくれました。そう言っておいて、かすみはとっとこ私の所から逃げて行ってしまったんです。捜しましたよ」

私は美咲が、私に「クソッタレ!!」と叫んだ時のエピソードも話して、水穂夫妻にサービスしたが、その後、瞳を見開いて泣いていた美咲の事は言えなかった。

「この子らしいといえば、この子らしいわ……。きっとお母さん達が悲しむのを、見ていられなかったのでしょうね。この子は自分が母親代りになって年の近い弟妹達を育てたものですから、『母親』の愛というものに、とても敏感でした。でも。ゲイの振りをして、あなたを騙していたなんて、信じられないわ」

「私だって、信じられませんでしたよ。何せ、仮にも元探偵業だった私を、コロッと騙してくれたんですからね」

私が苦笑混じりに言うと、水穂医師も私と同じような顔をして言った。優しい瞳だった。

「この子には、そういう所がありましたよ。体が弱かった分だけ人一倍頭の回転が早いというのか……、私もそれで、コロッと遣られてしまった口なんですよ」

私の思い出話で、静かだった病室の中はいっ時、暖かな空気に包まれた。水穂医師と香夫人は、又何か目配せを交わして、目だけで話をしていたが、私はもうそれが気にならなかった。やがて二人は、私に「ちょっと……」と断って病室を出て行ってしまった。

私は美咲と二人だけになれて、正直ホッとした。美咲にはもっともっと話したい事が山ほどあるような気がしていたからだが、いざ二人きりになってみると、美咲に話し掛ける言葉は、山の彼方に行ってしまった。

戸外は凍てつく二月末の深夜の筈だったが、私の美咲は睡り続けていて、お話の中の誰かのように、私のキスでも目を覚ましてくれそうには見えなかった。

それでも私は、美咲の手を握り締めたまま、酸素マスクをしている美咲の額に、想いを込めて、そっと口づけをした。

朝霞のように儚い、幻のような名前だと思っていたのに、あの小さな白い花のかすみ草のかすみだっただなんてびっくりしたが、水穂の言っていたように、その名前は「私の美咲」に良く似合っているように、初めて思えてきた。小さくて、白くて目立たなくて。いつも、他の花の脇役に回っていて、そのくせあの花がなければ、他の豪勢な花もその美しさを、完全には、誇れないのだ。

私は静かに睡り続ける美咲が、無性に愛おしかった。私達を捨てて、とっとと逃げ出して行かなければならなかった理由は怖ろしかったが、少なくとも私の美咲が、そんな事を平気でしたとは思えなかったし、私にはあの「人殺し」の話だけは、現実のものとは思い難かった。

それでも、美咲はそのために、逃げ続けていたと言うのだ。どんな事情があったにしろ、さぞ辛かった事だろう。そう思うと、美咲の手を握り締めて、言って遣らずにはいられなかった。

「それでも、お前は弟と妹に会いたかったんだろう？　美咲、頑張れ、目を覚ましてくれ。私はここにいるぞ。起きてもう一度、スカートを穿かせた弟の話を聞かせてくれ」

私がそう言った時、私の手の中の美咲の指が、僅かに動いて私の手を握り返したような気がした。驚いて、美咲の顔を見詰めてしまったが、美咲の瞳は固く閉じられていて、青く薄い光のような物に包まれているだけだった。

午前二時。草木も眠ると言われている丑三つ時だが、私の目の前で睡っているのは、植物のようになってしまったという美咲だけだった。そして、この病室の窓の外には冬枯れたツルバラの、花を落とした枝の先が伸びてきている筈だった。その事が私には哀しかった。野茨の刺に守られて眠っていた眠り姫ではなく、自分自身に棘を纏って、傷付きやすい人の心を守っていた私の美咲は、待ち人のキスでも目を覚ましてくれない茨姫だったのだ。

美咲は病気の呪いだけではなく、多分自分自身をも焼き焦がした、愛という名の炎にも呪われているのか、と思うと切なかった。

水穂夫妻はすぐに病室に戻ってきて、香夫人は気遣わし気に美咲の枕元に坐った。水穂医師の方は小型の金庫を手に下げていて、更に病室の机の上から書類を取って来ると私の傍に坐り、金庫の中からも書類の束をごっそりと出して私の膝に置いた。お蔭で私は握っていた美咲の手を、放さなければならなくなってしまった。

「何ですか、これは？」

「ある女性が確かに生きたという証です。これをお見せする積りは無かったのですが、香がどうしてもと言うものですからね。見て頂く前に、少しお話ししておきたい事があります。一つはその女性には何よりも大切にしていた弟妹がいて、その子達もその女性を母親のように慕っていました。その女性の入院費用のために、二人共大学を退学して、銀座のクラブで働こうとするくらいにね。もう一つは、私の妻の香が、その女性が心不全の状態で運び込まれてくる前に手首を切ってしまっていて、私のいた病院に入院していた事です。香はそこで、その女性と彼女の妹達に出会いました。その女性は二か月間昏睡状態でしたが、最後の三週間程は空きベッドが無くて、香のいた精神科病棟にまで回されてきたのです。香は診察してくれた精神科の医師から、『死ぬ事に成功するまで、何度でも遣るぞ』、と言われるような有り様でいました。お話ししておきたい事はそれだけです。後は御自分で見て下さい。元探偵さんなら、それだけで解るでしょう。私達の口からは、これ以上の事はお話しできません」

私は震えそうになる手で、最初の書類の束を手に取った。医師の口調は平坦だったが、その内容が私には怖ろしかった。

それは、ある大学病院の名前の入ったカルテ類だった。カルテの他にも沢山のレントゲン写真やグラフが描かれた図表もあった。そのカルテ類の一番上に「献体希望書」。カルテに記されていた患者名は、

「山崎美咲」

だった。

「美咲」は四年前の三月初めにその大学病院に入院していて、五月の初めにはカルテそのものへの記載が終了していた。カルテの文字はミミズの這ったようなアチャラカ語で、

私には何の事やら理解らなかったが、カルテの終了日と献体希望書の日付は、同じだった。主治医は柏木という医師で、美咲が精神科病棟に回されていたという最後の三週間だけは、なぜか水穂の名前のカルテになっていた。

献体希望書には震えているような文字で「山崎美咲」というサインがあり、それは私の美咲の書く字に良く似ていた。

私の頭の中がチカチカしてきた。本物の「山崎美咲」が献体をしていたって？　けれど、そのサインの文字が私の美咲の字と似ているなんて。納得が、いかなかった。

二番目のカルテ類はコピーされたもので、そこには心臓病の治療で有名な大病院の名前があり、患者名は、

「山崎みどり」

で、入院していた期間は四年前の五月初めから七月末までだった。そこにもかなりの枚数のレントゲン写真やグラフ等が入っていたが、私が目を剥いてしまったのは、カルテ類の最後に止められていた、病院からの領収証の総額だった。たった三か月程の入院費用が、私の古いビルの半分くらいはすぐに吹き飛んでしまうような、高額だったからだ。

三番目のカルテ類の束が一番ぶ厚くて、そこには水穂医院の名前があり、診察日の始まりは四年前の八月初めからでその年を越えて三年前の一月末までは、ほとんど毎日のように何かしらの記述が、カルテに載っていた。患者の名前は、

た。

「水穂香」

そしてそのカルテには続きがあって、三年前の二月の末から毎月月末に一度診療の記載があり、今年の一月三十日で終了していた。「香」の名前のカルテにも、前の二人のと同じようなレントゲン写真やグラフ類が多数混ざっていたので、私は目眩がしてきそうだった。

嘘だろう？　と、私は思った。スパイ映画じゃあるまいし、こんな暗号のような事が実際に起きる筈が無いのだ。患者の名前だけが異っていて、カルテの日付だけが一つの糸のように繋がっているなんて……。

私は震える手で、最後にあった書類を見た。それが、今、私達の目の前で昏睡している、

「井沢かすみ」

のものだった。カルテは一月三十日から始まっていて、二月二十六日の昨夜九時の記載が最後だった。そのカルテ類もなぜかコピーされたもので、レントゲン写真やグラフ類は、そのまま残されていた。

私の頭の中の警鐘がガンガンと鳴り響き、私の心は「これ以上もう何も見たくない」と言っていた。

けれど、水穂医師が私に、最後の一枚の書類を見るようにと促していた。私はそれを手に取って見た。履歴書のコピーだった。

　そこには美咲の、胸までかかる髪をクルクルにカールして、茶色に染めた髪をしている写真が貼られていた。顔には凄い濃いメークが施されていて、良く見てみても、とても私の美咲だとは思えない写真だった。住所は千葉県船橋市、本籍は長崎県で、保証人の欄には、キュリー夫人の名前に由来した看護学院の院長の名前が記されている。職歴の欄には幾つかの病院名の後に、介護ヘルパーとして働いていたという経歴が記載されていて、かすみは昨年十月末から水穂家に住み込みの家事手伝いとして就職した事になっていた。嘘八百も良いところだ……。私は猛烈に腹が立ってきた。

「何ですか、これは」

　水穂医師を睨むと、彼は抑えた声で言った。

「見た通りのものです。実は昨年の十月末に以前勤めてくれていた深尾君という看護師に、別の病院から誘いが来ましてね。辞められてしまいました。それで、香が臨時に看護師として病院の方で働いてくれる事になり、家事にまで手が回らなくなったので、住み込みの家政婦を求める貼り紙を、病院の前に出していたんですよ。それを見て、かすみさんが応募してきてくれました。私達は人手が足りなくて困っていましたし、保証人もそれ以上確かな人はいないし、早速来て貰う事にしたんですよ。かすみさんは派手好きでしたけど良く働いてくれたし、ウチでは喜んでいたんですが、今年の一月三十日になって、心不全を起こして倒れてしまいました。応急処置が早くできたので生命は取り止められましたが、意識はとうとう戻りませんでした。それで故郷の長崎県や、保証人だった人の方に連絡を取ってみたんですが、かすみさんの履歴書に書いてあったのは全て、出鱈目だったとわかって、私達も弱っているのです。今日明日にも危ないというのに、今になってもかすみさんの身寄りの誰一人にも連絡が取れないんですからね」

私は、美咲どころではない水穂の口から出まかせ振りに、呆れて、香夫人の方を見た。香夫人は、微かに涙ぐんだ瞳で私を見詰めていた。とても嘘八百を言って楽しんでいる瞳とは言い難い、真剣な眼差しだった。

その涙に滲んだ眼差しを見て、私の怒りにストップが掛かった。水穂医師の方も、到って真面目な顔をして私を見ているだけだった。

真面目というよりは哀し気に、そしてなぜかは知らないが懐かし気にさえ見えるような、瞳で私を見ている。その瞳は私に、あの四月の夜、桜の木の下にいた時の美咲の瞳を思い出させるようなものだった。

その二人の顔を見ていると、とてもあんな出鱈目なストーリーが描けるような人物だとは、思われなかった。美咲ならともかく、と思いかけて私はハッとした。

「そのの変なシナリオを描いたのは、かすみ……美咲ですね？」

「何の事だか解りません」

水穂は、いつかどこかで聞いた事のあるような台詞を、美咲と同じ調子で言った。

間違いない。美咲の遺り方だ、と私は思って考え込んでしまった。ここに、美咲の謎々の答えが、秘密の全てがあるのだとしたら、それは一体、何なのだろう？

私は睡り続ける、美咲の顔を見詰めた。

「恋しければ尋ねて来い」と言ったくせに、美咲は白い置き物のように横たわったまま、瞼を開ける事すらしてくれなかった。

切ない私は、美咲の手をもう一度しっかりと握って囁き掛けた。

「なあ美咲、教えてくれよ……。お前の真実の真実は、どこにあるんだ？」

「あたしはあたしだよ」

遠い日の木霊のように、あの時聞いた美咲の答えが蘇ってきた。

そうなのだ。美咲は美咲だ……。美咲は嘘吐きだったが、あの時の美咲の返事だけは、真実だった。でも、どうやって？

しばらく考えてから、私は水穂医師に訊いてみた。この医師と香夫人に、敬意を持ちかけていた。

「もう一枚、別に書類を書きませんでしたか？」

水穂は黙って鼻の頭を掻いてみせた。

「そのシナリオも、美咲が描いたのですね？」

「企業秘密ですから、答えられません。けれど、美咲さんは亡くなられる前に、いっ時ですが意識を取り戻しました。植物状態だったと思われていた美咲さんは、その少し前から、耳だけが聞こえるようになっていたのです。初めの内は美咲さんにも、それが夢なのか、それとも自分が死んでいるのかも解らなかったそうです。知らない女性の声が、優しく自分に向かって『彩ちゃん』と呼びかけ続けていたそうですからね。ですから、意識を取り戻した時、最初に見えた香に向かって、『母さんなの？』と訊ねていたそうです。美咲さんはその日、自分の枕元で、自分の入院費の事で争っている妹と弟の声を聞いていました。どちらが払うかではなくて、どちらが大学を退学して銀座辺りのクラブに勤めに出るかを争って、お互いに自分が犠牲になる、と言って譲らなかったのです。抑えた声でしたが、その声はドアの外にいた香にも聞こえていました。美咲さんに解ったのは只、弟と妹が自分のためにせっかく入った大学を辞めようとしている事と、そんな事をしたら大切な二人の将来が、メチャクチャになってしまうだろう、という事だけでした。それで美咲さんは妹と弟が帰った後、半日かかって看護師のいない隙を狙って、巡回用のワゴンから手の届いた薬を一シート盗み取りました。十日分の量です。

手に触れたのは血圧降下剤のシートでしたが、美咲さんにとってはその時は、何の薬でも構わなかったのです。心臓が弱って延命治療を受けていた患者なら、何の薬であっても大量に一時に摂取すれば、たちまちショック死を招きますからね。それでも薬のシートさえ発見されなければ、病院側では美咲さんを、衰弱死としてしか見なかったでしょう。

異変に気が付いて、美咲さんを止めたのは、妻の香です。美咲さんはその時にはもう力を使い果していて、献体を希望してから、弟妹達に『ありがとう』と伝えて下さいと言って、息を引き取りました。妹さん達は、あれ程慕っていた長姉の最後に間に合いませんでした。二人の泣いている姿を見ているのは、こちらとしても、とても辛いものでしたよ」

私は嘆め息を吐いた。美咲が、弟と妹の将来を守ろうとして、自殺しようとしていたのだと聞いている内に、涙と鼻水も出てきてしまっていた。水穂医師もリョウのように「あの子」だの「この子」だのとはもう言っていなく、美咲を「美咲さん」とはっきり呼んでいた。美咲の考え付きそうな事だった。

「でも、どう遣ったんですか？」

私には答えは見付かったが、まだ美咲がどういうシナリオを書いたのかが解らなかった。

「これ以上はお話しできませんね。一つだけ言えるのは、美咲さんは決して目覚めないと診断されていた事と、その時病室には、私達だけしかいなかった事です」

それだけ聞ければ、私には十分だった。

どういう方法を取ったのか詳しくは解らなかったが、とにかく美咲には「半日」もの時間があった。自殺と見られないための自殺を止められた美咲は、自分にイカレてしまっていた香夫人を蕩し込み、夫の水穂医師も、二人掛かりで丸め込んででもしまったのだろう。

「それで、妹と弟は納得したんですか？」

水穂が答えないでいると、香夫人が言った。

「私が、あの子の腰まであった長い髪を切って、遺髪として妹さん達に渡してあげました。献体してしまえば、遺骨も戻らなくて、可哀想ですものね……」

「そうだったんですか。でも、何であいつのために、そこまでしてやったんですか？」

私は涙の川で溺れそうだった。香夫人も、水穂医師も声を出さずに泣いていた。

「私があの子を止めた時、あの子が私の手首の傷跡に気が付いたのです。それであの子は、私の手首を握ったまま言いました。『これは良くないよ』って……。自分が死のうとしていたくせに、何言ってるのって言い返したら『自殺する方は良いけど、残された人がどれ程悲しむか知っていますか。それこそ一生、その人は、苦しみ続ける事になりますよ。あたしだったら、死のうと思ったら、絶対にそれが自殺だって分からない方法で死にます。幸いここは病院ですからね、幾らでもそのチャンスはあるでしょう』と言いました。そこまで言われて、私は目が覚めたんです。彩香を失って苦しんでいたのは、自分だけじゃないって……。それと同時に、あの子がまだ死ぬのを諦めていない事も解りました。一度死のうと本気で決めた人間は、決して諦めたりしないものなんです。私はあの子に救われましたが、あの子は自分を救おうとはしませんでした」

私は美咲の手を痛い程握り締めて泣いていた。私のためではなくて、美咲の払った犠牲と献身のために。その愛の激しさのために、涙が止まらなかった。

「それで、美咲は、お宅にもいられなくなったんですね」

「ええ。あの子は、その時は夢中でしたが、後で主人に掛けた迷惑を後悔するようになって、どんなに私達が止めても、ここに留まろうとはしませんでした」

「お金になるって聞いたから、戸籍を売っちゃったんだよ」なんて、嘘吐きも良いところだった。

美咲は戸籍どころではなく、自分の生命を売ってしまったのだ。自分という人間を丸ごとこの世界から消し去って、二度と戻れないようにしてしまった。幾ら蛇の生殺しがいけないからって、幾ら弟妹を愛していたからって、それはないいんじゃないか。

「美咲……。お前はバカタレだ。幾ら愛のためだからって言っても、普通、そこまでするか？」

私は泣きながら美咲の肩に顔をぐいぐい押し付けていた。我慢できなかった。けれど私の美咲は「普通」なのではない。

「愛のために」死んでしまうような、特別の馬鹿なのだ。私の質問に対してして見せた、水穂医師の先程の仕草には、見覚えがあった。

私が小学生の頃、まだ元気だった祖父の幸也と祖母の加奈子が時々、

「平ちゃん、ポーカーやろう。ホラ、幸一も泉さんも早くこっちに来て」

などと言って皆でリビングに坐ってブラックジャックをしていた時、私がパートナーだ

と解った時の父が、「頼んだよ」とか「ほいきた相棒」という印しに、私に向かって送ってきた合図だった。

水穂医師もきっと私に向かって暗黙の内に、

「頼みましたよ」

とでも伝えたかったのだろう。私は涙を拭った。

「こんな物を見せて、私が警察に駆け込んだりしたら、どうする積りだったのですか?」

「仕方がありませんね。その時はその時です。私はたった一枚の書類を書いただけですからね、大した罪にはならないでしょう。でも、美咲さんはそうなる事を一番怖れていました。私がその事で警察に調べられたりすれば、いずれは妹さん達のところにも、連絡がいってしまうでしょうからね。そんなに酷い事はない……。けれども、警察にならもう知らせてあります」

私はこの家に着いた時、玄関の灯りの中に立っていた制服の姿を思い出した。

「井沢かすみの身元を調べさせるためにですね」

「そうです。かすみさんは十月末から私達の家で良く働いていてくれましたが、一月末になって倒れてしまいました。重篤の状態だったので、二月に入ってから私達は、かすみさんの身寄りに何とか連絡を取ろうとして、必死になりました。けれど、どうしても見付けられなかった。困った私達は、警察に頼みました。ここのお巡りさん達は皆、閑ですからね。すぐに来てくれて、かすみさんの持っていた荷物や履歴書を、持って帰って行きましたよ。ついでにかすみさんの指紋も取って行きましたが、そんな事をしても無駄でした。かすみさんには、何の前歴もありませんでしたからね。先程のお巡りさんはその事を知らせがてら、かすみさんの容態を訊きに来たのです。私は、もういけないようだと答えました。彼はかすみさんに何かあったら、すぐに連絡をしてくれと言って、帰って行きました。ですから、かすみさんが逝ってしまった時には、あなたはもうここにはいられません」

「……それが美咲の望みなのですね」

私は美咲の望みの哀しさに、胸を詰まらせて言った。美咲は妹と弟の未来を守るために、自分で自分を殺してしまったのだ。美咲が「殺した」というのは他人ではなく、自分という大切な存在だった。

「もっとです。美咲さんは初め体が動くようになったら、私達の前からも消えてしまう積りでした。けれど香がぴったり貼り付いていて、そうはさせなかった。この家でリハビリをしている内に、美咲さんは彩香を失った香の……私達の苦しみを知ったのです。この子は、私達の苦しみに寄り添ってくれました。私達も愛した。それからはもう、私達の前からは、完全に消えてしまおうとはしなくなりましたが、本当は何処の誰とも知れない存在になって、何処かの無縁墓にでも、葬られてしまいたいと願っていたのです。でも、私達はそうはさせたくなかった。それでは余りにこの子が可哀想です。せめて、娘の彩香の隣りに、私達の手できちんと葬って遣りたかった。ここを続けてきたのは、そのためだけになのです」

「初めから身元不明人の届けを出しておいて、もう一枚あなたが死亡診断書を書くのですね。そうすれば幾ら閑なお巡りさんでも、美咲の亡骸まで持って行く事はない。それも美咲の考え出した事ですか？

深尾とかいう看護師を他所に移るように手を回したのは、あなたたなのですね」

水穂医師は黙っていて否定も肯定もしなかった。彼等二人の哀しみは、私に勝るとも劣らないのだろう。

私は深い嘆め息を吐いて、美咲の左手を握り締めた。指輪の感触が心に痛かった。

私は悲しみの余り、美咲の頭を幾つもはたいて遣りたかった。

「これは由利子さん達の分、これはリョウの分、これは私の両親の分、これは私の分」

と言って……。

「母親は忙しいんだよ。ご飯作ったり洗濯したり、いじめっ子達を殴りに行ったりしてさ」

と言っていた美咲なら、私の気持を解ってくれるだろう。それとも、例の調子で、

「痛いね、バカ」

とでも言ってくれるんだろうか。

それにしても……。

私は美咲に話しかけた。声が掠れていた。

「お前、本当は妹と弟に会いたいんだろうな。心配するな。お前のお蔭で二人共、今は幸せにしているよ。妹の方は、今頃元気な赤ちゃんが産まれているだろうし、弟の方は相変わらず女の子みたいな顔して、元気に川に洗濯に行っている」

私が言い終らないうちに、又、美咲の指が僅かに動いて、私の手を握ったような気がした。それは本当に微かなもので、私は一瞬自分が何を感じたのか、自分が何処にいるのかも分からなくなった。それ程、その指の感触は懐かしいものだったのだ。

香夫人の声がしていた。

「あなた、この子泣いているわ。やっぱりあの時のように、私達の声が聞こえているのよ。美咲ちゃん、美咲ちゃん。分かる？　お母さんよ」

私は驚いて美咲の顔を見た。

美咲の閉じた両方の長い睫毛の下から、ひと筋の涙が滑り落ちていた。

「気が付いたんですか？」

私は喜びの余り、間抜けな声を出したが、水穂は首を横に振った。

「まだ解りません。この子はあの時も声だけは聞こえていたと言っていましたが、それでも意識がはっきり戻ってくるまでには、少なくとも三週間は掛かっていたはずなんです。何でも良いですから、話し掛けて下さい。そうすれば、この子の意識が戻ってきてくれるかも知れません」

それから私達は、美咲に必死に語りかけた。

水穂夫妻は美咲と出会えてどんなに嬉しかったかとか、ひと月に一度美咲の顔を見られるのが、どんなに待ち遠しかったかという事を、繰り返し話した。

私は美咲がいなくなってどれ程皆が心配していたか、私の両親がどんなに気落ちしているか、私がどれ程美咲を捜して回ったかを話したが、その間ずっと美咲はただ静かに涙を落とし続けていた。

その内に、水穂医師の顔色が変わった。忙しなくベッドの横の機械類の描き出すグラフを見たり、美咲の掛けている布団の中に手を入れて、聴診器を耳に当てたりし始めたのだ。

「あなた……」

香夫人は泣いていた。水穂は頷いてみせてから、私に告げた。悲痛な声だった。

「この子の心臓は、もう駄目みたいです。ここまで頑張ってくれたのが、不思議なくらいでした。まだ聞こえているかも知れない今の内に、お別れを言っておいてあげて下さい」

そんな事って……。

私は絶句した。前の時はちゃんと目を開けたっていうじゃないか。それなのに、今度は目も覚まさないで、私にさようならとも言わせてくれないで逝ってしまうというのか。冗談じゃない。

私は運命の何とかに悪態を吐きたかったが、実際に出てきたのは涙だけだった。何と言って良いのかも、もう分からない。

私は両手で顔を覆って泣いている香夫人の前に、美咲の耳の近くに、顔を寄せて囁いた。

「すこやかな時も
　病める時も」

「死が二人を
　分つまで」

とは、今度は美咲は言ってくれなかった。

その代りのように、美咲の指が動いて、微かに私の手を握ったように感じた。

それが、美咲の最後だった。

二月二十七日の午前五時三十九分。美咲は春を待たずに、睡ったまま遠い所へ旅立って行ってしまった。

私の愛しい美咲。棘々だらけの茨姫。

美咲の真実を知った私は、美咲が安らかな顔をして旅立ち、涙を纏って旅立った事に、喜びと哀しみを感じるだけだった。美咲には「さようなら」とは言わなかった。「さようなら」は美咲に似合わない。美咲には、「バカッタレ」の方が良く似合っている。

そして、私はもう美咲からの、

「さようなら」

は二回も受け取ってしまっていた。

一度目のは、私の誕生日の夜に、二度目のは、駅の近くの小さな公園の、あの金色の銀杏の樹の下で。

香夫人は美咲の手からあの金の指輪を外し、私に返してくれようとしたが、私は、

「そのままにしておいて下さい」

と頼んだ。夫人はそれなら、とその小さなリングを自分のハンカチに包んで、水穂医師の持ってきていた金庫の中に入れた。警察が検分に来た時、持って行かれてしまうといけないので、前回、警官が来る前にも、美咲の指からリングは外しておいたのだ、と水穂は言った。

彼等の哀しみにも終りはないと、私はぼんやり思った。

私はいつまでも美咲の傍らに居たかったが、美咲の真実を知った後では、美咲の望みを尊重してやる事しか、彼女にしてあげられる事は私にはなかった。

水穂達の動き出すのも速かった。

香夫人は警察の検分に備えて、優しく美咲の涙の跡を拭い取り、自分は泣きながら、美咲の頭に茶髪の縦ロールのカツラを上手に付けた。

「そんな事をして、大丈夫ですか？」

不安を覚えた私が訊くと、

「変死でも行き倒れでもないですからね。警察も髪の毛まで剝がしたりしないでしょう。それに、このカツラは人毛で出来ているのです。前回の警官には、これから抜き取った髪を何本か渡してあります。今度も髪の毛をくれとは、多分言わないでしょう。写真もその時撮って帰りましたから、これは警察が帰ったら、すぐに外してやれます」

「それも美咲のシナリオですか……」

呆れた私が呟くと、水穂医師は赤くなった目で僅かに頷いた。

「私達には、四年間も時間がありましたからね。運命共同体だと申し上げたでしょう？」

水穂医師の方も掠れた声で私に答えながら、忙しく動き回っていた。

逝ってしまったばかりだというのに、閑なお巡りさんの検分に備えて、髪をクルクルにされた美咲の姿を見るのは辛かった。けれど、それが美咲の希望なのだ。

私は水穂医師と一緒に、静まり返った病室の中に香夫人と一緒にいる美咲を残して、その部屋を出た。

最後にもう一度振り返ってみた時、美咲はクルクルの髪の中で、静かに、眠っているように見えた。

私は心の中で、もう一度美咲に言った。

「やっと月に帰れて、良かったな美咲。今度はもうどこにも行かないで、そこで大人しくして待っていてくれよ」

「くどいね、あんたも。わかっているってば……」

今度は美咲のオカマ語が、はっきり聞こえたような気がした。一晩だけ泊めて、と言っておきながら、私の部屋に居坐ってしまった時の美咲の台詞だ。あの尖がった声も何もかもが、今となっては愛おしかった。

私はいつも美咲が皆に向かって、

「バイ。又ね」

と言って手を振っていた時のように、美咲に向かって、

「それじゃ、又な、美咲」

と告げて、小さく手を振った。

一足先に病室を出ていた水穂医師は、もう本物の方の美咲の部屋の前に立って私を待っていた。彼がクローゼットの横の物入れの中に金庫を収《しま》っている間に、私は美咲のあの変

なムーミンの絵を手に取って見詰めていた。美咲は何だってこんな変な絵が好きだったのだろう……と思って見ているると、水穂が気が付いて私に言った。寂しさを湛えた瞳の色のままで。あの指輪の代りに、何か一つ美咲の思い出になる物を持って行っても良いと……。三人の姉弟が揃ってれんげ畑で笑っている写真は、美咲に持たせてあげるが、その前に自分達と私のために、その写真をコピーしておいてくれるとも言った。私は、あの写真が貰えるなら他には何も要らない、と言いたかったが、なぜかその変なムーミンの絵を手から放せないでいた。

するると、水穂が少しだけ微笑んだ。

「あの子は大っぴらにあの写真を飾れませんでしたからね。その代りに、弟妹の思い出をいつも傍に置いておきたくて、長居をしていたあなたの部屋に、それを飾ったのでしょう」

「これが、何で二人の思い出なんですかね」

私が呟くと、水穂は私の横に立って、ムーミンの絵を指で示しながら説明してくれた。

「この花畑の中に立っているムーミン一家が、あの子の幸せだった頃の家族の記憶です。そしてこれが、」

と言って、彼は白い雲の中の文字を指で示した。

「あの子の妹と弟です」

これが美咲の妹と弟って……。何で？　と私は思いかけて、ブワッと泣き出しそうになった。

「あんじゅ

恋しや」

あんじゅ恋しや……。美咲は私には、

「山椒大夫だよ。知らないの？」

と言って思いきり馬鹿にした瞳をして見せていたのだが、実際はこれを書いていた時、泣きながら眠ってしまっていたのだ。それも『振り』かも知れなかったが……。

「あんじゅ」までは見ていられたが、私は「恋しや」の文字が涙で滲んで見えなくなってしまった。

美咲はこの絵の中に、永遠に自分の心を閉じ込めていた。

あの、びっくりするような美少女と、オナベの振りでもさせれば美咲にそっくりになるのではないかと思われる、スカートを穿いた少年への恋心……。それは、ヒナ達を守ろうとして我が身を危険に晒すという、母鳥の恋だった。もっとも美咲は危険に身を晒すどころか、自分で自分を殺してしまったりするような、阿呆鳥だったのだが。

妹は、深田安美。

弟は、山崎一寿。

二人続けて「安・寿」

それを、

「あんじゅ」と書いて、「恋しや」と続けるとは、良くもまあ……。

やっぱり美咲はバカタレだった。

美咲はこの変なムーミンの絵を見詰めて、毎夜何を思って暮らしていたのだろうと思うと、私はそのカードをどうしても元に戻せなくなってしまった。水穂医師は、ではそれを持って行って下さい、と私に言った。

それからクローゼットを開けてあの白いドレスを示し、

「これはどうしますか？」

と私に訊いた。私は一瞬目眩がした。

「母が泣く」と私に脅かされて、美咲が渋々着てくれたその白いドレスは、私が思っていた以上に、美咲に良く似合っていた。あの時の美しかった美咲が、今はもういない。

「着せてやって下さい。それは、美咲に良く似合っていましたから……」

私が言うと、医師は頷いた。美咲はこの白いドレスを着て、母が婚約祝いだと言って贈ってくれたリングを指に嵌めて、妹と弟の写真とピエタのカードと、金木犀の花の香りのする小さな袋を抱いて、眠りに就くのだ。

私はそれで良いと思った。できれば美咲の棺を花で一杯にして遣りたかったが、水穂医師は、美咲の遺志を尊重して、自宅で香夫人と二人だけで通夜をして遣りたい、と私に言った。私はそれにも、それで良いですと答えた。

そうする代りに、と言って、彼は密葬が行われるという、水穂家の菩提寺の場所を教えてくれた。桜の名所で有名な、甲州街道沿いの寺だった。葬儀の日時は後で連絡すると言ったが、余り多勢で来ないようにと念を押すのも、水穂は忘れなかった。その寺はこの町からはかなり離れていたにも係わらず。

美咲が瘦せっぽっちの阿呆鳥の母鳥なら、水穂夫妻もやはり、その阿呆鳥を守る阿呆鳥という事になるのだろうか。

私は美咲が着て行くという、あの白いドレスを見ながら、気が遠くなっていった。

「さようなら。もう会えない」

と美咲に告げられた哀しい夢を思い出してしまったからだ。あの日私は確か、

「行かないで」

と叫んで飛び起きた時、泣いていたのだった。あれは一体何だったのだろう。予知夢？まさか。そう思いながら、私はあの夢の中の美咲が靴も履かず、裸足で歩いて行ってしまった事を、思い出していた。そんな姿の美咲を、いつか見た事があるような気がしてくる程、鮮明に思い出してしまったのだ。

「美咲に靴を履かせて遣らなければ……」

私は、ぼんやりと呟いていた。水穂が私の顔を覗き込んでいて、

「大丈夫ですか？」

と訊ねる声がしていた。

私は、

「大丈夫です」

と答え、来た時と同じように私達は、短い挨拶を交わして玄関先で別れた。

車に乗る前に私は水穂医院と自宅のツルバラの繋っている辺りを、美咲の睡り続けていたという病室の辺りの窓を見てみたが、そこにはやはりツルバラの冬枯れた枝先が、届いていた。

美咲はあの白い見事なツルバラの花々に囲まれて睡りに付いたのだろうか？　それなら良かったのに、と私は思ったが、実際には美咲がどの部屋で倒れて、どこで最初の頃の治療を受けていたのかはわからなかった。

哀しみはドッと私を襲ってきた。

水穂達と一緒にいて、美咲の手を握っていられた間はまだ良かったのだが、一人きりになって最後に美咲を見た、あの小さな公園の前まで辿り着く頃には、私は泣き過ぎて涙で前が見えなくなって、車をそこに停めた。泣きながら車を運転できる程、私は器用には出来ていなかった。

公園の銀杏の樹は葉を落として、もう丸裸になってしまっていたが、その代りのように所々に白い梅の花が、秘っそりと咲いているのが見えた。凍えるように寒かったが、美咲の孤独の凍え方よりはマシに思えた。

私はあの日、二人でそこに坐ったベンチに腰掛けて、長い間両手で顔を覆っていた。あの時と違って今度は拭っても拭っても、美咲を思う涙が湧き出してきて止まらなかった。

美咲はあの日、私を抱き締めて、

「死が二人を
分つまで」

と、遠い宙の果てから聞こえてくる風のような声で、私に言った。けれど、公園のベンチに坐って泣いていた私には、死が二人を分ってしまったとは思えなかった。私は、私の傍にピッタリと寄り添っているように美咲を感じ、

「泣かないでよ。あんたが泣いたら、あたしが困ってしまう」

と言う美咲の困った声も聞き取る事ができた気がした。

そうして私は、とうとう自分の頭が美咲恋しさにイカレてしまったかと思って、又、泣いた。

美咲が言っていたという事は、本当だった。

生きていて、どこかで何をしているのやら、と思っていた時は、たまには少し恨んだり

思い出に心を熱くさせる事もできたが、美咲が逝ってしまって、この世界のどこにももう存在していないと知っている喪失の悲しみには、天と地以上の差があった。こんな思いを私にさせたくなくて、美咲は私に「さようなら」を二回も言ってくれたのだ。

あの日、金色に輝く銀杏の樹の下で黙ってしまった私を置いて立ち去って行く時、美咲はどんな思いでいたのだろうと思って、又、私は泣いた。

愛というものは、両刃の剣だった。一方で人の心に優しくしておいて、もう一方の刃でその人の心を、焼き切ってしまうのだ。

美咲は、その火に焼かれて逝ってしまった。

私はできるものなら、あの四月の初めの夜の、桜の花の下に戻りたかった。そして。もう一度美咲と二人で、最初からやり直したかった。あの暗い瞳と涙に気が付いていながら、何も訊いてやらなかった、自分を悔んだ。具合いの悪そうだった美咲を、無理にでも病院に連れて行こうとしなかった自分も責めた。

もっとも、そうしていたところで結末に変わりはなかったのだろう。そんな素振りを見せれば、美咲は風のように私の下から、去って行ってしまったのだろうから。

美咲のバカタレ。

私はそう言って泣いている内に、バカタレなのは美咲なのか自分なのかが、解らなくなってきた。多分、そうなのだ。美咲の言っていたように、私達は良く似ていたのだろう。

思い込みが強くて、頑固で、淋しがり屋で……。

美咲は差別主義者ではなかったが、その分激しく人を愛した。今度からは、オカマを見てもオカマと言うのは止めて、ゲイと言おうと思って、私は尚泣いた。

私達は、似ていたのだ。その似ていた部分が、お互いをいつか結び付けてしまっていたのだろう。だから私は、美咲の隠された想いを感じ取っていて、あんな哀しい夢を見たのだろう。そうとでも思わなければ、あの夢の不可思議さは説明できそうもなかった。けれど。本当にそれだけだったのだろうか？　もう分からない。

「さようなら。

もう会えない」

美咲はあの言葉を、何度隠れて私に向かって言っていたのだろうか。それも、分からないが……。

「行ってくるね。……又ね」

と言う度に。多分、誰に向かっても、

「バイ。又、今度ね」

と言う度に……。

私は美咲が恋しかった。凍えている手で胸の内ポケットから、美咲のムーミンの絵を取り出して眺めた。そして、

「あんじゅ
　恋しや」

と書かれた大きな雲の隣りの白い雲の中に、

「美咲
　恋しや」

と書いて、その絵を抱き締めた。

そして、私の頭の中はその雲のように真っ白になった。

気が付いてみると、私の前に制服が立っていて、不機嫌そうに私を見ていた。

「あんた、こんな寒い中で、さっきからずっと何やってんだね」

私は薄ら呆けてしまった頭で答えた。

「会社が潰れちまって、悲しいんですよ」

「会社が潰れたって……。あんた、それで何か妙な気でも起こしているんじゃないだろうな」

制服は私の抱いていたカードの白い裏の方を見て、手を伸ばそうとしてきた。

「ただの悪戯書きですよ。大丈夫です。もう帰りますから」

私は止めようとする制服を振り切って、車を美咲の眠るお屋敷町からは反対の方向に向けて、走り去った。制服は、私の車が見えなくなるまで、自転車の横に立って見送っていた。本当にこの辺りのお巡りさんは閑なのだと知って、私は身震いが出た。私の住んでいる下町のお巡りさん達は、公園で良い年をした男が泣いていようが転がっていようが、気に掛けたり、声を掛けたりしようなんて事はしない。

私は途中で気が付いて、由利子さん達に電話を入れた。

「こんな時間まで連絡もしないで何していたの」

と、まず由利子さんは怒った。

時計を見てみると、もう八時をとっくに過ぎていた。

「ちょっと事情がありましてね」

私は水穂達の口真似をするより他になかった。

「事情って何なのよ」

とまだ怒っている由利子さんに、私は短く、美咲が未明に逝ってしまった事実だけを伝えた。由利子さんはそれを聞いて、

「私達も行くから、場所を教えて頂戴」

と泣き声に変わって言った。私は、もう美咲の家を出て家に向かっているから、詳しい事は後で話すと言って、

「何で付いていてあげないのよ」

と、又、怒り声になった由利子さんへの電話を切った。

実家にも電話をしてみたが、両親はどこかに出掛けてでもいるのか、電話は留守電になっていたので、私はそこにも短いメッセージだけを残した。

リョウは、私がこれまでずっと美咲の居場所を知っていながら、惚けていたのだと誤解した。

「そうじゃない。私も昨夜連絡を受けて、初めてあいつの居場所が分かったんだ」

「何であんたの所にだけ、連絡がきたんだよ」

「以前の勤務先だからだろうな」

と、私は返事にならない返事をした。美咲になった気分だった。リョウはまず、私が水穂家から連絡を受けたという事で怒っていたが、美咲が今朝未明に逝ったと伝えると、もっと怒った。

「何でもっと早くに知らせてくれなかったのさ」

「事情があってな」

と、私はリョウにも情けない返事をした。頭に来たリョウは、今からすぐ自分も水穂家に向かうと怒鳴ったが、私はそれにも、

「事情があって、通夜にも行けない。詳しい事は後で連絡するから大人しく待っていろ」

としか言い様《よう》がなくて、リョウの恨みを買ってしまった。

美咲はこんな「あれ」からも、どんな「あれ」からも逃げていたのだ。さぞや面倒臭かっただろうと思うと、私は又泣けてきて、そこで又少し時間を喰った。道路は朝の渋滞の真っ最中で、私が家に着いた時には十時を回っていた。

「楓」の入口には臨時休業の「お知らせ」が貼ってあった。店の中に入ってみると、驚いた事にほぼ全員が揃っていた。

長治さんと由利子さんと卓郎さんがいて、何と私の両親もいて、リョウ達も店の隅っこに陣取っていて、幸弘と佐々木が小上がりの真ん中で胡坐をかいていた。そして全員がブクーッとふくれていて、尖った瞳をして私を見ていた。

「今頃まで何していやがった」

と、まず幸弘が私にイチャモンを付けた。

「そっちこそ、どうしてこんな所に居るんですか」

「卓郎が親爺に電話を掛けた。それで親爺の奴から俺に連絡が来て、行って手伝ってやれとよ。親爺の奴が言ってたぜ。やっぱりあいつは、コロッと逝っちまったかってな」

幸弘の物言いに、ジョージ達は竦み上がっていた。

「……やっぱりって、何なんですか？」

「あいつが余りぶっ飛んでいたんで、心配になった親爺が訊いてみたんだとさ。ずっとお前の所に居られるのかって。そしたらあいつは、自分にはフーテンの寅さんみたいに放浪癖って言う病気があるから、いつ出て行くか分からない、って答えたんだとよ。おまけに、そんな病気があったら長生きできなくて、案外コロッと逝っちゃうかもね、とほざいたんだと。それでその後、もし自分が先に逝っちまったら、お袋と一緒に皆を待っていてやる、と抜かしたんだとさ。親爺の奴、それ聞いて嘆め息が出たって言ってたぜ。あのオカマ、中近東どころか、さっさと月にまで行っちまったな」

「ゲイと言うんですよ」

私は訂正しておいて嘆め息を吐いた。親爺さんは美咲の言ったという言葉の、半分だけしか私に伝えてくれていなかった。

放浪癖という病気持ちだから、コロッと逝ってしまうかも知れないだなんて、そんな前置きが付いていたら、親爺さんでなくても私に「切れろ」と言うのに決まっているじゃないか。

美咲のバカッタレ。私は美咲に何度バカタレと言ったのか解らなくなって、皆の顔をぼんやりと見た。オカマだのゲイだのという言葉を聞いて、由利子さん達や両親が、訝し気な顔をしていた。

私は美咲が御大層な御屋敷町に住む、医者の養女だったらしいという事と、事情があって数年家を出ていたらしいが、昨年、養家に戻っていたらしいという事と、心臓の発作が元で今朝未明に息を引き取ったという事と、養家の事情で私達は全員、通夜は遠慮する事になったという事だけを摘みとって、曖昧に話した。ここに揃っているメンバーの顔触れでは、詳しい事など話しようもなかったのだ。

「事情、事情って一体何の事情よ」

案の定、由利子さんが噛み付いてきた。

私は幸弘の顔を見た。幸弘も渋い顔をしていた。

私だって事情を知らない内は、「事情って何だ」とムカ付いたのだから、当たり前だった。

「さあ。詳しい事は知らないですが。多分、警察と、追い掛けっこでもしていたんでしょう」

仕方なく私が言うと、幸弘はニヤリとした。

「そんな筈ないだろ。あの人が何したって言うんだよ」

今度のは、リョウだった。

「知らないと言っただろうが。大方、詰まらない詐欺か何か仕出かしたんじゃないのか。とにかく、養家の方では美咲の葬儀も、なるべく身内だけで済ませたいそうだ」

美咲が嘘吐きだったという事は本当だったが、私の両親は顔をクシャクシャにして、私を睨んだ。母と父の、そんな顔を見るのは辛かったが、そうかといって皆の前で美咲の秘密を全部話して遣る訳にもいかなかった。

（後で聞いた事だが、昨夜私が「楓」を飛び出した後、由利子さんからの連絡ですぐ家を出て「楓」に来て、皆と一緒に私からの電話を待っていたのだという。リョウは、私の連絡を苛々《いらいら》して待っていたのだが、一時間も待てなくなってジョージ達に声を掛けて、勝手知ったる私の店に、皆で押し掛けて来たのだそうだ）

父母と由利子さん達は、美咲がいなくなってからその淋しさを紛らわすように、急速に親しくなっていた。まるで、昔々からの知り合いだったかのように。

「そういう事なら、俺の出る幕は無さそうだな。おい由利子、俺はこれで帰るぜ。何かあったら連絡しろ。平和、それで良いな？」

私が頷くと、幸弘は立ち上がって私の頭を思い切りはたいて店から出て行った。

佐々木もついでのように私の頭をはたいて、

「あんなオカマでも、月まで行っちまうと淋しいだろ」

と慰めてくれたが、私はそれを聞いて美咲と一緒に、月の裏側まで行ってしまいたくなった。

幸弘達の姿が消えると、ジョージが恐る恐る私に訊いた。

「平さん、あの人達、誰？」

「恐いヤクザのオジサン達だ」

私が答えると、父が物凄い目をして私を見た。

「ヤクザといったって、あの人はお行儀の良い経済ヤクザですよ。私達にチョッカイを出すような、その辺のゴロ付きとは違う」

父が、まだ私がヤクザな商売をしていたのかと疑っているような目で睨んだので、私は言い訳をしたのだが、今度は由利子さんが、

「恩人の息子に向かって、何て事言うのよ」

と、私を叱った。

私はスンマセンと謝って、言葉遣いがなっていないと、又、由利子さんに怒られた。

幸弘達の帰った後の小上がりには、親爺さんと幸弘からの香典袋が残されていて、店の中は奇妙に静かになっていた。

私はリョウの詰問にも、由利子さん達の質問にも、或る程度以上の事は何も答えられなかった。

或る程度というのは、先刻皆に話した事と大して変わりが無い、という事だ。もしも全部話したりしたら「楓」に集まっている全員が大泣きをして、私も又、大泣きをして、収拾が付かなくなるのは目に見えていたし、何より美咲の想いを台無しにしてしまう事になる。

水穂医師からの連絡は、昼過ぎになってからきた。

「全て無事に済みました。あの子はこれで、安心して旅立って行けるでしょう」

そう言って、水穂医師は明後日の午前十時から美咲の野辺の送りをすると、短く私に伝えてくれて電話を切った。

私は水穂からの電話の内から、美咲の葬儀の日時と場所だけを、皆に伝えた。余り目立たない方が良いらしいと私が言ったので、私達はその日、全員揃ってではなく、別々のグループ毎に分かれて行く事に話が決まって、皆は帰って行った。リョウは怒っていて私に口を利こうとはしなかったし、両親も最後まで顔をクシャクシャにしたまま、私を睨んで帰って行った。

私はまだ文句を言いたそうな由利子さん達から逃げ出して、疲れ切った体で部屋に戻ったが、不思議な事に眠くはなかった。私の頭の中では弔いの鐘だけが鳴り続けていて、美咲が無性に恋しいだけだったのだ。私は美咲を求めて部屋の中をグルグルと歩き回って、最後には疲れ果てて倒れるようにして眠りに落ちた。

美咲に靴は買わなかった。それは水穂達が用意してくれるだろうから……。その代りに、翌日、私は思い付いて、いつか美咲を連れて行った事のある巨大なショッピングモールまで出掛けて行った。美咲が女将さんのように「隠れクリスチャン」だったのかどうかは解らなかったが、あのピエタのカードを胸に抱いて祈っていた時の美咲の様子と、親爺さんに「聖書を知っているのか」と訊ねられて「知っています」と答えていた時の美咲の声から、もしかしたら美咲がその本を、喜んでくれるのではないかと思ったからだった。

私はそこに入っている大きな本屋で、比較的小さめのその本を選んで、カバーを掛けて貰った。

帰る前に、私はあの白いドレスを買ってしまった有名ブランド店の前に立った。昨年の店員はまだ私を覚えていて、

「春物の新作品が揃っています」

と言ってニッコリしてみせたが、私は別に買い物に来た訳ではない、と言って断ろうとした。断ろうとはしたのだが、店の入口近くに、その店のブランド物のバッグやアクセサリー類のショーケースがあって、そこに金色に光るペアの十字架のペンダントがあるのが、目に入ってしまったのだ。私は結局、それも購入して包んで貰ってしまった。

美咲の野辺送りは、秘っそりと執り行われた。

私は両親と待ち合わせて三人でその寺院に向かい、由利子さん達と卓郎さんも三人組で到着した。リョウ達は四人で揃って、もう先に寺院に到着していて、神妙な顔をして席に着いていた。

美咲は、花に埋もれるようにして、棺の中で眠っていた。花に埋もれた美咲の顔は満足気で、今にもパッチリと瞳を開けて、

「あたしは幸せだったんだよ」

とでも言い出しそうに、幸福そうに見えた。

私は水穂夫妻に頼んで、美咲の棺に持参した聖書と、小さなクルスの入った箱を入れて貰った。母は「美咲ちゃんが一人では淋しいだろうから」と言って、市松模様の着物を着せた小さな抱き人形を作って、持って来ていた。

由利子さん達は自宅の庭に咲いていたという、乙女椿の花束から一枝抜いて美咲に持たせてやり、卓郎さんは幸弘からの白い蘭の花の鉢とカルバドスを一瓶抱えていて、後でその酒は美咲の墓前に供えて貰うのだと言っていた。リョウ達は何かの楽譜と、ＣＤを持参してきたらしい。

あの白いドレスを着て、生命をかけて愛した弟妹の写真を胸に抱き、ピエタの絵と、そこに挟まれているだろう、金木犀の花の包みを抱えている美咲の姿は夢のように美しくて、かすみ草の小さな花のように、儚気だった。美咲の指には金の指輪が嵌められていて、キラリと光っていた。

私はリョウがこの事で又、私を怒るのではないかと心配になってリョウの方を見てみたが、リョウは俯いて泣いていて、何が何だか解っていないようだった。

僧侶達の読経が終ると、いよいよ美咲は火葬場に連れて行かれる事になった。水穂夫妻は私と私の両親に、火葬場まで同行して良いと言ってくれた。だが私達は遠慮して、ここで「美咲を、見送りたい」と言った。

水穂夫妻と美咲の間には、語り尽くせないだろう思い出があっただろうし、私も私の両親も美咲の体が焼かれて、消えていってしまう所を見る事にだけは、耐えられそうになかったからだ。黒い霊柩車に乗せられてしまう前に、私は美咲に最後のお別れをした。

「さようならを二度も言ってくれて、ありがとう美咲。辛かっただろうに、お前は優しかったな」

もう十分に泣いてしまっていた私は、心の中だけで別れを済ませられたが、母の泉はいざ美咲の棺が運び出されようとすると、美咲の棺に取りすがって泣いて、係員達の手を嫌という程煩わさせた。

水穂香が、母の錯乱振りに誘われて、泣き伏してしまったので、出棺前になって会場は涙の洪水に浸されてしまった。リョウ達も由利子さん達も私も、もちろん水穂医師も、いっ時涙を抑えられなくなったからだった。

そうしてあの幼い日、花冠をかぶっていた私の美咲は、永遠に帰らない旅のために、水穂夫妻と車に乗って出発して行った。

由利子さんはまだ泣いている母を抱いて自分も涙を流していたし、父と長治さんは二人の傍に付き添っていた。卓郎さんも目を赤くしていたが、私の顔色を見ると、

「余り悲しむと亡くなった人が心配して、あちら側へ行けなくなって、幽霊になってしまうと言われていますよ」

と言ったので、リョウ達はピタリと泣くのを止めた。私は美咲の幽霊なら、一緒に暮ら

したいと一瞬考えたが、それでは美咲が可哀想なので、涙をぐっと飲み込んだ。

水穂家の墓所は桜の並木道から少しはずれた、椿の生け垣の中にあった。紅色の小さな椿が春浅い陽射しの下で、輝くように咲いていた。骨になってしまった美咲は軽くて、きっとチョウチョウのように儚いのだろうな、と私は思ったが、自分の名前を「桜」だとか「椿」だとか「かすみ」だとか、青い「ヴェロニカ」だとかと呼んでいた美咲なら、故郷のあの丘の上の墓でなくても、花樹に囲まれたこの場所が気に入るだろう、とも考えた。

私達はこれから美咲が眠るだろう、水穂彩香の墓の前で手を合わせた。水穂達は彩香の隣りに、美咲を葬ってくれると言っていたのだから。そこが新しい、美咲の住み処《か》だ。そして私達は美咲に会いたくなったら、いつでも会いにやって来れる。

もう美咲は、どこにも逃げて行く必要はないのだ。三十年近く前に逝ってしまったという、水穂彩香の墓は土葬だったのかやけにこんもりと土が盛られていたが、その土の上にも、美咲の好きだった花々が、植えられていた。これなら、美咲は淋しくないだろうと私は感じた。

良かったな、美咲。お前の好きな花が一杯で。

私が思っていると、由利子さんが訊いた。

「だけど、何で美咲ちゃんのお葬式が、『井沢かすみ』なんて名前になっていたの？　それに美咲ちゃんがこの家の養女なら、何で山崎なんて言っていたのかしら」

「彩子っていってる時もあったよ」

リョウが余計な事を言って、おまけに私をきつく睨んでいた。

「それが事情っていう奴だろう。美咲でもかすみでも彩子でも、何でも良いじゃないか。あいつはあいつだ。そうだろう？」

そう言いながら、私も不思議な気持がした。

何で美咲は私達にだけ、本当の名前を告げたのだろうか。どうして、私達には警戒心を持たなかったのか。どうして？　多分、美咲は自分で望んだ事とはいえ、偽りだらけの生活に疲れ切っていたか、リョウ達に会って、弟を強く思い出してしまったかしたのだろうが……。私と同じように、ハートにひと刺し、ズッキンとでもしていてくれたのなら嬉しいが……。今となっては、あの夜の美咲の気持など、知る術も無い。「美咲」と名乗ってくれた理由も、知る由もない。

唯、「運命の悪戯で……」と言っていた水穂医師の言葉を聞くまでもなく、私達は運命の何とかで、めぐり逢ってしまった事だけは確かだった。あの日、美咲があの桜の木の下に立っていなかったら。あの日、私が綿木公園に出掛けて行こうなんていう気にならなかったら。例え美咲が、この町に住み着いていたとしても、私達は出逢う事はなく、通りですれ違ってもお互いにお互いを、影のようにしか感じられなかったのかも、知れないのだから……。

私は美咲が恋しかった。

あの四月の初めの公園に戻り、桜の木の下で女男の振りをしていて、私を見事に騙してくれた美咲の元に、何度でも戻って行きたかった。時を逆上れるのなら、美咲の故郷に生まれたかった位に、美咲が恋しくてならなかった。

けれど美咲は一生消す事のできないだろう焼き印を、私の胸に押し当てておいて、自分は遠い遠い所へ行ってしまった。

私はそこにいた全員の、刺すような瞳に囲まれて、水穂家の墓所の前に立ち尽くしていた。

恋しくて、愛しくてならない美咲の眠るという所に……。

そこは美しくはあるが、私には何の馴染みもない場所だった。美咲は彩香の墓前に額付いた事があるかも知れない。

けれど、美咲の心は、ここには住まないだろうという気がした。

「あいつはあんな所には居ない」

と言って、女将さんの墓参りを一度もしなかった親爺さんの気持が、解ったような気持もした。

美咲の抜け殻となった骨は、ここに眠るのだろうが、美咲の魂は自由になって、恋しい人の所に帰って行くのだろう。

「あんじゅ
　恋しや」

この言葉だけが、美咲の真実なのだ。

美咲は今頃、春浅い空に浮かぶ白い雲にでもなって、恋しい妹と弟の所でも訪ねて行っているのだろう、と思われた。

そして。たまには私や、両親や由利子さん達やリョウやドレミの所にも、来てくれるのかも知れない。そうして、いつかは美咲の両親の所へ、女将さん達のいる所へ、煌めく翼をもって、昇って行ってしまうのに違いない。

何といっても、美咲はあの「二千年も前に死んだ」という、男の言葉が好きだったのだから……。ナザレのイエスという、男の言葉と、その母のマリアという女性の絵を持ち歩いて、とうとう棺の中に迄「それ」を持って逝ってしまった位に。

美咲が私達に贈ってくれた言葉は、みんな聖書の中にあった。私は昨夜、眠れないままに、美咲に持たせてやろうとした、あの小さな本をパラパラと捲ってみていた。

美咲が親爺さんにと贈ったカードの言葉の、「わたしはあなた方と共にいる」というのも、私の婚約祝いにと書いてくれた「すこやかな時も病める時も死が二人を分つまで」の由来も、「あなたはわたしを愛するか」という言葉も、私は見付けた。

「有名だから、皆知っている言葉だよ」

と言った、美咲の言葉は、嘘っぱちだった。

美咲は、そのイエスという男の言葉を、女将さんがバラの花束を私達にくれたように私達に贈り、その本の中から取った言葉を、私に植え付けて、逝ったのだ。

私はその本の中に、美咲が胸に抱いて行った、あの「ピエタ」のカードの元になった、酷くて美しい物語の場面も見付けた。十字架の、イエスの……。

最後に私は女将さんが、生涯大切にしていた、修道女が言ってくれた、という言葉の由来と思われる箇所を見付けた。そこには、

「あなた方がこの世で繋いだものは、
天の国においても繋がれている」

と書かれていた。修道女が言ったという、「神様の輪」ということなのだろう。

美咲はその物語の中のイエスという男の言葉を愛し、二千年も昔に釘付けにされて、刺されて死んだ彼を、大切に胸に抱いていたのだ。

美咲は自分の恋人のことを「刺されて死んだ」と言っていたではないか。その「刺されて死んだ」という男が、そこに書かれているイエスという人物と同一のような気持がした。美咲の言いそうな事だったからだ。

私はそこまで読んで、美咲の物と対になっていたクルスの片方を、自分の首に掛けた。愛した女性が秘っそりと信じていたというのなら、私も美咲の輪に繋がっていたかった。

私は美咲に、そっと呼びかけた。お前が待っていてくれるという「俺達」の中に、私も入っていたのだろうかと……。

「もちろんでしょ。馬鹿だね」

と優しく笑んで言う、美咲の声が聞こえたような気がして、思わず私は服の上から胸のクルスに触っていた……。涙と、微笑み。焼き尽くす火のような、涙と微笑み。それが、私の美咲だった。「愛のために」自分を殺してしまったようなバカッタレの美咲なら、「愛のために」私を待っていてもくれるだろう。その、イエスという愛する神がいる天国で。ならば私も、そこに行きたい……。

そう思えた時、やっと私にも小さな光が見えた気がした。それは、美咲の涙に濡れて輝いている、「希望」という名の光だった。

今はもういない美咲。

けれど、いつかは私も年を取り、この世界から旅立って行ったなら、天国という名前の「あちら側」で、美咲は私を待っていてくれるのだろう。あの白いドレスを着ているか、女男の装りをしたままなのかは、解らないが……。

もう一度逢えたなら、その時は私も、きちんと美咲に伝えられるだろう。

「愛している。これ以上ない程愛している」

と。

そうだ。いつか、もう一度逢えたなら……。

気が付くと、リョウ達も由利子さん達も、もう帰ってしまっていて、紅い椿の生け垣の中には私と両親だけが残って、立っていた。

これは、恋の物語。

そしてヒナ鳥達を守るために、自ら巣を飛び立ってしまった阿呆鳥が、その巣に戻れなくなって、我が身を焼き尽くす程のヒナ鳥達への恋心の、切ないまでの愛の物語でもある。

私は間抜けな恋人だった。

美咲は、煌星のように、暗号を散り嵌めた言葉と、その行いの全てで、私に真実を語ってくれていたのに。私は、恋に身が竦んでいて、美咲の真実を在りのままに見る事が、上手く出来なかったのだ。

私達は、似た者同士だった。

美咲は愛に怯えて身を隠そうとばかりしていたし、私は恋に怯えて、美咲に、「全てを受け入れられる」と伝えてあげられなかった。

どちらが間違っていたなんて、言えないと思う。けれど。これだけは、確かな事だろう。

もしも私達にどこかが似ているような、愛に臆病な想い人同士がいるのなら、お互いに相手に、自分の本当の望みを告げるのを、怖れていてはいけない。

恋は吹き過ぎて行ってしまう風のように儚く、振り返ってみた時には、もう手の届かない所へと、逃げてしまっているかも知れないからだ。

人生は長いようでいて短いものだ。

だから、これは美咲と私のような不器用な恋人達への、ささやかな愛を込めた物語でもある。


今はもういない美咲へ。

もう一度君に逢えたなら……。

私は美咲が私に言ってくれた、

「さようなら」

だけを胸に抱いて、水穂家の墓所を後にした。

それでも、私達は幸福だったのだろう。

真実の愛にめぐり逢える事ほど、幸せな事はない。例えそれが、何に対する愛だったにしても。


私は後日、美咲の幼い頃の、レンゲ畑で幸福そうに寄り添って笑っている姉弟の写真のコピーを貰うために、水穂家を秘かに訪れた。水穂は、それを送ってくれると言ったのだが、私は美咲にもう一度報《しら》せてやりたい事があるので、こちらから伺いたいと水穂に言った。

私は水穂家に向かう前に、美咲が秘かに「あんじゅ」の継続調査を依頼していたという、駅の近くの「上原探偵事務所」に行って、「水穂彩子」の婚約者だったが、彼女は亡くなったので、今後は私が依頼人になりたいと申し出た。探偵社では、依頼人が、そこの事務所を使い、何を調べていたのかまでを私が正確に知っていたので、何の疑問を抱く事もなく、今後は一年に一度、「あんじゅ」の調査の報告書を私に回してくれる事に同意した。美咲は料金は年毎に前払いにし、もし自分に何かあってそこに行かれなくなった時には、その時点で調査は打ち切りにしてくれるように、という依頼をしていた。

興信所の方では料金が全て前払いになっていたので、「水穂彩子」という女性が現れなくなったら、その時には「調査終了」の書類の山に「あんじゅ」の資料は収い込まれ、その内にはそれは裁断されて、燃え盛る火の中に、焼却場の炉の中に投げ込まれる運命になっていたはずだ、と言った。

私は二人の近況を教えて貰った。

妹の安美と悟氏の間には、昨年の暮に、愛苦しい双子の女の子が誕生していた事が分かった。

双子の女の子の名前は、

「深田美月」と、

「深田美咲」

近影の写真が添えられていて、父親となった悟氏と、母親となった美咲の妹の安美が、スノーピンクのおくるみに包まれた女の子を一人ずつ、大切そうに抱いて、車から降り立った所が映っていた。

どちらの子が美月で、どちらが美咲なのかまでは分からなかったが、私は妹に抱かれている方が「美咲」という名前なのではないか、という気持がした。父親の方も、母親の安美も輝くばかりの笑顔を双子の赤ん坊に向けていて、小さく、愛苦しい瞳をしたその子達は、無邪気に彼等の腕の中で、歯のない口を開けて笑っていた。

弟の方の、大学の卒業式の写真もあった。一寿は相変わらず女の子のようなきれいな顔をしていて、けれど直向きな瞳をして、写真に収まっていた。丁度式が終った時らしく、一寿の傍には姉の安美が、寄り添うように立って、笑っている所だった。

私はその二葉の写真の報告を、まだ水穂家に置かれていた美咲の遺骨に向かって、心の中だけで、そっと告げた。

美咲を失って憔悴していた水穂夫妻には、美咲がずっと妹と弟を恋い慕い続けていて、興信所まで使って二人の幸福を見守ろうとしていたのだとは、告げられなかった。彼等にその事を伝えられるとしたら、きっと、もっとずっと先になってからのような気持がした。

なぜなら、彼等は美咲の二人目の父と母であり、その美咲がどれ程の恋心をもって「あんじゅ」の追跡調査などしていたのかを知ったなら、悲しみの余り、美咲恋しさの余り、壊れてしまうのではないか、というような顔をしていたからだった。

私の顔だって、彼等と大して変わらなかっただろう。

けれど、私は美咲に、阿呆鳥だった私の美咲のために、二人の近況を報せて遣りたいという願いに、勝てなかっただけだった。

私の心は、まだ美咲の死を受け入れられていなかった。

家にいても「楓」にいても、綿木公園に行ってみても、私の体は習慣で動いていたが、美咲の姿を捜し求める私の心は、美咲の、風のような、幻のような姿を見、遠い日の思い出の中の、彼女の声を聞いていた。

私の心も、水穂達と同じように、どことも知れない悲しみの地の果てで、美咲の面影を求めてさ迷っていたのだ。そうして、美咲の願いは私の願いになった。

こんな事をいつまで続けるのかは、私にも解らない。ただ、美咲のために何かをしていないと、私の心も壊れてしまいそうだった。

私は、あのレンゲの花の咲く中で笑っている、姉弟達の写真を貰って水穂家を辞した。

桜の花にはまだ遠く、白く可憐なツルバラの花にはもっと遠い。

私の胸にあるのは、

「美咲恋しや」

という言葉だけだった。

【引用文】

・『新共同訳聖書』より

著者プロフィール

坂口 麻里亜（さかぐち まりあ）

長野県上田市に生まれる。
長野県上田染谷丘高等学校卒業。
在学中より小説、シナリオ、自由詩の執筆多数。
出版「二千五百年地球《テラ》への旅」（鳥影社　2020年11月）

もう一度会いたい　今はもういない君へ
——これは愛の物語

2021年12月15日　初版第１刷発行

著　者　坂口 麻里亜
発行者　瓜谷 綱延
発行所　株式会社文芸社
〒160-0022　東京都新宿区新宿1－10－1
電話　03-5369-3060（代表）
03-5369-2299（販売）

印刷所　株式会社暁印刷

ISBN978-4-286-23150-1